舶来的乡愁

1930年代前后域外乡愁小说的译介

冯波◎著

商务印书馆
The Commercial Press
创于1897

图书在版编目（CIP）数据

舶来的乡愁：1930年代前后域外乡愁小说的译介 / 冯波著. — 北京：商务印书馆，2023
ISBN 978-7-100-22773-5

I. ①舶… II. ①冯… III. ①小说－文学翻译－研究－国外－1930 IV. ①I046

中国国家版本馆CIP数据核字（2023）第142412号

权利保留，侵权必究。

国家社会科学基金一般项目（15BZW137）

舶来的乡愁
1930年代前后域外乡愁小说的译介

冯波 著

商务印书馆出版
（北京王府井大街36号 邮政编码 100710）
商务印书馆发行
三河市尚艺印装有限公司印刷
ISBN 978-7-100-22773-5

2023年11月第1版　　开本 880×1230　1/32
2023年11月第1次印刷　印张 12　3/8

定价：78.00元

自 序

何为"乡土文学"?

笔者此问恐怕会引来不屑的嘲笑。一来,乡土文学实在太土,与当下时髦的学术话题相较,乡土文学的话题不过老生常谈,难有新意。二来,乡土文学似乎是一个理所当然、不证自明的命题,此类概念在当今学术界已是广泛使用的批评术语,可以说人人言必称"乡土",却竟然要问什么是"乡土",实在显得无知。然而,当我们爬梳中国现代乡土文学的概念谱系,理清其概念的内涵与外延,我们或许就笑不出来了。因为,对乡土文学的较真,其实恰恰暴露了我们在学术研究中将那些习以为常的理论、概念视为常识的自大与粗疏。进言之,乡土文学的内涵是什么?其理论外延又有何种不同形式?中国现代文学的乡土意念是怎么发生的?它与传统乡土有何不同?在中国文学的现代生成进程中,它又有着怎样的演变轨迹?……对上述问题的深究,不仅是力图在原点还原中国现代文学乡土意念的发生情状,更是重审中国文学的现代质素、民族品格,乃至中国知识分子的现代人格建构的重要视角。

众所周知,费孝通先生对"乡土中国"的社会学考察揭示了中国人的情感文化与精神实质。那么，对乡土文学考察的意义也就显得格外重大了，因为唯有对以情感的艺术形式表现的"乡土"作深入探析，才能呈现中国社会现代转型的艰难，才能不断展现中国知识分子现代主体性建构的丰富与复杂。但是从中国乡土文学的理论表述看，一个令人吃惊的事实是，自新文化运动以降，中国的知识分子并没有给出乡土文学清晰完整的定义，也未能就此达成共识，若论及系统的理论建构更是无从谈起。诸如"乡土文艺""侨寓文学""农村小说""田园文艺""农民文学"等等，不胜枚举，它们与乡土文学混而一谈，成为知识分子言说此类表现故乡、农村、田园、农民、乡愁等意涵的创作的"一家之言"。乡土文学命名的"混乱"反映的正是这些理论表述者对"乡土"不同的情感价值倚重。这些表述的共识与私见丰富了乡土文学的内蕴，并使得乡土文学的题材选择、主题表达、风格特征渐趋明朗。因此，回到中国现代乡土文学发生的历史现场，去还原其概念内涵及外延的复杂与多元，就显得尤为必要而急迫了。

我们知道，中国文学的现代生成从来就不是一个自足的过程，中国现代文学受到的域外影响无需赘言，那么中国现代乡土文学自然概莫能外。在探寻乡土文学概念及其创作的过程中，我们越来越感受到大量域外乡愁小说对中国现代文学乡土意念的发生产生了深刻而深远的影响，这是不容回避的事实。而域外乡愁小说在1930年代前后的译介正是这一跨文化现代性的彰显。在1930年代前后，域外乡愁小说中传递出的译介差异，显示的正是译者对乡土文学的理解分野。这种差异也正是在现代性冲击之下，现代知识分子对于故乡复杂、矛盾情感的不同缓释方式。可以说，中国现代文学乡土意念的发生正是本地知识分子在域外乡愁小说的译介中，因应外来情感资源，不断呼应、抵牾、修正乃至重构的结果。这一过程远比我们想象的复杂得多，尤其对于乡土中国而言，要探究根深蒂固的传统乡土观念现代嬗递的具体情貌绝非易事。因此笔者以中国传统身家性命的情感价值结构为论述框架，力图深入阐析中国现代乡土意念的生成正是基于此种体系的尝试。

当然，我的浅薄的知识实在很难支撑起自己的这一点学术"野心"，不过能够因此抛砖引玉，足矣。

冯　波

目 录

导论 从1930年的"农民文学"之辩谈起 ... 1
    第一节 "农民"与"大众" ... 2
    第二节 "都会"与"乡村" ... 8
    第三节 学院与文坛对话中的现代理论建构 ... 14

第一章 身土不二 ... 20
    第一节 "土拨鼠式的社会" ... 21
    第二节 "机械马"和"磨坊" ... 34
    第三节 苦闷的象征 ... 47
    第四节 "洋病"与"乡土" ... 59
    第五节 舶来的"狂人日记" ... 75
    小 结 ... 91

第二章 故家难离 ... 95
    第一节 旅行的图像 ... 96
    第二节 "远方"的风景 ... 117
    第三节 "主人"与"流人" ... 133
    第四节 别一世界的"旅行" ... 147
    第五节 《入乡记》与《负骨还乡日记》对照记 ... 159
    小 结 ... 171

第三章 乡土本"性" 175
第一节 "好像蚕蛹似的失了常态的指形" 176
第二节 "李青崖对不起莫泊桑" 191
第三节 "被侮辱与被损害的" 205
第四节 苔丝、游苔莎与梅丽迦 220
第五节 安娜的"文凭" 236
小　结 252

第四章 义命合一 256
第一节 "乡野的哀愁" 257
第二节 乡土、"废墟"与文本的行旅 277
第三节 1930年代的两个"辛克莱" 295
第四节 "拉古柴进行曲" 311
第五节 "乡土茅盾"的"矛盾乡土" 324
小　结 343

第五章 结论 346
第一节 "土滋味"与"洋气息" 347
第二节 "身""家""性""命"的现代情思建构 359

参考文献 370
后　记 383

导论　从1930年的"农民文学"之辩谈起[①]

  1930年6月1日在《国立中央大学半月刊》第1卷15号上发表了一篇署名为"施孝铭"的《农民文学的商榷》，文章矛头直指当时文坛大佬郁达夫。施孝铭何许人也？他为什么"自不量力"要与郁达夫就"农民文学"的问题展开争论？而这场围绕着"农民文学"的理论争鸣又会给中国现代文学中乡土意念的现代转向带来哪些启迪？要回答如上问题，就需要回到历史的现场去深入辨析这场学院与文坛颇有意义的对话。通过深入研读这篇"商榷"文章，我们不难发现，施孝铭以《农民文学的商榷》一文厕身于以农民为焦点的文学与社会关系的讨论中，其实正是学院派知识青年在接受舶来理论与本土化调试后的相对独立的表达。其与文坛中"农民文学"论者的锱铢必较，呈现的正是彼此对农民文学中"农民"与"大众"概念的理解分歧，同时也彰显了二者在阶级架构与城乡架构内对农民现代内涵不同赋值的话语策略。因此，当我们去深入探究1930年代前后域外乡愁小说的译

[①]　导论内容笔者曾以阶段性成果发表，收入本书时有改动。参见冯波：《三十年代多元理论资源的选择与"农民文学"之辩》，《文学评论》2017年第2期。

介与中国现代文学乡土意念的发生时，倒不妨先从这场 1930 年的"农民文学"之辩谈起。

第一节 "农民"与"大众"

毋庸讳言，施孝铭（施章）① 发表于 1930 年 6 月 1 日《国立中央

---

① 据李昌《施章生平事略》《云南省志·社会科学志》《云南省志·人物志》以及《官渡区志》，施章（1900—1942），初字佑文，又改仲言。昆明市官渡区六谷村人。出身于农民家庭，尤爱民族民间文艺。在昆明县立师范学校和省立高级师范求学。1924 年考入中央大学文学系深造，1927 年毕业，几年后考入国立中央大学研究院，毕业后留校，研究国学。著有《新文学论丛》《新兴文学论丛》，均由中央大学出版。另据蒙树宏《施章三题》对施章著述补充，"《读了〈坚决号〉后》，署名为施孝铭，发表于《国立中央大学半月刊》，第 1 卷第 7 期，1930 年 1 月 15 日"。查国立中央大学出版组发行部 1930 年 7 月出版施章著《新文学论丛》内收《读了〈坚决号〉后》与《国立中央大学半月刊》所刊文章一致。由此可知，施章、施孝铭当为同一人。另据《施章生平事略》所述："民国十五年春（1926 年）施高等师范结业，以优异成绩考入南京国立中央大学文学系继续深造……中大毕业后，复考入中大研究院。得受黄侃（季刚），汪东（旭初），诸先生熏陶，为季刚先生收为门下弟子，获得中大文学院文学士学位及中大研究院优秀研究生的称号。论文写成《新兴文学论丛》和《新文学论丛》二书，均在中大艺林社出版。"查国立中央大学出版组发行部 1930 年 7 月出版施章著《新文学论丛》一书，内收《提倡农民文学的商榷》与《国立中央大学半月刊》施孝铭的《农民文学的商榷》一致，由此可知，《农民文学的商榷》应是施孝铭（施章）的学位论文的一部分。参见李昌：《施章生平事略》，中国人民政治协商会议云南省昆明市委员会编：《昆明文史资料集萃》（第 1 卷），云南科技出版社 2009 年版；蒙树宏：《施章三题》，载《昆明市官渡区文史资料选辑》（第 6 辑），昆明市政协机关印刷厂 1993 年印刷；云南省地方志编纂委员会总纂：《云南省志·社会科学志》，云南人民出版社 1997 年版；云南省地方志编纂委员会总纂：《云南省志·人物志》，云南人民出版社 2002 年版；李政章主编，官渡区地方志编纂委员会编纂：《官渡区志》，云南人民出版社 1999 年版。

大学半月刊》第1卷15号的《农民文学的商榷》一文,在当时并没有引起多大的轰动效应。但是,如果我们把施孝铭的论争仅仅视作一个相对个人化的观点,又是草率而敷衍的。因为,不仅他的文章是对当时文坛大佬郁达夫《农民文艺的提倡》《农民文艺的实质》的质疑/挑战,他本人更是以一个名不见经传的学院普通青年的身份"挤进"了一个新生概念/理论的建构过程中,这是饶有趣味的。一是因为,这篇文章本是他的硕士学位论文。当时就读于国立中央大学研究院,时为黄侃(季刚)弟子的施孝铭以现代"农民文学"为论题,岂不怪哉?二是,此文一出,似乎"播弄"起关涉"农民文学"的诸般理论。在执念于"文学革命"的鲁迅、郁达夫、谢六逸与更倾向于"革命文学"的蒋光慈、成仿吾、麦克昂(郭沫若)等文坛大腕儿间,施孝铭以日、俄等舶来理论为证,进退自如,游刃有余。原本"相安无事"的诸般理论似乎顿生争议,驳杂的理论辨析也更加复杂化了。这首先就突出地表现在施文中"农民"与"大众"概念的交缠上。

首先,施文认为"农民"是"大众"的重要组成部分,他的"大众文艺"或者说"农民文艺"是相对于个人主义文学而言的。在文章开篇,作者即指出"近来问题方向的转变,已否定了个人主义的文学,而趋向大众生活或集团生活的表现。所以描写工厂生活,社群生活的文艺变成了主潮。然而我们中国的大众,百分之八十都是农民,所以提倡表现大众生活的文学,农民文学自然居其中的主要位置"[①]。在此基础上,施文以武者小路实笃"诗无时无处不在"的理论为据,反驳

[①] 施孝铭(施章):《农民文学的商榷》,《国立中央大学半月刊》1930年第1卷15号。

了郁达夫认为农民不能创造文艺的观点。从施文内在理路观察，不难发现其中有一个微妙的概念置换，即从"大众"到"农民"的转换。在施孝铭看来，"大众"的绝大部分是"农民"，因此"农民文学"也即"大众文学"。施孝铭征引武者小路实笃的理论不过是论证"农民文学"的大众性。反观郁达夫的"农民文艺"说，其实并不构成与施孝铭观点的直接冲突。因为，郁达夫所谓农民不能创造自己的"文艺"指涉的并不是施文所罗列的民谣、地方戏曲，此"文艺"非彼"文艺"也！从二者对日本文艺理论资源接受的微妙差异即可追溯到这一分歧的主因。我们且看郁达夫的《〈大众文艺〉释名》。郁达夫说："'大众文艺'这一个名字，取自日本目下正在流行的所谓'大众小说'。日本的所谓'大众小说'，是指那种低级的迎合一般社会心理的通俗恋爱或武侠小说等而言。现在我们所借用的这个名字，范围可没有把它限得那么狭。我们的意思，以为文艺应该是大众的东西，并不能如有些人之所说，应该将它局限隶属于一个阶级的。"① 郁文虽没有明确大众的所指范畴，但从其表述不难发现，郁达夫所赞赏的"大众文艺"绝非个人主义对立面的"大众文艺"，当然也不单指"农民文艺"。为进一步阐明自己的大众观，郁达夫引用了亚伯拉罕·林肯在宾夕法尼亚州葛底斯堡的演说中"民有、民治、民享"的经典语句来进一步说明。他接着说："我们只觉得文艺是大众的，文艺是为大众的，文艺也须是关于大众的。西洋人所说的'By the people, for the people, of the people'的这句话，我们到现在也承认是真的。"② 郁达夫的"大众文

---

① 郁达夫：《〈大众文艺〉释名》，《大众文艺》1928年创刊号。
② 郁达夫：《〈大众文艺〉释名》，《大众文艺》1928年创刊号。

艺"观虽也从日本文学的理论资源接受而来，但是他否定了日本"大众小说"的庸俗性而提出更接近于劳工大众的文艺主张。从如上二者对于"农民"与"大众"关系的阐述看，施孝铭是将农民大众化了，他的农民文学概念指向了大众化、通俗化的审美标准。这从其论作反复对民间文艺形式的强调可窥一斑。反之，郁达夫的"大众"观其实更接近于"民众"的概念。"农民"是"大众"，确切地说是"民众"的一部分。"大众文艺"即是将农民作为底层的、有着落后国民劣根性的重要启蒙对象来看待的。

其次，施文虽认同"农民文学"的阶级性，但是他对这一"阶级性"的理解与郁达夫、蒋光慈、麦克昂（郭沫若）等文坛作家是不同的。譬如，针对郁达夫认为农民不能欣赏文艺的观点，施文引用有岛武郎"第三阶级的人绝对不能欣赏第四阶级的文学"[①]的论断加以反驳。然而，施文的阶级论与有岛武郎的阶级观恐怕不可以道里计。因为1921年在东京《读卖新闻》上发表论文《无产阶级与文学》的有岛武郎，是日本最早倡导无产阶级文学的作家之一，有岛所言的阶级实际指的是无产者与有产者的分野，而施文对农民阶级性的认识则是相对于"智识阶层"而言的。在施孝铭看来，"智识阶级"的文学家及其作品与农民文学是有隔阂的。换言之，"智识阶级"既无法理解，更不能在文学作品中表现出农民文学的阶级性。郁达夫是"智识阶层"的代表，所以必然缺乏农村生活的经验，因此也就自然会得出农民不能有效创作、传播农民文艺的观点。然而我们

---

① 施孝铭（施章）:《农民文学的商榷》,《国立中央大学半月刊》1930年第1卷15号。

知道，民国时期从事新文学的知识分子大多也是农家出身，并不能说对农村生活毫无经验，知识阶级更不能等同于有产者。可见，施孝铭是无意间模糊了有岛的阶级观，所以面对施孝铭搬出有岛"阶级归属"的质问，郁达夫也唯有局促与无奈。其实这种被误解的尴尬似曾相识，早在1928年的"革命咖啡馆"开业广告中，郁达夫就说，由于"不晓得这咖啡是第几阶级的咖啡？更不晓得豪奢放逸的咖啡馆这东西，究竟是'颓废派'呢，或是普列塔，或者是恶伏黑变。至于我这一个不革命的小资产阶级郁达夫呢，身上老在苦没'有'许多的零用钱，'有'的只是'有闲'，'有闲'，失业的'有闲'，乃至第几千几 X 的'有闲'，所以近来对于奢华费钱的咖啡馆，绝迹不敢进去"①。那么，相对于知识阶层的农民观，施孝铭认为农民到底呈现的是怎样的阶级性呢？从施文对破浪斯基对作品社会意义的强调和卢那卡尔斯基对民众在作品创作中的重要性这两种观点的态度来看，施孝铭对苏俄文艺理论家相关文学阶级性主张的接受，其实更接近于底层的观念。底层具有阶级性，但并非所有底层同属于一个阶级。因此，他所谓的农民文学的阶级性讲的其实是社会底层性。这也是他将"智识阶级"与资产阶级、"智识阶级"与农民阶级交缠在一起的原因所在。所以在施孝铭看来，"有几个受点俄国文学思潮的文学家，提倡人道主义的文学"，也"往往只限于受过洋化教育的知识阶级才有阅读的资格"②。因此，与其说"施郁之争"在农民的阶级性，毋宁说是

---

① 郁达夫：《革命广告》，《语丝》1928年第4卷第33期。
② 施孝铭（施章）：《农民文学的商榷》，《国立中央大学半月刊》1930年第1卷15号。

知识精英与民间大众关于启蒙话语权的争夺。这在施文对谢六逸《农民文学 ABC》以及成仿吾、蒋光慈、麦克昂（郭沫若）等革命文学倡导者的评述中更加突出地呈现出来了。一方面，施文赞赏辛克莱（U. Sinclair）对于底层的同情，虽认同农民需要的文学就是描写贫农的生活，申诉农民苦楚的文学；但并不认同谢六逸关于"农民文学，就是指那些描写被近代资本主义所压榨的农民的文学"①的观点。农民文学包括"地主豪绅之掠夺"，同样也有"社会习俗压迫之反动"以及"农民之人生观与伦理观的作品"。②另一方面，施文对于 J. Galsuortly 甚至褚沙克关于文学作品应当表达集体情感、阶级情感的观点深表赞同。他认为，农民文学"不是表现个人小我的情绪的作品，而是表现农民们普遍的社群的集团心理的共和"③，也就是他所谓的"农民生活意识形态"。但是他又认为成仿吾等革命文学的鼓吹者不过是站在十字街头用革命的洋喇叭向着民众吹，"智识阶级"的属性决定了他们难以真正启迪民众。

由上而观，施文认为农民是大众的重要组成部分，是劳动阶级的范畴，强调农民文学的底层性、民间性与通俗性。他虽认同以郁达夫为代表的"智识阶级"对农民的同情，但同时对其精英的启蒙合法性保持警觉与怀疑。而对于普罗文学对农民革命性的鼓吹，他既认同又有所保留，尤其是当知识分子成为革命的倡导者时更是如此。

---

① 施孝铭（施章）：《农民文学的商榷》，《国立中央大学半月刊》1930 年第 1 卷 15 号。

② 施孝铭（施章）：《农民文学的商榷》，《国立中央大学半月刊》1930 年第 1 卷 15 号。

③ 施孝铭（施章）：《农民文学的商榷》，《国立中央大学半月刊》1930 年第 1 卷 15 号。

第二节 "都会"与"乡村"

"施郁之争"中"农民"与"大众"概念的交缠，其实是一个新兴概念/理论在建构之初的多义性呈现。这是大多数理论从萌芽至成熟必然要经历的阶段，也是该概念/理论复杂内涵的"鲜活"呈现。而更有意味的探寻是，在这一外在的"混乱"背后，所隐含的不同话语体系间的碰撞、交流。譬如，施孝铭与农民文学论者就"田园文学""乡土文学"的锱铢必较，就清晰地产生了一个阶级架构、城乡架构并存的多元化语境，同时也放大了中国现代文学历史一旦与多元文化理论接触，就必然被简单化处理的尴尬。它不仅是对农民文学理论框架多元化的展示，更是对农民现代内涵不同赋值的理论话语策略的彰显。

施孝铭对于农民之于都市与乡村的复杂读解，隐匿在他对谢六逸《农民文学 ABC》的不经意评点之中。所谓"不经意"，主要在于施文并没有将谢六逸作为主要的论争对象，而仅仅是通过辨析谢六逸的观点，来建构自己的农民文学理论，他对谢六逸的接受是有选择的。在该文第三部分"农民文学的意义"中，施孝铭引用了谢六逸在《农民文学 ABC》中对农民文学所包含的各种意义的归纳与阐述。"（一）描写田园生活的文学。（二）描写农民与农民生活的文学。（三）教化农民的文学。（四）农民自己或是有农民体验的作家所创作的文学。（五）以地方主义（都会主义之反对）为主，赞美一地方，发挥一地方优点的文学。（乡土的艺术）"[①]。针对这五条，施孝铭逐条辨析并提出了自

---

① 施孝铭（施章）：《农民文学的商榷》，《国立中央大学半月刊》1930年第1卷15号。

己关于农民文学的观点。从施文的论辩层次看，作者有意将田园文学、乡土文学和农民文学区分开来。

首先，就"描写田园生活的文学"而言，施文先是抛出了郁达夫对于田园文学的评述："你们做了官回来，弄了许多金钱，博了许多的名誉，偶尔兴到，到乡村幽僻地方去造一所别庄。春花秋月，看看四季，咏叹些自然的美观，说些与农民不关痛痒的风凉话，这若是可以作农民文艺看的时候，那么唐诗里的那些说自然美赞渔夫农民的生活的诗歌，都是农民文艺了。你且念给那些自早至晚在田里劳作的人听听，看看他们会不会首肯。"①对这段话的引述，施孝铭不置可否。紧接着他以鲁迅《而已集》中关于"平民文学"的观点为自己撑腰，即虽然以平民、工人、农民为材料的，但不是出于平民之口就不是平民文学。并进一步指出托尔斯泰的作品因教训的意味过浓，缺少"农民的意识形态"，因此也不配称为"农民文学"。也就是说，在施孝铭看来，唯有从农民之口中而来的文学才能称得上是真正的"农民文学"。我们感到，施孝铭与郁达夫、鲁迅似乎达成了某种共识，即"田园文学"就是缺乏了农民生活基础，格调不高，不可与"农民文学"相提并论的文学。那么事实果真如此吗？或者说，这其中是否存在着某种情感的无意错位，并最终成为一种"殊途同归"的共识？从该文复杂的跨文化背景看，我们注意到施孝铭对辛克莱及其作品的青睐。他以辛克莱的《石炭王》作例证，坚信"总之要有农民生活的实感而从客观的立足点来描写农民生活，才能唤起农民中大众的同情。也如美国

---

① 施孝铭（施章）：《农民文学的商榷》，《国立中央大学半月刊》1930年第1卷15号。

描写石炭坑的生活的辛格莱（U. Sinclair），要投身于矿夫生活中，才会了解矿夫的炭坑生活的惨状，而描写出惊动世界的作品《石炭王》来"[1]。颇为巧合的是，鲁迅和郁达夫都曾译介过辛克莱的《拜金主义》。不过鲁迅是"从日本文重译的"，还特地对作品的名称做了点说明，他引用辛克莱的观点批判的是梁实秋的所谓"人性"论。[2]鲁迅批评梁实秋以"人"的特殊性来否定普遍性，有强调"人"的普遍性进而延伸至"人"的阶级性的理论动机。反观郁达夫的译介也是如此，在1928年4月至1929年8月间，郁达夫先后翻译了辛克莱《拜金主义》共19章，连载于《北新》杂志。和鲁迅的目的相同，郁达夫的译介针对的也是梁实秋的人性论。从这一点看，鲁迅和郁达夫的思想有着内在的一致性，譬如，郁达夫在《乡村里的阶级》一文中将农村分为四个阶层，这与他选择译介辛克莱《拜金艺术》第十六章"支配阶级与被治阶级"有着一致的内在逻辑。反观"施孝铭不过是借辛克莱的作品来论证他的'惟有农民生活实感的人才能成为农民文学的创作者'的主张，至于矿夫的阶级性，《石炭王》的阶级情感立场也许并不是最重要的"[3]。因此，施孝铭对郁达夫关于田园文学评述的不置可否，对鲁迅平民文学的肯定，并不具有特出的启蒙功利性，他强调的是朴素的农民的生活实感，即他反复提及的所谓"农民的意识形态"。

其次，就"乡土的艺术"而言，是否与"都会文艺"相对立成

---

[1] 施孝铭（施章）：《农民文学的商榷》，《国立中央大学半月刊》1930年第1卷15号。
[2] 鲁迅：《卢梭和胃口》，《语丝》1928年第4卷第4期。
[3] 冯波：《三十年代多元理论的选择与"农民文学"之辩》，《文学评论》2017年第2期。

为施孝铭与郁达夫判断农民文艺的重要分歧点。在郁达夫看来，"第三有地方色彩的农村文艺，就是与资产阶级的都会文艺相对立的作品。……从前中国的田园诗人的作品和德国的乡土艺术 Heimat-Kunst 的诗歌小说戏剧中之有社会性、现代性者，也可以成立，也可以说是农民文艺的一种。但是根本思想，要不先卖弄文学，赞美景色，总须抱有一种作者的对于乡村的热爱才行"①。而在施孝铭看来，"关于地方色彩的农村文艺，我以为中国则不管它是否与都会文艺对立。而在它能确切的表现出地方的特有的色彩，——如社会的特有风习或各社群的普遍心理。——才是我们理想的地方文艺。至于对于乡村的热爱与否也不必管他。只要具有农村生活意识形态而是坚执着现实生活的作品。无论他对于乡村热爱也好；或对于乡村增（憎）恶也好"②。二者关于"有地方色彩的农村文艺"或曰"乡土艺术"的看法实有明显的区别。首先，关于"乡土艺术"是否与"都会文艺"相对立，二者观点不同。郁达夫的"乡土艺术"概念是相对于"资产阶级都会文艺"而言的，在他看来，"都会文化，本来是工厂的文化"，甚至是一种"资本主义的毒瓦斯"。③这个譬喻与他译介辛克莱《拜金主义》中"有产有权阶级的毒瓦斯弹幕"④的说法有内在的呼应。郁达夫所谓"不卖弄文学，赞美景色"，讲的是不要将大量的笔墨花在地方特色的描写

---

① 施孝铭（施章）：《农民文学的商榷》，《国立中央大学半月刊》1930年第1卷15号。

② 施孝铭（施章）：《农民文学的商榷》，《国立中央大学半月刊》1930年第1卷15号。

③ 郁达夫：《农民文艺的提倡》，《达夫全集·奇零集》，开明书店1928年版，第13页。

④ 吴秀明主编：《郁达夫全集》（第12卷），浙江大学出版社2007年版，第280页。

上；而"对乡村的热爱"的强调，其含义是作者对乡土中国的现实的情感倾注。联系郁达夫将"乡土艺术"作为"资产阶级都会文艺"对立面的定位，显然这种情感是站在农民阶级的情感立场，它是完全与资产阶级文艺相对立的。由此可见，郁达夫的"农民文艺"是在阶级架构中予以建构的。反观施孝铭并不认为乡土文艺必须与都会文艺相对立，他更重视"确切的表现出地方的特有的色彩"，也就是对乡土独特性的表现，即"如社会的特有风习或各社群的普遍心理"，也就是他之前不断强调的"农村生活意识形态"，这与阶级意识形态不能相提并论。因此，施孝铭的"地方文艺"的理论基础在于城乡架构。二者关于"农村文艺"或曰"地方文艺"的分歧，其本质就是文学的阶级性与通俗性、艺术性的抵牾，阶级架构与城乡架构的碰撞。

郁达夫与都会文艺相对立的"农民文艺"说是彼时中国的主流观点。譬如谢六逸也认为："田园诗只写田园的美，或称颂田园，乡土诗歌只写一地方的独特世态人情，它们的表现是以抒情为主的，都是资产阶级的东西，已经是过去的了，它们不是现代意义的农民诗。真意义的农民诗是田园的且是乡土的，是把握着经济意识；自觉而且肯定阶级意义，由此以反抗争斗的精神力之具体的表现。"[①] 此外与谢、郁有着相似观点的还有毛一波。毛一波的《农民文学论》是本村毅《农民文学》第一章的译稿。[②] 本村毅将都会文学看作以"资产阶级小有产者""游惰阶级"为基础的文学，毛一波也在《都会文艺的末路——新农民文学的提倡》中声称，"末期资产阶级文艺，十有九成均是都会

---

① 谢六逸：《农民文学 ABC》，世界书局 1928 年版，第 13—14 页。
② 参见毛一波：《农民文学论》，《橄榄月刊》1931 年第 17 期。

文艺,均是都会主义的产品"①。施孝铭注目于"社会的特有风习或各社群的普遍心理"的"地方文艺"构成了对郁达夫为代表的主流观点的挑战,成为另一种关于农民文学现代性的阐释。它并不完全拒绝都市,并不会将"电车、汽车、飞机、咖啡店、电影、竞技、跳舞、灯、酒、女人"②等所谓"亚美利加主义"的要素视作末期资产阶级的文艺。我们知道,在乡土中国的语境中,用以指称从事耕种土地的人常用的还是"农夫",它与工人、贾人相对。但当"夫"被更具有现代公民意义的"民"所替代时,我们就不能无视其中所隐现的现代意涵的发生。而施孝铭对以郁达夫为代表的关于农民文艺、田园文艺、都会文艺的质疑,恰恰放大了从"夫"至"民"的现代生成过程。要知道,一个在阶级视角观照下,以否定旧式田园意趣为基础建构的"农民文艺",和一个在都市反照下,立足于民间的、通俗的价值立场,以表现乡土特殊性为鹄的的"地方文艺",根本不是一回事。两者其实是对现代性冲击下的不同回应方式:前者是在启蒙革新预设装置下的革命思维,而后者则是对现代性的独特文化反思。

由上而论,"施郁之争"与其说是争论,毋宁说是困惑。那就是如何将农民安置于阶级架构与城乡架构中的问题。要知道,革命意识形态与城乡意识形态其实并非服膺于同一的现代性概念。当难以通融的阶级与城乡框架并置时,为了确保农民作为中国革命的主导力量,农村作为革命策源地的合法地位,他们必然会采取将城乡对立简单视作

---

① 毛一波:《都会文艺的末路——新农民文学的提倡》,《新时代月刊》1932年第3卷第1期。

② 毛一波:《都会文艺的末路——新农民文学的提倡》,《新时代月刊》1932年第3卷第1期。

阶级斗争的话语策略。正如我们所看到的那样，革命文学视野中乡土的魅化乃至神圣化，总是以都市的他者化为前提的。施孝铭对郁达夫在城乡关系想象上的质疑与反驳，恰恰暴露了新文学渐趋一体化的阶级诉求与多元文化之间的难以通融。

第三节　学院与文坛对话中的现代理论建构

施孝铭为"农民文学"的独家释名，部分源于他直接从事过农田劳作的经验和对农村通俗文艺的熟稔、青睐。譬如他对云南花灯的搜集整理，编著《农民杂剧十五种》等。但更重要的则是，作为知识生产重要场域、文化传承的重要传播者，乃至外来思潮的积极探索者的大学，给施孝铭提供了一个更具有理论性、历史感的学术平台。

我们知道，大学曾"代表了对第一次鸦片战争后清王朝的政治失败以及对由此失败而生的深重的思想挫败感的一种迟来的、但非常关键的回应"[①]。西式教育建制的中国近代大学其实根植于中国传统儒家书院的废墟。它们"部分由于国家强制推行，部分由士绅阶层发起，在短短七八年间，新的教育机构取代了由地方学校、书院和学监构成的、几百年来与科举制度休戚相关的复杂教育体系"[②]。从晚清两江师范到民国初年的南京高师、东南大学直至1927年国民党进驻南京后更

[①]〔美〕叶文心著，冯夏根等译：《民国时期大学校园文化：1919—1937》，中国人民大学出版社2012年版，第1页。

[②]〔美〕叶文心著，冯夏根等译：《民国时期大学校园文化：1919—1937》，中国人民大学出版社2012年版，第1页。

名的国立中央大学，就是一个从地方士绅书院到中产阶级大学，是一个带有浓重"官味儿"的中国近代高等教育发展的典型例子。《国立中央大学半月刊》与"以往东南大学时期的《史地学报》、《学衡》、《文哲学报》、《国学丛刊》不同，也有别于随后的《国风》。它是东南大学向中央大学体制过渡时期的产物。正是这个刊物向文学界和学术界展示了中央大学在这一时期也产生了新文学作家和作品"[①]。这种新旧文学并存局面的形成，从外在因素看，得益于罗家伦"思想自由""兼容并包"的办学方针。然究其根由，则与中国近代高等教育的历史及国立中央大学独特的身份、地位密切相关。如此一来，我们也就不难理解，为何在一个"新文化"背景下复活了文学的古典主义的国立大学的刊物上，刊发了一个旧式文人（黄侃）的弟子撰写的一篇具有新文学重要意义的论文了。

而大学与文坛的关系始终千丝万缕，"五四"以降，新文化运动的倡导者大多是学者出身，其活动也与大学密切相关。只要对中国现代文学史略知一二，就不会对此产生异议。然而文坛与大学/学界也许并不全然是互助共进，新旧势力的排挤、对抗并非新闻。早在1925年郁达夫在国立武昌大学任教期间就与黄侃交恶。因新旧文学理念的冲突，郁达夫被黄侃排挤而被迫离开武昌大学。在《说几句话》的通信中，郁达夫自嘲是在"武昌大学"这个狗洞里待了半年，对旧派文人假具"更狡猾的留有逃避的余地的'武昌师大国文系学生'"[②]之名的

[①] 沈卫威：《新旧交织的文学空间——以中央大学（1928—1937）为中心实证考察》，《中国现代文学论丛》2007年第2期。

[②] 郁达夫：《说几句话》，《现代评论》1925年第2卷第46期。

卑鄙伎俩更是感到不齿。但是，在中国现代文学"进化"的新旧斗争中，"旧"文学合法性的式微，也同时带来了对"新"文学的选择性屏蔽。然而时隔五年之后，黄侃弟子施孝铭对郁达夫的商榷，恰恰在提醒我们：从"文学革命"至"革命文学"，中国现代文学的"新旧之争"并没有画上句号，它只是换了一种模样再次粉墨登场了。"新旧之争"原本就是"不争之争"，它的建构意义远远大于斗争本身，尤其是当我们进一步探寻所谓"新旧"争辩的渠道与方式时更是如此。这从黄侃默认施孝铭以"农民文学"为学位论文选题可窥一斑。姑且不论黄侃对这篇学位论文的认可基于怎样的考量，一个显而易见的事实是，黄侃师生都将"农民文学"视为一个学术论题而非仅仅作为一个文学创作问题来看待。这里引申开来的一个重要思考是，在中国现代文学中对一个外来概念、理论的探讨，其实是一个多维度的共建过程。

首先，作家基于创作经验而来的理论实践与中国的社会现实关系更为紧密，它更重视理论的实践意义、可操作性。反映到作家的作品中就是强烈的现实主义倾向与阶级/阶层的功利性诉求。其次，基于学术视野的理论建构不同于文坛作家的理论实践，他们的理论探讨往往缺少丰富的创作实践而显得晦涩抽象，但较之文坛创作更少受到党派政治利益的干扰。因此，他们能够以相对客观的立场和较深入的理论阐析，呈现理论的系统性。而更为重要的是，作为知识传承者、开创者的大学，具有"古今""中外"更为普遍意义的知识谱系。其对新兴理论的探讨也具有了更为深广的历史文化背景。因此，在施孝铭以"农民文学"为学位论文选题时，对论述对象的考察就不限于"新旧"的高下之判，而倾向于更为中性的"古今""中西"概念，甚而是"雅俗"的艺术价值考究。这有别于彼时作家大多追慕新潮，贬斥旧学的文坛时尚。从这个意义上说，在1930年代的农民文学之辩中，持论分歧所反映的文坛与大学的相互抵牾、各执一词，也可视为对新文学的某种纠偏抑或补益。

于是我们看到，对于一个新生的概念来说，当时不仅是文坛大佬在演说自己的"农民文学"，人人都迫不及待地要发表自己的言论，大学同样需要发出自己的声音，而施孝铭就是其代表。新生概念由于自身并不稳定的理论内涵，给予了论辩者充分施展的空间。由于家世身份、阶级立场、审美取向的迥异，也就自然出现了"自说自话"、相对"混乱"的局面。而1930年代前后的这种"混乱"，恰恰是中国现代"乡土文学"理论生成的重要节点。施孝铭厕身于这场以农民为焦点的文学与社会关系的讨论，正是大学在接受舶来理论与本土化调试后的相对独立的表达，它提供了另一种中国文学之于乡土的现代之声。那就是，在1930年代前后，至少存在着三种"乡土文学"的对话、冲突、交流与交融。其一，以"五四"科学理性精神为背景，回响着个性主义声音的"乡土文学"。譬如周作人的"土气息与泥滋味""地方性"，鲁迅所言的"隐现着乡愁"的侨寓文学等。其二，革命文学理论按照经济关系与阶级属性观照下的"乡土文学"。譬如茅盾不满足于"风土人情的描写"，而要写出"我们共同的对于运命的挣扎"[1]的"乡土文学"。其三，承续着中国文化传统却又有新质，充分世俗化、通俗化的，在伦理道德视角之下的"乡土文学"。譬如，此文论及的施孝铭的"农民文学"观。但纵观整个"乡土文学"的概念

---

[1] 蒲（茅盾）：《关于乡土文学》，《文学》1936年第6卷第2号。

生成,其实远比我们想象的复杂得多。论辩者并不完全属于其一,而是兼而有之抑或摇摆不定,不断嬗变。譬如,施孝铭的观点就可视为对周作人在译介《黄蔷薇》中着重提及的乡土通俗文艺的一种重申。

施孝铭作为一个名不见经传的小人物敢于挑战大人物,并不相信他们是权威,而是力求寻找本土与舶来理论的切合点,并努力与中国社会的实际相调适。难得的是,他能始终坚持自己对于中国文学现代性的独立解读,即对民间通俗文艺资源的现代价值予以充分肯定。这种立足"边缘"立场,不慕时髦的现代理论建构,呈现出与当时"进步青年"不同的"进步"意义。

在 20 世纪全球的现代化思潮中,以现代同一性取代乡土特殊性的过程注定不会轻松。因为当中国社会以"现代"之名,不满足于政治制度形式的改造,而更渴望去触动,乃至重建中国人的精神文化结构时,乡土、农民问题就一下子变得尖锐起来了。随着这种被动"现代化"的深入,农民的阶级归属问题、城乡问题都需要在文学中找到它们自身的站位。然而,当代文学家对乡村、农民问题,基本停留在描述层面,在理论上是失语的。社会学家说的理论,又无法直接变成文学批评。而 1930 年代前后跨文化语境中的"农民文学"之辩正是外来思潮本土化的理论自觉,它昭示着中国人精神文化的内在重构方式。然而具体而言,中国现代乡土意向是如何内化于中国人的精神文化结构之中的?跨文化的域外情感资源又是如何拓印于中国人的精神面向之中,进而对中国现代文学乡土意念的发生有着怎样内在的影响呢?笔者认为这仍然离不开乡愁小说的抒情功能,因为外来情感资源唯有在"情感"的层面才能打破意识形态的藩篱,从而对中国人现代意识的生成有所影响。"情感"更是中国及域外乡愁小说提炼出的共同美感经验。可以说,"情感"不仅是触摸乡土中国的现代脉动的重要方式,更是生动呈现中国文学现代转型的写真。

而中国现代文学的乡土意念又无不紧密地联系着中国人的生命意识、家族情感、情爱追求以及命运思考。可以说,"身""家""性""命"共同组成了中国人精神文化世界的美学观照对象,它们彼此有着紧密的逻辑关联,并生动地展现了人与历史社会的互动对话关系。那么既然跨文化语境中的"农民文学"之辩昭示了现代中国人精神文化的内在重构方式,那么我们从乡土中国的"身""家""性""命"所构建的四维诗学空间中去重新审视中国文学中现代乡土意念的发生就不仅重要而且尤为必要了。而1930年代前后域外乡愁小说的译介恰恰为这种跨文化的流通提供了可能,从而使我们能够从不同民族的乡土观念的龃龉、重组、替代抑或嫁接乃至更生中,去探赜中国文学中现代乡土意念的生成过程。如果从前述施章"农民文学"之辩中所展现出的阶级革命、理性启蒙抑或世俗民间不同的现代乡土意念来谈,我们所要做的工作正是努力去探寻这三种现代乡土意念是如何具体落实于身处历史重要转型期的中国现代知识分子传统的"身""家""性""命"的精神情感结构之中的。这也是本书要着重探究的中心问题与总体的论述框架结构。

第一章　身土不二

人类对一种外在的事物的认知往往要经历初步感知、生发情感、形成态度，最后升华为一种具有普遍意义的价值观念的过程。不同于动物应对外界的刺激，人类的感知虽然大多还是感性的初步感受，但其实已经有部分理性的参与。而更重要的是，人类对外界的感受其实并不仅仅限于事物的表面，它往往能够对这一事物进行文化的解读。也就是说，感知的不仅是事物本身，还包括事物所产生的文化背景及其意义。正如段义孚在《恋地情结》中所说："感知，既是对外界刺激在感觉上的反应，也是把特定现象主动而明确地镌刻在脑海中，而其他现象则被忽略或被排斥。绝大多数被我们感知到的事物对我们都是有价值的，或为了生存的需要，或提供某种从文化中衍生出的满足感。"[1]那么从这个意义上说，一个深植着传统乡土观念的、向现代转型的"准现代人"对外界的感同身受就显得格外有意义了。因为身体感知的那一刻，正是固有的传统乡土文化与一种异质文化的交锋之时。这种表面的、未经深思熟虑的应激性反应恰恰反映了他们真实而不伪

---

[1] 〔美〕段义孚著，志丞、刘苏译：《恋地情结》，商务印书馆2018年版，第5页。

饰的情感态度以及价值取向。

但由于体验的肤浅、片面,这种态度及其价值观显然并不明朗。譬如人类在综合感受与个性化感知之间的龃龉,以及对异质介入时情绪化的、外厉内荏的复杂心态,都无不预示着此种"体"认时种种文化、价值的冲突。而对于域外乡土及其现代景观的体认又恰是这一普遍的心理动态的典型化呈现。因为在本土与域外所建构的跨文化语境中,乡土最能代表一种本地文化的情感、态度甚至价值观念,而它与域外乡土,特别是大多已经步入现代工业文明的西方所构成的冲突,也更能使生命个体感受到讶异与不适,也更能体现两种文明冲突在文化、民族、国家意志等现代之维上生成的复杂。本章即聚焦于中国知识分子对现代的初次体验及体认现代时的自我矛盾,希冀在此情感波澜中初步感触他们自我身份的迷失与追寻。

第一节 "土拨鼠式的社会"

段义孚在《恋地情结》中曾指出,"理性的脑是人类掌握的最重要的力量,它把我们的欲求转换成现实的形象",而"经验是一种狭义上的感知。如果有时间间隔,那么就会形成概念,即感知者可以退居事外,把从诸多方面感知到的蛛丝马迹集合起来,形成理性的分析结果"。[1]譬如内山完造就由听到西湖的南屏晚钟而悟出了日中两国国民

---

[1] 〔美〕段义孚著,志丞、刘苏译:《恋地情结》,商务印书馆2018年版,第18、88页。

性的不同。

内山完造君在西湖听到了南屏晚钟的钟声,从而想到了他在日本所听到的琵琶湖面三井寺的钟声之音色的不同,复从而悟出了两国国民性的相异来。谓:

"忆及在中国各地的寺院中所见过的佛像的面目,其中没有一个是看了会觉得可畏可怖的。小孩子们在五百罗汉堂里也可以玩得很高兴。虽然是践着小鬼而立的钟馗的画幅,也绝无半点逼人的鬼气。金刚也罢,四天王也罢,既不足畏,复不足怖。总觉得有什么地方不中用。似乎稍一触动,他便会格格地笑起来的。令人一见觉得怪慈眉善眼。——然而日本的佛像上,却表现着十二分的严肃味。不禁使人起此种人方能优胜之感。严肃这两个字里,原便含有可畏的意义。所以日本所有的佛像,大抵均可畏,而且使观者感到恐怖。其实不仅佛像或艺术品为然,日本人的躯体并面貌上,便明显地表现着这种严肃味。"[①]

仅从南屏晚钟的钟声与三井寺的钟声音色的不同,便可悟出两国国民性的不同,不能不令人称奇,而个中缘由自然与人类理性思维这一"最重要的力量"相关。不过更需引起我们重视的是,内山完造这个"中国通"丰富的异国生活经验和文化知识储备,是他准确勘破两国国民性不同的重要基础。设想一个从来没有来过中国,对中华文明一无所知的人是如何也不能仅凭钟声便可有此理性判断的。这其实恰

---

① 尤炳圻:《严肃与滑稽》,《宇宙风》1936 年第 25 期。

恰提示我们不可忽略人类在域外陌生空间的感知过程中，自身的文化背景和风俗习惯所具有的重要参考价值。譬如，尤炳圻参观一次服装展览会，便可联想到中国式革命的无情与强霸、浅薄甚至怯懦。"自来换一个朝代，便变一次正朔，易一次衣冠。革了命，则被革命时代的一切典章文物制度礼俗，当然都不好，都该打倒，办法很彻底，原是不错的。不过正朔尽管改，衣冠尽管易，但旧衣冠连研究都不许人研究，看都不准人看一眼，却有点儿太无情，太强霸，或者不妨说太浅薄，太怯懦罢。"①反之则深感日本人"对个人的生活事业稍有关系的片纸只字，零帛断锦，都不肯轻掷"，由此看出"日本人很富于浮世无常的凄寂的心情，但同时又最眷恋低徊不释于过去的陈迹"②的国民性格。

"然而文化又不只是一批知识与想象的作品而已；从本质上说，文化也是一整个生活方式。"③因此，当个体初次接触到异域的物质/文化环境时，他们对文化差异的感知则更多地集中在了异域日常行为方式上。譬如郁达夫在《说翻译和创作之类》中对国人与外国人风俗习惯的比较。

> 实在中国人的风俗习惯和外国人的颠倒相反的地方也太多，譬如外国人见面的时候，系两个人互相握手，来表示亲密的，而中国人却两手一拱，必自己来握着自己的手，方算恭敬。又如吃

---

① 尤炳圻:《从一个服装展览会说到中日之不同》，《宇宙风》1937年第36期。
② 尤炳圻:《从一个服装展览会说到中日之不同》，《宇宙风》1937年第36期。
③ 〔英〕雷蒙德·威廉斯著，吴松江、张文定译:《文化与社会》，北京大学出版社1991年版，第403页。

饭的时候中国人总是最后才吃汤,而外国人的汤,却在最先。茶托的小碟,外国人是摆在茶杯底下的,而中国在火车里却要把茶碟盖在玻璃杯上。到了夏天或跳舞场里,外国人总是女人赤膊,而男人却总穿的规规矩矩的,中国人却赤膊者,总是男子。外国人只有小孩,可以白坐车白进戏院,或买半票,而中国人却总只是身体伟巨的军人到处在坐白车,听白戏,吃白食。还有看电影或听戏的时候,外国人总只是临时赶来,而中国人却会在定刻前的三四个钟头,就上戏院子去等着,反之请人吃饭的时候,约好时间,中国人却要迟三四个钟头才到了。[①]

国人与西人在举手投足、待人接物等日常生活习惯上的差异,其实还是上述文化以及国民性格的不同使然,类似的例子不胜枚举。除了此类差异的比较,对传统节庆习俗、民间文艺不同的观察也需我们格外关注。因为传统的节庆习俗是农业文明背景上的乡土仪式化的重要形式,它是自人类童年时代至今沉淀、累积,进而充分彰显传统文化、文明特质的传统乡土意涵的重要表达形式。那么,当人们在异域空间开始有意识地将域外节庆习俗与自身本地的经验进行比较,即意味着传统乡土意念在域外这个当时多数国人视作现代的参照下开始了自觉反思,这是一个重要的心理动向。譬如,崔万秋在《东居漫话》中就谈到了中日节庆习俗的异同。

"盆踊"是日本一种最普遍流行的乡土艺术,一种极简单的

[①] 郁达夫:《说翻译和创作之类》,《论语》1933年第8期。

跳舞。

盆者盂兰盆之意,和中国的盂兰盆是一个意思。因为这种风俗随佛教由印度传入中国,又由中国传入日本。日本简称七月中元节曰"盆",故又简称那一个时节的跳舞曰"盆踊"。

....

此俗传入日本,至今乡间还很流行。就是都市上,也因此俗难改,不过把旧历七月十五日,改成阳历八月十五日;这种风俗仍然是流行。日本于是便有了"新盆""旧盆"之称。

——《盆踊》

日本和中国一样过仲秋节,而"赏月"一段韵事,在日本叫做"月见"。

中国每逢仲秋佳节,家中老幼男女,团聚一堂,共赏明月,是家庭乐事之一,所以"仲秋"和"团圆"好像分不开似的。儿子在他乡作客,父母在家便要于仲秋节加倍地思念儿子;丈夫远游,妻子便要深闺垂泪;游子更是"每逢佳节倍思亲"。

日本从前是否和中国一样把"仲秋"和"团圆"联得那样密切,不得而知;现代的日本,似乎这种观念很浅。但每逢仲秋,大家成群结队地出去赏月的雅兴,却并不让似中国人。

——《月见》[①]

崔万秋对日本"盆踊"与"月见"的介绍,表面看是两国不同风

---

① 崔万秋:《东居漫话(三):"盆踊""月见"》,《真美善》1929 年第 5 卷第 2 期。

俗习惯的比较，但实际是在更深的层次上反映了两国不同的现代化进程。譬如，《月见》中，日本渐趋淡薄的"团圆"观念，实则是日本在迅速工业化之后，在新型劳资关系冲击下传统人伦关系不断松散，甚至面临瓦解的现状。而作者之所以深感日本在"月见"中"团圆"关系的淡薄，也正是基于小农经济背景下更为强烈的"团圆"意识。而"团圆"是乡土情感的重要内容，它是农耕文明强调协作、共生的生产守则与对土地恒定不变的根性崇拜下形成的重要乡土观念。因此"月见"的差异实则是两国处于不同现代化进程中不同的乡土观念的差异。而如果从作为民族志的乡土谈，从中国近代保种图存的历史语境谈，节庆习俗除却纾解个体情感，尚有凝聚民族情感之意。也就是说，当中国现代知识分子一旦踏入异域，接触到迥异的文化与文明时，他们对充分体现本民族情感、意志的节庆习俗的关注，是很容易与中国所深陷的民族危机联系到一起的。因此，两地节庆习俗的比较也往往会相应地超越乡土的文化范畴而触及民族与国家的层面。这是在特定历史语境中，中国知识分子将知识、道德和政治理想同构化的文化性格作用的必然结果，所以名为乡愁实则大多包含着较为强烈的民族与国家的情绪。而这也显示了本地知识分子对域外乡愁的两种情感倾向：一是认同域外的现代价值理念，另一则是激发了自身的民族主义情绪，二者都是在反省自身的基础上产生的。譬如周作人在谈及自身留日的生活时就说："我们在日本的感觉，一半是异域，一半却是古昔，而这古昔乃是健全地活在异域的。"[①] 有学者甚至还注意到，当年章炳麟、

[①] 周作人：《日本的衣食住》，周作人：《苦竹杂记》，良友图书印刷公司1936年版，第226页。

陈去病等辛亥志士正是由于身处异域日本而被激发了汉民族统治时代的乡愁，进而要于异域"振大汉之天声"，遂有了"光复""革命"之志。① 追慕现代而远涉域外，但域外却激发了本地的民族、国家意识，这种情感意志的调转，其实正是生命个体在异域物质、文化空间接受复杂性的体现。

然而复杂性并不止于此，个体差异所导致的接受认同的差异使得这一过程更为驳杂而充满了不确定性。诚如以赛亚·伯林所说：

> 要表达人类每个个体的特殊品质是多么的困难！要精确地说出什么可以将某人与其他人区别开来又是多么的不可能，包括区别他的生活与感受的方式！所有的事物一旦被眼睛看到、被灵魂捕捉、被心灵感受后，又是如何的不同和具有个体性！一个人的性格究竟有多复杂，无论观察过多少次（包括好奇地盯着），仍然没有词语可以恰当描述它，即使有，也不能为人们所辨认，致使难为所有人理解和感受。如果真是这样，只看一眼，只用一种感觉，只用一个单词，就试图掌握所有民族、时代、文化和国家，会怎么样呢？词语，苍白的皮影戏！必须还要加上这样一整幅生动画卷：生活方式、行为习惯、欲望、大地与蓝天的各种特征，或者预先提供这些。如果一个人想要感受其中的某个倾向、行为或者所有的一切，就必须从同情一个民族开始。②

---

① 参见严安生著，陈言译：《灵台无计逃神矢：近代中国人留日精神史》，生活·读书·新知三联书店2018年版，第57—68页。

② 〔英〕弗雷德·英格利斯著，韩启群、张鲁宁、樊淑英译：《文化》，南京大学出版社2008年版，第11—12页。

伯林对词语作为"苍白的皮影戏"的担忧成为一种"表意的焦虑"。虽然如伯林所说,"被眼睛看到、被灵魂捕捉、被心灵感受后",仍然需要"从同情一个民族开始"方能去谈论文化的不同,但即便如此,由于个体不同的功利性需要,他们看似真诚恳切的介绍或者导读,也可能并非是源自本心的意见,而是暗含着某种不可与外人道的利益期待。譬如,对尤炳圻翻译内山完造的《一个日本人的中国观》的"书报介绍",就是译介本地化过程中一次颇有意思的对话。1936年,署名"亚峰"的作者在《关声》中介绍尤炳圻的这部译作时,就重点肯定了内山完造这个日本人对中国人国民性格优点的描述。其意在强调"我们所痛恨的只是侵略我们的××帝国主义,对于友邦人士并不一概仇视。而友邦人士也尽多同极痛恨侵略,并同情我们的民族解放者"①。而署名"开明"的作者则提醒读者,"著者却就我们平日所不经意的各方面,以幽默和锐利的眼光,来试探并剖视我国的国民性。著者的用心原是将我国一部分真相,以漫谈的体(题)材,介绍给日本的读者。但就在这漫谈之中,尽有深深的寓意,足为吾们所应注意的"②。显而易见,前者是国际主义的立场,而后者则更多地表现为一种民族主义的警觉。这是一个在中国的日本人谈中国人时的遭遇,再如崔万秋的《东居漫话》中,也有一个在日本的中国人谈日本人的有趣故事。在《凭窗》一文中,"我"仅凭两户邻居传来不同的声音,便深知同为日本人趣味的不同。

---

① 亚峰:《一个日本人的中国观(内山完造著,尤炳圻译)》,《关声》1936年第5卷第5期。

② 开明:《一个日本的中国观(内山完造著,尤炳圻译)》,《图书展望》1936年第1卷第12期。

两家趣味，看来绝不相同，尾前家传过来的是日本的三弦声，谣曲之歌声及中国麻雀声。总说一句是东洋趣味。八木家每晚总有留声机的西洋音乐声，有时候听见隔几天一来的女子唱着法国歌，如果要和前者对比，这家可以说是西洋趣味罢？①

诚然人类对外在环境的认知并非仅仅是单一感官的感知，段义孚在谈到人类有别于其他动物对世界的认知方式时，更强调了人类对感官的综合运用。他说："当一个人认识世界的时候，全部的感官都在同步起作用。哪怕只是一瞬间，他所能得到的信息量都是巨大的。"②也就是说，人类对外在空间的边界、形态的确认，在某种程度上是一种综合的感觉判断。作者列举了人们对中世纪教堂如醉如痴的一个重要原因，那就是大教堂里的体验是融合视觉、听觉、触觉和嗅觉于一体的综合感觉。"各种感觉彼此烘托，能将整栋建筑的结构与实质呈现出来，向人们揭示了教堂的本质特征。"③段义孚的观点对我们认识人类在异域空间的体验方式不无启发。也就是说，当生命个体进入到一个陌生的空间时，他对这个空间的边界、形态乃至特质的发现，其实是一个综合的过程。这里所谓的综合，并不能仅仅理解为不同个体的叠加，而应视为在个别中发现一般，并不断丰富个别的过程。那么相较于前述中国知识分子在异域空间的感性体验，中国现代知识分子异域之旅中的"综合感觉"则更应重视，它不仅是在感性认知基础上的理

---

① 崔万秋：《东居漫话（三）：凭窗》，《真美善》1929年第4卷第4期。
② 〔美〕段义孚著，志丞、刘苏译：《恋地情结》，商务印书馆2018年版，第13页。
③ 〔美〕段义孚著，志丞、刘苏译：《恋地情结》，商务印书馆2018年版，第15页。

性加工，更是中国现代乡土意念生发的重要心理基础。

譬如 1936 年，郁达夫在《日本的文化生活》中写道：

> 若再在日本久住下去，滞留年限，到了三五年以上，则这岛国的粗茶淡饭，变得件件都足怀恋；生活的刻苦，山水的秀丽，精神的饱满，秩序的整然，回想起来，真觉得在那儿过的，是一段蓬莱岛上的仙境里的生涯，中国的社会，简直是一种乱杂无章，盲目的土拨鼠式的社会。①

此段文字颇给人以乐不思蜀之感！即便岛国粗茶淡饭的生活也宛如一段"仙境里的生涯"足以令人怀恋。由此，相较于日本的秀丽山水、秩序井然、精神饱满，彼时的中国社会"简直是一种杂乱无章、盲目的土拨鼠式的社会"。"土拨鼠式的社会"是郁达夫对彼时中国的形象譬喻，是综合种种感官体认后的判断，尤其是在日本生活反照之下，打破原本传统、平静的乡土经验之后的必然结果。譬如，在郁达夫的创作中，通过视觉、嗅觉与触觉来体认外在景观就是作者重要而突出的一种艺术想象方式。如《沉沦》：

> 呆呆的看了好久，他忽然觉得背上有一阵紫色的气息吹来，息索的一响，道傍的一枝小草，竟把他的梦境打破了。他回转头来一看，那枝小草还是颠摇不已，一阵带着紫罗兰气息的和风，湿微微的哼到他那苍白的脸上来。在这清和的早秋的世界里，在

---

① 郁达夫：《日本的文化生活》，《宇宙风》1936 年第 25 期。

这澄净透明的以太 Ether 中，他的身体觉得同陶醉似的酥软起来。他好像是睡在慈母怀里的样子。他好像是梦到了桃花源里的样子。他好像是在南欧的海岸，躺在情人膝上，在那里贪午睡的样子。"①

此段文字第一句可谓绘声绘色，背上的感觉综合了气息流动的触觉、想象看到的紫色以及随之听到的息索的声响。紫色的浪漫朦胧、"息索"声音的微小、气息流动的温和湿润"综合"为一种慵懒闲适、酥软惬意的审美感觉。在多种感觉的共同作用之下，作者对抒情客体给予了较全面的表现，这是单一感触所难以企及的。不过，此种综合后的感觉是否真切而不伪饰地反映了人的情思，尚需存疑。因为，综合的感觉与其说是感觉，毋宁称之为"氛围"更合适。也就是说综合感觉的生成有赖于不同感觉的参与、构建"氛围"时的鼎力相助。如此一来，在主题先行的目标指引下，为了高效地表现出既定的理性诉求，是否会在选择、加工不同感觉材料时"艺术化"地遮蔽了本该予以呈现、却与整体似有不谐的违和之"感"呢？对此问题的追问，显然很容易陷入不可知论的泥淖。但是有一点可以肯定，综合后的感觉或有失之主观、浅薄之嫌。譬如，1931年郁达夫在《忏余独白》中说："我的这抒情时代，是在那荒淫惨酷，军阀专权的岛国里过的，眼看到的故国的陆沉，身受到的异乡的屈辱，与夫所感所思，所经所历的一切，剔括起来没有一点不是失望，没有一处不是忧伤。"② 既然这岛国是"荒淫惨酷""军阀专权"又为何到了1936年回忆起日本的文

---

① 郁达夫：《沉沦》，泰东书局1926年版，第2—3页。
② 郁达夫：《忏余独白》，《北斗》（月刊）1931年第1卷第4期。

化生活又感到"秀丽山水""秩序井然""精神饱满",这岂不是自相矛盾?其实这看似矛盾实则恰恰是合情合理的。因为,感性的身体体验正是中国现代知识分子界定过去与现在的重要途径。譬如1931年郁达夫感到自我"抒情时代"的终结正是因为"故国的陆沉"与"异乡的屈辱",他的弱国子民的不愉快的、痛苦的经验都源于解民倒悬的政治理想的失落,"'青年倒霉!革命落空!'在囚牢里奔放出来的成千成万的青年,只空做了一场欢喜的恶梦,结果却和罗马帝制下的奴隶一点儿也没有差别"①。归国后恶劣的政治环境以及四处碰壁的沮丧,自然也就让郁达夫在1936年更强烈地生发出对"土拨鼠式社会"的厌恶,以及对当年日本生活的怀恋。这一对故国看似矛盾的心理感受正是现代知识分子在现代性接受与认同中既倾慕又摇摆的生动呈现。因此,我们与其将"土拨鼠式的社会"看作是郁达夫对中国社会本质的揭示,毋宁将其视作郁达夫在已有的故国经验基础上,诉诸启蒙的功利性的需要更为恰切。换言之,郁达夫"土拨鼠式的社会"的综合感受体现了现代异域生活经验对传统乡土意识的冲击中现代乡土意念生成时应有的矛盾与复杂情形。而郁达夫敏感的心灵触角所传递的"此一时彼一时"的综合感觉也是他不断寻找、确认乃至强化个人现代身份的重要方式。

无论感官对外在事物的独特感受还是综合感觉,人类对外在物质文化空间的认知很大程度上都体现为一种"感同身受"的方式。一方面,异域的景观、迥异的日常生活方式以及不同的习俗、文化都对个体感官充满了吸引力,当然,这种感官式的体验大多还是停留在"猎

---

① 郁达夫:《忏余独白》,《北斗》(月刊)1931年第1卷第4期。

奇"的层面。另一方面,被充分调动起来的感官也在不断接受的过程中,以"亲历"的方式开始了有意/无意的比较,从而修正或补充以往道听途说的不可靠性。尤为重要的是,"接受"过程始终都无法彻底摆脱文化背景的制约。而"乡土中国"的"差序格局""熟人社会""桑梓情谊"恰恰是中国文化重要价值与公私秩序的基础。因此,中国现代知识分子在域外的"猎奇",其实已然触及乡土的跨文化实践问题。譬如前述我们对日常生活方式、节庆习俗的比较正是乡土意识发生悄然嬗变的前奏或曰表征,这也是我们对此多有关注的原因所在。

而另一个我们所不能忽视的重要问题是,这一跨文化翻译过程由于个体差异而导致接受的复杂面向,其实也是中国文学现代化复杂性的体现,这有待在之后的章节中去细致剖析。而在此提及是意在强调中国现代知识分子自身文化的新旧杂糅性正是接受复杂性的主因,更是中国知识分子完成现代转型的必然文化心态。从"五四"以降,中国知识分子对以"科学""民主"为核心理念的西方现代价值理念的接受,到"大革命"失败后以"欧美为师"向"以俄为师"的转变,1920年代末至1930年代抗战之前的"后五四"时期,其实正是中国知识分子建构自我主体性的重要转折期。一方面,"五四"狂飙突进的"全盘西化"观念得到了冷静的反思,一方面,全面抗战民族主义情绪的高涨尚没有实质性影响到知识分子对异族、异域文化、理念的理性判断。因此,我们将目光聚焦于1930年代前后中国知识分子的域外"猎奇",就别有深意了。也就是说,他们对域外乡土的认知其实回溯与反思的成分更加突出。如果说,"后五四"时期是中国知识分子完成现代转型的重要窗口期,那么这一时期也是中国现代乡土意念发生的重要转捩点。因为"文化翻译者不仅是被动的角色;他们是在跨文化场域中行动的艺术家，透过个人的能动性来转化分水岭两边的文化元素"[①]，这种创造性的转化，不仅是在消解种种本地与域外精神文化结构对立，更是不断挑战自我，在不断地"越界"中汲取营养从而寻求蜕变的可能。而郁达夫对"土拨鼠式的社会"的厌恶则又提醒我们："蜕变"的过程仍然是一个无平不陂、无往不复的过程。

在1930年代前后特殊的历史语境中，中国现代知识分子对域外乡土的初步感知与理性回溯，使得反思中国传统的乡土价值体系进入了实质性的思想"革命"阶段。不过，这一"革命"的肇始还停留在外在的、乡土文化的表现形式上，距离触及传统乡土的价值核心尚有很长的路走。至于到底应该怎样批判，如何建构？恐怕一时还难以找到正确、恰当的路径。然而从民族走向世界，不仅是一代知识分子的主观意愿，更是人类文明进程的客观要求。由此而观，对域外乡土的垂注，对本民族的乡土重建，即是这一过程中具有重要意义的自我裂变过程。

第二节 "机械马"和"磨坊"

人的感官对域外风土人情的独特感受或综合感知是建立在迥异的时空基础之上的，离开这个前提，身体对外界环境的感觉就要大打折扣。那么在同一时空内的生命个体面对同样的外界刺激还能有不同的

[①] 彭小妍：《浪荡子美学与跨文化现代性：一九三〇年代上海、东京及巴黎的浪荡子、漫游者与译者》，台湾联经出版事业股份有限公司2012年版，第12页。

身体感受吗？对此问题的追问，使我们必须关注全球现代化进程中中国知识分子的现代初识，因为自工业革命以降，现代工业文明所带来的全球化已然成为一个巨大的时代语境。那么在这一共有的、宏大的现代叙事内，1930年代前后的知识分子是否在域外的乡愁中有着迥异的现代感受，它又是如何成为一种情感动能，进而驱动其自身形成现代乡土意念的态度与价值呢？对域外乡愁小说中"机械马"疑惧且期待的情感体验的本地化差异及其纾解方式，为我们管窥乡土／文化与世界／环境的复杂关系提供了重要的情感线索。

如果说工业文明的巨大成就是近代国人感知域外时最具有视觉冲击力的现代景观，恐怕应无异议。悠久的农耕文明、近代中国相对封闭的政治、文化语境不仅造成了这种强烈的心理感受，而且也强化了这种惊奇之感。而文学似乎也乐于去表现这种巨大的历史变革给生命个体造成的巨大震撼。然而在传统的乡土文学中，它往往是乡愚的注脚，譬如，"刘姥姥进大观园"便是通过揶揄没见过多少世面的"乡巴佬"来展示其滑稽可笑，而"看西洋镜"更是近代中国对观看西方现代景观的经典譬喻。从这些国人心理考察，我们并未看到国人有多少自觉鄙陋的赧然，反倒是喜剧式的一笑了之抑或弃之敝履般的不以为然，所谓出"洋相"是也。

然而时值1930年代前后，中国不仅实质性地被卷入这场世界性的政治经济变革，而且更为强烈地表现为一种夹杂着民族屈辱的、被动的现代化过程。这种由"后儒学价值"[①]所构成的现代东亚特有的文化

---

① 参见夏光：《东亚现代性与西方现代性：从文化的角度看》，生活·读书·新知三联书店2005年版，第3页。

背景，使得生于斯、长于斯的现代知识分子也开始对激进的"全盘西化"思潮有了更为复杂的认识。譬如斯宾格勒的《西方的没落》就在当时的中国产生了巨大的影响。这留待第四章具体阐述，在此暂且不论。在此需要指出的是，这一面对西方的复杂态度同时也因应于国人对西方工业文明的认知。如果说在传统乡土意念中，人们对于西方现代之物更多的还是惊异的猎奇的话，那么经过"五四"思想洗礼的现代知识分子显然已对西方工业文明的再接受有了更为复杂的价值取向，而文学艺术自然更擅于以同样复杂的情感来予以展现。那么，文学如何表现这种复杂性？还是如传统"戏说"的揶揄笔调挖苦之、戏谑之？显然浅薄的嘲弄已经无力表现现代知识分子如此复杂的价值取向。因此，我们在1930年代前后域外"乡愁小说"的译介中看到，惊异而恐惧、希冀并担忧的矛盾复杂感触成为这些作品表现国人初见现代之物时具有共性的复杂情感状态。而对"机械马"这一神奇的现代巨兽的文学想象也是近代中国译者与域外著者同样矛盾、复杂心境的生动写照。

一、"机械马"

作为现代性标志的铁路、火车等现代交通工具较为集中地出现在了1930年代域外乡愁小说之中。正如沃尔夫冈·希弗尔布施所说："在19世纪，除了铁路之外，再没有什么东西能作为现代性更生动、更引人注目的标志了……但事实上从一开始，铁路就未能免于威胁之论调和恐惧之潜流。"[1] 譬如，密克萨斯的《旅行到别一世界》中，众

---

[1] 〔德〕沃尔夫冈·希弗尔布施著，金毅译：《铁道之旅：19世纪空间与时间的工业化》，上海人民出版社2018年版，第2页。

乡绅对这个冒然闯入偏僻山村的、像一簇矮小房屋的"硕大的呆相的机器"就充满了恐惧。

  这时被邀请来的乡绅们也到齐了。他们爬上车子,于是那个硕大的呆相的机器就开始啵啵的喷气,又鼓起鼾声,又吼起来,像一只野马,同时放出烟煤四散开去,横穿过可爱的田野。一声哨子响了,这一长列的小波兰房屋就移动,有雷一般的大声,愈动愈快起来,直到后来像箭离了弦一般的去了。

  茄布尔·库伐市恭恭敬敬一遍又一遍的举指画十字,心神颠倒,口里吃吃的说:"那不是上帝的工作,众位啊!恶鬼在后面呢。"

  "让那些笨伯这样想罢。"伊斯脱文·土脱反驳他。

  "我告诉你,有马在这东西的内部呢。"

  "内部那(哪)里?我们总应该看得见的。"

  "我情愿拿我的灵魂和你赌。一定有马躲着呢!大概每隔一间小房就有两排马戏院里来的好马藏着,它们就拉着后面的小房子走呢。"①

这段令人捧腹的谈论充满了对犹如洪水猛兽般的"机械马"(火车)的恐惧。它如野马"啵啵的喷气"、鼓起的鼾声、如雷般的吼叫以及犹如离弦的箭般的速度,都使得"机械马"成了一种带有巨大破坏力与强制征服力的存在。巨大无比的质量与难以置信的速度不仅是

---

① 〔匈牙利〕K.密克萨斯:《旅行到别一世界》,〔土耳其〕R.哈里德著,茅盾译:《桃园》,文化生活出版社 1935 年版,第 65—66 页。

现代性的显著特征,同时也成了人们恐惧现代的本因。现代性的力度、速度不仅切割着可爱的田野,而且也蛮横地改写着传统乡民对自然的固有认知。于是,原本是机器的火车却仍然要以"马"来指称,除了二者都具有交通运输的基本功能,以人类驯养的牲畜来呼应这个现代工业文明的不速之客,不过是欲盖弥彰。诚所谓:"'机械马'这一流行意象试图用一种驯化的隐喻来掩盖,但正是这种掩盖,暴露了人们的恐惧:对于熟悉的自然被一种自身拥有内在力量源的、喷着火焰的机器所取代的恐惧。"① 而牧师否定马是火车的动力,声称是"恶鬼驱使"的判断显然是要将宗教作为克服恐惧的最后一根可怜的稻草,这是希望以超自然的力量再次掌控、驯服现代性的努力。然而这不仅是徒劳,而且放大了面对现代性时人人深感厄运临头般的巨大无边的恐惧。

随着现代性的深入,恐惧也在不断蔓延,譬如因不可抗力导致的火车晚点、车次取消引发的担忧或可能发生的事故所造成身体损伤的恐惧等。而现代性所展示出的超出个人设想的力量、速度则加重了这种担忧与恐惧,尤其是"不可预知"的感觉变得越来越强烈,人们开始感到自己逐渐失去了掌控自我的能力,在现代性这只无形之手的操控下,人的主体性的式微,失落感愈加沉重。但是,伴随着不可知的担忧与恐惧,人们对于强势速度所开辟的时空显然也增添了无数新鲜的希望。正如沃尔夫冈·希弗尔布施所说:

> 对于人们进入商品生产体系中的新地位,这是一种决定性的

---

① 〔德〕沃尔夫冈·希弗尔布施著,金毅译:《铁道之旅:19世纪空间与时间的工业化》,上海人民出版社2018年版,第2页。

开启方式：这种地位即人们作为力量的对象，而这些力量的起源尚不得而知。旅行的路线从道路转型成了铁路，前者要让自己适应大地的等高线，而后者则夷平并征服大地，使大地满足其对规则性的需求，与此类似，就像许多旅客坦承他们的感受时所说，他们变成了一块重物，一件"包裹"。与铁道所取代的东西，也就是乘公共马车旅行相比，铁道旅行造就了一种全新的体验——这是一种自我的、与诸多同行旅客一起的、景观的体验（现在、景观是极速掠过的全景），是空间与时间的体验……旅客从一个单独的个体，转变成了大众中的一员——仅仅是一个消费者。①

如上而论，无论是初见"机械马"的普遍恐惧，还是对"速度作为公共生活的新准则确定之后所蕴含的乌托邦许诺"②的期待，都显示出有限的生命个体面对蕴藏着无限经济力量的社会的矛盾心态。正如"卡尔·马克思写道，在'通过时间消灭空间'的背后，是资本的增殖现象"③。因此，这种恐惧与期待其实也是对于进入一种新的经济形式、文明形态的应激性反应。这种焦虑在围绕"机械马"内部的不断改进中得到了充分的展现。④譬如包厢所带来的私密、舒适但孤独、封

---

① 〔德〕沃尔夫冈·希弗尔布施著，金毅译：《铁道之旅：19 世纪空间与时间的工业化》，上海人民出版社 2018 年版，第 3—4 页。
② 〔德〕沃尔夫冈·希弗尔布施著，金毅译：《铁道之旅：19 世纪空间与时间的工业化》，上海人民出版社 2018 年版，第 2 页。
③ 〔德〕沃尔夫冈·希弗尔布施著，金毅译：《铁道之旅：19 世纪空间与时间的工业化》，上海人民出版社 2018 年版，第 3 页。
④ 譬如，因 1860 年法国普安索谋杀案而对包厢进行的改革，参见〔德〕沃尔夫冈·希弗尔布施著，金毅译：《铁道之旅：19 世纪空间与时间的工业化》，上海人民出版社 2018 年版，第 134—139 页。

闭的空间体验，公共车厢给互不相识的现代人、强迫安置的"亲密无间"的座位，都让进入这个现代语境的人们感到陌生、紧张。加之飞逝的景观造成的紧迫的时间感、嘈杂聒噪的、无主题的漫谈对个人主体性的削弱，都使得这种现代之旅成了一种"既愉快又可怕"的经历。而更有意味的是，由于包厢与公共空间的并置，甚至座位等次的明确，使得个人对自我社会身份差异的认知得到了强化。虽然，"机械马"力图带来人人平等的"现代"社会价值理念，但在"平等"的表层下，却凸显了资本对自我身份的决定作用。拥有资本的多寡一定程度上决定了个人所能获得的空间与待遇。如此一来，原本意图为不同性别、民族、宗教信仰的现代人建立崭新沟通方式的初衷，最终却演化成了鼓励交流又阻碍交流的自我矛盾的表述程式。

这种自我矛盾是"机械马"引发的现代演进中，现代人所面临的新的困惑与恐惧。因为打破乡土血缘结构的，随机的、业缘式的交往方式，更是充满了无尽的不确定性，尤其是随着阶级意识的强化，沟通成了一种有条件的交际方式。沟通所设置的条件带来的不仅是交流的不畅，更是社会阶层的撕裂与隔膜。这种貌似平等实则充满歧视的社会权力结构将原本猎奇的、恐惧且期待的复杂情感导向愤怒与敌视的心理壁垒的建构，这使得"机械马"越来越脱离自身的现代属性，而转向一种意识形态化的概念表达。然而无论是生命个体自身的身体不适抑或心理拒绝，还是基于社会割裂所导致的阶级对立，"机械马"所开启的都是生命个体在一个不可遏止的现代社会到来时对自我身份认同的困惑。正如阿兰·特拉赫滕贝格（Alan Trachtenberg）所说："在铁道旅行中，19世纪的人们遭遇了他们生命的新境况；他们遭遇了作为现代人、作为在新规则和需求结构中居存的他们自身。"①

而1930年代前后的中国,由于"东亚现代性"在传统与现代之间相当紧密的内在连续性,使得在现代性冲击下的中国知识分子内心恐惧与希冀并存的矛盾心态更具固执与敌对的抗拒姿态,这在乡土中国的文化语境中不断得到放大。譬如徐转蓬的《磨坊》就是时下国人面对"机械马"时生动的写照。

二、"磨坊"

徐转蓬的《磨坊》是一篇精彩的乡愁小说。"磨坊"真正的意义是"车站"所赋予的,这是因为唯有"车站"的出现,才会忆及或凸显"磨坊"所具有的文化与精神内涵。也就是说,唯有"机械马"从一地到另一地"通过时间消灭空间",才能对"磨坊"施加影响,进而彰显"磨坊"存在的意义及其价值。与域外乡愁小说对"机械马"的恐惧相同,乡土中国的子民同样对这一现代怪兽充满了恐惧。插在德五伯伯为自己造的坟墓上的飘摇的小旗已然预示着"一个可怕的时代"的到来。

> 一天早晨,他照例上磨坊去的时候,他发现在他的坟顶有一面小旗,在清晨的微风中飘摇。老人见了,手就很厉害的颤抖,一种莫名其妙的恐怖把他攻倒了。他就在路旁的草地上坐下来,

---

① 〔德〕沃尔夫冈·希弗尔布施著,金毅译:《铁道之旅:19世纪空间与时间的工业化》,上海人民出版社2018年版,第4—5页。

看那招展的小旗，那旗子展开老人的恶（噩）梦。他因为根本不懂旗子的意义。"到底发生了什么事？"再抬头望前看去，一直线有百数以上的小旗在风中飘摇，他更害怕了，他坐着如木雕的，上唇合着下唇，牙齿也战栗了。①

"机械马"尚未到来，仅仅是规划铁路的小旗就足以令德五伯伯战栗，当然这种恐惧有对未来不可知的巨大改变的忧虑，有边界遭遇侵占的愤怒，但更多的还是因为旗子插在自己坟头的巨大恐惧。因为，"磨坊"不仅表征着一种农耕文明，更是一种生命个体日常生活方式的象征。在自给自足的小农经济中，磨坊是对收获的稻谷、荞麦、玉蜀黍进行加工的重要生产工具，由于农耕劳作中集体劳动原则，人们往往都需要到德五伯伯的磨坊来碾磨收获他们的劳动产品。这是"磨坊"，同样也是德五伯伯重要价值的体现。而老鳏夫德五伯伯通过收取磨租不仅获得了稳定的经济来源，而且也与村民建构起了"熟人"社会。这种经济与伦理同构的公序良俗一度是"乡土中国"重要的伦理架构。德五伯伯的日常生活方式呈现为一种封闭的、循环的恒定形态，一如春种秋收、亘古不变的农耕劳作本身。而唯一尚存的期待也只是寄托于来世。"坟"与"磨坊"一并构成了德五伯伯对生死理解的基本情感结构。"磨坊"是现世，"坟"是来世；"磨坊"是现实，"坟"是彼岸。所以当象征彼岸的"坟"被插了旗，其实也就寓意着工业的巨兽不仅要侵占他的现实，更要夺走他的归宿，这怎能不令他感到恐惧！设想连死后的归宿都被无情摧毁是何等令人恐惧啊？相较于《旅

---

① 徐转蓬：《磨坊》，《新月》1933年第4卷第7期。

行到别一世界》中众乡绅对"机械马"的惊异,《磨坊》中的恐惧完全大过了猎奇,因为域外乡愁小说尚且可以通过诅咒的恶鬼来纾解恐惧,并将之转化为上帝报应的灵验。然而对并不具有宗教传统,反倒在现代性中饱尝屈辱的国人而言,他们没有宗教的化解,面对唯一朴素的来世希望也遭到了无情的毁灭,他们已经退无可退,因此唯有抗争。一如域外乡愁小说将"火车"视为怪兽,国内的小说家同样将"机械马"描绘成"洪水猛兽"般的存在。"铁路穿过房子,房子该拆;经过田,田要平;经过山,山也掘去!"①但是正如德五伯伯从愤怒至求饶的心理转变,"磨坊"之于"机械马"长途奔袭中的抵抗大多只能是"困兽犹斗"。诚如小说结尾所描写的那样:

小小的车站,终于在那松林背后,在从前磨坊的所在地出现了。列车彻天彻夜的,从都市开来,都市的文化从车站涌泻了出来……②

结尾的省略号有着欲说还休的复杂情绪,它或是如打开了潘多拉的盒子,预示着都市文明所带来的如恶魔般的种种罪恶;也或是打开了一扇通过康庄大道的现代之门,种种新奇与希望都等待着不断去发现。这种复杂、矛盾的心绪其实正是彼时国人面对现代时的疑惧。在时隔一年之后的《回乡记》中,故乡的车站再次出现:

一天火车的行走,到了古方小站,我跳下来了,正是夜如雾

---

① 徐转蓬:《磨坊》,《新月》1933 年第 4 卷第 7 期。
② 徐转蓬:《磨坊》,《新月》1933 年第 4 卷第 7 期。

一般的白茫茫降下的黄昏时候。在这车站下车的只有我一个人。车站的小屋建筑在田野上。铁路线会从这里田野上经过，田野上能见到这红砖墙的车站，是这里的住民从未梦想到的。从这铁路完成后，我第一次乘火车回乡，往年全是由水路的。①

不仅如此，当年的同窗 K 君也成了"摇着红绿旗子"的站长。铁路通车后，K 君便在车站工作了，但谈到如今的生活却不胜唏嘘。

"生活怎样，好吧？"
"鬼的生活啦，车站孤零零的在这田野中央，到深夜鬼也出现了……"他板起正经的脸色这么说。②

"田野中孤零零的车站"成为中国现代化进程中一幅独特的景观，这一在农耕文明机体内畸形的现代植入，并没有迅速将中国社会带入现代化的历史进程。"车站"四周的田野预示着传统乡土文明根深蒂固，难以撼动，虽然历史的进程以不可逆的方式宣告着经济全球化的到来，但包围"车站"的田野显然不愿在这个时代缺席，它伺机而动随时准备反攻、绞杀而捍卫自身。伴随着国人对域外工业文明某种莫明的水土不服的屈辱感，中国现代知识分子对域外工业文明的初见，显示出强烈的现实关怀与民族意识。这使得它在原有的现代之维上的延展生成缺乏足够的动能，政治的抑或政治化的功利性使命担当成为

---

① 徐转蓬：《回乡记》，《社会月报》1934 年创刊号。
② 徐转蓬：《回乡记》，《社会月报》1934 年创刊号。

他们的不二选择。而传统抑或本土价值意义吁求的反向制约,也使得他们对这一带有西方价值取向的现代之物的初识最终成为一种东方主义的表述,这是历史也是时代的必然。譬如,在王统照的《山雨》中,奚二叔的痛苦体验颇能代表彼时农民遭遇"洋祸"时的身心感受。

在一瞬中,他联合着记起了他与那时的青年农人抗拒德国人修铁路的一幕悲壮的影剧。接连而来的八卦教,扶清灭洋的举动,于是铁路,奇怪的机关车,凸肚皮大手指的外国人,田野中的电线根,枪,小黑丸的威力;再往下接演下去的是八年的大水灾中日本人攻T岛的炮声,土匪,血,无尽的灰色兵的来往。于是什么都有了:纸烟,精巧的洋油炉,反常的宰杀耕牛,玻璃的器具,学生,白衣服,……零乱的一切东西随着当初他们抵抗不成的铁道都来了!于是他觉得他们快乐的地方便因此渐渐堕坏下去。渐渐的失去了古旧的安稳与丰富,渐渐的添加上不少令人愤懑而一样如修铁道似的不可抵抗的魔鬼的东西。自然,这洋油,洋油灯,便是其中的一件,然而怎么办呢?二十年来不仅是他的村庄找不出一盏烧瓦做成的清油灯,就是更小点的乡村每间茅屋中到晚上都闪摇(耀)着这熏人欲呕的黑焰小灯。洋油一筒筒(桶桶)的从远处来到县城,到各大镇市,即时如血流般灌满了许许多多乡村的脉管……啊!他下意识地从这句有力量的话引起了不少的纷乱的回忆与莫名其妙的愤感。[1]

---

[1] 王统照:《山雨》,开明书店1933年版,第8页。

显然铁路的到来绝非单单标识着物质的现代化，它不仅是德国经济侵略的途径，更夹杂着日本人对T岛的侵略、本土极端反洋的庚子拳乱等等痛苦经验，国人对现代初识成为对域外列强侵略与抗争的血泪史。"机械马"也越来越远离其本身的现代意涵而转向对民族、国家利益的捍卫。这一点，茅盾看的很清楚，在评《山雨》时茅盾一语中的，"小说《山雨》里所写的大部分还是山东农民的怎样'活不下'；二十二章以后是写到怎样'另打算'了，（不是要皇帝），故事的背景也从乡村移到帝国主义铁蹄下的都市了"①。这也如王统照在《山雨·跋》中所说，"《山雨》，意在写出北方农村崩溃的几种原因与现象。……然而中日的冲突日甚，接着便是淞沪的抗日战争，我正写到一个日本兵士的心理。当前的情形使我不愿继续写下去，（自己也说不出是一种什么心理）"②。无怪乎有评论者甚至认为："我们从本书可以了解农村是如何在水深火热的痛苦中挣扎。我们更可以藉它解答中国共产党的势力为什么能如火燎原的不可扑灭。我们从它也可以明了都市人口增多及商业不景气的根本原因。我们更可以从它认定中国今后之政治经济及其他建设工作应有的动向。"③

于是，我们看到中国的译者虽然共鸣于西方对现代的猎奇，但在本土的乡土想象中却更愿意将之呈现为一种剑拔弩张的空间对峙、文化的交锋。"'磨坊'与'车站'的差异空间对比，实质就是传统与现代的抵牾。作家是力图阐释故乡转向现代之途的必然，还是反思现代性水土不服的'副作用'？也许二者兼而有之吧。读者的疑惑或者说

---

① 东方未明（茅盾）：《书评：王统照的〈山雨〉》，《文学》1933年第1卷第6期。
② 王统照：《山雨·跋》，《山雨》，开明书店1933年版，第311页。
③ 陈药翰：《评王统照的〈山雨〉》，《紫晶》1935年第9卷第2期。

纠葛恐怕也是作家的乡愁,而这种思考正是由差异对立的空间所激发,进而以读者自身的文化背景考量的结果。"①戏言之,如果说域外乡愁小说中"机械马"带来的更多的是烟火气,那么本土的"乡愁小说"则充满了硝烟味,而中国现代知识分子的乡愁就是在这种对峙的空间中所激发、所酝酿,对峙一日不结束,乡愁就永不会终结。但在充满硝烟味的本土"磨坊"与"机械马"的对垒中,现代乡土意念则开始越来越向政治化,或更为保守的本土主义延伸,这种愈加偏离"现代"本身的"现代"转向成了1930年代前后的特殊的症候,它对中国现代乡土意念的发生是有着重要参考意义的。这使我们不得不重温本书开篇施孝铭与郁达夫的那场无果而终的"农民文学"之辩,乡土意念在革命救亡与世俗民间的分化其实并不是一个相互抵牾的存在,某种程度上说,二者其实是同源异流的关系,也因此我们看到革命与世俗其本质都是一种带有强烈民族意志的东西,只不过其表现形式各异罢了。因此,乡愁小说在本土与域外对"机械马"的不同想象,虽是生命个体的切身体认的"初见",但也是"远见",它所提示的现代文学中乡土意念的发生方式及其走向令人印象深刻。

第三节　苦闷的象征

个人对外界的身体感知,面对现代的恐惧却又新奇的情绪,不过

---

① 冯波:《雅努斯的面孔:中国现代"乡愁小说"论》,中国社会科学出版社2019年版,第60页。

都是由眼前的现实而生发的情绪、情感。然而随着这种经验、体验的积累，初步的感知在情感的驱动下，最终都要落实在具有普遍意义的价值观念的自我生成上。唯如此，生命个体才能够经由"身体"的感性认知而走向对自我"身份"的认同。换言之，由"身体"到"身份"的修辞转变，恰是中国现代知识分子自我主体的建构过程。然而对外在事物的本质把握同样离不开身体感官的参与，只不过此时的"所见"，未必即是"所看"。

一个有趣的事实是，文学中乡土意念的现代发生恰恰需要通过从"看"的感性认知过渡到"见"的理性升华。换言之，也许略去繁杂表象的"不看"反倒比"看"得到的要多得多。因为一方面，目之所及的确定性显然比想象的不确定性更受局限；另一方面，唯有经过自我思虑的提纯才能生成自我理性而切实的态度与价值判断。厨川白村《苦闷的象征》的译介就是很有意义的跨文化实践。虽然它只是域外文艺理论的"旅行"，并非是乡愁小说的译介，但它对"苦闷"这一时代情绪的"观看"方式，对中国现代文学乡土意念的发生启发良多。因为乡土的情感内核即是"乡愁"，对故乡的愁绪本身即是一种"苦闷"，然而是耽溺于"苦闷"的身体感受，还是走向抽象的"苦闷"象征，其实已然显示传统与现代乡土意念的分野，而这也正是现代乡土意念得以挣脱传统情感羁绊的关键所在。

一、"窗玻璃后的有趣"

在 1927 年北新书局出版的《竹林的故事》中，冯文炳将波德莱尔（Baudelaire）的《窗》放在了他的第一部小说集的卷首。

> 一个人穿过开着的窗而看，决不如那对着闭着的窗的看出来的东西那么多。世间上更无物为深邃，为神秘，为丰富，为阴暗，为眩动，较之一枝（支）烛光所照的窗了。我们在日光下所能见到的一切，永不及那窗玻璃后见到的有趣。在那幽或明的洞隙之中，生命活着，梦着，折难着。
>
> ——Baudelaire 散文诗之一①

《窗》是波德莱尔散文诗集《巴黎的忧郁》的第三十五篇，波德莱尔自称这部散文集"总之，还是《恶之花》，但更自由、细腻和辛辣"②。无独有偶，从1921年底至1922年初，周作人也曾三译波德莱尔的《窗》。③1924年在鲁迅翻译厨川白村的《苦闷的象征》中也有这篇作品，不过鲁迅将之翻译为《窗户》（Les fenetres）。④可见，《窗》也是厨川白村借以阐述自己文艺思想的例证。《苦闷的象征》分别从"创作论""鉴赏论""关于文艺的根本问题的考察"以及"文学的起源"四个部分，阐述了文学创作这一人类主动创造性的艺术实践的规律与本质。其主旨即是指出："生命力受了压抑而生的苦闷懊恼乃是文艺的根柢，而其表现法乃是广义的象征主义。"⑤厨川白村的这篇遗稿在20

---

① 冯文炳：《竹林的故事》，北新书局1927年版，第1页。

② 〔法〕波德莱尔著，亚丁译：《巴黎的忧郁》，生活·读书·新知三联书店2004年版，第7页。

③ 参见解志熙：《美的偏至——中国现代唯美—颓废主义文学思潮研究》，上海文艺出版社1997年版，第265—267页。

④ 〔日〕厨川白村著，鲁迅译：《苦闷的象征》，王世家、止庵编：《鲁迅著译编年全集》（第5卷），人民出版社2009年版，第326页。

⑤ 〔日〕厨川白村著，鲁迅译：《苦闷的象征》，王世家、止庵编：《鲁迅著译编年全集》（第5卷），人民出版社2009年版，第306页。

世纪二三十年代的中国的影响是广泛而深远的,这不仅表现在译者对这篇作品的广泛关注,而且也体现在由此引发的热译/热议中所触及的文学的某种内在转向。具体而言,即是文学所面对的"苦闷"到底应该理解为个人的苦闷还是社会的苦闷,二者孰轻孰重? 这种不同的解读也就形成了对于个人与集体情感的不同倚重,这其中周氏兄弟的不同解读颇有代表性。

就周作人而言,他对波德莱尔的理解更多的还是站在将他作为唯美—颓废主义的象征主义诗人的角度来阐释其"为诗而诗"的艺术主张的。诚如解志熙所说:"周作人是有意借用波特莱尔的散文诗《窗》来暗示他的美学观和诗学观的方向转换的:从为人生的写实主义转向为艺术的唯美主义,从重诗之善的社会效用转向重诗之美的象征艺术。"[①]而鲁迅则不然,譬如在《〈苦闷的象征〉引言》中,就着重强调虽然厨川白村的理论基础在伯格森的哲学、弗罗特的科学,但是又能与旧说不同,"伯格森以未来为不可测,作者则以诗人为先知,弗罗特归生命力的根柢于性欲,作者则云即其力的突进与和跳跃"[②]。也就是说,鲁迅虽强调"所谓鉴赏者,就是在他之中发见我,我之中看见他",但他更关注的还是作家对作品的主观能动的把握能力,即"作为个性的根柢的那生命,即是遍在于全实在全宇宙的永远的大生命的洪流。所以在个性的别一半面,总该有普遍性,有共通性"[③]。因此他

---

① 解志熙:《美的偏至——中国现代唯美—颓废主义文学思潮研究》,上海文艺出版社1997年版,第267—268页。
② 鲁迅:《〈苦闷的象征〉引言》,王世家、止庵编:《鲁迅著译编年全集》(第5卷),人民出版社2009年版,第392页。
③ 〔日〕厨川白村著,鲁迅译:《苦闷的象征》,王世家、止庵编:《鲁迅著译编年全集》(第5卷),人民出版社2009年版,第327、329页。

对厨川白村在《观照享乐的生活》中批评国内那些"通世故达人情"的人们,那些"深邃地研究事物"的学者"甚至于全然欠缺着味识事物的能力"归因于"还没有将这消融在自己的生活内容之中,将自己的生命嘘进对象里去",是有共鸣的。①在《译后记》中,鲁迅说:"作者对他本国的缺点的猛烈的攻击法,真是一个霹雳手。但大约因为同是立国于亚东,情形大抵相像之故罢,他所狙击的要害,我觉得往往也就是中国的病痛的要害;这是我们大可以借此深思、反省的。"②由上可见,虽然周氏兄弟都强调作家主体内心世界的呈现,但是"为艺术而艺术"的主观与能动地将生命消融在生活中的主观还是有所不同,这个不同点恰恰就在于能不能将这种"主观"呈现为一个带有普遍性的且具有令人信服的概括力的"一般"。

论及此处,回头再看冯文炳将《窗》置于小说集《竹林的故事》篇首就别有深意了。换言之,冯文炳恰恰是想借这篇译文/"序"来言说自己对于生活与艺术关系的理解。在《〈竹林的故事〉赘语》中,冯文炳就坦言:"波特来尔题作《窗户》的那首诗,厨川白村拿来作赏鉴的解释,我却以为是我创作时的最好的说明了。"③

二、"改装打扮"与"反刍"

那么既如此,《竹林的故事》这篇乡愁小说也正包含着冯文炳对于

---

① 〔日〕厨川白村著,鲁迅译:《苦闷的象征》,王世家、止庵编:《鲁迅著译编年全集》(第5卷),人民出版社2009年版,第411页。
② 〔日〕厨川白村著,鲁迅译:《苦闷的象征》,王世家、止庵编:《鲁迅著译编年全集》(第5卷),人民出版社2009年版,第413页。
③ 冯文炳:《〈竹林的故事〉赘语》,《语丝》1925年第14期。

"乡土"的理解。我们且从"梦"字窥得一二,因为"梦"是《苦闷的象征》中一个关键的譬喻。

> 即或一思想内容,经了具象底的人物,事件,风景之类的活的东西而被表现的时候;换了话说,就是和梦的潜在内容改装打扮了而出现时,走着同一的径路的东西,才是艺术。而赋与这具象性者,就称为象征(symbol)。①

此处的"梦"显示了厨川白村对弗洛伊德的批评接受,即他既强调"梦"源于人的本能的欲望,甚至是潜意识、无意识,但同时也指出这种内在的情感意识需要通过"改装打扮"即"象征"的方式方可将"具象"的人物、事件等现实的东西转化为艺术。而冯文炳在谈"梦"时却说:"创作的时候应该是'反刍'。这样才能成为一个梦。是梦,所以与当初的实生活隔了模糊的界。艺术的成功也就在这里。"②"改装打扮"与"反刍"看似都是对客体对象接受并艺术化的过程,都需要作家"消融在自己的生活内容之中",但"反刍"所体现的作家主观能动性更强,因为它是"消化"审美客体之后的"再消化"过程,此外,"反刍"还隐含着对作品再次"虚构"的意图,这是"改装打扮"所不能体现的。这一点,他的恩师周作人看的倒是很清楚,在《〈竹林的故事〉序》中,周作人一语中的,"冯君的小说我并不觉

---

① 〔日〕厨川白村著,鲁迅译:《观照享乐的生活》,王世家、止庵编:《鲁迅著译编年全集》(第 5 卷),人民出版社 2009 年版,第 312—313 页。

② 废名:《说梦》,《语丝》1927 年第 133 期。

得是逃避现实的",他接着说:

> 文学不是实录,乃是一个梦:梦并不是醒生活的复写,然而离开了醒生活,梦也就没有了材料,无论所做的是反应的或是满愿的梦。冯君所写多是乡村的儿女翁媪的事,这便因为他所见的人生是这一部分,——其实这一部分未始不足以代表全体。①

不过这个"梦"不是每个读者都可以看透的,所以也就给读者以视野"不广"之感。冯文炳自嘲别人送他"寡妇养孤儿"②的称号,恰恰凸显了他独特的写作视角。他透过"窗"所看到离别多年的故乡黄梅的风土民情,就是以"梦"写出的"醒"生活,是他所理解的生命的样式。这种"树荫下闲坐的文学"并非全然是超脱世外的,在这种平淡朴讷的背后,我们感到作者在被拘囿于传统乡土所代表的精神文化结构中,力图突破但又难以超克的深深无力感。譬如孟实在评论《桥》时就说:"废名除李义山诗之外,极爱好六朝人的诗文和莎士比亚的悲剧,而他在这些作品里所见到的恰是'愁苦之音以华贵出之'。《桥》就这一点说,是与它们通消息的。"③以牧歌来缓释孤寂,以佛禅来超度苦厄,冯文炳正是通过这种貌似超脱悲苦、睿智而达观的和带有宗教意味的"改装打扮",完成了对中国乡村贫苦生活乃至令人窒息的精神文化的"反刍"。这是他从自我切身的生活经验与美感体验

---

① 周作人:《〈竹林的故事〉序》,《语丝》1925年第48期。
② 冯文炳:《〈竹林的故事〉赘语》,《语丝》1925年第14期。
③ 孟实:《〈桥〉——废名著,开明书店二二年十月再版》,《文学杂志》1937年第1卷第3期。

中对客体独特的解读方式，而此种"佛禅"的人生态度其本质也是传统乡土的精神资源。我们知道，冯文炳的故乡本就是四祖道信的道场，禅宗即是"农民的佛教"[1]，譬如有学者就指出："'禅'本义在于解脱、超越的心性修持，在'乡土中国'的文化滋养下，才逐渐幻化为一种随缘任性的生活方式和宁静淡泊的生存智慧"，而"废名前期的小说基本保有一种乡土生活的农禅体验，人生情态和事理觉悟平俗易解，'浮面的事态与粗浅的逻辑'与小农文化有着深切沟通"[2]。

然而因童年的病痛所遭致旁人的嘲笑、白眼[3]以及与周氏兄弟间关系的紧张[4]，都使得冯文炳的个性更显孤僻、狷介，最终退到更为狭小逼仄的自我中去了。虽然作者依旧在以"梦"来"改装打扮""醒"生活，但在他的乡土小说中却愈加呈现出尖锐的讽刺意涵。譬如1929年毛一波在对比《竹林的故事》与《桃园》时，就指出了两者的差异：

> 从《竹林的故事》到《桃园》这两部短篇小说集，可以看出冯文炳君的两个不同的作风。前一个是纤巧的、柔媚的，后一个则转变成简练的、敏活的了。前一个虽说有些隐逸的风味，然而满了热情的抒发。后一个则偏于冷酷的解剖和同情的讽刺。
>
> 这两个表现的方法，我都喜欢。而真能使我感到兴味的，前

---

[1] 方立天：《佛教哲学》，《方立天文集》（第4卷），中国人民大学出版社2006年版，第345页。

[2] 席建彬：《禅意的"反刍"——废名小说精神再探》，《文学评论》2017年第6期。

[3] 冯文炳六岁曾患瘰疬病（淋巴腺结核），不久辍学。陈建军编著：《废名年谱》，华中师范大学出版社2003年版，第15页。

[4] 参见于继增：《废名与周氏兄弟的恩恩怨怨》，《文史博览》2009年第3期。

一个远比后一个更有力量。……

至于，冯君所写的内容，多是乡间儿女的姿态。有人说，这就是"乡土艺术"了。可是，在《桃园》上，冯君以描写的对象已有些转变了，正像他的作风一样。①

在毛一波看来，《桃园》似乎已经离所谓的"乡土艺术"越来越远了，其实这不过是将传统乡土意涵窄化为"田园文学"的思维定式使然，《桃园》与《竹林故事》的差异其实正是传统的"田园牧歌"向现代乡土的转变，即一种更为尖锐地突入现实，更深刻地批判乡土的姿态。1927年的《忘记了的日记》就颇能代表冯文炳的这种思想转变。

昨天读了《语丝》八十七期鲁迅的《马上支日记》，实在觉得他笑得苦。尤其使得我苦而痛的，我日来所写的都是太平天下的故事，而他玩笑似的赤着脚在这荆棘道上踏。又莫明奇妙的这样想：倘若他枪毙了，我一定去看护他的尸首而枪毙。②

誓言要看护鲁迅尸首的冯文炳最终也就变成了"废名"。

"冯文炳"至"废名"的精神转向无论是源自外在的客观社会实践，还是自我内世界心灵的冥想与沉思，都无不是作家独特的切身体验的结果。正如前述我们谈到的，透过《窗》虽然都看到了苦闷，但

---

① 毛一波：《〈竹林的故事〉和〈桃园〉——北新书局发行，冯文炳著》，《真美善》1929年第5卷第2期。

② 废名：《忘记了的日记》，《语丝》1927年第128期。

这种苦闷到底更倾向于一种集体,还是个人的痛苦体验,其实已然显示了作家情感心绪的转向。废名显然更倾向于前者,他代表了那个时代青年的一种普遍的心态。正如他在《Balzac 的一叶》中对"Balzac"(巴尔扎克,笔者译注)的描述:

  大身躯,阔肩膀,不十分高,晚年很胖。肥壮的脖子则有女人一般的白。头发是黑的,而且粗得像马鬃。眼睛闪着像两颗黑金刚石。这样的眼睛是能够养得驯狮子的人的眼睛,眼睛而能从墙外看见房子里面发生什么,钻到人之深处去看,读他们的心好比揭开一本书读。他的整个的样子就表示了一个力作的 Sisyphus。[①]

这个能够"钻到人之深处去看"的 Sisyphus(西西弗斯,笔者译注)形象其实也是废名所希望的,所不同的是,他自身的个性以及生活、社会经验使得他能够从自身的传统经验——佛禅中汲取独特的面对乡土的情感动力,并能够在这种动力的驱动下真切地展现一个处于社会转型期的知识分子的现代焦虑。可以说这是他基于自身传统乡土资源而发生现代转向的独特路径。

三、《春夜》的苦闷

  1930 年代前后的知识青年仍然承续着"五四"以降苦闷彷徨的情绪,尤其是"大革命"失败的痛苦与迷茫更强化了这种失落与孤寂之

[①] 废名:《Balzac 的一叶》,《语丝》1927 年第 135 期。

感。于是面对故土他们更愿意将极具个人化的悲欢植入乡愁,这使得他们"苦闷"的象征更多地指向个人心理的矛盾、纠结与挣扎。譬如,在马仲殊的《春夜》中,厨川白村的《苦闷的象征》便成了怀乡的缘起。

在闪烁的灯光之下,看完了《苦闷的象征》,迷离地从坐在窗下底椅子上站起来,受着在静默的空间愈显出钟声响亮的敲打,似乎有一种沉寂的力,把他的心门推开;他才注意到这一间清冷的房子,只有他一个人,——一个愁乡病者底孤独的人。①

其实这个"愁乡病者"并不是在怀乡,而是对自己人生的迷茫与困惑,所以由此,他展开了对人生的种种追问:

什么是人生底意义?人生只是短时间未来的掩埋的枯骨,人生只如作一次的失眠。死后的体质,还不是和枯枝败叶一样的过去吗?这一抔黄土的坟,也是人间存在者的自己多事吧!②

这种对自己人生的种种质疑与不满都源于故乡的情感束缚,五年前他回家中了"圈套",不得不结了婚,可离了故乡,如今只能作"讨食的飘零",甚至害得年近六旬的慈母为他焦心。回家失去了自我、自由,离家却无法立足,在离家与回家的彷徨无奈中,"他"感到冥冥中有一个主宰在"乱造是非"。于是,那个让他总是想起既爱又

---

① 仲殊:《春夜》,《洪水》(半月刊)1927年第3卷第30期。
② 仲殊:《春夜》,《洪水》(半月刊)1927年第3卷第30期。

恨的家/故乡的微雨的春夜就成了这种"苦闷的象征"。所以,

> 他恨着这春,年年向他挑战,他尤其恨着这春夜,向他哂笑,向他讥讽,向他包围,向他攻击;他恨着春夜,是他的仇人,是他的致命伤,他恨着今年的春夜,向他宣告他的死刑。——他恨春夜,他只有长叹。①

这种种之"恨"都是"他"真切的个人体验。与废名以"梦"写"醒"生活,寄寓佛禅去纾解乡愁不同,马仲殊的《春夜》显然更聚焦于个人内心深处的切肤之感。而更有意思的探寻是,个人化的情绪表达也许不过是权宜之策,有时多少还有些言不由衷或言不及义的苦衷,那么我们又该如何看待这些作家的一己悲欢式的抒情?从乡土的情感层面说,个人化的掩饰或言不由衷甚而反复无常的个人化抒情,是否就不能展示作家复杂的情感倾向,乃至无法由此窥见其乡土意念的现代发生呢?郁达夫对故土/故国的个人化情绪体验就是一个颇令人深思的个案。1931年他翻译了《两位日本作家的感想》,其中在叶山嘉树的《自己短评》中便谈到了如何处理个人感情的问题:

> 我们应当将呈现到我们心中来的由阶级的压迫而起的种种感情,就是极微细之点也不放松一著,牢牢地把持着了,各将它们的本来面目调查清楚,放藏入底下的抽斗中去才行。然后当创作的时候,就有把这些综合起来,捉住弄清它们的来源根底的必要。②

---

① 仲殊:《春夜》,《洪水》(半月刊)1927年第3卷第30期。
② 达夫译:《两位日本作家的感想》,《新学生》1931年创刊号。

这篇让郁达夫读后觉得"很有意思"的译作，体现了他对现代知识分子如何在创作中书写复杂情感的思考。然而事实上，由于自身的文化背景、人生体验乃至价值观念的独特性，他在不同时期的情感倒是更倾向于个人化情感的抒发，而非如叶山嘉树所言，去"调查"情感的本质，"综合"起来以究其根底的理性升华。郁达夫类乎辗转反侧般的苦闷与彷徨，更为个人化、感性的情感书写成为另一种切肤体验，这是我们接下来在第四章探讨他译介《废墟的一夜》的缘起。

　　从闭着的窗子"看到"的苦闷是"感知"的抽象，它是持续的、想象的，这种切身体验直指自我情感深处。在中国现代乡土意念的发生过程中，它表现为一种空间变化所导致的个体的生理性反应。无论客居他乡抑或回归故乡，变迁的空间是酝酿这一内在情感的重要条件。在客观体验的基础上，主观的想象自然与对"空间"的反思密不可分了。然而跳出这一封闭、狭隘的空间束缚，"苦闷"抑或"忧郁"的情愫其实正鉴证、同时也建构了自我身份认同的痛苦，因此作家内在的空间体验同时也是外在的身份探询。

第四节　"洋病"与"乡土"[①]

　　如果说持续的、压抑的"苦闷"是个体对外在空间的被动或妥协的话，不健康的"病体"对故乡的体察则更显示出个体积极与外在空

[①] 本节内容曾以《20世纪30年代乡愁小说译介中的"洋病"与"乡土"》为题，作为阶段性成果发表于《当代比较文学》2022年第2期。

间建构关联的主动性与力图彰显主体性的努力。1930年代前后一系列"病体"的故乡叙事成为一个颇有意味的隐喻,一方面,"病体"与故乡成为同构,通过治疗失效的悲剧来表达对现代文明的现实吁求;另一方面,"生病"与"治疗"的紧张关系又使故乡与异乡隐而不彰的空间对位更加剑拔弩张,而"诊断"的权威与"患者"的质疑又将这一隐喻关系推向更为复杂、多元的思辨。

一、"身"与"神"

《一个人的死》由茅盾翻译,1928年初刊于《小说月报》。[1] 1928年11月商务印书馆将其作为文学研究会丛书之一出版,翌年再版。1936年9月,在王云五主编的"万有文库"的"汉译世界名著第二集七百种"中,《一个人的死》再次被收录出版,译者都是沈馀,即茅盾。在商务印书馆的如上两个版本中,都在小说前增加了茅盾所撰的《帕拉玛兹评传》。[2] 该译作从1928年译介直至1936年作为世界名著再次出版,足见译者对作家、作品的重视。

这是一个简单的故事:讲的是一个农村青年不慎摔伤,因为庸医和巫术而最终导致病情恶化而死的悲剧,然而导致主人公梅忒洛司悲剧的原因并不仅仅是庸医或巫术那么简单。换言之,真正导致病情恶化的根本原因实则是他自身根深蒂固的偏见:

---

[1] 〔希腊〕帕拉玛兹著,沈馀译:《一个人的死》,《小说月报》1928年第19卷第6、7号。原作者Kostis Palamas(1859—1943),现通译为帕拉马斯,希腊作家,诗人。

[2] 参见〔希腊〕帕拉玛兹著,沈馀译:《一个人的死》,商务印书馆1936年版,第3—41页。

他决不预先盘算什么危险不危险，也不怕痛，永不会怕死。只有一件事能使他的热血发冷，能使他呆住。他就怕成了个跛脚。

所以伤了他的腿，要比一切别的灾祸更使他发愁。他宁愿损失他的全部财产，宁愿受千把个疮毒的痛苦，不愿成为永久的跛脚。他宁愿死！如果他能医治好，一定要医治得完全没有跛足的痕迹。……只有一个神，就是美的神；就是大丈夫气概而且健康的神圣的美，而身体就是庙宇，宁愿世界上的一切灾难来杀死这身体罢，但是一定不能让它们的攻击的伤痕留在身上，像是被污辱被侮蔑的记号，一个跛足的身体是可羞的身体。在特莫司的寡妇的儿子那样的人，丑恶就是不名誉。①

"一个跛足的身体是可羞的"，跛脚是"被污辱被侮蔑的记号"，梅忒洛司宁愿去死也不愿让身体损害他的"大丈夫气概而且健康的神圣的美"。因此他拒绝了恋人弗罗塞纳，不愿"害了这姑娘的一世"②；所以他没有耐心听从医嘱，而求助于庸医、巫术，最终导致病情恶化，丢了性命。正如他的母亲所说："倒不是他的腿会要了他的命，是他的愁着那腿，会要了他的性命去了。"③梅忒洛司因伤腿所引发的"身"与"神"的强烈冲突，其实正隐喻着故乡与个体之间极其紧密复杂的

---

① 〔希腊〕帕拉玛兹著，沈馀译：《一个人的死》，《小说月报》1928年第19卷第6号。

② 〔希腊〕帕拉玛兹著，沈馀译：《一个人的死》，《小说月报》1928年第19卷第6号。

③ 〔希腊〕帕拉玛兹著，沈馀译：《一个人的死》，《小说月报》1928年第19卷第6号。

精神关联。一方面，故乡沉积的精神文化建构了个体的伦理价值观念，另一方面，这一观念又束缚了个体的自由意志与文化表达。某种意义上，故乡与个体是同一的，"浑身滚泛着好汉的活气"的梅忒洛司正是故乡的化身，正如那个总是生气、骂人，村里最好的郎中所知道的那样，"这些海边的村民是如何的顽强固执的"①，他们笑读书人，但是崇拜好汉。因此作为"个体"的"伤腿"被诅咒为"自己身上的枯死的一段"，它亵渎了这个村子所崇仰的"好汉"所代表的"神圣的美"。在"伤腿"的诊疗过程中，"身病"与"心病"的呼应唤起并强化了个体与故乡的紧张关系。这种焦灼之感在小说开篇的"题辞"中得到了进一步的印证。

  这一篇故事，我献给你，朴质而不学的女人，给你，我的可怜的黎明。从你的嘴里，我第一次听得这故事，而且我企图竭力保存它的原状，那么，我或者可以正成了你的回响。因为当你说述的时候，全民族是在低语着你的话，而且虽然你自己不知道，而你所说的每一件故事是一首民族的诗。你不是一个女人；你是传宣的风化。你不是肉做的，你是灵造成的。你的眼永不停滞，永不昏眊，凡你所讲述的，都生活在你面前，你能见到一切事，正如"想象"能见到一切事。为了这缘故，你的话是活的，你的话是聪明的，我的质朴而不学的女人呀。你的眼，吸引我感应我，你的话语，使我神往，而且我觉得有一些东西是在一天一天的紧

---

① 〔希腊〕帕拉玛兹著，沈馀译：《一个人的死》，《小说月报》1928年第19卷第6号。

束我更逼近了你。你最先唱歌给我听,当我还是摇篮里的婴儿的时候;也许将来我在毕命的床上时最后到我耳边的,也就是从你嘴里发出来的话罢。①

这个"吸引我感应我""使我神往"甚至与"我"伴随生死的"朴质而不学的女人"成为一个充满矛盾的意象。"朴质"的"女人"赋予了个体生命的美德,"不学"的女人使个体感到了凝滞的压抑与痛苦,显然这正是故乡的隐喻。作品中梅忒洛司的受伤始于"神圣的金曜日",终于"复活节前夜"的时间轮回,象征的正是自"受难"至"复活"的新生。不过值得注意的是,患者在最初的诊疗中主动拒绝了他并不信任的走方郎中和巫术,选择的是具有现代医疗技术的医生,但因为疗效未能一蹴而就,漫长的等待也将他原本的信心与耐心消磨殆尽。于是,患者最终在病急乱投医的盲目与绝望中走向了死亡。而"病体"的逐步恶化也激发了被暂时掩盖的猜忌、嫉妒。梅忒洛司的母亲开始怀疑暗恋梅忒洛司而不得的女孩儿摩尔福的母亲用巫术呼唤灵鬼,用恶眼伤了那孩子。她的儿子是"中了巫术,受了地狱的暗算"②。起初相信现代医术而后却又信任偏方、巫术,病体恶化中种种原罪的滋生,这些都无不彰显了从"受难"至"新生"的艰难。这同样没有逃过译者敏锐的眼光,在《帕拉玛兹评传》中,茅盾一语中的:

---

① 〔希腊〕帕拉玛兹著,沈馀译:《一个人的死》,《小说月报》1928年第19卷第6号。

② 〔希腊〕帕拉玛兹著,沈馀译:《一个人的死》,《小说月报》1928年第19卷第7号。

光荣的古希腊,常为新希腊的近代化的障碍。这一句话,逆耳而满涵真理,却就是新希腊的新派文人所自身体验过来的。

…………

他看出了现代希腊民族所保存的古希腊民族的美质,然而也看出了古希腊的过去的光荣蒙在希腊民族现代生活上的尘垢。他的著作里充满了这个思想,在这里的一篇小说《一个人的死》,尤其将这思想具体的表现出来了。①

小说中一位名字被译作"苦怕你的杀死"的草药郎中和他开的药方成为译者的天才创造。不仅名字滑稽暗示着患者"恐怕你要被杀死"的悲惨结局,而且那份处方也与中医的药方极其相似。"芥末,五钱;胶,十钱;大黄,八钱;乳香,五钱;胡椒根,二钱;肉桂,二钱。作一处捣烂,再用蜂蜜一升,漂净,和其他的药一同煎熬,拌匀了,给病人按时吃,这是极滋补的药方。"②译者兴致所至,在讽刺走方郎中之余,尚不忘揶揄本国中医。我们知道译者茅盾的外祖父曾为江南名医,但其舅父、父亲之死也是因为中医治疗保守,没有及时请西医大夫以致耽误了病情。③从这个层面说,译者茅盾对于中医的反思自然不能排除自身的切身体验。他在小说翻译中即兴的跨文化实践恐怕也并非偶然。

---

① 沈馀:《帕拉玛兹评传》,《小说月报》1928年第19卷第6期。
② 〔希腊〕帕拉玛兹著,沈馀译:《一个人的死》,《小说月报》1928年第19卷第7号。
③ 茅盾、韦韬:《茅盾回忆录》(上),华文出版社2013年版,第28—46页。

二、"身"与"名"

梅忒洛司的悲剧是情感价值判断与故乡的文化心理结构冲突的隐喻,而《青蝇》则不但更深刻地触及故乡根深蒂固、难以撼动的民族文化心理,而且将之纳入到城乡文明冲突的范畴中,进而在"常"与"变"的历史维度上,将这一思考引向了深入。

《青蝇》是匈牙利作家密克萨斯的一篇短篇小说,1934年由德明译介刊于《明灯》第201期,译者德明何许人也?如今已难考证,不过著者密克萨斯倒是与中国颇有渊源,他的小说大多为乡土题材,是重要的乡愁小说作家。譬如茅盾就曾译介过他的《旅行到别一世界》,这留待第二章再详细分析,在此暂且不谈。同《一个人的死》颇为类似,《青蝇》也是一篇在故乡中诊治疾病的故事。这是一篇奇特的小说,所谓"奇"不仅指有钱的老农约翰格尔生病的离奇,更在于解决医生与患者争执的奇妙。

约翰格尔病倒在床濒临死亡竟是因为一只小小的苍蝇的叮咬。牧师先生和公爵夫人怂恿这位有钱的老农邀请布达佩斯的专家前来诊治。这起初遭到了老农的拒绝,但在公爵夫人坚持下,并答应由她来付"医费"后,约翰格尔才勉强答应。这一看似"小题大做"的决定将本就离奇的病症推向了更加令人感到紧张、危险的境地。从牧师先生和公爵夫人拒绝本地普通的外科医生而力荐布达佩斯的专家来看,显然"布达佩斯""教授""专家"是他们信任的重要指标。尤其是首都布达佩斯,某种意义上代表着更先进、更专业的医疗技术水平,所以即便需要三百个福禄令,也是值得的。然而当布达佩斯的专家诊治后决定要截肢时,约翰格尔固执地拒绝了医生的建议,甚至说话的"声音之中表示着惊骇和怒恼,并有些冷笑的意思"[①]。这带着惊恐、愤怒与傲慢的复杂情绪都因为他是一个"性情高傲的乡人",是有点身份的人。所以他不仅断然拒绝,宁愿等待死亡,也不愿意接受截肢。

> 老农表示着一种不怕死的精神。他不怨嗟一声,不掉一滴无谓之泪,坦然等待死神来临。他准备着到他的父亲和祖父在他之前去着的地方去。[②]

从请布达佩斯的专家,到拒绝接受专家的治疗方案,这位老农的对专家显然不够信任。如果我们将布达佩斯的专家视为一种外在的现代意识的象征,那么,密克萨斯所要传达的正是传统文明在受到外来现代意识的冲击时,所谓的接受或者认可其实并没有形成坚定的共识,他们对于现代的期待不过是理想化的想象。一旦触及自身切实的利益,他们大多还是犹疑的,他们对现代化可能的种种后果准备不足,所以当来自大城市的伯利医生没有瞬间妙手回春之时,老农那点可怜的信任就已经发生了动摇。这是现代与传统交锋之初的常态,可以说,密克萨斯的观察和思考是敏锐而深刻的。

然而更令人叹为观止的是,诊疗的整个过程其实并不在于确诊病情的困难,而恰恰是劝解约翰格尔的艰难。一部描写乡村治疗疾

[①] 〔匈牙利〕密克柴斯著,德明译:《青蝇》,《明灯》1934 年第 201 期。密克柴斯(K. Miksath)即密克萨斯。

[②] 〔匈牙利〕密克柴斯著,德明译:《青蝇》,《明灯》1934 年第 201 期。

病的故事并没有多少与疾病相关的叙述，反倒是因为医生的劝解而建构起了一个个颇具讽刺意味的张力结构。在"大城市的专家"治疗"小病"的隐喻结构内，劝解的过程牵引出一系列与疾病看似无关，却更具意义的难题。它们构成了另一种意义的"病痛"，进一步丰富了"病"的隐喻。首先，伯利医生询问病情时，无意的一句"妈妈"却伤害了格尔夫人的"自尊"。"它好像被针刺了的一般，猛地转过身子去向着他，'什么话，你才老得可以做我的爸爸呢！'她半嗔半笑的说着，'我看你那双眼睛是看不清窗外的东西的。'"①格尔夫人的"半嗔半笑"与病入膏肓的约翰格尔构成了强烈的反差，她与仆人的私情后来竟成了伯利医生劝解病人的法宝。当医生试图让她劝解自己的丈夫接受截肢时，她竟然觉得如果锯掉了约翰格尔的胳膊，那么做一个残疾人老婆的女人是要"活活羞死的"。显然，她并不关心自己丈夫的死活，她年轻貌美嫁给这个老农不过是图个钱，她与仆人产生私情也并不让人感到意外。然而即便如此，她依旧将"名誉"看得格外重要，残疾的身体是令人感到羞耻的。其次，伯利医生巧妙劝解病人接受截肢的方法更令人称奇。他正是看到了约翰格尔先生对名誉的看重，所以他利用他的妻子与仆人的私通来刺激和羞辱他，从而让他接受了手术。因为，他无法忍受那个"美人面儿毒蛇心"的女人和那个叫保罗纳盖的仆人在他死后双宿双飞，侵占他的财产。所以，他再也无法忍受了，"他跳起身来把他那肿胀的臂膊伸出来给医生"②。在死亡和所谓的"名誉"面前，显然羞辱要比死更难以让他接受。格

---

① 〔匈牙利〕密克柴斯著，德明译：《青蝇》，《明灯》1934 年第 201 期。
② 〔匈牙利〕密克柴斯著，德明译：《青蝇》，《明灯》1934 年第 201 期。

尔夫妇都无法接受的所谓"羞辱"其实更准确地说是一种显得并不太健康的伦理关系和文化心理。格尔夫人的羞辱感是一种虚伪，而约翰·格尔的羞辱感源自嫉妒与仇恨，而二者都以"名誉"的方式堂而皇之地成为道德标榜，并且是得到广泛认可的、稳态的共识。这就是与身体疾病无碍的、不健康的，却往往是以高尚面目示人的"心病"。在这一强大的思维惯性面前，身体简直不值一提，维护这种所谓的伦理秩序与价值观念胜过一切个人化的私见。思想之病对身体之病的强大压制力，构成对"病"本身的质疑，是谁得了病？到底得了什么病？对此问题的追问恰恰是一个"小病"里折射的关涉民族文化心理的大问题。

然而这一"小中见大"的隐喻结构离开了隐在的城乡意识形态似乎便失去了更为深广的意涵。布达佩斯的专家和乡下富庶的病人的医患关系具有天然的不对等性，医者的强势、主动与患者的弱势、被动，形象地譬喻了现代性视域下的城乡关系。因此，治疗的流程也是城市对乡村的问诊过程。不同于《一个人的死》中的本地医生对当地乡民秉性的熟稔，外来的布达佩斯的专家对这个村子则是陌生的。因此，他的劝解充满了试探性，劝解的过程也是伯利医生认知乡下的过程。这个认知的过程最初是从请病人妻子劝解病人开始的，妻子作为丈夫最亲近的人，代表的是乡下的伦理亲情，然而妻子以作为一个残疾人的女人而羞耻的宣言宣告了乡下人伦关系的冷漠与势利。接着医生试图用生乐死苦的话感动病人，可是生命本身的可贵与崇高也要让位于他们在村里的所谓"名誉"。医生原以为"钱的问题是乡下人最关心的"，却不料病人提出涂些药酒也可不白花了钱，乡下人与医生的讨价还价"像交易一双靴子"般的狡猾瓦解了医生对乡下人"乡愚"的固有认知。而医生无奈求助于村里自称聪明的公证人和法官劝解的失败，则显示了地方权威在植根于乡下人意识深处的价值观念面前的脆弱。医生尝试劝解的过程从人伦亲情、生命认知、世俗欲望、地方权威等方面建构了一个相对完整的乡人/乡村情感文化结构。种种努力的失效终于让医生意识到"名誉"才是"性情高傲的乡人"的价值核心，身体、人伦、欲望、权利都是服务并让位于这个核心意念的。于是，他在男仆与病人妻子之间的眉目传情中发现了可以治愈病人顽疾的良药，他相信"村里必定有三姑六婆之流知道村中的人的一切情事并任撮合之劳"[①]，而妻子的不忠正是对"名誉"的损毁，也是动摇乡人固执己见的唯一有效手段。

《青蝇》以一个外来的、异质的陌生人对故乡的探视为我们展现了城乡文明冲突的生动情态。在这一城市对乡下的诊疗过程中，城市起初强势的话语姿态逐渐式微，医生伯利诊断方案的遇冷，一定程度上是乡下人对城市咄咄逼人的优势心理的抵抗与瓦解。"因一只青蝇而锯掉一条胳膊"的结论在动摇乡下人的崇城抑乡的心理定式的同时，也逐步消解了城市被想象的权威与进步。于是，在城乡交锋的第一回合中代表城市的医生暂且败下阵来，医生不得不妥协的劝解昭示着传统的根深蒂固与现代文明征服传统的艰难。然而"颇有心机"的现代医生用"以退为进"的试探，不仅发现了阻碍"治疗"的症结，而且利用乡人情感心理的弱点治疗了乡人自身。值得注意的是，这一手段和途径却是通过"挑拨是非"的非道德方式来实现的。换言之，城市正是通过非道德的手段医治了乡村珍视的所谓"道德"，而这一吊诡恰

---

① 〔匈牙利〕密克柴斯著，德明译：《青蝇》，《明灯》1934年第201期。

恰是一个巨大的隐喻，它不仅标示着城乡文明的沟通方式，而且也预示着城乡文明冲突解决的一种常态。

三、"身"与"罪"

如果说以上两篇乡愁小说的译介都从不同层面触及身体与民族文化心理的关系，那么《看不见的伤痕》则更多地使我们感受到了身体与宗教性的教谕惩戒的复杂纠缠。这是一篇影响颇广的匈牙利小说，最早由曾虚白翻译发表于《真美善》1928年第1卷第8期，此后黄植文、梁虹、谢厚民、谢直声、王景瀛、旅风云等先后译介，译者对这篇作品的热衷一直延续到1947年。① 从故事内容看，稽斯法吕提（Karoly Kisfaludi）将一个医生诊治病人的过程写得可谓"迷雾重重""惊心动魄"。开篇病人手部毫无异样却莫名其妙疼痛，病人坚持要挖去"患处"的肉，而且非要"刮见到骨头才行"②，医生被迫无奈只好勉为其难，然而病人回诊仍感到疼痛难忍，并一再要求照旧行

---

① 《看不见的伤痕》的译介情况如下：〔匈牙利〕卡罗莱·稽斯法吕提著，虚白译：《看不见的伤痕》，《真美善》1928年第1卷第8期；〔匈牙利〕K. Kisfaludi著，黄植文译：《看不见的伤痕》，《晨钟》（广州）1929年第280、281期；〔匈牙利〕Karoly Kiofaludi著，梁虹译：《看不见的伤痕》，《执信学生》1935年第3期；Karoly Kisfaludi著，谢厚民译：《看不见的伤痕》，《正风》（北平）1937年第4卷第3、4期；Karoly Kisfaludi著，谢直声译：《看不见的伤痕》，《中国公论》1939年第1卷第2期；〔匈牙利〕Karoly Kisf Wudi著，王景瀛译：《看不见的伤痕》，《青年建国月刊》1946年创刊号；Karoly Kisfaludi著，旅风云译：《看不见的伤痕》，《妇女月刊》1947年第6卷第5期。

② 〔匈牙利〕卡罗莱·稽斯法吕提著，虚白译：《看不见的伤痕》，《真美善》1928年第1卷第8期。

事，病人的"怪病"可谓吊足了读者的胃口。直至篇末，通过病人自述，读者方才晓得病因。原来由于病人的猜忌以致杀死爱妻，妻子嘴角流下的血滴在了手上，直至在妻子葬礼后，丈夫才知道那封让他猜忌妻子的出轨信件，不过是伯爵夫人在她的女伴处暂且存放罢了，待真相大白，丈夫后悔不已，以致那滴血之处始终心痛不已，这才是所谓"看不见的伤痕"的题中之义。

《看不见的伤痕》虽说描写的是一个乡下绅士到城中看病的故事，但用意并不在城乡叙事，这与《青蝇》有本质的区别。因此，如果将之视作"乡愁小说"确实有些牵强。从医生的治疗过程看，它也很难归于医患叙事之列。不过，如果我们沿着如上发生在城乡的医患叙事所触及的民族文化心理的思考路径考察，就不难发现《看不见的伤痕》的跨文化意义与价值。因为，《看不见的伤痕》更像是具有强烈隐喻色彩的"福音书"，病人因自我的猜忌而后悔不已的内疚，更应视为一种原罪。"罪"是基督教神学的重要主题，在《加拉太书》第五章第十九至二十一节就是与所谓"七宗罪"有关的经文。"情欲的事都是显而易见的，就如奸淫、污秽、邪荡、拜偶像、邪术、仇恨、争竞、忌恨、恼怒、结党、纷争、异端、嫉妒、醉酒、荒宴等类。"[①] 这些"罪"或因情欲而生发，或与情欲相关。经由奥古斯丁阐发，"罪"发展为"原罪"（peccatum originale）的教义。他的"原罪"概念虽然难以把握，但总体上有几个重要层面：

[①] 〔德〕马丁·路德著，李漫波译：《〈加拉太书〉注释》，生活·读书·新知三联书店2011年版，第204页。

一、亚当的罪及对它的惩罚（贪欲/贪婪，concupiscentia）是会遗传的；

二、婴儿的灵魂是有罪责的（guilty）；

三、婴儿的罪是真实的（不是类比）、严峻的，是通过生育而遗传的；

四、洗礼是一切人，包括婴儿，得救的必要手段。[1]

由此可见，"原罪"是所有罪恶的源头，它因为亚当的过错与生俱来，并且随着人类的繁衍生息而代代相传，唯有洗礼才能得救。由此我们反观《看不见的伤痕》，病人杀死自己妻子的动机正是他出于猜忌、嫉妒而产生的虚荣与忌恨，这种过度的警戒心、莫名的愤怒后的所谓"复仇"正源自他内心对妻子贪婪占有的情欲，这因应了情欲唤醒原罪的基督教义。或者也如东正教的教谕，原罪有时即可视为一种高傲的"致命的激情"，而并非是深藏在他们体内的罪孽。于是"病"的隐喻随即相应得以构建，因为"病"正是对"罪"的惩罚。

在《伊利亚特》和《奥德赛》中，疾病是以上天的惩罚、魔鬼的附体以及天灾的面目出现的。对古希腊人来说，疾病要么是无缘无故的，要么就是受了报应（或因个人的某个过失，或因群

---

[1] "保罗·里格比（Paul Rigby）'原罪'（Original Sin）词条，载菲茨杰拉德（Allan. D. Fitzgerald）主编：《永远的奥古斯丁：百科全书》（*Augustine through the Ages: An Encyclopedia*; Grand Rapids, Mich./Cambridge, U. K.: W. B. Eerdmans, 1999），页608"，转引自《中译本导言》，〔古罗马〕奥古斯丁著，周伟驰译：《论原罪与恩典——驳佩拉纠派》，商务印书馆2017年版，第23—24页。

体的某桩罪过,或因祖先的某起犯罪)。随着赋予疾病(正如赋予其他任何事情)更多道德含义的基督教时代的来临,在疾病与"受难"之间渐渐形成了一种更紧密的关联。把疾病视为惩罚的观点衍生出疾病是一种特别适当而又公正的惩罚的观点。"①

苏珊·桑塔格的观点展现了西方宗教及其道德的紧密关系。那么,当"病因"被隐喻为一种宗教性的"原罪"时,医患叙事所触及的民族文化心理就自然也杂糅了复杂的西方基督教道德的成分。医生无法医治"看不见的伤痕",患者自己也无法从痛苦的内疚中解脱,于是上帝的拯救就成了唯一能够获得救赎的方式。而篇末患者的忏悔就是以期获得的上帝"恩典"的重要方式,"罪与救赎乃是基督教教理不可分割的两面。人不仅因沦落和犯罪而被公义的上帝定罪,而且也因上帝的恩典而从罪中得救"②。然而西方文化中的"罪"的观念与东方文化中的"罪"有着本质的不同。在东方文化中"罪"与"身"是分离的,"戴罪之身"表述的正是"罪"与"身"彼此独立的关系,通过对"身"的惩戒从而达到对"罪"的洗脱。但是在大多数信奉基督教的西方国家中,"罪"与"身"往往是一体的,"罪"与"身"是与生俱来的,并且还通过人类的繁衍而代代相传,人无法通过自我身体的惩戒达到解脱罪恶的目的,唯有忏悔才能得到救赎。虽然"与基督教原罪说相比,犹太教中'罪'的显著特征是没有遗传性"③,但是原罪

---

① 〔美〕苏珊·桑塔格著,程巍译:《疾病的隐喻》,上海译文出版社2003年版,第40页。

② 刘宗坤:《原罪与正义》,华东师范大学出版社2006年版,第156页。

③ 饶本忠:《论犹太教的"罪"》,《经济社会史评论》2016年第2期。

具有遗传性的说法在西方还是有着深远的影响。然而随着现代化的冲击，西方文化在逐渐对神圣性遗忘的同时，"罪"也随之被淡化、遗忘。而"五四"以降的"全盘西化"的思潮也在认同西方时逃避了对西方之"罪"的重识。中国并非是个具有宗教传统的国度，"原罪"必须经由上帝的权威审判是彼时的国人所无法完全理解的，这成为讨论东西方文化的重要障碍，也是中国社会文化现代性所亟待重新梳理的关键。譬如，译者曾虚白在谈到自己译介的缘由时就说：

> 我从英文译本里选择译他这篇《看不见的伤痕》The Invisible Wound 因为觉得这篇作品，虽谨守着顶严厉的批评家所规定的各种短篇小说的原则，却又活泼泼地充满了一切艺术应有的生活力，的确是值得介绍的佳作。①

曾虚白看重的是小说"活泼泼地充满了一切艺术应有的生活力"，而非全然将它与西方的宗教观念联系在一起。当然我们并非指摘译者的"不见"，而不过是在他的"不见"中"看见"这一译介本地化的局限。这也从另一层面使我们感到域外乡土意念的传播有时并不能按照它期待的路径展开，它的本地化始终与在地的历史语境息息相关。诚如黄子平所说：

> 达尔文的进化论固然给出了一条乐观向上的时间矢线，激励

---

① 〔匈牙利〕卡罗莱·稽斯法吕提著，虚白译：《看不见的伤痕》，《真美善》1928年第 1 卷第 8 期。

国人在"天演人择"的所谓"规律"中救亡图存；将社会、国家、种族等等看作一个健康或病态的有机体的观点，亦与中国传统文化中的有机自然观一拍即合。既然中国已被视为一"东亚病夫"，对伟大"医国手"的回春之术的期待，对种种"治疗方案"的讨论和争论，就在其大前提从不引起疑问的情形下进行。在这样一种历史语境中，"五四"时代对文学的社会功能、文学家的社会角色等等的界定，自然很方便地从医学界获得生动形象的借喻。[1]

因此，《看不见的伤痕》近十年的热译，并非是对异邦民族文化心理的心有戚戚焉，也许让读者欲罢不能的不过是痛彻心扉的爱情悲剧。但即便如此，对病因的不懈探寻以及治疗无效的无奈，还是让国人在"病的隐喻"中感到一种强烈的"负罪感"，并由此"罪恶"之感反思人性的本质，"因为罪的本源并不是一个独立自在的问题，而是人们对整个世界本源和人性本源思考的组成部分。没有对世界本源和人性本源的思考，也就没有对罪的本源的思考"[2]。从这个层面来说，这篇姑且称为乡愁小说的故事，恰恰以一种"误读"的方式给我们展现了域外乡愁之于本土精神的复杂而生动的情貌。

第五节 舶来的"狂人日记"

如果患病与诊疗隐喻着乡村城市空间中，现代工业文明相较于传

---

[1] 黄子平：《"灰阑"中的叙述》，上海文艺出版社2001年版，第156页。
[2] 刘宗坤：《原罪与正义》，华东师范大学出版社2006年版，第89页。

统乡土在现代文明链条上的某种优胜的话，那么本节我们探讨域外乡愁小说中的癫狂书写则是力图以更贴近精神的维度去介入生命个体非理性的"理性"想象诉求。从而在个人与社会、乡村与城市，乃至传统与现代的多维冲突中去追踪现代乡土意念发生的切身体验。我们知道，癫狂在临床医学上指的是精神错乱的疾患，这种身/神失常的病症显然更紧密地将人的身体感知与"神志"紧密结合在了一起。也就是说，癫狂以痛苦的肉体体验丰富了备受煎熬的精神苦楚，从而将实现思想的困厄与折磨的隐喻成为可能。因为癫狂非理性的所谓"错乱"的临床表现恰恰可以某种"疯话""呓语"的浪漫方式实现对权利空间的突围，而不必为这种僭越的行为担忧担责。因此，文学上的癫狂话语不仅突出了个人化的言说姿态，而且也彰显了个人与社会权利之间的紧张关系。正如福柯在他的经典之作《疯癫与文明：理性时代的疯癫史》中所说："在禁闭世界里，疯癫的这种演变与基本社会制度的发展令人吃惊地汇聚在一起。"①

而如果将疯癫的艺术想象与现实的乡土联系起来，那么这一非理智的生理行为是否也可看作是对传统文化心理结构的某种动摇甚至解构？因此，那些域外乡愁小说中的癫狂书写就颇值得关注了，关注的不仅是作品本身的象征隐喻，还理应包括作品译介后的某种所谓正解抑或"误读"。因为恰恰是这种译者与作者的对话使我们得以窥得其背后隐含的乡土意念的某种动向。

---

① 〔法〕米歇尔·福柯著，刘北城、杨远婴译：《疯癫与文明：理性时代的疯癫史》，生活·读书·新知三联书店2012年版，第238页。

一、"世纪末的疲劳"

《欧儿拉》(*Le Horla*，今译作《奥尔拉》)是莫泊桑晚年颇使人惊悚的著作，因莫泊桑罹患梅毒，晚期精神失常，遂有此作。因此不少人将之视为莫泊桑精神癫狂的心理记录，至于作品到底表达了什么思想也是众说纷纭，各执一词。因为作品本身叙事内容的隐晦与复杂，以致在1930年代的莫泊桑译介中，这篇译作少有问津。1926年译者张秀中将这篇作品译介到国内，1926年8月由北京海音书局初版。在1927年出版时，译者又将小说的题目改译为《魔鬼的追随》。正如高长虹在评价译者所译的《莫泊三的诗》和《欧儿拉》时所说："张秀中君这两本翻译，我觉得译文并不好，但人们都在翻译莫泊三的小玩意，而张君独来翻译这两本未见得好卖的书，却是难得得（的）很。只在这一点上，我已愿向译者表示敬意了！"[①]

高长虹所言倒也客观，一来，张秀中的译文确实不够好，譬如类似"我便睡去，而我陷在受了可怕的毁害有两点钟之久的抽出身子来以后的非常困睡之中"[②]这样的句子实在让读者有些摸不着头脑，这无疑对阅读造成了阻碍。但同时也不能排除书籍出版中因错排等技术问题而导致的阅读不畅，譬如该书中错排、漏排颇多，第"47"页的页码也被颠倒为"74"。[③]不过，读者阅读的困难是否也与原作本身语言的艰涩、模糊有关呢？由于笔者无法追溯到张秀中当时翻译使用的原本，因此这也只能是一种猜测了。二来，正如高长虹所言，莫泊桑的

---

① 高长虹：《莫泊三的诗与〈欧儿拉〉》，《狂飙汇刊》1927年第1期。
② 〔法〕莫泊桑著，张秀中译：《魔鬼的追随》，海音书局1927年版，第13页。
③ 〔法〕莫泊桑著，张秀中译：《魔鬼的追随》，海音书局1927年版，第47页。

作品在1930年代前后确实得到了广泛的译介,但是就笔者目前掌握的史料看,《欧儿拉》/《魔鬼的追随》却只有张秀中的译文。译者张秀中在中国现代文学史和翻译史上并不是一个赫赫有名的作家、译家,《欧儿拉》/《魔鬼的追随》也并非莫泊桑的成名之作,一个并不闻名的译家和一部并不起眼的小说,加之作品本身复杂的象征意涵、译者糟糕的翻译质量以及出版社编辑的粗疏,书卖得不好恐怕也是情理之中了。

但是即便如此,这仍不能掩盖作品本身强烈的艺术感染力。从张秀中的译文看,他所翻译的《欧儿拉》/《魔鬼的追随》实则是莫泊桑原作的改写版。从现有的研究看,初版首次发表于1886年10月26日的《吉尔·布拉斯报》,作者是以倒叙的方式,通过一个病患者亲口讲述的故事来展现他精神失常的过程。而改写版"在1887年收入同名中短篇小说集以前未曾发表过",作者则是以书信体的方式将整个病症的心理表现细致地展现出来了,并且还丰富了故事的内容。[①] 在张秀中的译作中,作品正文前附的《译者引言》格外令人瞩目。这篇长达11页的《译者引言》颇给人以喧宾夺主之感。译者张秀中将自己阅读的心得做了深入的阐述,使得原本对作者作品的导读成了一篇详细的论文。"反常"的引言一方面显示了译者与读者的心灵共鸣,另一方面也让读者从译者披沥的心迹中得以深入体察这一跨文化的接受情形。

> 这篇伟大的作品,是用日记式的体裁,全篇充满了恐怖的心情,是病的心理的解剖,是灵肉不一致的冲突,含着现代人生的苦闷,不但是切近我们现时的人的生活,也是世纪末的疲劳和精

[①] 参见〔法〕莫泊桑著,郝运等译:《奥尔拉》,人民文学出版社1993年版,第1、195页。

神的病的状态之强而有力的表现。①

张秀中的意见颇有见地，尤其是他并未拘泥于对作品情节的条分缕析，而是一针见血地指出了作品的象征意义。那就是"精神的病的状态"和"世纪末的疲劳"的强有力的表现，二者是互为因果的逻辑关系。在这个基础之上，张秀中继续说：

> 在功利唯物的时势下，匆忙繁剧的近代生活中，无论何人，不能够逃避出这个圈子。都会生活日盛，污秽了田园的清境，势必勤苦劳累，激烈的竞争，不能谋生，人底有限的体力过劳之后，心身的病态不能不现出来。②

在此，"都会"和"田园"是两个关键词，正是由于"都会生活日盛"才导致"田园清境"的被污秽，也由此引发了人体力过劳后的精神疾患。也就是说，在张秀中看来，工业文明的侵蚀是导致人精神错乱的主因。可见，张秀中的批评是立足在城乡的批评框架之上的。由此他认为：

> 自然科学进步以后，器械发明，工场（厂）建立，而侵了田园的农村生活，替了家庭的手工工业。因此社会底范围，一天比

---

① 张秀中：《译者引言》，〔法〕莫泊桑著，张秀中译：《魔鬼的追随》，海音书局1927年版，第3页。

② 张秀中：《译者引言》，〔法〕莫泊桑著，张秀中译：《魔鬼的追随》，海音书局1927年版，第3页。

一天的括（扩）大了，组织也就一天比一天底严起来；组织愈严，分工的地方愈多，许多人变成了淡薄无味的一架机械了。①

二、"饮水"的恐惧

从张秀中的《译者引言》看，作者将这种癫狂的描写归于城乡意识形态的冲突并非主观臆断，张秀中的批评自有其合理之处。譬如从作品开篇的作者就写道：

> 我爱这乡间，我愿在这儿过活，因为和它有关系，这些深而密切的关系，是因为祖先生死之地而留恋，因自己的纪念和衣食而留恋，本乡的口头语，乡人说话的声音，土地底气味，村庄底风味，还有自己的神色，对于这一切的习惯如食物然。②

但自从看到了那艘"出奇的洁白而鲜明"的三桅帆船后，"我"开始感到了忧郁。值得注意的是，这艘帆船是随着英国帆船而出现的③，而且它让"我"不知为何感到羡慕，也不知道为什么那么喜欢。这种

---

① 张秀中：《译者引言》，〔法〕莫泊桑著，张秀中译：《魔鬼的追随》，海音书局1927年版，第7页。

② 〔法〕莫泊桑著，张秀中译：《魔鬼的追随》，海音书局1927年版，第1页。

③ 在张秀中的译本中，译者翻译的是"在空中飘荡着的红国旗的英国的两个二樯船之后，来了一个壮大的苏木的三樯船"，而在1993年郝运等译的《奥尔拉》中则将之翻译为"一艘华丽的巴西三桅帆船"。虽然张秀中译本中没有翻译"巴西"，但"英国轮船"还是显著的标示为一种来自于域外的新的事物。参见〔法〕莫泊桑著，张秀中译：《魔鬼的追随》，海音书局1927年版，第2页；莫泊桑著，郝运等译：《奥尔拉》，人民文学出版社1993年版，第2页。

既羡慕、欣喜又令人忧郁的复杂情绪与这艘外来帆船的出现不无关系。"我"对祖先的生死之地是熟悉的,而对外来事物则是陌生的,对于这种外在冲击所可能导致的变化是无法把握的,这就综合为一种既期待又充满未知恐惧的复杂矛盾的心理。就此而言,"疯癫"病状的发生与外来的新鲜事物打破传统恒定的生活不无关系。因此从如上的分析看,张秀中将作品的癫狂想象归于城乡文明的冲突也自有其合理之处。然而,作者莫泊桑是否就是要呈现城乡文明冲动导致的人的心理紊乱这一精神疾病症候呢?小说中"饮水"的细节为我们解码其中的象征意涵提供了线索。

"饮水"的情节描写在作品中是一个带有强烈灵异色彩的象征。"我偶然看见我底水晶瓶是用清水一直满到塞子口"[①],可是当"我"去喝水时,却发现那装在水晶瓶里的清水被喝了,即使"我"用纱布包住水晶瓶,用绳子系住塞子,用铅粉抹了嘴唇、胡须、手,但是水晶瓶里的水仍然被全喝了。是谁喝了"我"的水?这令"我"感到恐惧。"喝水"成为"我"确认自己疯癫的重要心理暗示,"然而这是我?这是我?这是谁?谁?呵!我底天呵,我成了疯癫者了!谁救救我呢?"[②]"我"对自身的质疑、迷失其实是所谓"疯癫"行为的一种重要表现。从临床医学的角度说,也许这是一种"幻视"。但是作为一篇虚构的文学作品来说,"饮水"情节就不能简单视为临床病症表现的记录,诚如苏珊·朗格所说:"艺术,是人类情感的符号形式的创造。"[③]

---

① 〔法〕莫泊桑著,张秀中译:《魔鬼的追随》,海音书局1927年版,第13页。
② 〔法〕莫泊桑著,张秀中译:《魔鬼的追随》,海音书局1927年版,第15页。
③ 〔美〕苏珊·朗格著,刘大基等译:《情感与形式》,中国社会科学出版社1986年版,第51页。

因此，所谓"幻视"的癫狂行为其实也是作家力图借此表达的情感困境。从"饮水"行为本身来谈，"我"对是否"饮水"的不确定性其实正是"我"难以厘定外界事物的一种表现而已。循此路径我们不难发现，"我"精神错乱的病症正是一个从对外界的不确定性而发展到对内在自我迷失的过程。

首先，"我"的癫狂肇始于自我感觉的不可靠性。正如作品开篇描写的那样，"我的耳朵欺哄了我，因为在声响时它给我们转移了空气底震动"，"嗅觉比狗迟钝得多"，"味觉仅仅能勉强的辨别出酒存的年代的滋味"。[①] 这种感觉的减退甚至失效，使得"我"无法准确地感知外在的事物，于是"我"开始恐惧睡眠，而睡眠时陷入的黑暗更强化了这种感知的不确定性，所以"我"等候着困倦如同等候着刽子手似的。恐惧的蔓延成为强烈的心理负担并进一步演化出"愁闷""怯懦"等负面的心理特征。"睡眠的恐惧和寝牀（床）的恐惧"所滋生的强烈不安全感又使得"死亡"接踵而来，于是，

> 我不住地有这种可怕的感觉，不幸的恐怖来了，或是死逼近了，这个推知是无疑地从一个隐匿的不幸里，正在血里生呢，正在皮肤里生呢。[②]

而伴随着恐惧滋生的则是自我灵魂的丧失，于是身/神开始呈现为一种对立的紧张关系，所以"我"感到"如果能把我的灵魂入了躯

---

① 〔法〕莫泊桑著，张秀中译：《魔鬼的追随》，海音书局1927年版，第3—4页。
② 〔法〕莫泊桑著，张秀中译：《魔鬼的追随》，海音书局1927年版，第4页。

壳那么宁愿患疟疾的衰弱了"①。最终"魂不附体"的身体隐喻完成了对"癫狂"的精神象征。

其次,外界的不确定性驱动了对内在自我的寻找,"我究竟能充分地辨别我,如是我每天这样用心地辨别我"②。于是"我"试图通过记忆来唤醒自我,但是"奇怪的记忆啊!奇怪的,奇怪的记忆啊!"③,"我"去打猎却找不到回去的路,又回到了原来的地方。记忆的失效暗示着自我的迷失,譬如"揽镜自照"时发现,镜子中的人并不是自己。镜子象征着一种"看"与"被看"的关系,"我"似乎是在看"自己",实则却是"自己"在看"我",因为"我"看到的"自己"不是"我","我"与"自己"是被割裂的、分离的。"我"因为这种分离而无法确定到底"我自己"("自我")是谁?如果说,失忆是要逃遁到过去寻找"自己",那么揽镜则是在本源的位置上否定了这种寻找的可能性,因为"我"已不是"自己",又如何去寻找"我自己"("自我")?"我"在时间(内在的记忆)与空间(外在的事物)上的双重窒息促使"我"从超越于时空之外的形而上的精神信仰中去找回本真的自我。于是,"饮水"的"渴望"就是自我救赎的唯一途径。因此"饮水"即可看作是对人的本真/本源的追寻,但每当"我"尝试去喝水时,却总是发现自己的水已经被喝了,本真已然遭到侵害,无论"我"努力确认这种本真的人性的丧失是自我咎由自取还是外力压迫而致,都是无解的难题,这是命定式的悲剧,恰如人类的原罪一样是无

---

① 〔法〕莫泊桑著,张秀中译:《魔鬼的追随》,海音书局1927年版,第4页。
② 〔法〕莫泊桑著,张秀中译:《魔鬼的追随》,海音书局1927年版,第49页。
③ 〔法〕莫泊桑著,张秀中译:《魔鬼的追随》,海音书局1927年版,第8页。

法被救赎的。于是充满绝望地寻找希望就成了人类最可悲、可怜之处。我们知道,莫泊桑一生致力于人性的批判,年少浮浪的人生经验更加深了他对于人性丑恶的憎恶,从《羊脂球》《戴家楼》《蝇子姑娘》等作品中,我们都可以发现莫泊桑常常通过被视为最肮脏的妓女的人性光彩去烛照所谓绅士、贵族的丑陋人性的写作方式。正如译者张秀中所言:

> 这"透明的水晶瓶",便是象征人底躯壳,"透明的水",便是象征人底"情感"、"灵性"、"精灵"的。假如把人躯壳中的"灵性"等拿去,我们底衣服整整齐齐地包着我们的身躯,也是一件死而假的一个木偶呵!这又是何等深刻的象征。①

张秀中将"透明的水"解读为人的"情感""灵性""精灵"的象征,也正契合了莫泊桑所要表达的人在剧烈的时空变迁中所遭遇的人性迷失与追寻的主旨意涵,作者与译者的情思相通由此可窥一斑。

三、"欧儿拉"是谁?

"饮水"既然象征着生命个体对内在自我的本源性追寻,那么外在的那个无处不在的"欧儿拉"到底是谁?张秀中在《译者引言》中讲得很明白,"欧儿拉是精神上的形体,是束缚精神底恶魔。杀人的精神

---

① 张秀中:《译者引言》,〔法〕莫泊桑著,张秀中译:《魔鬼的追随》,海音书局1927年版,第5—6页。

比什么都利（厉）害）①。那么"我"又是如何确定"欧儿拉"如影随形般的存在呢？作品中"催眠"的情节设置是不容忽视的。作品中的巴耳医生对撒布雷太太的催眠让"我"感到无比惊异，它开始让"我"深信人的意识是可以被控制的。既然"我"已然无法确认周遭的一切，那么"我"同样无法否定在外界存在着一个可以控制人的意识的生物，于是"欧儿拉"就应运而生了。那么"欧儿拉"到底是如何束缚人的精神的，换言之又有着怎样的精神特质呢？

孤独感是"欧儿拉"如约而至的不可忽视的重要生命体验，前述我们已经谈到"癫狂"是起始于感觉失灵、记忆丧失，而这同样也导致了强烈孤独感的产生。孤独感使得"我"感到外界充满危险，作为一种自我保护性质的心理反应，"我"本能地开始拒绝外在事物的接受。于是越孤独也就对外界的感知能力越钝化，乃至丧失，最终结果便是自我的封闭。譬如高大树荫形成的黑色的顶盖，使"我"感到"好像有人跟着我，在我的脚后走"②，但转身发现只有自己。

但悲哀的是，封闭的自我却难以确定自我，于是就又陷入了对不可确知的自我的深深厌恶与难以自拔的痛苦。而"当我们长久是自己底时候，空虚的幻影是要繁殖的"③，孤独感又进一步发展为对未知的理想化事物的沉溺，但由于这只是"空虚的幻影"，所以理想化诉求的不可实现，就产生了对外在超自然能力的期待和依赖。而"欧儿拉"就是这样一种无意期待，但有意依赖的精神存在。然而心灵自由的强

---

① 张秀中：《译者引言》，〔法〕莫泊桑著，张秀中译：《魔鬼的追随》，海音书局1927年版，第8—9页。
② 〔法〕莫泊桑著，张秀中译：《魔鬼的追随》，海音书局1927年版，第7页。
③ 〔法〕莫泊桑著，张秀中译：《魔鬼的追随》，海音书局1927年版，第17页。

烈渴望使得"我"又对这种精神依赖产生强烈的抵触。于是，臣服还是抵抗成了撕裂自我的两种强大的精神力量，二者的争斗即是自我建构过程。譬如：

> 我，我争论，但是被这至极的无能力缚住我，在这梦境中我疯癫了；我要喊叫——我不能；——我要摇动——我不能；——我一面在喘着气，我极可怕地试着翻身，踢倒这压碎且窒息了我底东西——我不能！①

这里表达的即是一种无助、无力感，被钳制、压迫的感觉。这种对压制的感受又往往是从身体的角度来体现的，譬如：

> 我们底身躯实在软弱，觉得出极疲乏之器官的阻隔是实在的拙笨，时常受十分错乱的权利的制服。②

强烈的身体体验促使"我"去改变这种被动的地位，于是"我"试图以打猎，旅行这种改变居住空间的方式来寻求反抗。在此，城市和乡村的对立与消解则传递了超越二者之上的、本质上的同一性。在乡下旅行中，渔夫深信羊会交谈、争吵的传说象征着乡民百无聊赖的生活。当"我"向僧侣求证时，这位无法确定是智者或者傻子的僧侣告诉"我"，我们无法感知一切，正如风的存在一样，我们看不到它，

---

① 〔法〕莫泊桑著，张秀中译：《魔鬼的追随》，海音书局1927年版，第6页。
② 〔法〕莫泊桑著，张秀中译：《魔鬼的追随》，海音书局1927年版，第45页。

但并不表明它不存在。乡民无聊、麻木的生活一如自然都是永恒的存在，也是"我"时常想过的，是"我"为之焦虑痛苦之处，于是"我"的"病"又复发了。为了摆脱在乡间"癫狂"的痛苦，"我"到了巴黎，在那里"在我的灵魂中过了新而活的气象"[①]，"在所有的情形，我底癫狂染起狂病，而在巴黎二十四点钟足可以使我置于平稳"[②]。"我"相信城市"活泼的精神"能够医治这"癫狂病"，但是当他看到百姓毫无立场、言听计从的"一定不变的意志"后，他开始确认是否人的意识能够被控制，而撒布雷太太被催眠的事实证实了这一点，于是"我"再次陷入到极度的痛苦之中。乡民无聊而永恒的生活方式与城市中人被任意摆布的精神境况从本质上而言都是缺乏主体意识的生命形式。"我"逃离乡下到城市（巴黎），因为"我"认为城市可以医治乡下的癫狂，但城市的遭遇再次唤醒了他因为人的麻木无聊而不自知的痛苦。可以说，乡下也好，城市也罢，"我"都无法在两种文明形态中去彻底逃避自我对人性忧虑的痛苦。在此，人性开始超越城乡意识形态，从而在更哲理化的层面拓展、深化了巨大历史转型期人的精神痛苦。

由此而观，所谓"我"对不可知的生物"欧儿拉"的反抗，其实反抗的就是"我自己"，换言之，那个魔鬼"欧儿拉"就是"我"。这恰如"身"与"影"的关系，如影随形，不可分割。在黑夜中，它沉没于黑暗，在光明前，它又立于"身"后。如果"我"向往光明，它就向"我"投射巨大的阴影，如果"我"沉没于黑暗，它又将与"我"融为一体。因此，"我"始终不能看到它的真实面容，也无法从根本上

[①] 〔法〕莫泊桑著，张秀中译：《魔鬼的追随》，海音书局1927年版，第17页。
[②] 〔法〕莫泊桑著，张秀中译：《魔鬼的追随》，海音书局1927年版，第17页。

彻底摆脱。这仍如饮水时所遭遇的宿命般的悲剧。于是"我"一面感到绝望：

  呵，我底上帝！我底上帝！我底上帝！他是一位上帝吧！如果他是一位，拯救我呀！保全我呀！救助我呀！赦免吧！可怜吧！恩惠吧！保全我呀！呵！多么痛苦哟！多么困难哟！多么可恨哟！①

一面又试图作殊死一搏：

  我要抵抗他在我底双拳之下，且击碎之于地！……
  ……我有我底双手，双膝，胸，额，许多牙齿为了勒死他，战胜他，咬他，裂破他。②

"双拳""双手""膝""胸""额""牙齿"等身体的抗争都归于失败，所以我只能借助于"镜子"。"镜子"反射光亮的意涵再次成为折射光明的象征，我们可以把它理解为一种理想化的意念或信仰，但是希望用镜子反射的光线来吞噬捉摸不定的"欧儿拉"的身躯，自己却陷入了"浓雾"与"深空的镜"里，这是自我信仰动摇，理想破灭的象征。在种种反抗无效后，"我"点燃了屋子，我向村子跑去救火，但这只是为了去看！看火灾！看是否毁灭了让他恐惧厌恶的欧儿拉。但

---

① 〔法〕莫泊桑著，张秀中译：《魔鬼的追随》，海音书局1927年版，第36页。
② 〔法〕莫泊桑著，张秀中译：《魔鬼的追随》，海音书局1927年版，第40、47页。

我并不能确定"欧儿拉"的毁灭,唯一能确定的是房子化为了灰烬,仆人被烧死。最终"我"意识到"欧儿拉"其实正是自我的另一面,因此要毁灭"欧儿拉",就需要毁灭自我,于是自杀成为唯一能够得到拯救的途径。这是对"新的东西,不相识的主宰。欧儿拉!"[①]的反抗,也构成了自我的内在挣扎以及"我"与外在压迫的双重张力。对此,译者张秀中的评析是颇为到位的。

> 以后的生活,不是静的生活,是要作流动的生活,不是孤独寂静中的空想的世界,乃是要在扰搅纷乱的活动的生活中去探求人生底真义,如果是这样,那末(么)《欧儿拉》一篇便是求生之欲望与现世底缚束两种力量相碰而发出的火花了。[②]

张秀中的批评更多的是站在人与外在现实束缚的抗争层面,所以他希冀的是在"扰搅纷乱的活动的生活中去探求人生底真义"。这一结论在当时中国阶级矛盾尖锐,民族国家话语越加强势的叙事中自然不难理解,但是作者莫泊桑是否也有此意,恐怕并不能轻易下结论。也许从人性的角度谈,莫泊桑感受到的恐怕是作为生物界灵长的人类感觉的迟钝、失聪,甚至被一种外在的神秘力量所控制而无从反抗的悲哀吧。这种从生物链顶端的跌落,也许正是对人类盲目自大而不自知的深切忧虑。当然作者与译者未必共鸣的事实并不是一种

---

① 〔法〕莫泊桑著,张秀中译:《魔鬼的追随》,海音书局1927年版,第52页。
② 张秀中:《译者引言》,〔法〕莫泊桑著,张秀中译:《魔鬼的追随》,海音书局1927年版,第8页。

窘况，张秀中的姑且可以等作"误读"的《译者引言》其实正显示了城乡所隐喻的传统与现代复杂关系的演绎方式。那就是在1930年代前后，基于对传统乡土意念批判的城乡叙事并没有在人的现代化层面深入展开，而是更多地呈现为一种阶级化、革命化的演绎模式。这是现代中国知识分子在陷入与这个世界格格不入的精神困境时的主流选择。

癫狂与理性其实并不是截然分立的，福柯说："尊敬疯癫并不是要把它解释成不由自主的、不可避免的突发疾病，而是承认这个人类真相的最低限度。"① 也就是说，域外乡愁小说中的癫狂书写其实也是呈现人类真相最低限度的一种身体诗学。一方面，"正如死亡是人类生命在时间领域的极限，疯癫是人类生命在兽性领域的极限。正如基督的死使死亡变得圣洁，最充分体现兽性的疯癫也同样因此而变得圣洁"②。通过兽性的癫狂，我们得以窥见人性在传统乡土意念向现代转变生成中人的思想挣扎与对人性本真的深切思索。另一方面，我们也通过癫狂所引发的个人与外在权力的关系紧张中，感受到身体以感性的、生动的形态所传达的理性诉求。

因此，从如上两点谈，我们不能忽视这种身体的"非理性""失常"所隐喻的"理性"想象。而张秀中并不出彩的翻译与其颇为精彩的评析恰恰又给这种"理性"不应忽视的某种局限性。这种"理性"的本地化让我们再次看到彼时中国知识分子在面对传统乡土时，那茕

---

① 〔法〕米歇尔·福柯著，刘北城、杨远婴译：《疯癫与文明：理性时代的疯癫史》，生活·读书·新知三联书店2012年版，第79页。
② 〔法〕米歇尔·福柯著，刘北城、杨远婴译：《疯癫与文明：理性时代的疯癫史》，生活·读书·新知三联书店2012年版，第79页。

茕孑立的孤独、不断浮起的空虚的幻影以及那无时不在的"忧郁的寒战"。

小　结

　　人类对外界世界的认知是从身体的感触开始的。这一点并不难以理解，譬如我们可以通过观看、聆听、品尝、触摸等等方式对一种陌生事物的特性进行考察，进而形成一个概念或认识。即便我们不去主动地调动感官来认知世界，世界也同样能够给我们以刺激，不承认这一点，只能是一种"掩耳盗铃"的愚蠢。但是外界事物的刺激强弱其实并不完全取决于外界事物本身，他其实与生命个体本身有着密切的关系。譬如我们都有这样的生活经验，日常饮食偏咸，时间长了也就不觉得咸了，常吃辣，对辣的敏感度也下降了。这其实告诉我们身体对外界事物的感知有一个逐步适应的过程，认识到这一点对我们理解中国现代文学乡土意念的发生是有积极意义的。因为固有的、习以为常的传统乡土景观及其文化已然让处于三千年未有之大变局的现代知识分子以沉闷乃至厌倦之感，在这样的背景下，域外的景观及其文化思想显然就更具新鲜性、刺激性。

　　我们知道所谓传统乡土其实并不仅仅是一个地域概念。乡土本身其实是一个民族的文化心理、价值观念的综合性的精神文化结构。对于"乡土中国"中生于斯、长于斯、死于斯的老中国的儿女而言，这种精神文化结构是根深蒂固的。"生于斯、长于斯、死于斯"即是所谓"身土不二"的价值判断。换言之，中国人的身体与这片故土及其精神文化是紧密地捆绑在一起的。土地不但给乡土中国的子民以生存的基本条件，而且也建构了他们对个人与他人的关系以及对于民族与国家的意志。然而在20世纪经济全球化的现代浪潮背景下，30年代前后中国革命的复杂时局及其日益严峻的民族危机，已然对"身土不二"的价值观念造成了巨大的挑战。传统的地缘结构已然被打破，譬如离乡进城的乡人、去乡革命的志士，以及大多农家子弟出身，曾负箧曳屣、沐浴欧风美雨而后定居都市的现代知识分子，在他们面前不断打开的即是一个个迥异的异域空间。那么，在这一历史的必然面前，域外的平生初见是如何打动了甚至撼动了现代国人的精神文化结构的呢？身体的感同身受就是一个初步的但颇为重要的媒介。

从生理的角度谈，身体对外界的认知是一个逐步综合的心理过程。它需要经由初步感知感觉到形成情感趋向再到升华为价值判断的过程，在这一个过程中感性是逐步减弱而理性则逐渐强化的，但是感性与理性并非界限清晰，有时往往是彼此相互交织、抵牾，甚至不断反复挣扎的。因此，当我们注目于1930年代前后的中国知识分子在译介域外乡愁小说时，他们对于作品中的身体叙事的本地化接受也有着类似的心理特点。譬如，郁达夫"综合感觉"的自相矛盾，尤炳圻的感觉"特长"以及崔万秋对日本年庆习俗的观察等，都是一种初步感知外界事物后的感性与理性杂糅的认知与判断。而域外乡愁小说中的"机械马"的想象其实传达的是一种面对现代时既新奇又恐惧的矛盾情感，这是一种时代情绪。而中外知识分子不同的体认又显示了彼此对于现代性的不同认知，这是撼动传统乡土情感价值结构的重要一面。同样新奇恐惧的现代情绪在《磨坊》中的不同演绎则生动地呈现了中国现代知识分子对现代性体认的复杂与多元，更为重要的是，这种情绪/情感愈加民族化、阶级化的现实正显示了中国现代乡土意念发生、发展的可能理路。不过情感毕竟还是一种更具感性的心理品质，要上升到理性价值的认同就必须跳出"所看即所得"的感性认知。于是1930年代前后对于"苦闷"这一极具现代意味的情绪的关注就显得尤为必要了，厨川白村的《"苦闷"的象征》的热译即是在理论的层面为中国现代知识分子以文学想象现实提供了可资借鉴的审美原则，这对提纯传统乡土思想，并移植现代乡土意念都是很有意义的。

如果从哲学的角度谈，身体作为感知外在世界的媒介，其本身即是一种有意义的实践。换言之，身体本质上即是一种存在主义的叙述。存在即是身体，身体为存在之基。这可以从两方面来理解：一是，身体是介入现实的重要手段，它往往以"感同身受"的真实感质疑了其现实对象的真实性。譬如生病的身体即是一个颇有意味的隐喻，它所建构的"疾患"与"诊疗"的张力结构即是一个压迫与反制的象征。这不仅是外在的"疗救"所带来的强势权制，更有着内在心灵之苦所隐含的自我压迫，而"妙手回春"与"无药可救"的不同命运更是对这一外在与内在压迫可见的预言。对身体的存在主义理解的第二方面是，身体是明确他者，进而建构自我主体身份的重要途径。因为"我们对于自我的感觉取决于我们作为另一个人的凝视的目标的存在"[①]。譬如，域外乡愁小说中的癫狂叙事即是以身体的本质性存在努力确立他者的象征。《欧儿拉》译介中癫狂的主因即是对无处不在、又无从确定的"欧儿拉"的恐惧。"欧儿拉"其实正是一个"他者"的存在，但

---

① 〔英〕丹尼·卡瓦拉罗著，张卫东、张生、赵顺宏译：《文化理论关键词》，江苏人民出版社2006年版，第129页。

是身体以官能失效、心神模糊的方式宣告了身体（即"自我"）的无能与溃败。这让我们很容易联想到鲁迅笔下的"无物之阵"。也就是说，正是因为身体无法确定他者，从而使得主体的建立与身份的认同变得极其困难。

那么从如上两方面说，中国现代知识分子面对域外乡愁小说中身体想象时的"心神不宁"就对中国现代乡土意念的发生具有了特别的意义。因为它"亲力亲为"的现"身"说法不仅展现了中国知识分子精神蜕变的真实历程，而且对传统"身土不二"的乡土观念构成了一个巨大的反诘。"身土不二"已然不可能成为一种永恒的历史叙事，在风云诡谲的时代如何寻找以及确立自我的身份认同已经尤其迫切。如果说"五四"前后中国知识分子还致力于设计理想政治制度以为容"身"之所，从而形塑理想国民的话，那么到了1930年代前后，"革命"失败的挫折以及民族矛盾愈加尖锐已不容他们全"身"而退。不仅"乡"的概念已经变得渺不可寻，而且作为安"身"之所的"家"也岌岌可危了。

第二章　故家难离

作为安"身"之所的"家"对于国人有着独特的情感与意义，因为中国人生命的完成与家须臾不可分离，之所谓"故家难离"也。譬如："中国古代有冠笄之礼，男二十而冠，女十八而笄，始为成人。但仍是一自然人，必有教，乃成一文化人。中国人重孝弟（悌）之道，主要则在未成年前。及婚娶成夫妇，又为父母，乃有齐家之道。家为己之生命之扩大，实亦己之生命之完成。己与家和合成为一体。"[①] 可见"家"是生命的空间形态，更是赋予生命价值的重要存在。可以说，"家"是中国传统乡土观念的重要内容。然而，在中国社会的现代化进程中，晚清至"五四"的知识分子一度将"去国去家"的家庭革命作为重构现代中国的重要前提。生命个体离家的"叛逆"就成了更具现代意义的"个性解放"的革命修辞。于是在个体与家庭血缘纽带松动的前提下，原本与"家""合而一体"的生命也需要剥离"家"的伦理价值，从而在各种"主义"的凝聚下，重新去完成自我的生命仪式。

---

① 钱穆：《宋代理学三书随劄》，生活・读书・新知三联书店2002年版，第146页。

但是，随着"五四"退潮，1930年代前后的知识分子在革命碰壁、民族矛盾激化的背景之下，"家"又再次成为他们在陷入精神困境之时重新审视的对象。那么被回眸重识的"家"也就更具间接虚构的性质。换言之，"家"往往是在回忆中浮现的。于是我们看到在中国现代知识分子带有主观色彩的有意识选择下，"家"愈加具有了一种"景观"的特质，这不仅是一种情感的选择性投射，更包含了他们对自我理性诉求与政治理想的预见，而"回忆成为建立个人和集体身份认同的一个关键组成部分，为冲突也为认同提供表现的场所"[1]。因此，当1930年代前后的知识分子注目于域外乡愁小说中的"保家守土"抑或"别家流离"的故事时，也是他们作为生命个体对在故乡与他乡间流动的，当然也包括他们自己在内的自我与集体身份认同的追索。

第一节　旅行的图像[2]

家园景观是一种情感对象物的虚构，但基于联想的物质媒介，除去文字，同样不能忽视图像的传播功效。图像直接、形象、快捷的传

---

[1] 保尔·安泽，米夏埃尔·拉姆贝克编：《紧张的过去：关于创伤与记忆的文化文章》（Paul Antze, Michael Lambek, eds., Tense Past. Cultural Essays in Trauma and Memory, New York and London, 1997），第Ⅶ页。转引自〔德〕阿莱达·阿斯曼著，潘璐译：《回忆空间：文化记忆的形式和变迁》，北京大学出版社2016年版，第7页。

[2] 本节内容笔者曾作为阶段性成果发表。参见冯波：《旅行的图像：〈译文〉中的插图与乡土公共性建构》，《贵州大学学报》（艺术版）2020年第4期。

播特质是文字所不具备的。对于受众而言,要了解一个陌生事物,图像应该较之文字更容易在第一时间吸引他们的关注。譬如,在日常生活中当我们回忆起所谓的"第一印象"时,谈的也大多是具有图像性质的轮廓、构图、色彩等。因此,我们无法忽视1930年代前后来自域外的乡土影像。这不仅是因为它唤醒了国人的故园记忆,更在于它提供了一个管窥作者、译者、编者、读者乡土情怀转异、嬗递的跨文化场域。在这一场域内,"土气息泥滋味"无论是在努力地划定边界,抑或试探某种"越界"的可能,对于中国现代乡土意念的发生而言都是不容忽视的跨文化实践。

一、舶来的乡土景观

翻检1930年代前后的文学期刊,没有哪份杂志像《译文》这样如此图文并茂。作为1930年代专门译介外国作品的刊物,《译文》的出现是一个值得重视的文化现象。当然,这里有突破对翻译"围剿"的社会实情,但更大的意义在于《译文》的出现,体现了编者对以往翻译现状的不满,并努力将翻译的精细化与相关批评的专业化作为改革的诉求。譬如,前三期的编者鲁迅在《为翻译辩护》一文中就指出:"中国人原是喜欢'抢先'的人民,上落电车,买火车票,寄挂号信,都愿意是一到便是第一个。翻译者当然也逃不出这例子的。"[①] 紧接着鲁迅还讲了急就章式的翻译带来的错讹,以及出版界追慕新潮不肯刊

[①] 洛文(鲁迅):《为翻译辩护》,《申报·自由谈》1933年8月20日。

载重译作品的译介现状。从这些表述来看,鲁迅与茅盾创办《译文》,一是要纠正译文中出现的错误,力求翻译精准,这不仅是针对旧译作而言,同样也对新的翻译提出要求;二是尝试对作品重新加以阐释,力求准确到位地传达原著的主旨与情感。从这个层面看,那些来自殊方异域的《译文》插图就有了重要的意义。它不仅是翻译的补充,而且还提供了国外作家对本国甚至异域解读的独特角度。插图的编排也通过两种方式参与了作品译介的整个过程。一是在作品内的插图,它与文本直接相关,对文本起辅助阐释的作用;另一则是相对独立的插图,虽然它并不直接与作品相对应,但是它同样服从于编者对整期刊物的编辑理念,它也应当视为翻译的一种延伸。这两种插图与文本都构成了一种互文关系。

《译文》最初由上海生活书店印行,至 1935 年 9 月出至第十三期停刊。1936 年 3 月复刊,改由上海杂志公司发行,前后共出 29 期。在这 29 期中,插图总共就有 420 幅(包括每期的封面,不含广告),平均每期 14 幅之多。若非新二卷第三期因鲁迅逝世,大多刊载纪念鲁迅文章,刊物面貌要求庄严肃穆(插图除封面外,只有一幅),那么平均到每期的插图数量还要更多。从每期译介的作品看,基本上每一部作品都配有插图。譬如鲁迅在翻译 L. 班台莱夫的《表》中就有 B. 孚克(Bruno Fuk)的插图 22 幅。鲁迅还专门对此做了说明:"插画二十二小幅,是从德译本复制下来的。作者孚克,并不是怎样知名的画家,但在二三年前,却常常看见他为新的作品作画的,大约还是一个青年罢(吧)。"[①] 同样,对于与乡土相关的文学作品的译介,插图

[①] 〔苏〕L. 班台莱夫著,鲁迅译:《表》,《译文》1935 年第 2 卷第 1 期。

也没有缺席。譬如曹靖华和夫人尚佩秋合译的 A. 葛达尔（盖达尔）的《远方》是一篇以农村为题材的具有乡土色彩的小说。（图 1）在这篇作品中，有苏联画家 A. 叶尔穆拉耶夫所作的 15 幅插图。编者还特意说明："这是从原文直接译出的，插画也照原画加入。"① 可见，编译者更倾向于原汁原味地呈现译作的本来面目。从这一点说，翻译力求尊重原作，力图精准传递著者意愿的想法是清晰而明确的。

图 1 《远方》
（A. 叶尔穆拉耶夫画，《译文》1936 年新 1 卷第 1 期 [复刊特大号]）

除了在译作中大量采用插图，大量与译作关系不大的摄影、绘画、版画的插入也不容忽视，譬如，大量作家肖像以及他们生活场景的摄影作品。这些摄影作品涉及的外国作家共 55 位。其中与普式庚（即普希金）、高尔基、迭更司（即狄更斯）相关的摄影作品较多。作家以欧洲作家为主，尤其是苏俄作家人数众多，而亚洲作家只有日本作家岛木健作。值得重视的是，对普式庚作品的译介不仅选择了他的长诗《乡村》，而且还有小说《郭洛亨诺村的历史》，这两篇译作都关涉乡土。此外，除了侧重于写实性的摄影作品，这些插图也有多样的艺术形式。譬如既有大量的版画

---

① 〔苏〕A. 葛达尔作，佩秋、靖华合译：《远方》，《译文》1936 年新 1 卷第 1 期（复刊特大号）。

图 2 《作家的种种》
（甘夫［U. Ganf］作，《译文》1934年第 1 卷第 3 期）

作品，也有油画作品，甚至漫画作品（图 2），尤其是版画作品占了多数。版画的大量使用与鲁迅有着密切的关系。虽然《译文》的主编是黄源，但实际上刊物编辑方针的制定乃至实际参与原作翻译的主要还是鲁迅与茅盾。茅盾在回忆《译文》初创时曾坦言："八月五日，生活书店徐伯昕在'觉林'餐馆宴请鲁迅、烈文和我，算是书店方面与我们正式商定出版《译文》。席间，徐伯昕提出版权页上编辑人用'译文社'恐怕国民党图书杂志审查处通不过，要用一个人名以示负责。这倒是个难题，因为鲁迅和我都不便出面，黎烈文又不愿担任。最后鲁迅说，编辑人就印上黄源罢，对外用他的名义，实际主编我来做。"① 所以，虽说鲁迅只主编了三期《译文》，但实际上鲁迅一直没有离开《译文》，可以说他的翻译思想对《译文》有着直接而重要的影响。那么，作为《译文》实际的主编，鲁迅是基于怎样的考虑而在杂志中增加插画呢？鲁迅在《译文》创刊号的《前记》中，曾说了段颇耐人寻味的话："文字之外，多加图画。也有和文字有关系的，意在助趣；也有和文字没有关系的，那就算是我们贡献给读者的一点小意思，复制的图画总比复制的文字多保

---

① 茅盾：《一九三四年的文化"围剿"和反"围剿"——回忆录"十七"》，《新文学史料》1982 年第 4 期。

留得一点原味。"[①] 所谓"耐人寻味"其实就在于"意在助趣"四个字。从"助"字可知,鲁迅是将插图作为辅助译作表情达意的手段,它是第二位的,它不应喧宾夺主。那么,何谓插图之"趣"?"趣"从何来?又何"趣"之有呢?就这段话的后半段来分析,显然"趣"字就在:相较于"复制的文字",它更能"保留一点原味"。我们知道,语言文字翻译的"信达雅"本身就是一种理想化的追求,我们只能说无限接近原文,但逾越文化的鸿沟绝非易事。而图像的复制,则至少保持了绝对的"形同",这是"趣"从何而来之解。但要说何"趣"之有,就颇有点弦外之音了。一方面,在枯燥的文字中配上插图,图文并茂,自然有趣。另一方面,本土读者能够对来自异域的图像心领神会吗?换言之,域外艺术家的作品是否也能够激荡起东方读者心中的涟漪?这可能就存在着两种有趣的情况了,一种是共鸣,而另一种则就是一个抉择的问题了。就乡土景观而言,这点极重要。因为,当一个从未迈出国门的人,面对域外乡土风景,在猎奇之余,还能有一点共鸣,甚至反刍自我故乡的景观。这对他们固有的故乡概念无意是有重构意义的。

二、田园记忆与民族志

《译文》中的景观插图总共136幅,约占所有插图总数的32.4%。其中静物风景类的61幅,人物及社会生活类的75幅(不包括作家肖像以及作品中的配图)。就静物风景类的插图来看,其内容大致可分

---

① 编者(鲁迅):《前记》,《译文》1934年第1卷第1期。

两类：一是表现乡土田园景观的；一是园林雕塑或城市建筑等景观。而"风景首先是文化，其次才是自然；它是投射于木、水、石之上的想象建构"①。因此，我们对这些静物景观考察的目的也就在于探索其蕴含的民族文化对本土受众的影响。

表现乡土田园景观的插图，大多可视为一种日常生活方式的呈现。这些画作中肥沃的农田、静谧的树林乃至停在空中的浮云似乎都成了标配，一切的景观都有着古典式的井然有序。譬如《译文》第一卷第一期的封面，这是苏联画家 V. 孚伊诺夫的一幅木刻画《育克的村庄》。（图3）起伏的山丘上矗立着几间农舍，树木繁茂。小丘间是潺潺的流水，岸边有农田和野花，一只狗悠闲地卧在那里。这种扑面而来的田园牧歌般的宁静是很有代表性的。面对这样一幅图画，我们很容易想到英国的亨利·皮查姆那幅有名的画作《乡村生活与宁静》。（图4）这幅旨在"矫正宫廷以及城市生活弊病的道德良方"②与 V. 孚伊诺夫的《育克的村庄》有着殊途同归的艺术效果。同样有平缓的山坡，和煦的阳光，悠闲地吃着草的绵羊。画作所传递的对于乡村的想象代表了一种生活方式

图3 《育克的村庄》
（V. 孚伊诺夫木刻，《译文》1934 年第 1 卷第 1 期）

---

① 〔英〕沙玛著，胡淑陈、冯樨译：《风景与记忆》，译林出版社 2013 年版，第 67 页。

② 〔英〕沙玛著，胡淑陈、冯樨译：《风景与记忆》，译林出版社 2013 年版，第 9 页。

的认同感，它成为一种身份抑或立场，虽不以为自傲，但确乎有些自负。就像果戈理在《狄康卡近乡夜话》里写到的那样，"至于讲到花园，就更不用提啦：在你们的彼得堡，一定找不到这样的花园"①。俄国的版画家与作家的跨文化对话，并非一种偶然。因为，在现代化所带来的全球一体化的进程中，作为捍卫乡土独特性的一种语言，艺术富有独特的生机和力量。所不同的，不过是前者用的是刻刀，后者用的是笔罢了。这对于"乡土中国"的读者而言，并不难找到回音。

图4 《乡村生活与宁静》
（转引自〔英〕沙玛：《风景与记忆》，译林出版社2013年版，第10页）

然而，"就以最显著的民族身份认同为例，一旦缺少了特定地域风景传统的神秘感——一块被赋予家乡之名、承载复杂而丰富的故土之思的土地，那么这一认同感那摄人心魄的魅力将会大打折扣"②。将目光停驻在安宁的景致与井然的地貌之上，除了带给我们内心的愉悦，它并不能够帮助我们理清对于家园风景的独特记忆。因此，较之这些恬静的田园风景而言，蕴藉着民族文化记忆的景观更值得我们注意。譬如，苏联版画家渥思德罗乌摩华·列培台华

---

① 〔俄〕果戈理著，满涛译：《狄康卡近乡夜话》，《果戈里文集》（1），人民文学出版社2006年版，第7页。

② 〔英〕沙玛著，胡淑陈、冯樨译：《风景与记忆》，译林出版社2013年版，第15页。

图5 《喷泉》
（A P. Ostronmova-Lebedeva 木刻，《译文》1934年第1卷第1期）

（A P. Ostronmova-Lebedeva）创作于1928年的木刻画《喷泉》（图5）就是这样一幅作品。这是《译文》第一卷第一期中的一幅插画，并不是专门为某篇译作而搭配的。不过，这幅插图并没有明示这处喷泉的名称与位置，因此，对于多数《译文》的读者而言，对它的了解也就仅限于喷泉的形态，对其本身的文化内蕴定然是不明就里的。不过，通过查阅资料与照片比对，我们还是不难考证出木刻画中的喷泉的真实身份——俄罗斯彼得大帝夏宫（Peter the Great's Summer Palace，图6[①]）大殿前著名的隆姆松喷泉，它是为了纪念俄国在波尔塔瓦打败瑞典而建。图5与图6中远方的建筑，喷泉中心雕像以及喷泉的水态都有着很强的相似性。通过放大中心雕像，我们发现这座雕像表现的是大力士参孙与狮子搏斗的场景。该塑像高3米，重5吨，参孙双手把狮子的上下颚撑开，泉水从狮子口中冲天而出，水柱达22米，是

图6 彼得大帝夏宫

[①] 本图采自 http://blog.sina.com.cn/s/blog_7e045a280100rjdl.html。

全宫最大的喷泉水柱，它象征着俄国在 1700 年至 1721 年北方战争的胜利。（图 7[1]）我们知道参孙（Samson）的故事源自《旧约》中的《士师记》。参孙是个有名的大力士，他曾徒手将一只狮子撕成碎片。狮子是西方艺术常常描绘的动物，它往往以守卫者的形象出现。参孙与狮子的搏斗即可视为对既有规约的反抗。正如参孙无穷的力量主要来源于上帝所赐的七绺头发，在西方人看来，这种对既有权威规制

图 7　隆姆松喷泉雕像

的无穷反抗力量也是与生俱来，并承天之祜的。参孙通过神奇的力量将以色列人从菲力士人（Philistines）的奴役下解放出来，而俄罗斯面对外敌入侵同样展示了民族的顽强不屈。（图 8[2]）

但是这种景观背后的文化记忆或者说民族精神对于异域的东方来说则是陌生的。至少对于彼时中国的普通民众而言，它背后的深意未必能得到大多数人的理解。我们知道，中国古典园林遵循的是道法自然、天人合一的宇宙哲学观，追求的是清雅肃静、野趣盎然的审美。所以在园林景观的设置中，更愿意呈现天然水态，因此在园

---

[1] 本图采自 http://travel.Sohu.com/20140707/n401901373.shtm。
[2] 该青铜雕塑创制于 17 世纪，77/16×715/16×63/8 英寸（18.9×20.2×16.2 厘米），The Jack and Belle Linsky 1982 年收藏，编号：1982.60.107。本图采自 http://www.metmuseum.org/art/collection/search/207012?sortBy=Relevance&ft=Samson+and+the+Lion&offset=0&rpp=20&pos=1。

图 8 参孙和狮子
（美国大都会博物馆藏）

林理水方面，人工营造动态水的喷泉在实际应用中较少。虽然中国古代也有关于喷泉的记载，譬如《汉书·典职》中说，在上林苑有"激上河水，铜龙吐水，铜仙人衔杯受水下注"的喷泉设施。而西方式的喷泉传入中国应当在18世纪。1747年清乾隆皇帝还在圆明园西洋楼建"谐奇趣""海晏堂""大水法"三大喷泉。① 但是相较于尊重山林野趣的自然形态，追求"天人合一"哲学思想的中国传统园林设计思想而言，"喷泉"这类大多改变自然水态的景观并没有成为中国传统园林设计的主流。而西方园林中大量人工设计的喷泉，除了展现人对自然能动改造的力量和智慧，往往还蕴含着更丰富的宗教人文情怀。在西方的文化视野中，喷泉从石缝中喷涌的情景，很容易让他们想到人类童年时期的山泉，甚至是希伯来《出埃及记》中摩西劈开红海的宗教神话，这与东方的文化语境有很大的不同。其实这恰恰透露了一个对于启蒙者而言不愿看到，却不得不承认的窘境。这种传播的阻滞感、隔膜感其实一直都伴随着中国启蒙思潮的始终。但退一步讲，至少从作者、译者抑或编者

---

① 类似的记载还有，《贾氏谈录》记载唐代华清宫御汤池中"有双白石莲，泉眼自瓮口中涌出，喷注白莲之上"；《洛阳名园记》记述董氏西园中有水自花间涌出。有的水景保存至今，如建于南宋淳祐年间（1241—1252）杭州黄龙洞的黄龙吐水等。参见薛建主编：《园林与景观设计资料集：水体与水景设计》，知识产权出版社2008年版，第205—206页。

的视角看,即便是并不顺畅的跨文化实践也是一种难得的尝试,况且也正是这种阻滞、隔膜启示他们修正了启蒙的方式与方法。换言之,自然抑或人文景观的"施"与"受"的过程,形塑了他们对于"乡土"的价值理念建构,那就是他们开始意识到,"乡土"不仅是一种故园风物的记忆,更是一个民族国家精神力量的泉源。从《译文》大量表现弱小民族抗争抑或底层民众生活的插图,以及这些作品在《译文》中逐渐增多的事实看,恰恰验证了我们对现代"乡土"意念在跨文化语境中得以建构的判断。

就《译文》中逐渐增多的、展现底层民众苦难生活的插图作品来说,黑白色为主的版画或素描作品是主要的艺术形式。黑白色的强烈对比无疑更具视觉冲击力,也更能鲜明地突出画作的主题。与风景静物的插图不同,一方面,表现底层日常生活的插图作品赋予了"乡土"更具现实意义的意念内涵。正如鲁迅在致陈烟桥的信中就主张木刻要"杂入静物,风景,各地方的风俗,街头风景",这样才能"引起一般读书界的注意,看重,于是得到赏鉴,采用,就是将那条路开拓起来"避免"只有几个人来称赞阅看"。① 从《译文》中的插画看,可以说涉及底层人民劳动生活的方方面面。譬如,《撑筏子者》(加拿大,E. 贺尔加忒,木刻)、《锯木》(英国,Ethelbelt White,木刻)、《路工》(德国,Holzschnitt von E. Braun,木刻)、《伐木》(波兰,Tyrowicz,木刻)、《拓荒者》(波兰,Bartlomiejczyk,木刻)、《锻铁》(波兰,Wasowicz,木刻)。另一方面,底层劳动生活场景的展现最终将"乡土"的概念落

---

① 鲁迅:《致陈烟桥》,王世家、止庵编:《鲁迅著译编年全集》(第16卷),人民出版社2009年版,第121页。

脚在人的精神世界层面,即对生活在这些现实"乡土"中被侮辱与被损害者的灵魂刻画上。其用意在揭露、批判,吁求觉醒与反抗。譬如赤足、裸露着干瘪乳房的《汲水女》(图9),皱纹如贫瘠土地上交错的田垄的《人像》(图10),充满了绝望的《哀号》(图11),甚而是在漆黑中似鬼的贫困者(图12)。这些活画的灵魂较之前述蕴藉着域外民族文化、历史的人文建筑而言,显然在传播上更为直接,更有感染力。在1930年代的中国,美术通过线条与色彩超越了语言的障碍,打通了东西方苦难民众的精神世界。

图9 《汲水女》
(Kälman Szabo 刻,《译文》1935年第2卷第4期)

图10 《人像》
(W. Skoczylas 刻,《译文》1937年新3卷第1期)

第二章　故家难离　　109

图 11 《哀号》
(Honoré Daumier 木刻,《译文》1937 年新 2 卷第 5 期)

图 12 《贫困》
(Steinlen 蚀镂,《译文 1937 年新 3 卷第 3 期》)

　　诚如鲁迅在《〈新俄画选〉小引》中所言:"当革命时,版画之用最广,虽极匆忙,顷刻能办。"① 作为一种"新的青年的艺术""好的大众的艺术"②,版画抑或其他美术形式为当时的启蒙提供了别一路径。由田园风光而至日常生活、人像刻画,著译者与编者不经意间流露出了自己的乡土价值取向,同时也潜移默化地引领着受众转向一种东亚现代性视域下的乡土观念建构。它是要力证在现代同一性浪潮中,乡土独特性的价值,更是伴随着殖民屈辱的民族自觉。就像鲁迅在《〈凯绥·珂勒惠支版画选集〉序目》中对珂勒惠支的称颂那样,"以深广的慈母之爱,为一切被侮辱和损害者悲哀,抗议,愤怒,斗争;

---

①　鲁迅:《〈新俄画选〉小引》,王世家、止庵编:《鲁迅著译编年全集》(第 12 卷),人民出版社 2009 年版,第 110 页。

②　鲁迅:《〈无名木刻集〉序》,王世家、止庵编:《鲁迅著译编年全集》(第 16 卷),人民出版社 2009 年版,第 80 页。

所取的题材大抵是困苦，饥饿，流离，疾病，死亡，然而也有呼号，挣扎，联合和奋起"①。

三、插图中的现代张力

故乡的恬静旖旎的风物、大地劳作者的哀乐其实并不能完全涵盖现代乡土的意涵。一个以都市文明为背景的乡土景观也是现代乡土的应有之义。国人对现代都市的初识可从上海十里洋场说起，但是中国现代都市成长的殖民背景不可能完全呈现现代都市的本然形态，《译文》的编译者是敏锐而清醒的。在图文并茂的跨文化阐释下，1930年代的知识分子所要表达的也许不仅是回答都市是什么，而是在质问这到底是一个怎样的乡土中国？

傅东华所译的T.德莱塞的《一个大城市的色彩》是一篇不容忽视的译作。这篇译作分为"我的梦中城市""城市醒了"两个部分。作者德莱塞给我们呈现了大都市纽约的现代景观：鳞次栉比的高楼广厦、游人如织的百老汇路，"像嵌宝石的苍蝇一般飞来飞去的出租汽车和私人汽车"以及"那条歌唱的水晶的"五马路。②不仅如此，德莱塞还敏锐地洞悉了都市中乡下人的微妙而矛盾的心理。那个"可怜的，一半失了神的，而且打皱得很厉害的小小缝衣妇"，是"宁可住在纽约这

---

① 鲁迅：《〈凯绥·珂勒惠支版画选集〉序目》，王世家、止庵编：《鲁迅著译编年全集》（第20卷），人民出版社2009年版，第33页。

② 〔美〕德莱塞著，傅东华译：《一个大城市的色彩》，《译文》1935年第2卷第5期。

种夹板房里，不情愿住乡下那种十五间房的屋子"的；因为"原来那个城市的色彩，声音，和光耀，就只叫她见识见识，也就足够赔补她一切的不幸了"。[①]德莱塞对西方现代都市的光芒、喧闹以及城市底层民众的艰难、悲哀的批判是犀利而深刻的。而其文学作品也往往使用强烈的对比手法。译作中的三幅插图恰恰相得益彰地呈现了这一艺术效果。画面中摩天大楼拓展的上部空间的宏阔敞亮与画面底层的幽暗逼仄，街道两侧楼宇的高大威严与街道上人群的微不足道，都强烈地表达了现代都市对人不容置疑的威压与规制，同时也暗喻着在城市表面的繁华之下潜伏的深刻精神危机。（图13、图14、图15）正如作者所说："关于纽约——其实也可说关于任何大城市，不过说纽约更加确切，因为它曾经是而且仍旧是大到这么与众不同的，——在从前也如在现在，那使我感着兴味的东西，就是它显示于迟钝和乖巧，强壮和薄弱，富有和贫穷，聪明和愚昧之间的那种十分鲜明而同时又无限广泛的对照。"[②]译者傅东华在《译后记》中也坦言："《一个大城市的色彩》(*The Color of A Great City*)是一九二三年出版的。作者在本书的'前言'里说，这里面包含着从一九〇〇年到一九一四——五年之间的纽约城的速写。从那时到现在，这种'色彩'也许已经有过点变化，但其中所包含的'挖苦人'的本质，却许是大多数现代的'大城市'所共同的。这里译了两则，主要是为要拿它来做一种'杂文'的

---

① 〔美〕德莱塞著，傅东华译：《一个大城市的色彩》，《译文》1935年第2卷第5期。

② 〔美〕德莱塞著，傅东华译：《一个大城市的色彩》，《译文》1935年第2卷第5期。

标本。全书共有三十八则,以后能否接连的或继续的译下去,译者自己也还不知道。关于作者的生卒,可看拙译《真妮姑娘》(中华版)所附的评传。插图是 E. B. Falls 的手笔。"①

图 13 《一个大城市——纽约》
(A. Kravtchenko 木刻,《译文》1935 年第 2 卷第 5 期)

图 14 《我的梦中城市》
(B. 福尔斯画,《译文》1935 年第 2 卷第 5 期)

图 15 《城市醒了》
(B. 福尔斯画,《译文》1935 年第 2 卷第 5 期)

《一个大城市的色彩》虽出自德莱塞的散文集,但其中对现代都市文明的思考是贯彻在他整个创作中的。译者傅东华提及的《真妮姑娘》是德莱塞的名作。这部小说将美国城市日常生活里潜藏的不易为人察觉的社会危机展露无遗。从《一个大城市的色彩》到《真妮姑娘》,这位"恐怕还是第一次"将《真妮姑娘》介绍到中国的翻译家对德莱塞的情有独钟自不待言。作为美国资本主义飞速发展的见证者,德莱塞的观察并不仅仅集中于城市,可贵的是,他的批判始终是在城乡现代进程中展开的。从农村姑娘"嘉莉妹妹"到进了城的"真

---

① 傅东华:《译后记》,《译文》1935 年第 2 卷第 5 期。

妮姑娘",她们的芝加哥之旅都充满了艰辛与痛苦。这种对于城乡的伦理价值判断乃至人性的深刻透视不可能不令译者傅东华动容,何况中国的近代城市化进程又是在西方现代性宰治下畸形发展的,所以德莱塞得到傅东华的青睐也就在情理之中了。同样对此颇有共识的还有编者茅盾,在对傅东华译《真妮姑娘》的书评中,茅盾的批评更具社会经济学的色彩。他甚至颇有见地地指出,"这部小说虽然以真妮·葛哈德题名,可是真妮绝不是书中的主人公"而是"金钱"。作品所要展示的是"资本主义社会的真正血统的产儿"[①]的无情与残酷。作为《译文》的编者,刊载傅东华的译作同样也是对德莱塞作品的回应。《译文》在将德莱塞及其作品图文并茂地推介到读者面前时,也许并不期许受众也有英雄所见略同之感,但作品与插图还是无意间指向了清晰的伦理价值判断。中国古典小说中"乡愚自贱""崇城抑乡"的城乡文化心理,在这里发生了一个颇有意味的翻转。都市成为罪恶的渊薮,而乡下则是拯救灵魂的庇护所。譬如《译文》中两幅表现舞蹈的插图差异显豁。城市舞厅内的交际舞逢场作戏,人物的表情呆滞甚至充满了恐惧(图16);而乡下葡萄架下的舞蹈则快乐而热烈(图17)。

当然,这并不表明译者与编者始终将城市他者化,实际情况恰恰相反。在舶来的插图中,我们同样发现了城乡共有的苦难。《荷锄者》和《马路工人》是《译文》新3卷第1期的两幅插图。这两幅作品出自同一个画家K.亨塞尔(Karl Hänsel)。所不同的是,一个表现的是乡下的农民,而另一个表现的则是城市的工人。编者将两幅作品同期并列呈现,除却出自同一画家之笔,可能另有深意。先看《荷锄者》

[①] 子渔(茅盾):《真妮姑娘》,《文学》1935年第4卷第6号。

图 16 《跳舞》
（Odette Tison 木刻，《译文》1936 年新 2 卷第 4 期）

图 17 《舞蹈》
（Constant Lebreton 木刻，《译文》1937 年新 2 卷第 5 期）

图 18 《荷锄者》
（Karl Hänsel 绘，《译文》1937 年新 3 卷第 1 期）

（图 18），画面有些突兀，人物几乎占据了整个画面的全部。从绘画的比例要求看，也许不太妥当，但也正是这种顶天立地的人物形象给予观看者以崇高、伟大之感。硕大而略显夸张的锄头不仅是农民身份的所指，更暗示着劳作的深重苦难，从人物佝偻的身躯、沉重的步履，我们并不难得出这个判断。更重要的是，如果足够细心，你还会发现远方背景中的重要信息，那就是在乡村中矗立的烟囱。这已非传统的农村，而是现代文明侵入的乡村。"荷锄者"就是一群处在现代都市文明勃兴与传统农业经济濒临崩溃边缘的农民群像。也许不久他们同样迫于生计不得不离开土地，走入城市成为工人，就像这幅《马路工人》（图19）那样，穿着又脏又旧的工作服，在城市的最底层劳作。他们无法在乡下种地，只能为城市铺路，土地的广袤无垠、柏油路的漆黑坚硬，无论是对于现在的"荷锄者"还是未来的"马路工人"来说，这种转变或曰蜕变都是不得不接受的残酷现实，这是多么大的悲哀与反讽啊！K. 亨塞尔的两幅插图实际上是一个巨大的悲剧的隐喻，这不仅是画家，同样也是《译文》编译者的隐忧。这种无奈感在F. 第攀忒（Friedrich Dippert）所绘的《候鸟》（图 20）中得到了强烈的表达。两个迈着疲惫脚步的农民，背着行囊跋涉在漫长的旅途中。脚下的土路，沟壑清晰地延展到远方，天边浓云密布，充满了种种神

图 19 《马路工人》
（Karl Hänsel 绘，《译文》1937 年新 3 卷第 1 期）

图 20 《候鸟》
（Friedrich Dippert 绘，《译文》1937 年新 3 卷第 1 期）

秘的诱惑或者不可知的危险。即便如此，他们依旧执着而坚定。无法在故乡生存，又难以在他乡安身，他们注定只能是一群候鸟。在这里，乡土的意涵已经超出了城乡的意识形态范畴而成为一种更有文化意味的

乡愁，这是一种全球现代化背景上的具有普适意义的文化表达。

立在都市眺望故乡，《译文》插图中的城乡人物写真并没有停留在对城市的惊异抑或苦难的呻吟上。它以更为辩证、冷静的视角打量着一个范畴更为广泛，内容更为复杂多元的乡土概念；它以粗犷有力的线条刻画着现代人重识的故乡与他乡。在黑白的底版上留存的是一个更为真实而无伪饰的乡土中国。

"如果孩子眼中的自然之景已经承载了错综复杂的记忆、神话以及意义的话，那么，成年人审视风景时的思绪又该会多么复杂。虽然我们总习惯于将自然和人类感知划归两个领域，但事实上，它们不可分割。大脑总是在我们的感官知觉到风景以前就开始运行。景观如同层层岩石般在记忆层被构建起来。"[1] 这是个人的，更是历史的、民族的记忆形态。插图与文本形成的互文强化了作为"看"的审美活动；并在唤醒记忆之余，更具有"阐释性"与"反思性"。[2] 换言之，风景不仅作为记忆，更是一种权力关系的体现。

也正是基于这一点，由传统地缘结构而生的乡土意念已无法完全诠释一个现代人的乡土焦虑。更具"阐释性"与"反思性"的、带有意识形态性质的乡土意念，使他们重理乡愁继而完成精神蜕变成为可能。即便这种跨文化的实践时有隔膜，但更多的应是共鸣。乡土的地域独特性也许在一定程度上阻隔了这种情愫的通融，但是在美术与文

---

[1] 〔英〕沙玛著，胡淑陈、冯樨译：《风景与记忆》，译林出版社2013年版，第5页。

[2] 米切尔在《风景与权力》的导论中指出，风景研究在20世纪经历了两次大的转变：沉思性的、阐释性的。参见〔美〕米切尔编，杨丽、万信琼译：《风景与权力》，译林出版社2014年版，第1页。

学的艺术领域,插图作为"副文本"的独特功效,直接参与、甚至催化了这种现代乡土意念的发生。

第二节 "远方"的风景

《译文》中域外插图的旅行传递的是传统理想化的乡土,充满现实苦难意识的乡土,甚而是在现代城乡流动中遭遇自我身份认同危机的断裂的乡土,然而这些情思的发生都离不开"观看"这一生命主体的主观能动行为。但依凭直接、现实地对图像景观的观察,并不能完全生成受众复杂的心景,它仍需在看/被看的视线中接续、延展,进而跨越域内域外的时空维度实现从现实之景到心景、乃至愿景的勾画,从而完成对故乡的重识。

对于"五四"以降的现代知识分子而言,他们映照故乡的独特"心景"抑或"愿景"实则是他们确认自我的话语姿态。这些所谓"现代景观"的重绘以无可辩驳的、固执的时代站位,宣示着他们与那个时代的密切而复杂的关系。而比较"心景"与"愿景",显然后者对于一种新兴的价值理念建构更为重要。因为作家的"心景"是一种个人化的情绪表达,而"愿景"则更具集体意义。所谓"愿景"也是"远景",它表现为个人对某种价值理念在未来可能实现的承诺。它更具理想化的色彩,也因其力图宣教或引导更广大的多数服膺于这种理念,因此它也往往具有较为强烈的功利色彩。因此,从中国现代文学乡土意念的发生来说,"远景"的描绘就成为现代乡土意念构建的另一幅必要而重要的家园景观。因为它更清晰地展现了这一乡土意念的价值诉求或政治理想。譬如盖达尔①的《远方》就是这样一幅充满矛盾、困惑却又显得颇为和谐的家园景观。套用前述沙玛对"风景与记忆"的表述,如果成年人审视风景时的思绪如此复杂,那么倒不如让孩子眼中的未来之景来承载更为复杂的记忆、神话与意义。

一、"有益"与"定评"的作品

中篇小说《远方》作于1932年,1935年寒假曹靖华和尚佩秋着手翻译。据译者曹靖华的儿子曹彭龄回忆,"那时,北平正笼罩在蒋孝先的宪兵三团的白色恐怖之下,父亲用一个鲜为人知的化名在几所大学教书。他手边的俄文本的《远方》以及《第四座避弹室》,都是他1933年从苏联回国时随身带回的。他选择译本有两个原则:一是书的内容对中国读者有益;二是该书是有定评的作品。他之所以将盖达尔的这两部著作带回国,也是看到它们所产生的社会影响"②。曹译《远方》后经鲁迅支持,发表在复刊后的《译文》的新一卷第一期。当时作者译为"A.葛达尔",插画是 A.叶尔穆拉耶夫。《远方》单行

---

① 阿尔卡季·彼得洛维奇·盖达尔(1904—1941)是苏联时期的著名儿童文学作家,苏联儿童文学的奠基人之一。他在自己的短暂而光辉的一生中创作了许多优秀的儿童文学作品。他认为自己写得最好的作品是《革命军事委员会》(1926)、《远方》(1932)、《第四避弹室》(1930)、《学校》(1930)和《铁木儿和他的队伍》(1940)。这些作品几十年来为苏联广大青少年所喜闻乐见,争相传阅,并成为备受推崇的名作。其中不少已收入苏联中小学课本,拍成电影,被译成多种文字。中篇小说《铁木儿和他的队伍》已成为儿童文学经典,载入史册。

② 彭龄、章谊:《盖达尔和他的〈远方〉》,《中华读书报》2012年8月8日。

本于1938年6月由上海文化生活出版社初版。1944年8月又由重庆文化生活出版社再版,《远方》中译本后来多次再版,1959年9月少年儿童出版社出版了两卷本的《盖达尔文集》。从《远方》1932年问世,仅仅时隔三年,经曹靖华夫妇合译,作品就与中国读者见面了,在当时特殊的历史条件下,应该说是很不容易的。曹靖华对盖达尔及其《远方》的及时译介正如他自己所言,即是"有益"与"定评"的作品。然而译者所看重的"有益"到底对谁有益?又有何益?而所谓"定评"指的又是什么呢?鲁迅在该译作发表前的按语对我们不无启迪。他说:

> 《远方》是小说集《我的朋友》三篇中之一篇。作者盖达尔(Arkadii Gaidar)和插画者叶尔穆拉耶夫(A. Ermolaev)都是新出现于苏联文艺坛上的人。
>
> 这一篇写乡村的改革中的纠葛,尤其是儿童的心情:好奇,向上,但间或不免有点怀旧。法捷耶夫曾誉为少年读物的名篇。
>
> 这是从原文直接译出的;插画也照原画加入。自有"儿童年"以来,这一篇恐怕是在《表》以后我们对于少年读者的第二种好的贡献了。
>
> 编者　三月十一夜[①]

《远方》不仅被法捷耶夫誉为少年读物的名篇,还被鲁迅视为自己所译 L. 班台莱夫的《表》之后对于少年读者的第二种好的贡献,看

[①]〔苏〕A. 葛达尔著,靖华、佩秋译:《远方》,《译文》1936新1卷第1期(复刊特大号)。

来,《远方》之于青少年成长有益无疑。而这种"有益"更多的应是这些富有时代气息的新作品相较于旧的儿童故事,给孩子们带来的新的视野与形成现代人格品质的滋养。这从他援引《表》的译者槙本楠郎在日译本《金时计》的《译者的话》中不难发现:

> 人说,点心和儿童书之多,有如日本的国度,世界上怕未必再有了。然而,多的是吓人的坏点心和小本子,至于富有滋养,给人益处的,却实在少得很。所以一般的人,一说起好点心就想到西洋的点心,一说起好书,就想到外国的童话了。
>
> …………
>
> 虽是旧作品,看了就没有益,没有味,那当然也不能说的,但是,实实在在的留心读起来,旧的作品中,就只有古时候的"有益",古时候的"有味"。这只要把先前的童谣和现在的童谣比较一下看,也就明白了。总之,旧的作品中,虽有古时候的感觉,感情,情绪和生活,而像现代的新的孩子那样,以新的眼睛和新的耳朵,来观察动物,植物和人类的世界者,却是没有的。
>
> 所以我想为了新的孩子们,是一定要给他新作品,使他向着变化不停的新世界,不断的发荣滋长的。[①]

由此,鲁迅还联想到中国童话的创作现状,他说:

> 译成中文时,自然也想到中国。十来年前,叶绍钧先生的

---

① 〔苏〕L.班台莱夫著,鲁迅译:《表》,《译文》1935 年第 2 卷第 1 期。

《稻草人》是给中国的童话开了一条自己创作的路的。不料此后不但并无蜕变,而且也没有追纵(踪),倒是拼命的在向后转。看现在新印出来的儿童书,依然是司马温公敲水缸,依然是岳武穆王脊梁上刺字;甚而至于"仙人下棋","山中方七日,世上已千年";还有《龙文鞭影》里的故事的白话译。这些故事的出世的时候,岂但儿童们的父母还没有出世呢,连高祖父母也没有出世,那么,那"有益"和"有味"之处,也就可想而知了。①

由此而观,鲁迅所谓"有益"其实质在"新旧"。儿童即代表着未来,而未来必是崭新的思想与理念所培育的,这绝非旧的文化道德教律所能够赋予的。相反,旧的思想道德甚至还会成为阻碍、桎梏。所以鲁迅将《远方》看作青少年读者很好的读物。譬如,在1936年4月2日给颜黎民的复信中,鲁迅就说:"问我看什么书好,可使我有点为难。现在印给孩子们看的书很多,但因为我不研究儿童文学,所以没有留心;……新近有《译文》已经复刊,其中虽不是儿童篇篇可看,但第一本里的特载《远方》,是很好的。"②这是鲁迅"救救孩子"的呐喊在1930年代的回响。所以,我们看到他不仅谈到了新旧在"感觉、感情、情绪和生活"上的差异,而且也表达了对中国自新文化运动以来儿童文学创作的担忧。这是鲁迅对曹译《远方》的个性化接受,与译者本身的艺术诉求和阅读期待也许并不完全吻合。譬如就上述所

---

① 〔苏〕L. 班台莱夫著,鲁迅译:《表》,《译文》1935年第2卷第1期。
② 鲁迅:《致颜黎民》,王世家、止庵编:《鲁迅著译编年全集》(第20卷),人民出版社2009年版,第115—116页。

言"有益"来说,曹靖华选择译本之"有益"就存在着溢出孩童成长这一主题的意涵。譬如,《远方》在孩童生活之外所触及的苏联农业集体化运动中的阶级斗争问题就不能在鲁迅所谓"有益"的范畴内来理解。由此可见,从曹靖华选择译本的"有益"到鲁迅对译本"有益"的推崇之间,实际存在一个可以生发想象的空间。而这个空间恰恰是域外价值理念如何落实在本地精神结构上的重要场域。换言之,正是这种正解抑或误读给予了一种新的精神景观得以修复/创生的可能性,使得中国乡土意念的现代感丰富而复杂地滋长起来。

而曹靖华选择译本基于"定评"的原则更强化了这一想象空间的暧昧性。"定评"由谁来定?是域外还是本地?是在何种意识形态标准下的定评?这一连串问题其实都是一个个模糊的历史疑案。如今我们已无从考证当年曹靖华选译《远方》是基于怎样的定评,不过从与作品相关的评价中,我们仍可管窥一二。苏联作家弗·爱宾曾这样评述《远方》,他说:"广泛的社会性的概括,与对儿童生活的描绘异常和谐而且自然地结合起来。这是盖达尔作品与众不同的特色之一。"[①]这是一段措辞颇为艺术的评论。"广泛的社会性概括"是什么?社会性既是广泛的又是概括的,那它就只可能是抽象的社会现象,或者说是社会现象的一般规律性,这触及的是一个意识形态的问题。既然是意识形态的,它也就是代表一定阶级利益的。然而,这种带有意识形态性的一般规律又是通过与儿童生活的描绘"异常和谐而且自然地"结合在一起来实现的。这就遇到了一个棘手的问题,如何将自然的儿童生

[①] 〔苏〕弗·爱宾著,殷涵、贾明译:《盖达尔的生平和创作》,少年儿童出版社1959年版,第46页。

活与具有意识形态性质的社会的一般规律结合在一起？能够做到这一点，确实是"异常"和谐的了。简言之，盖达尔的作品无非就是要童言无忌地讲述一个有着严肃政治主题的故事。但是为什么非要让孩子来讲述呢？这又是基于怎样的考量呢？从《远方》描绘的风景中我们其实不难找到问题的答案。

二、"快车"与"木屋"

这些穿插在故事中虚实相间的风景描写相得益彰地构成了一幅内涵丰富的"远方"风景。而这些风景无一例外地与"列车"有着或隐或现的密切关联。这也是我们深入剖析、阐扬"远方"风景的关键所在。

首先，列车是作为现代性符码而嵌入到社会政治制度变革的图卷中的。

列车出现在王西迦、白季迦、谢梨儿等几个铁路员工的孩子的故事中不足为奇。但对于亚列申这个偏远农村或附近小火车站的孩子们来说，列车却是既熟悉又陌生的。譬如，故事开头一幅列车飞驰的图景就出现在王西迦的眼中，即便他"从来都赶不及看一看列车里都作（做）些什么事"。

呜呜的叫着，喷着火星。把墙都震动了。架上的食具都震得哗哗啦啦的乱响。明亮的灯火在闪耀着。人脸，饭车里白桌上放的鲜花，都好像鬼影似的隔窗一闪就没有了。重掂掂的黄色的门的手柄，彩色的玻璃，都发着灿烂的金光。厨役的白帽，飞一般的闪了过去。你瞧，什么也就没有了。只隐隐约约的看见最后的一辆车尾的信号灯。

快车从来没有一次停在他们这小站上。从来它总是急遽的往遥遥的远方——往西伯利亚飞驶着。

往西伯利亚飞驶着，从西伯利亚飞驶着。这快车的生活真是万分不安静的生活啊。①

在这幅风景中，列车飞驰而过，并没有停留。这个无足轻重的偏僻小站根本不值得驻足，因为对于新生的苏维埃政权而言，它除了提供更多的农业文明式的俄罗斯田园风貌，似乎并没有什么战略价值。所以，稍纵即逝的列车冲击着王西迦的视网膜，对光彩的敏感捕捉使得画面成为不完整的、碎片化的拼接。譬如，"明亮的灯火""白桌上放的鲜花""黄色的门的手柄""彩色的玻璃""灿烂的金光""厨役的白帽"……作为现代性符码的列车，给予王西迦的现代初识是不完整的、碎片化的。白色的纯洁、金黄色的辉煌，乃至彩色所喻指的无尽美好的可能性都是意犹未尽的想象。而隐约可见的车尾灯分明构成了一个带有指引意义的意象，共同构成一个瞬间的现在与纵深上的未来糅合的"远方"风景。更重要的是，建立在现代性这个基础之上的远方风景的想象，又是在苏联社会主义工业化和农业集体化运动的图卷中展开的。随着亚列申铝矿的发现，一度被遗忘的小站开始被纳入到

---

① 〔苏〕A.葛达尔著，佩秋、靖华合译：《远方》，《译文》1936年新1卷第1期（复刊特大号）。

"斯大林体制"①中，小车站的名称也从无足轻重的数字"二一六"改为带有现代工业气息的"飞机翼"。而这些变革显然深入触及了人们之于家园的复杂情感，从而在作品中表现为一幅具有张力的风景。譬如：

> 王西迦到伊凡家里去的路上，在不久以前他们的木房所在的地方停住了。
>
> 他只按着尚在的横路栅栏的柱子推测着木房的地方，往跟前走近一点，看着铁轨想着这亮晃晃的小铁轨现在恰好经过从前炉台所在的那个屋角里，那时他们同栗猫常常在炉台上取暖的，他想着如果把他的床放在原来地方的时候，那恰恰在横断铁路的链锁上。
>
> 他环顾了一下。货车箱在他们的菜园上磕碰着，倒车的旧车头气喘喘的在爬着。
>
> 由长着脆黄瓜的田畦，连一点痕迹也没留了，但是不客气的马铃薯，星星点点的经过路基的细砂，甚至经过碎石，顽强的向

---

① 苏联建国之初，欧美资产阶级对苏联实行政治孤立与经济封锁。1928年，苏联高速实现了社会主义工业化和农业集体化。20世纪30年代至40年代初，苏联成为强大的工业化国家。中央高度集中的计划经济体制和中央高度集权的政治体制，即"斯大林体制"，调动了全国的经济、社会资源进行社会主义经济建设。1928—1937年，苏联完成了第一、第二个五年计划，重点是改造老企业，创立新的重工业部门。1928—1941年，工业投资占国民经济投资一半多，其中80%投资重工业，同时进行农业集体化的社会主义改造；横贯哈萨克斯坦荒漠的土耳其—西伯利亚铁路通车，第聂伯水电站蓄水发电，莫斯科地铁竣工，连接莫斯科和伏尔加河的运河通航，马格尼托哥尔斯克大型钢铁厂投产。

上伸着那尘土的多液的绿枝。[1]

铁轨对木房的侵占不仅是空间的争夺,更是剥夺了附着在旧有空间上的情感依赖,"那个屋角"是他们与栗猫取暖的地方,床的位置也被横断铁路的链锁所取代。但是,被分割的空间并不能完全撕裂曾经的故园情怀,"不客气的马铃薯"的"顽强的向上伸着那尘土的多液的绿枝"[2],就是一种宣示或抗议。不过,为了论证这种不得不展开的现代化历程的必要与有效,作者很快通过王西迦父母的争论来打消读者的疑虑。更重要的是,内心失落的乡愁迅速地找到了可以安放的所在。正如王西迦父亲所说:"现在不比从前,给护路工人盖一个什么狗窝就算了。给我们盖明亮的,宽敞的房子呢。"[3]通过阐述工业的现代变革与国家政策的内在一致性,家园情怀被剥夺了个体情感并合情合理地嫁接到现代国家的集体情感中,"远方的风景"涵盖了物质现代化与社会体制变革同一的政治表述,完成了社会现代化范畴内不容置疑的政治合法性的描绘。

其次,列车是作为革命经验的记忆构建在现代政治生活的心灵图式中的。

在《远方》中,列车不仅是交通工具,更是革命记忆的承载者。

---

[1] 〔苏〕A. 葛达尔著,佩秋、靖华合译:《远方》,《译文》1936年新1卷第1期(复刊特大号)。

[2] 〔苏〕A. 葛达尔著,佩秋、靖华合译:《远方》,《译文》1936年新1卷第1期(复刊特大号)。

[3] 〔苏〕A. 葛达尔著,佩秋、靖华合译:《远方》,《译文》1936年新1卷第1期(复刊特大号)。

十月革命时伊凡开着铁甲车（列车）在铁路线上和白匪战斗。现在的村苏维埃主席叶戈尔是司炉。一次战斗中伊凡受了伤叶戈尔便顶了上去。整整两个钟头他一个人在火线上既当司机又当司炉，还要照料伊凡。叶戈尔的英雄事迹让白季迦他们感到惊奇。曾经的铁甲车，如今的列车，在革命英雄的神圣光环与现代性神秘光辉合二为一的奇妙效应中，王西迦开始产生了"好多新的思想，新的问题，占据了他的不安的头脑，他好像他母亲似的惊奇着事变开展的这样的神速。但这种神速并没有骇着他，而是像到远方飞奔的快车的疾驰似的吸引了他"①。

一幅带有强烈象征意义的"远方风景"也浮现在了我们的眼前：

> 王西迦由屋顶的破板的空处望见一块清亮黑蓝的天空和三个光亮的明星。
>
> 王西迦望着这些和睦的闪烁的星儿，就忆起了父亲很相信的说将来的生活是很好的。他更其紧紧地裹着短皮袄，闭起眼睛就想着："它将来是怎么样的好呢？"就想起在阅览室掛（挂）的一张壁画。界标跟前站着一个很大的勇敢的士兵，紧握着精良的步枪，炯炯的向前望着。他后边是碧绿的田地，稠密的很高的麦子在那里发着黄色，很大的没有围墙的田园在那里开着花，美丽的，不像亚列申那样穷的，宽阔而丰裕的村落在那里散布着。
>
> 田地那边，在光明的太阳的直射的很宽的光线下，巨大工厂

---

① 〔苏〕A.葛达尔著，佩秋、靖华合译：《远方》，《译文》1936年新1卷第1期（复刊特大号）。

的烟筒傲然的耸立着。隔着闪光的窗子望见轮子,火,机器。①

远方的风景依然是美丽的、光明的,所不同的是,除了傲然耸立的"巨大工厂的烟囱""轮子""机器",那幅挂在阅览室的壁画成为一个虚拟的、想象的未来图景。高大勇敢、紧握步枪的士兵成为一道庄严的风景线,时刻守卫着苏维埃共和国的政治果实。一个"童话"被附丽为一个英雄传奇。老英雄开着装甲车与白匪英勇战斗,集体农庄运动中老英雄被不明真相的群众误解,被残酷的阶级敌人(富农狗腿子)杀害,小英雄白季迦终于勇敢揭开了杀害老英雄叶戈尔的秘密。如果说,作为现代符码的列车隐喻"新的东西迅速地成长起来,旧的东西一去不复返了"②的现代化必然趋势;那么,这个继往开来,英雄后继有人的必然逻辑同样雄辩地诠释了"没有斗争,没有牺牲是不能建设新生活的"③这一真理。在此,我们看到作为革命记忆的载体——列车不仅运载了既有的革命经验,即苏维埃共和国建立的政治合法性,并以残酷的阶级斗争的必要性指出这一合法性本身的合理性,而且也在未来的向度上,输送着对革命未来足以期待的政治信心。但是我们知道,苏联的社会主义工业化和农业集体化运动虽然取得了巨大的成就,但同时也不可避免地存在着一定的问题。譬如,把小农户联合为

---

① 〔苏〕A. 葛达尔著,佩秋、靖华合译:《远方》,《译文》1936年新1卷第1期(复刊特大号)。

② 〔苏〕A. 葛达尔著,佩秋、靖华合译:《远方》,《译文》1936年新1卷第1期(复刊特大号)。

③ 〔苏〕A. 葛达尔著,佩秋、靖华合译:《远方》,《译文》1936年新1卷第1期(复刊特大号)。

以公共互助的集体耕种制为基础，利用农业机器和拖拉机采用集约耕作的"集体农庄"，虽然实现了农业机械化，在一定程度上解决了国民经济中农业落后的现状，支持了社会主义工业化的实现，但是农业集体化运动中所出现的一些激进做法，同样侵害了农民的利益。然而在这里，我们看到远方的风景是清晰的，没有丝毫的模糊和不确定性。天空是"清亮黑蓝的"，还有"三个光亮的明星"在指引着未来之路。农业集体化运动中暴露出的问题，譬如个别农民对集体农庄的误解、疑虑都被一个更为感人的小英雄故事所掩盖，革命乐观主义精神取代了被英雄的光环掩盖的历史真相。换言之，连孩子尚且能"深明大义"，何况是成年人呢？由此可见，在"远方的风景"中，革命经验被处理成记忆，内置于不稳固的、变化的、需要被建构的精神情感结构中，并构成未来政治发展信心的重要基础。

三、政治的"童话"

论及此处，前述"盖达尔的作品为什么要童言无忌地讲述一个严肃政治主题的故事"的疑问已然不言自明。首先，作为一个成长概念的"儿童"，最重要的是他的不稳定性和可塑性。与新生的苏维埃政权并置，儿童成为一个巨大的隐喻同步于政治的历史脉络中。新生政权的巩固不仅在于极具政治价值的历史记忆的传承，更重要的还有对可能实现美好生活的承诺。这种政治信心建构的前提即是替代/剥夺个人情感，而建设起集体的情感认同。儿童的成长需要完成从个人走向社会，从家庭走向国家的蜕变，与之相应的即是从个体的家园情感依赖，独立为具有国家、民族意识的政治情感倾向。这个过程本身离不开记忆的有意沉淀与现实实践的教化，在此基础上形成带有强烈价值取向的人生观、世界观，即所谓"信仰"。所以，作为苏联儿童文学奠基人的盖达尔不过是用童话编写了另一个"童话"而已。

其次，"童言无忌"的真实性再次回答了不容置疑的政治正确。不谙世事、天真无邪的儿童性格特点再次声明他们并不代表特定的政治利益集团，不持相关的政治立场。这使得他们对远方的展望完全是基于个体的，而非集体的；是源于私人的，而非公共的。这既可避免成人塑造中政治色彩的强化所带来的信任危机，同时还能在时而令人捧腹的"无忌"童言中，悄然实现政治理念的灌输。更重要的是，这一系列意念的植入又都是以不容怀疑的"真实"为表里的。

因此，在《远方》中，与其说儿童是作为叙述的对象，毋宁说是作为视角和方法。作为方法的"儿童"与前述鲁迅"救救孩子"的启蒙期待多有差异，前者是过程，后者是结果；前者是方式，后者是目的。而唯有作为手段与途径的"儿童"才能脱离儿童的审美期待，进入到一个更关乎阶级利益与政治想象的空间。这是在鲁迅之外，另一种值得重视的文本译介本地化实践方式。不过从《远方》的本地接受来看，鲁迅评介的影响还是显而易见的。在1936年5月5日出版的《扶中学生》的《书报评介》中，一位署名子峻的作者对《远方》的评述除了对作品内容做了颇为详细的介绍，基本秉承的立场观点仍然是鲁迅式的。[①] 直至1944年底，王知伊才颇有见地地指出：

[①] 参见子峻:《〈远方〉——盖达尔（Arkadii Gaidar）作，佩秋、靖华合译》,《扶中学生》(半月刊) 1936年第1卷第3期。

这些作品都以苏联的儿童作为书中的主人翁，并且是专为儿童写的，写给儿童看的。他没有把苏联儿童的生活和成人们的生活隔离开来，他不像安徒生，王尔德那样带给儿童们以神仙美妙的故事，他要让苏联儿童认识苏联的政府，苏联各色各样应兴应革的事情，苏联的三万万以上的大人们，他并且要让他们知道他们自己是苏联的幼苗，而这些幼苗将来的发展，茁长，一切又都是为了苏联，苏联政府所怀抱的理想。①

能够在"童言无忌"的童话中窥见另一种"童话"的构建，实可谓洞见！即便"远方"的风景在时隔多年之后才偶露真容，但是它毕竟还是引发了国民的省思。不过，早在刊于《译文》的按语中，鲁迅已然有所察觉。鲁迅将"乡村的改革中的纠葛"与"儿童的心情：好奇，向上，但间或不免有点怀旧"②并置关联的玄机，即是两种生成的暗合：政治的变革与个人的成长。而人们未能识破"童话"的预言，既不能排除服膺于鲁迅之于启蒙的躬亲而为，也不应无视启蒙强大话语之于个人思维羁绊的时代局限。循此而进，这种束缚／无视不仅是

---

① 冷火：《"这都是一个整体的一部分"：读苏联作家葛尔达的"远方"》，《中学生》1944年第81、82合期。王知伊笔名"冷火"，据欧阳文彬在《〈中学生〉忆旧》一文所述，叶圣陶、傅彬然都兼管编审工作，专职编辑只有王知伊一人，除约稿、发稿外，还编发"读者之页"，而此文亦在"读者之页"所列，据此而论，"冷火"应为王知伊。参见欧阳文彬：《〈中学生〉忆旧》，《读书》1979年第9期；熊飞宇：《关于抗战时期的王知伊——〈由怀人旧文忆及"开明书店"前辈王知伊〉补正》，《重庆广播电视大学学报》2017年第8期。

② 〔苏〕A. 葛达尔著，佩秋、靖华合译：《远方》，《译文》1936年新1卷第1期（复刊特大号）。

对作为隐喻性存在的儿童描绘的政治远景/愿景的不察，更是对生发这一"风景"的乡村的物质空间与怀旧的情感畛域的忽视。它的意义足以使我们重新梳理 1930 年代现代乡土意念的生成路径。因为，作为"童话"的"远方"风景是一种隐而不彰的修辞方式，正因为它的隐喻性、寓言性，我们很容易在梳理现代乡土意念发生的脉络中，忽略了景观在内化为心像之后的延伸或曰嬗递。如果说，跨文化的心景成像过程多是个人化的呈现，它的自由度更高，不确定性更强，那么，在心景延展至远景/愿景的过程则恰恰相反，它具有更明确的目的与诉求，它所构建的方式更具有不容置疑的强制性。在更加清晰的意念建构原则的强制阐释下，虽然一定程度上稳固了意念的生成形式，但也同时失去了相对生动的、个性化的情态表述。从乡愁的抒情性谈，"远方"风景愈加抽象、理想化的抒情反倒愈加远离了抒情的本质化，简单化了抒情的复杂情貌，这是令人遗憾的。

　　如此一来，我们发现，舶来景观在本地化的过程中，在彼时中国现代知识分子传统的乡土情感结构中就产生了两种可能的建构方式。一是，把无论是现实的抑或虚构的乡土景观在跨文化的协商中，逐步稳固在自我的、私人的情感范畴内，成为一种对"启蒙"独特的、个性化的阐释方式。二是，将更具有虚构意义的乡土景观理想化，从而期待成为集体的、政治的情感共鸣，并将之发展为一种对"革命"合理合法性的权威释读。在 1930 年代前后的跨文化语境中，这两种方式构成了家园景观在现代乡土意念中生成的主流。

第三节 "主人"与"流人"

虽说，对故乡景观的观看/想象是现代知识分子重绘故乡"印象"直接而切实的方式，但要说与故乡这一地域空间产生切身的情感体验，甚至于重估传统乡土的文化与价值，就仍然需要生命个体设身处地于故乡与他乡的物质空间中。尤其是当空间的暌违成为现代乡土意识生成的重要物质条件时[①]，流转其间的生命个体所感受、累积的时空经验就显得尤为重要了。

众所周知，人类有别于动物的感知，除五官的感觉外，人类还能够通过高度发达的符号思维能力进行理性的解读。而这种解读的过程，除了将客观存在进行简单综合，做出理性判断，个人经验的主观选择也是极重要的。"所谓真实并不是对所获得信息的客观认识，而是个人经验被主观所接受、所认可的那部分。"[②] 随着时间的累积，这种主观的"真实"就会成为"概念"，以一种群体性经验的形式成为记忆的岩层，并最终以信仰、知识、习俗等形式构成民族性的文化背景。反过来这种文化经验又加强了他们的地方意识，并表现为对"家"的强烈亲密感，而人际关系即是建立这种"亲切感"的重要方式。

> 在人与人之间培养亲切感实际上并不需要知道彼此生活的细节，在人们真正相互关注和交流的时候，亲切感就会流露出来。每一次亲切的交流都有一个场所，人们可能在这样的场所不期而

[①] 参见冯波：《雅努斯的面孔：中国现代"乡愁小说"论》，中国社会科学出版社2019年版，第30—114页。

[②] 〔美〕段义孚著，志丞、刘苏译：《恋地情结》，商务印书馆2018年版，第88页。

遇。存在许多亲切的地方，这样的地方看起来是怎样的呢？它们是专有的，且是私人的。它们可能铭刻在人们的记忆深处，每当回想起它们的时候人们就会获得强烈的满足感。①

由此看来，当现代人初次接触到一个异域空间时，他们对风景与习俗的观看不过是一种猎奇的"浏览"，而唯有深刻触及人际关系层面的交流，才能达到对一个陌生空间真正的"解读"。这不仅事关一地的风俗民情，更是一个融入或修正一地文化的艰难过程。如果说，面对"物"的新奇大多只是一种类似新鲜感的浅层次的初识，那么当异乡人进入故园后，本土乡民的所见就要深刻、复杂得多。因为面对陌生的同类他们并不会过于惊异，虽然陌生中也有对迥异生活方式的好奇与新鲜，但是隐藏在陌生之下的，其实更多的是充满戒备心的提防，以及对这种在他们看来并不友好的侵入所带来的唯恐失去家园的危机感。于是，侵入与抵抗的战争就成了"主人"与"流人"间常见的交往主题。

一、"主人"：喜熊

"主人"与"流人"是吉田弦二郎在《喜熊》中对本地人与异乡人的称谓，"他自称为'主人'，称移来的人为'流人'"②。这篇乡愁小说由唐小圃翻译，发表于1931年的《南风月刊》。小说对故乡的叙述

---

① 〔美〕段义孚著，王志标译：《空间与地方：经验的视角》，中国人民大学出版社2017年，第114页。

② 〔日〕吉田弦二郎著，唐小圃译：《喜熊》，《南风月刊》（上海）1931年第1卷第2期。

以"我"对一个乡村土著喜熊的回忆展开。喜熊是一个悲剧性的人物,这种悲剧正是"主人"与"流人"争斗的必然结果。然而贯穿回忆始终的争斗并非是要论证成王败寇的历史性法则,作品更大的意义还是喜熊这个"主人"最终依附于"流人"的复杂心态的转变过程。因为,在这场本地人与外乡人的摩擦中,从旧"主人"到"流人",再到"流人"最终成为新"主人"的倒转,恰恰让我们看到了现代人家园意识松动、变动直至建构的极微妙的省思。

首先,作为"主人"的喜熊强大的生存能力给"我"留下了深刻的印象。正如他的名字那样,像熊一般的强壮有力、性情粗暴。

> 喜熊在那个时候,是个极能工作的男子,身材很高,骨骼筋肉,非常健壮,带着血丝的眼睛,一看见他这个样子,不论是谁,都承认他是个残忍的壮汉。他对于他处移来的人们,是很蔑视的:并且他的心中,含着极强烈的反抗。倘若他的樫树林子,被移来的人践踏了,或是他的水田,被移来的人污浊了,他立刻如同起了火一般,勃然大怒。①

强壮的身体保证了他在传统农耕劳作中的体力优势,这也是他之所以能成为"主人",且对"流人"不屑一顾的原因所在。其次,由于农耕文明与土地的亲缘关系,喜熊像大多数的农夫一样,都有着极为清晰的边界原则和强烈的领地意识。譬如时隔多年,"我"依然难忘

---

① 〔日〕吉田弦二郎著,唐小圃译:《喜熊》,《南风月刊》(上海)1931年第1卷第2期。

当年和小伙伴去喜熊房子周围捡山茶子,被喜熊夺走篮子的可怕经历。这种世代相传的对土地的强烈认同感,表现在日常生活方式的各个方面。譬如,即便是喝酒,喜熊宁愿走许多路到海岸渔村的酒店喝本地的酒,也绝不会去照顾"流人"开的酒店。但是,如此强悍、残忍的喜熊在"士官老爷"面前却仿佛变了一个人似的。

> 喜熊以为这世界之上唯一可怕的,只有"士官老爷",他觉着"士官老爷"是特殊阶级,有特别的威权。住于海军根据地的人民,全都觉着"士官老爷"们的家族,是何等的尊贵,是何等的威严,几乎不能想像。这喜熊,本来与原始时代的人相差无几,所以在他眼中的"士官老爷",简直的有超人的权威。①

喜熊怕官,且不思变通。在O港被开辟为海军根据地以后,这个当年的小渔村已然今非昔比,如今更是成了一个都会。喜熊的年代正是渔村日渐寂寞萧条,O港开始城镇化的时候,然而他终日里还是酗酒、打女人,守着一亩三分田,他没有也不愿意去接受这种改变,更谈不上去寻找新的谋生之道。他依然觉得自己是这片土地的"主人",这种优越感丝毫没有因为海军根据地的开辟而有些许的损害。

反观"流人"则灵活变通、富有心机。他们是随着建设O港而来此地的工人,因为建筑新港、开辟街市,从各地来的工人涌进了这个"一向寂静无人"的山野。他们在这里定居下来,有的还做起了生意。

---

① 〔日〕吉田弦二郎著,唐小圃译:《喜熊》,《南风月刊》(上海)1931年第1卷第2期。

譬如，喜熊最厌恶的开油坊的传助就是个颇精明的"流人"，他常常廉价收进儿童们捡到的山茶子来榨油。"流人"深知喜熊的厉害，懂得好汉不吃眼前亏的道理，尽量忍让不与喜熊发生正面冲突。但同时"流人"又极自私，并有着强烈的占有欲。在喜熊遭到"士官老爷"欺压时，传助的挖苦、嘲讽也闻风而至。当喜熊的房子失火时，"从各处移来的人们，全部立在旱田，一边大声谈笑，一边说，'烧得好啊！'或者说，'这是天罚呀！'"①

"主人"与"流人"的斗争是以喜熊的敌视为开端的。起初，喜熊对这些打破他平静生活的"流人"采取的是一种近乎原始的反抗方式，他砸碎了新开大街商店的玻璃，痛打了妻子时常夸赞的传助。但是这非但没有阻止"流人"的侵入，反倒越发显示出"主人"无可挽回的颓势。因为，他也只能通过简单的暴力来破坏"流人"所建立起来的优势，除此之外，他往往显得力不从心、无可奈何。譬如在传助嘲笑他面对"士官老爷"的软弱时，他也失去了"打的勇气"了。因为他的弱点暴露无遗，已被"流人"毫不留情地死死抓住。最终他走投无路只得到造船厂当专司搬运的苦力。

他当苦力的时候，曾被"流人"中的工人，把他打跑了，非止一次，他放荡得已成习惯，工厂中有规则的生活安能忍受，所以他觉非常苦痛。常见他穿着破烂油污的青布衣服，坐在海岸堆

---

① 〔日〕吉田弦二郎著，唐小圃译：《喜熊》，《南风月刊》（上海）1931年第1卷第2期。

积的铁材上，喘成一团，看他那个样子，实在是悲惨之至。[①]

而更悲哀的是，那些曾被他痛骂的"流人"也不与他理论，只是对他的现状报以冷笑，以一句"你不过是个苦力而已"轻描淡写地就羞辱了他的自尊心；而喜熊也"总是默默无言，低着头回他的小屋而去"[②]。

喜熊与"流人"的斗争从主动出击到被动应付，局势发生的拐点正是土地的流失。他的荒野和旱田一部分被公家收用，一部分则卖给了"流人"，这些意外的进款使得他最终丢掉了锄头，不再种田。然而"后来仔细一调查，才知道这些土地一转手再卖，便赚了十倍以上的重利；因此他认定移来的人，非常狡猾，更引起他的憎恶来了"[③]。"流人"的精明算计是喜熊始料未及的，喜熊的缺乏远见也是显而易见的。"流人"的狡猾与"主人"的颟顸的对立其实正是在现代化所带来的经济方式的重大变迁中，"流人"所代表的新的生产经营方式对"主人"的优胜。在资本的原始积累阶段，他们重利轻义没有原则，贪婪掠夺毫无止境。"流人"以蚕食的方式完成了对"主人"的围困。"他的水田，他的森林，便因为他所蔑视的'流人'，日渐狭小了。"[④] 喜熊房子四周已经增添了不少"流人"的新房子，尤其是新建的幼稚园，

[①] 〔日〕吉田弦二郎著，唐小圃译：《喜熊》，《南风月刊》（上海）1931年第1卷第2期。

[②] 〔日〕吉田弦二郎著，唐小圃译：《喜熊》，《南风月刊》（上海）1931年第1卷第2期。

[③] 〔日〕吉田弦二郎著，唐小圃译：《喜熊》，《南风月刊》（上海）1931年第1卷第2期。

[④] 〔日〕吉田弦二郎著，唐小圃译：《喜熊》，《南风月刊》（上海）1931年第1卷第2期。

更是以标识未来的象征符号预示着"流人"的最终胜利。喜熊最终未能突围，一场也许是"流人"阴谋的大火最终将喜熊所有来自"主人"的荣誉与骄傲化为灰烬。

经济上的颓败诱发了喜熊对整个经济基础之上的意识形态的全盘否定。"他见社会上的一切，全是不合理的，想用自己的腕力战胜一切，事实上又万万不能；因此他的心中，一天比一天激愤起来。"① 在他的次子病逝后，他甚至认为霍乱病是"流人"携带来的。但即便如此，原本那个宣称"俺是本地的主人！任凭你是谁，如果你不服，你就过来"的喜熊，最终也混入了"流人"之中，当"'流人'们聚赌，他便替他们巡风"。② 此时谁是主人想必不言自明。"主人"与"流人"已经发生了倒转。不仅如此，喜熊对"流人"的异议甚至仇恨也没有得到家人的认同与延续。他的女人据说同"流人"中的青年"很生了许多的物议"，在喜熊死后嫁给了"流人"传助，儿子青银带了一个妓女去了他乡，女儿嫁给了一个水兵去了横须贺。

二、"流人"：安琪吕珈

如果说在《喜熊》中，"主人"最终被"流人"所征服，那么，在《安琪吕珈》中，作为"流人"的安琪吕珈则最终被"主人"所同化。《安琪吕珈》是希腊作家蔼夫达利哇谛斯的一篇乡愁小说。本篇初刊

---

① 〔日〕吉田弦二郎著，唐小圃译：《喜熊》，《南风月刊》（上海）1931年第1卷第2期。

② 〔日〕吉田弦二郎著，唐小圃译：《喜熊》，《南风月刊》（上海）1931年第1卷第2期。

名《安琪立加》，1921年由孔常翻译，刊于《小说月报》第12卷第9号，作者署新希腊蔼夫达利阿谛思（Argyres Ephtaliotis）。1934年芬君重译，改名《安琪吕珈》，刊于《译文》第1卷第4期，作者署新希腊A.蔼夫达利哇谛斯；之后该小说又收入茅盾1935年出版的译文集《桃园》。孔常、芬君、茅盾都是沈雁冰的笔名。茅盾三次译介《安琪吕珈》，内容整体变动不大。在《译后记》中，茅盾说此篇是"从Dmemtra Vaka编的Modern Greek Stories译出，此书出版于一九二〇年"，还提到周作人曾翻译过希腊作家蔼夫达利哇谛斯的短篇载于《新青年》。[①]可见国内对希腊作家蔼夫达利哇谛斯的接受还是比较早的。

小说一开篇，作为"流人"的安琪吕珈就引起了当地人"大大的惊怪"。

>   安琪吕珈在这村子里第一次出现的时候，惹起了大大地惊怪。看惯了村里姑娘们那种腼腆畏缩态度的村里人，蓦地见有一个像女神似的女人下凡到他们中间来了。第一样，她是白得来就同从没晒过太阳；再则，她又是惹人欢喜的，兴致很好的，活泼泼的，而且她有一口美丽的白牙齿，露齿一笑的时候，会叫任何人发狂。第三样，她从不穿乡下的服装，她的衣衫全是城里式样。她就是你们所谓见了不能不看，看了永远不厌的那样的一种女郎。[②]

[①] 参见〔新希腊〕A.蔼夫达利哇谛斯著，芬君译：《安琪吕珈》，《译文》1934年第1卷第4期。

[②] 〔新希腊〕A.蔼夫达利哇谛斯著，芬君译：《安琪吕珈》，《译文》1934年第1卷第4期。

安琪吕珈与乡下姑娘有着明显的不同,她原是城市里的女教师,因为需要一个女教师教村里的女孩子"识书写字",所以她被请到村子里来。然而村里的名人、学校的董事,这些"一向把村里的进步放在心上"的"善良的爱国之士",却没想到安琪吕珈的到来给他们带来了不小的麻烦,可以说这无异于发动了一场"革命"。起初村里的姑娘对这个外来的城里女教师只是对她外在的追慕,譬如,她们"称赞她的十全的白牙齿,称赞她的小巧玲珑的脚,她的轻飘飘的步子,她的装饰品,她的衣服,她的落落大方和她的美丽"①。村里姑娘的改变是缓慢的、表面的,改变的不过是"一些打扮"和"眉眼举止"。然而就是这一点的改变就足以让女孩子们的父亲们对这位"有魔力的女教师"产生了疑惧,即便这种打扮最终的效果大多是"不伦不类的怪样子"。逐渐的,平常的装饰已经不能满足姑娘们日益增长的审美需要,用于打扮的开销与日俱增,更令父亲们感到恐惧的是,原本老实本分的村里姑娘也开始像安琪吕珈一样开始变得活泼,她们的嘴巴开始越来越尖利了。从外在衣着打扮到性格行为的改变,是由外而内的质变,其实让父亲们忍无可忍必须有所行动的并不仅仅是钱袋的危机,确切地说,是姑娘们日常生活方式变化之下情感价值取向的微妙变动,这足以触及乡村传统守旧的伦理价值体系,这是他们无论如何都不能接受的。

从作为"流人"的安琪吕珈进入村子的方式看,她是被"主人"邀请的"客人",然而安琪吕珈的"反客为主"给乡村所带来的"革命"是"主人"们不愿看到的。不过,虽谓之"革命",但这种变革

---

① 〔新希腊〕A. 蔼夫达利哇谛斯著,芬君译:《安琪吕珈》,《译文》1934年第1卷第4期。

并不具有积极的主动性,更谈不上强制的压迫性,它只是一种潜移默化的"影响",但却足以让乡村姑娘趋之若鹜地争相效仿,这令人深思。为何一个外来的"流人"能给"主人"以深切影响,甚至以示范效应?表面看是因为安琪吕珈自身的体态风仪使然,然而其背后实则隐含着乡村已然存在,并不断发酵的文化危机。开篇中安琪吕珈皮肤白皙、唇红齿白、活泼开朗、穿着时髦的外在形态,其实代表的正是一种有别于乡村的城市生活方式的表征。皮肤白皙是较少从事农事劳动的结果,活泼开朗、乐观健谈则是城市姑娘相较于乡村姑娘更为自信、较少拘束的表现。因此作为"主人"的乡村姑娘们对这种外在仪容的倾慕,反映的是她们对城市——这个在某种程度上代表着更加进步、文明的外部世界的向往,这是"主人"自身所储备的、被压抑的"革命"力量。因此,乡村姑娘们的从众心态,不过是这种力量被外来的"流人"所唤醒的结果罢了。

被唤醒的乡村姑娘们代表的是"流人"中的青年群体,相较于那些村里的名人和学校的董事而言,她们表现出对"革命"的欢迎态度,对于新鲜的、更具现代意义的日常生活方式积极尝试的姿态,自然,她们也成为"革命"的主要力量。不过"革命"往往并非一帆风顺,甚至革命有时就是你死我活的残酷斗争。但是颇耐人寻味的是,安琪吕珈所引发的这场"乡村革命",以及这场"革命"被消解的方式,却少有艰辛或痛苦,反倒极具戏剧性。为了消除安琪吕珈带来的"威胁",那些乡村传统伦理道德的捍卫者竟然让一个泥水作头密赫泰拉司去勾引安琪吕珈,最终通过"美男计","主人"们成功将这个城里女教师变成了泥水匠的主妇,一场"乡村革命"也就此以失败而告终了。"革命"与消解"革命"的方式都令人深思,如果说"革命"之初不过是无心之举,那么消解"革命"显然是有意为之。"流人"的革命陷于"主人"的阴谋,其实隐喻的正是"流人"与"主人"初识交往的方式,他们的先入之见一开始就将二者置于剑拔弩张的对峙状态,他们从未真诚地试图理解甚而接纳对方。因为他们没有一致认同的道德标准,所以他们无惧非道德的谴责,而维护自我的核心利益是唯一标准,这类似于生物性的应激反应,它强化和固化了本土的乡土意识。

三、甘莉:从"流人"到"新主人"

同安琪吕珈一样,辛克莱·刘易斯(Sinclair Lewis)《大街》中的甘莉·梅尔福(今通译为"卡萝尔")也是一个给乡村带来变革的"流人"。所不同的是,她虽说是歌佛原镇(今通译为"戈镇")的外来者,但是作为"主人"耿尼柯(今通译为"肯尼科特")的妻子以及从她对"新家"反客为主的改造看,她又可视为新的"主人"。她对"歌佛原"这个闭塞保守的小镇的改造更具主动性,这与安琪吕珈无意中引发的"乡村革命"有着很大的不同。然而殊途同归,"新主人"甘莉的"戈镇实验"同样走向了失败。而失败的主因是一种叫作"村毒"的东西,即一种根深蒂固的日常生活方式或曰精神文化观念。这是"流人"转变为"主人"最大的阻碍。但即便如此,"流人"并不承认这种失败,在小说的结尾,回到歌佛原的甘莉依然感到:

> 但是我得到一种胜利:我虽然失败,从没有蔑视我的欲望,从没有装着超过了我的欲望。我不承认大街是有它应该的那般美观!我不承认歌佛原比欧洲宽宏和伟大!我不承认一切妇人家可

以对洗碟感觉满足！我的奋斗也许没有用尽最善的努力，但是我一直抱着那信仰。①

喜熊努力捍卫"主人"的边界，却最终被"流人"所蚕食；安琪吕珈无意间发动的乡村"革命"，也没能逃脱"主人"设下的圈套；甘莉主动改造"大街"却反被同化。他们彼此不同的命运实际上为我们提供了"主人"与"流人"初次相识的交往方式，它的显著特点即是由主动与被动形成的相对稳定，但又不断转化的叙事架构。支撑并加固这一强大叙事张力的本质即是"主人"与"流人"素昧平生的心理定式，他们的内心大多壁垒森严、有着较高的警惕性，于是"主人"与"流人"的错置、抵牾就成为平生初见时一种普遍的身心状态。用《安琪吕珈》原作中的一个词来概括再合适不过，那就是"play with their beads"，不过，这并非如译者茅盾在《译后记》中所言：

> 英译本有 play with their beads 字样，很费解；查"beads"一字普通是"数珠"的意思，韦氏 International Dictionary 与《牛津大字典》均谓此字又可解作酒类的泡沫，故亦作"酒类"解；今即依之，译为"喝点酒消遣"，（译文第八节："他们在咖啡店里会齐了喝点酒消遣的时候，……"）可不知对不对，敬待高明的朋友指教了。②

---

① 〔美〕Sinclair Lewis 著，白华译：《大街》（三十八），《国闻周报》1932 年第 9 卷 14 期。

② 〔新希腊〕A. 蔼夫达利哇谛斯著，芬君译：《安琪吕珈》，《译文》1934 年第 1 卷第 4 期。

笔者以为"play with their beads"依鲁迅所谓"硬译",将之翻译为"玩弄珠子"也无不可。在英国谚语中,有"The beads in the hand and the devil in capuche (cape of cloak)"即"手里数念珠,心里怀鬼胎"[1]的说法。因此,"主人"与"流人"的初识心态也就是这种"play with their beads",即各自盘算,他们的初识也只可能是一种郢书燕说。正如段义孚所言:

> 外来人的立场很简单、也容易表述。面对新奇的事物的兴奋感也促使他们表达自己的感受。相比较而言,本地人所持有的复杂的态度,只能通过行为、习俗、传统和神话传说等方式艰难、间接地表达出来。[2]

现实中"主人"与"流人"很难放下成见,也就无法"真正相互关注和交流",因此"亲切感"的建立也就无从谈起了。但反过来说,正是因为"亲切感"的阙如,才滋生了强烈的乡愁。无论是对捍卫渐趋寡淡的故乡"亲切感"的"主人",还是在他乡受挫而追寻故乡温情的"流人"而言都是如此。随着"主人"与"流人"的交锋,我们也发现他们彼此之间也有了微妙的转换,"主人"渐渐退出故土成为新的"流人",而"流人"则"鸠占鹊巢"成了新的"主人"。"主人"与"流人"这种转换/转化的根由其实恰恰在于他们本质上都是一个现代

---

[1] 北京第二外国语学院英语系《英语谚语词典》编写组:《英语谚语词典》,北京出版社 1987 年版,第 23 页。
[2] 〔美〕段义孚著,志丞、刘苏译:《恋地情结》,商务印书馆 2018 年版,第 92 页。

的"中间物"。喜熊虽固守传统却也开始逐渐接纳现代,他不仅与"流人"打成一片,他的后人也与"流人"远走他乡;反观安琪吕珈同样也存在着尚没有完全进入现代的传统意识,否则她也不会被"主人"们骗入彀中。"主人"的传统意识中也滋生着现代,而"流人"的现代意识中则根植着传统。从这一点看,二者的不断反转恰恰反映了一个巨大历史转型时代的特有心态。

而这一特有的心态恰恰和对"家园"追溯与回溯的情感动向同步,这正是"主人"与"流人"对各自身份寻找的初始,经过"平生初见"的交锋,发展至对故乡与他乡的不同认知,从而完成自身文化认同的裂变,最终升华为新的自我身份的认同。但就 1930 年代前后半殖民地半封建的中国而言,面对域外商品、资本的输入,他们的"主人"心态更具意识形态性。他们对故乡与他乡的认知过程往往掺杂着十分复杂的民族主义情绪。在主客对立的"主人"与"流人"斗争中,他们更倾向于对"主人"的同情,这种同情即是意识形态化的家园认知与新民主主义革命要求双向形塑下的,一种具有民族国家忧患意识的集体情感。换言之,中国现代乡土文学中的"家国"情怀即是中国现代乡土文学发展主流。譬如,《大街》在 1930 年代的冷遇即是一个典型的例证,这留待第四章再予以详述。

然而文学毕竟是极具个性化的情感想象形式,作为人的精神世界的对象物,作家、译者等个人化的乡土体认又为现代乡土文学提供了一个有异于主流的表达方式。如上"主人"与"流人"的彼此转化、甚而和解的姿态也给有着浓重"家国情怀"的中国现代知识分子启示良多。他们也意识到"主人"与"流人"都不过是人在现代化过程中,一种暂时的、相对静止的状态。那么他们将家国情怀的集体情感融汇于个人的生命经验，经过情感过滤、理性提纯后的乡土认知就显得尤为重要了，因为这不仅深化、也分化了现代乡土意念的主流认知，也赋予了中国文学现代性的应有之义。而这种丰富的现代质素恰恰是需要在接下来的城乡的空间流动中去详加条分缕析的。

第四节　别一世界的"旅行"

赵景深在现代保加利亚作家康斯坦丁诺夫（Aleko Constantinoff）的《葛礼吾叔叔》（*Bai Ganio*）和《到支加哥去了回来》（*To Chicago and Back*）中发现，"前者写十足的保加利亚乡下人游历欧洲，事事惊奇不置，把那人的愚蠢和纯朴都用幽默的笔法刻画了出来。这并不像我国《乡愚游沪趣史》这样的恶劣卑下而无意义，他是深刻的看透了保加利亚人的国民性，藉讽刺而痛下针砭的"[1]。赵景深从域外乡愁小说看到本国《乡愚游沪趣史》的恶劣很能代表当时国人的心态。他们从这些城乡流动中所看到的，并不完全是异域迥异的景观，更是其中对国民性的透视，这显然触动了他们内心涌动不息的乡愁。依凭这种情感的冲突，他们在城乡的空间流动中开始重审对家园的情感依赖，同时也更关注时代变局中人的现代化转型。于是，在1930年代前后域外乡愁小说中别家的冲动开始与国内日渐松动的家园意识产生内在的关联，进而开始构建为一种新的乡土家园认知。

不过虽是离开自己的家园，但从其动机和行为考察却有不同。

---

[1] 赵景深：《现代世界文坛鸟瞰》，现代书局1930年版，第135页。

这可能包括主动的"出走"、新奇的"旅行",或者痛苦的"流离""流亡"。相较于前者,"流离""流亡"的被动性更强。但无论是主动抑或被动的"别家",它们之间又往往是互相转化的。譬如"旅行"所预支的新奇对现代人而言,是一个很难拒绝的诱惑。然而一旦这种新奇未能兑现抑或透支,迷惘、惶惑、焦灼、痛苦就会接踵而至,于是"旅行"就会很快成为"流离"。因此我们可以说,新奇往往并不是"别家"的动力,生命个体离开故里的冲动还是自我内在情感的需要。因为传统的家园已然无法拘囿一个现代公民的情感价值追求,而现代文明空间也未能彻底安顿一个传统乡土子民的灵魂。于是从在离开故乡的一刻起,生命个体的流动就永远不会停息,这是他们对自我的省思,也是现代化的必然结果。因此在这个层面说,与传统士子大夫纵情山水或遣怀纾愤不同,现代人永续不堕的别家行旅更多的是一种寻找,即对于现代情感价值的建构。虽然我们丝毫不怀疑他们迈出家门的勇气与志向,但我们同样不能对他们别家冲动本身的犹疑与复杂视而不见。因为故乡与他乡正是折射现代人乡土意识的棱镜,经由棱镜折射的情思衍射出的正是现代人在时代变局中复杂的多元面向,其意义是很深远的。匈牙利作家 K.密克萨斯的《旅行到别一世界》就是这样一部将生命主体身心状态予以生动呈现的作品。

一、两次"巧合"

《旅行到别一世界》1921 年就经由茅盾译介,发表于《小说月报》

第 12 卷第 9 期,1935 年被译者再次收入译文集《桃园》。① 这是一篇颇为有趣的乡愁小说,所谓"有趣"实指作品绝妙的反讽叙事结构。主人公保罗·莱迪基是乡民们的"英雄"。因为在这个被周围青山隔断了世界的小山村中,乡民"都不喜旅行",保罗·莱迪基更是忠实践行这一观念的楷模。他不但放弃到维也纳了结一桩关系到他全部家产的官司,甚至起誓"与其上维也纳,我宁愿失了我所有的一切"②,而且还"庄严"地拒绝了奥皇飞蝶南第五承诺只要他前往觐见即授予官爵的邀请。但令所有人意想不到的是,这位生前拒绝旅行的"英雄",死后装进了棺材,竟然被稀里糊涂地装错了车,以致在他平生最厌恶的奥地利国内东南西北旅行了一个礼拜。生前厌恶旅行,死后却不得不旅行,这实在是绝妙的讽刺!而作品中的"巧合"恰是解读这一讽刺背后深刻意涵的关键。

从作品中我们不难看出,保罗·莱迪基并不是一个保守而不愿接受新鲜事物的顽固派,他对外来新鲜事物并非完全拒绝。譬如当"飞翼也似快的铁路已经筑成了。我们伟大的青山被穿成了千创(疮)百孔,而且那天鹅绒般软的绿草原上铺盖了铁的带子,在这带子上,滚着车轮"③ 的时候,保罗·莱迪基是持欢迎态度的。他赞成修建铁路,而且"竭力盼望成就"此事。他宣称:"这是带钱和繁盛到我们乡里

---

① 〔匈牙利〕弥克柴斯著,沈雁冰译:《旅行到别一世界》,《小说月报》1921 年第 12 卷第 9 期。后收入〔土耳其〕R. 哈里德等著,茅盾译:《桃园》,文化生活出版社 1935 年版。弥克柴斯即密克萨斯。
② 〔匈牙利〕密克萨斯:《旅行到别一世界》,〔土耳其〕R. 哈里德等著,茅盾译:《桃园》,文化生活出版社 1935 年版,第 63 页。
③ 〔匈牙利〕密克萨斯:《旅行到别一世界》,〔土耳其〕R. 哈里德等著,茅盾译:《桃园》,文化生活出版社 1935 年版,第 64 页。

来的，而且这是抬高我们收成品的价值的。"① 那么既然赞成修铁路打通这个闭塞的小山村与世界的阻隔，却为何又不愿旅行到"别一世界"？保罗·莱迪基显然有些心口不一。而小说中第一次的巧合恰在这一矛盾态度的背景上出现了，这位乡绅竟然在他"盼望成就"的列车开进这个小山村的一刻，极为"准时"地一命呜呼了！"他咽气的时候正巧是九点钟，就是那班列车开进他村落的时候。"② 死亡时间与列车开进山村时间的巧合正是作者的高明之处，因为正是这一巧合给读者猜测保罗·莱迪基不明确的死因留下了想象空间。也许是盼望已久、终于成功的激动兴奋使然，又或许是虽表面赞同，实则极其恐惧、担忧所致，当然也许上述两种情况都不存在，仅仅就是巧合而已。在此，笔者无意探寻保罗·莱迪基的确切死因，因为作为文学的本质是艺术真实，而非一定要坐实虚构的想象。不过，"巧合是两个或数个明显随机的事件，在空间和时间上以奇特或引人注目的方式形成某种联系"③。从艺术的角度说，作者虚构的"巧合"绝非无心之举，它或许就隐含、象征着某种必然的理性期待。因为我们发现这一"巧合"实在过于巧合，它过分夸张、极为偶然，它使我们有充分的理由相信"巧合"背后一定有着逻辑的必然。而必然的"巧合"再次出现在了保罗·莱迪基的死后。

---

① 〔匈牙利〕密克萨斯：《旅行到别一世界》，〔土耳其〕R. 哈里德等著，茅盾译：《桃园》，文化生活出版社 1935 年版，第 64 页。

② 〔匈牙利〕密克萨斯：《旅行到别一世界》，〔土耳其〕R. 哈里德等著，茅盾译：《桃园》，文化生活出版社 1935 年版，第 66 页。

③ Dannenberg, Hilary P. "A Poetics of Coincidence in Narrative Fiction." *Poetics Today*, 25:3, Fall, 2004, p.405. 转引自陈广兴：《论文学中的巧合》，《英美文学研究论丛》2009 年第 1 期。

外边正激怒着一阵狂风雨。树儿连根拔起了，屋顶也被刮去，电光像是上帝的剑，轰碎了钟楼上的大钟，并且毁坏了小车站的一幢房屋。保罗·莱迪基家的割禾工人看见血雨点落在草上。这些事是人撩拨了上帝动怒后常见的。①

死亡和天灾极为巧合地同现似乎印证了管教堂的茄布尔·库伐市的担忧，列车的行驶，"那不是上帝的工作，众位啊！恶鬼在后面呢"②。无论是死亡时间与列车进站时刻的巧合，还是死亡后天灾与宗教性诅咒的暗合，其实巧合的艺术功能并不是巧合的桥段本身，而是巧合中的人物。因此如果巧合所生产的诗意指向不确定的情感倾向或者价值取向时，那么我们也可将之视为人物本身情感意志的模糊或摇摆。并且巧合意味的浓淡也与这种不确定性构成正比。也就是说，越是夸张的巧合，越凸显不确定性，反之，自然的、合理的巧合，不确定性也相应较弱。由此，就上述两次巧合看，保罗·莱迪基死亡时间与列车进站时间的高度巧合，恰恰彰显了他对于列车进入山村这个事件，自我内心态度的极度不确定性。换言之，无论保罗·莱迪基到底是否发自肺腑地欢迎列车的驶入，一个可以确定的事实是，他对于这种洪水猛兽般的现代化闯入充满了不确定性的恐慌。与之相反，死者与天灾异象的巧合则显得确定得多，乡人们确信二者之间是有着必然的联系的，这显示了科学起初克服宗教性恐惧的脆弱与无力。正如希

---

① 〔匈牙利〕密克萨斯：《旅行到别一世界》，〔土耳其〕R.哈里德等著，茅盾译：《桃园》，文化生活出版社1935年版，第66—67页。

② 〔匈牙利〕密克萨斯：《旅行到别一世界》，〔土耳其〕R.哈里德等著，茅盾译：《桃园》，文化生活出版社1935年版，第65页。

弗尔布施所描述的那样:"在19世纪得以具体化的现代性,特征之一便是机械与机器工具在日常生活中处于最显眼的位置。铁路正是以这种形式,展示了现代技术的可视性。在技术中还存在着社会生产及其关系的形式。因此,关于技术的物质性体验、对新兴社会秩序的意识起到了中介的作用:它为与旧式体验、社会秩序和人际关系的革命性决裂,提供了一种形态。"[1] 因此,巧合所暴露的保罗·莱迪基们的恐惧,不仅是对机械,更是对机械所带来的新的乌托邦许诺的不确定性的畏惧。这更使得巧合成了一种必然,即在现代工业化发轫之时,生命个体在面临一种可能的新的公共生活准则时,自然而然产生的具有革命意义的内在裂变与挣扎。

二、"守信"与旅行

密克萨斯也许并不愿意又或许还没有预测到保罗·莱迪基面对"一切坚固的东西都烟消云散"时的种种表现。所以他让保罗·莱迪基恰逢其时地死了,从而以一种巧合的方式,逃避了直面这种恐惧或畏惧的尴尬。但是他又以另一个巧合的方式将这种思考引向了深处。那就是让保罗·莱迪基陷入了一个生前守信,而死后失信的窘境。保罗·莱迪基之所以能够成为根尼衣佛尔伐的"英雄",除了上述我们所讨论的他不愿旅行而深得乡人之心,一个很重要的原因是,他信守着不去维也纳的誓言。

---

[1] 〔德〕沃尔夫冈·希弗尔布施著,金毅译:《铁道之旅:19世纪空间与时间的工业化》,上海人民出版社2018年版,第4页。

将"守信"与"旅行"建立起一种理性逻辑关系又是一个颇耐人寻味的修辞，它实则隐喻着两种价值观念。其一是"守信"所代表的传统乡土价值标准，其二则是"旅行"所代表的现代工业文明的生活方式。就第一点而言，保罗·莱迪基之所以能有德高望重的声誉很大程度上就是因为他信守诺言，他庄严隆重的葬礼即是明证。这极其壮丽的葬仪是根尼衣佛尔伐所从未有过的，九位邻村的耋老，甚至是塞尔梅来夏的小学生都发了请帖。"这些荣耀，死者该当受的，因为他是一个信实的人，一个怎么说就怎么做，到死不失信的人。"[①] 所以与其说是保罗·莱迪基因为拒绝旅行而赢得乡民赞同，毋宁说是他信守承诺而使乡民感佩。以此理路再看"旅行"就不难发现，乡人不喜旅行的原因除了"旅行"可能带来的对新事物未知的惶恐，恐怕让他们感到最恐惧的是，"旅行"所开启的新的文明形态对他们赖以安身立命的文化价值观念的冲击。作为现代性符码的列车不仅给身处闭塞山村的乡人带来了惊异与恐惧，更让乡人们在它强大的能量与速度面前陷入了一种前所未有的不知所措。机器对人的征服以及随之而来的价值旁落的虚空感成为他们心头挥之不去的阴霾。但无论如何，现代工业化已经迫在眉睫，而铁路通过打破传统时空的方式已经建构了新的时空认知，传统的地方认同感被摧毁了，他们需要在重识新的时空意识基础上培植新的情感联系与价值认同。换言之，他们实则遭遇了作为在新规则和需求结构中如何居存、站位的现代危机，而保罗·莱迪基这个传统伦理价值的捍卫者正是他们的最后一根稻草。

[①] 〔匈牙利〕密克萨斯：《旅行到别一世界》，〔土耳其〕R. 哈里德等著，茅盾译：《桃园》，文化生活出版社1935年版，第67页。

但命运偏偏给他们开了个巨大的玩笑，"这根可怜的稻草"恰恰在他死后失信了，保罗·莱迪基竟然"缺席"了自己的葬礼，这令所有人无不大跌眼镜。"'人死了就变到如此！'乡神父末科支克愤然说，'今儿这位升天的人，活着的时候难道不是非常遵守时间信约的。'"① 神父的愤怒是因为在灵魂升天的重要仪式上保罗·莱迪基的"缺席"亵渎了上帝的神圣与庄严。而对于这些乡民们而言，"英雄"死后的"缺席"则给他们本就战战兢兢的现代恐慌以致命的打击。这个曾给予他们坚守传统伦理价值以信心的"英雄"，却在死后以这样"残酷"的方式摧毁了他们那一点可怜的信仰。而最让他们无法接受的是，"缺席"的原因竟然是保罗·莱迪基旅行到了"别一世界"，那个他生前最厌恶的维也纳。这是又一次的失信，它彻底解构了保罗·莱迪基生前"英雄"的光环。在此，"失信"又与"旅行"建构起必然的联系，"旅行"造成了"失信"，这虽然不应怪罪保罗·莱迪基，因为死人是无法控制自己身体的，但是棺材被装上车确是活人所为。

无独有偶，"旅行"与"信任"在爱罗考内斯的《到城里去》中也成了生动的譬喻。勒伽迈克尔受同为乡下人的马夫所托到城里给法官送信，他坚守信诺路上没有拆信，到城里"精神勇毅"地将信送达没有失信。然而他非但没有得到法官的赏钱，反倒被打了四十鞭杖，因为"信上写着：把一匹三岁的马赶毁了；在城里的法官处责受四十鞭杖"②。勒伽迈克尔送信没有失信却被同为乡下人的马夫所骗，"信"成

---

① 〔匈牙利〕密克萨斯：《旅行到别一世界》，〔土耳其〕R.哈里德等著，茅盾译：《桃园》，文化生活出版社1935年版，第68页。

② 〔芬兰〕爱罗·考内斯著，王抗夫重译：《到城里去》，南强书局1929年，第88页。

为"信用"的譬喻,马夫嫁祸他人毫无道德可言,但他利用的恰是乡人最为看重的"信用"。故事发生的城乡叙事框架将个人道德行为的批判引向了更深的思考。失信不仅动摇了乡下人坚守传统伦理价值的信心,同时也放大了城乡伦理道德的"误读"。城里的法律是维持现代社会秩序的意识形态工具,而乡下秉持的却是并不具备强制约束力的传统道德伦理。因此,法官不会理会勒伽迈克尔的辩解,正如法官所说:"有罪或者是无辜——我怎么会知道?我有我的职务要尽。"[1] 他需要的只是照章办事即可。

《到城里去》的"误读"提示我们:传统与现代的交锋往往也是种种"误读",不仅以此为开端,甚至伴随始终。那么回头再看《旅行到别一世界》中代表传统的"棺材"与代表现代的"列车"的错置,就别有意义了。因为这正是现代工业文明侵入闭塞窒息的传统文化空间的开始,这种沟通不畅其实已然为这场无法避免的争夺战埋下了种种隐患。即便守信的保罗·莱迪基生前做了抵抗,无论这种抵抗是积极的或消极的,一个不容回避的事实是,历史的潮流已然不可逆转,它并不以个体的意志为转移。所以死后保罗·莱迪基万万不会想到他还是没有信守诺言,还是旅行到了别一世界。在此,"别一世界"也就有了两重意涵:一个是唯有品行高尚的人死后方可进入的天国;一个是曾经无比厌恶的维也纳。前者是虚空的、理想化的宗教文化空间,是乡民向往的灵魂寄托;后者则是具体的、现实的异地物质空间,是他们不愿接受的、甚至充满恐惧的所在。或者说,一个是传统乡土的

---

[1] 〔芬兰〕爱罗·考内斯著,王抗夫重译:《到城里去》,南强书局1929年,第89页。

伦理道德空间；一个是工业文明为代表的现代空间。保罗·莱迪基旅行到"别一世界"不仅是一个极具象征性的寓言，更是一个对即将到来的社会历史巨大变动的预言。它不仅象征着传统宗教文化空间在现代文明冲击下的岌岌可危，也预示着一场不可避免的心灵革命即将到来。

三、"弱小民族文学"的共鸣

在密克萨斯以旅行与信誉所编织的绝妙讽刺中，生命个体面对现代性的犹疑、暧昧的身影得到了极具艺术化的呈现，而作者在直面一个足以改变人类社会的巨大变革时代时的隐忧也暴露无遗。这是这部乡愁小说虚构的最丰富而深刻的真实，这同样也在跨文化的译介中被译者所洞察。诚如译者茅盾在译文后记中所说：

> 此篇也从恩特乌德的书中译出；原书的作者小传中也说："在他那些用精神刻画下的，人物丰富的，缩紧的小图画中，我们见全个匈牙利在眼前走过：士绅阶级，小贵族，教士，政客，和农夫。有时这些故事是隐讥暗讽的，——因为弥克柴斯被归入诙谐派中——有时是叙述田园生活的，有时是写实的，有时是尖刻而痛快，直击内在的致命处，使人感着极深不能忘的真实。"又说："这里的第一篇《旅行到别一世界》是作者亲身的见闻，他二十三岁时曾在这小镇上做过裁判官。"①

---

① 〔匈牙利〕弥克柴斯著，沈雁冰译：《旅行到别一世界》，《小说月报》1921年第12卷第9期。

"有时是写实的，有时是尖刻而痛快，直击内在的致命处，使人感着极深不能忘的真实"，正是译者最深切的体会。以农业立国的匈牙利，对于20世纪初的国人而言并不陌生，早在1914年就有人将自己游历匈牙利的见闻介绍到国内[①]；1922年茅盾还专门译介了Béla Zolnai的《战后文艺新潮：欧战给与匈牙利文学的影响》，较全面地介绍了"一战"后匈牙利文学的概况。他认为："匈牙利人民一直到现在，实是农村的人民。而且永久会是简朴的农村人民。……因为匈牙利人民纯然是乡村性的，所以那眼光锐澈的萨拉支（Tharauds）会发现匈牙利人和法国人是有共通的民族性了"[②]。在文章的译注中，译者还介绍了密克萨斯，并认为"他是育珂后继起的第一个伟大人物。他的作品都是讽刺的"[③]。到了1930年代，匈牙利文坛更是得到了国内文学界的持续关注，尤其是乡土小说家的作品得到了译者的青睐。[④]譬如赵景深介绍了李曼毅（József Reményi）的《黎明会要到来？》、卡沙克（Lajos Kassak）的《梅丽迦，唱罢（吧）！》（Marika，Enekelj！）、徐赖海（Lajos Zilahy）的《逃兵》（A Szokeveny）等乡土小说，尤其是作家梅丽（Maria de Szabó）受到了译者的推崇[⑤]，而署名"芒"的译

---

① 参见澍生、樵铁：《瀛谈：匈牙利游记》，《小说月报》1914年第5卷第4期。
② 〔匈牙利〕Béla Zolnai 著，元枚（茅盾）译：《战后文艺新潮：欧战给与匈牙利文学的影响》，《小说月报》1922年第13卷第11期。
③ 〔匈牙利〕Béla Zolnai 著，元枚译：《战后文艺新潮：欧战给与匈牙利文学的影响》，《小说月报》1922年第13卷第11期。
④ 参见赵景深：《国外文坛消息：最近的匈牙利文坛》，《小说月报》1931年第22卷第4期。
⑤ 赵景深：《现代文坛杂话：匈牙利的女小说家梅丽》，《小说月报》1929年第20卷第1期。

者还介绍了"匈牙利一个农夫"保尔·萨波（Pál Szabó）的新著[①]。在介绍匈牙利的三本新小说时，赵景深更是敏锐地指出：

> 匈牙利文学作品的读者喜欢讽刺，想在这里面认识他们自己；又喜欢批评，打破一切阶级的界限。因此匈牙利的文学常是主观的，并且差不多时常是分析的。作家很少只为了娱乐而写作。……
> 匈牙利人与大自然相接触的机会，比西方各国都要多。乡间的人民主要是农业的，首都布达佩斯又沙土，城中有山，山上充满了莲馨花香。乡间人民常与损害的自然力争斗，有丰腴的期望，结果每陷于悲剧。于是文学作品中也都放散着泥土的气息。[②]

同为弱小民族，加之又对本民族乡土有着深切的情感体验，因此，在密克萨斯《旅行到别一世界》的讽刺之余，中国的译者能够洞见现代工业化浪潮发轫时，生命个体既迎合又抗拒、既期待又恐慌的复杂心态。除了译者自身的生活经验，1930年代兴起的旅行风潮也是一个不容忽视的重要语境。因为现代意义上的旅行既是对物质空间的开拓，也是对审美空间的重建；而旅行所带来的连续不断的全新的景观/空间体验，也使得这一空间流动成了一种现代时间的表达方式。如此一来，保罗·莱迪基的困惑也就成了部分国人心态的写真。虽然1930年代前后半殖民地半封建中国的"近代化"已经被作为东亚得到了较充

[①] 芒：《匈牙利一个农夫新著的小说》，《东方杂志》1931年第28卷第10期。
[②] 赵景深：《现代文坛杂话：匈牙利三本新小说》，《小说月报》1930年第21卷第4期。

分的表述，但是真正面对旅行/流动时，异域视界的开拓，文化价值的撞击，还是让他们感到既新鲜而又充满诱惑，同时也深感紧张而不知所措。尤其是当这一流动被阐释为一种官方的、意识形态化的现代生活方式时，生命个体内部的矛盾张力就不仅仅是事关现代的阵痛，它还包含了政治、党派斗争的复杂形态，城乡的"旅行"也成了中国革命现代性的一种独特演绎方式。

第五节 《入乡记》与《负骨还乡日记》对照记

如果说离开故乡，远走他乡的冲动是生命个体在现代社会自我身份寻找的话，返乡则更多地表现为经历现代憧憬之后的冷静省思。返乡并不是一个颇具现代意味的语词，人类对家园的皈依始终是安顿灵魂归宿的内在精神需要，它虽然可以一定程度上得到理性的压制，但是却并不能彻底从现代人的精神情感结构中剔除。一旦获得恰当的情境，返乡的冲动就不可遏制了。尤其是在人的精神困厄之时，寻求精神情感庇护的意愿就会变得格外强烈。这一点，无论域外抑或国内都是如此，譬如《夜宿荒宅》（『浅茅が宿』）就是日本上田秋成根据明代瞿佑《剪灯新话》创作的《雨月物语》中的一个故事。讲的是胜四郎离家七年后回到故乡，见故居犹在，妻子无恙。可是翌日清晨，却见自己独自一人睡在荒原之上，边上就是妻子的墓。

时值 1930 年代，域外乡愁小说中的"还乡"叙事并不鲜见。譬如早在 1921 年茅盾就译介了拉比诺维奇《贝诺思亥尔思来的人》，后来收入1928年的译文集《雪人》。①这篇乡愁小说即是通过"我"与一位从贝诺思亥尔思（今译为"布宜诺斯艾利斯"）返乡者的交谈，表达了他们之于故乡丰富而复杂的情感。这位叫作梅多克的返乡者虽然在贝诺思亥尔思获得了事业的成功，但是他仍然无法割舍自己同故乡沙区麦根的情感，这无论对于域外抑或本地的人们来说，都是感同身受的。正如茅盾在《译后记》中所言，这篇乡愁小说"于滑稽之中又含哀痛，于浅露中实含深意"②。这类域外乡愁小说甚多，在此不再赘述。不过，不同的译者对同一部乡愁小说却有着不同的情感倾向甚至直接导致了译文的差异，则是尤其值得我们重视的。因为，它不仅显示了中外知识分子对于返乡情感的不同侧重，更重要的是，它也让我们看到本地译者之间对于作品主旨把握的微妙差异。认识到这一点，对于我们深入考察城乡流动中生命个体的价值理性的生成具有重要的意义。笔者将目光集中于国木田独步同一著作的不同译介，即是意在于此的细读。

1924年，一位署名为"稼夫"的译者以《负骨还乡日记》为名将国木田独步的《入乡记》译介到了中国，这部乡愁小说同时发表于《小说世界》和《民众文学》；时隔四年，1928年，一位署名"颖父"的译者延续了原作《入乡记》的题名，将之译介并发表于《山雨》（半月刊）1928年第1卷第1期。

"稼夫"何许人也？"颖父"又是谁？限于文献，如今已难以考证，

---

① 〔新犹太〕拉比诺维奇著，沈雁冰译：《贝诺思亥尔思来的人》，《小说月报》1921年第12卷第10号。后收入〔匈牙利〕莫尔纳著，茅盾译：《雪人》，开明书店1928年版。

② 〔新犹太〕拉比诺维奇著，沈雁冰译：《贝诺思亥尔思来的人》，《小说月报》1921年第12卷第10号。

笔者在此也只能根据有限的文献做一些推测。从同时发表在《小说世界》和《民众文学》第6卷第12期上的译文看，两篇译文完全相同，基本可以确定是同一人的译作，因此署名"稼夫"者当为同一人。我们知道，《小说世界》1923年1月10日创刊于上海，由商务印书馆出版、发行。第1卷到第12卷由叶劲风编辑，16开本；第13卷至第18卷由胡寄尘编辑，大32开本，其中第17、18两卷为季刊，只署出版年度月份。周刊每季为一卷，季刊每年为一卷，至1929年12月出满第18卷后终刊，共出版了264期。此外该刊还出了四种附刊：《民众文学》《侦探号》《童话》《闺阁词选》。① 由此可知《小说世界》与《民众文学》的附属关系，这也进一步证实了稼夫所发表的两篇译作《负骨还乡日记》是一位译者所译的同一篇作品。而查考《小说世界》的编者与作者，我们发现时任上海商务印书馆编辑的唐小圃很可能就是这位"稼夫"先生。一来"他原系上海商务印书馆编辑，曾参加叶劲风、胡寄尘主编的《小说世界》工作"②；二来他是国木田独步的重要译者，先后翻译了国木田独步的7篇小说：《哭耶笑耶》《侮辱》《春鸟》《运命论者》《非凡的凡人》《画友》《马上之友》，均发表于1923至1926年的《小说世界》杂志。当然，如上只是根据现有史料的推测，并不确认"稼夫"即为唐小圃。而对于"颖父"则更是无从稽考了，在此只能存疑。而颇有意思的是，不仅我们现在已无从知晓这位"颖父"先生姓甚名谁，而且在当下的文献目录以及著作中，甚至连

---

① 唐沅等编：《中国现代文学期刊目录汇编》（第二卷），知识产权出版社2010年版，第574页。

② 盛巽昌：《谢六逸和儿童文学》（外二则），贺宜主编：《儿童文学研究》（第27辑），少年儿童出版社1988年版，第154页。

这个笔名也没有细加考证，以致以讹传讹将"颖父"写作了"颖文"。譬如在《中国现代文学期刊目录汇编》（第二卷）中就将这篇译文的作者写作了"颖文"①，在《中国20世纪外国文学翻译史》（上卷）中也延续了这一错误②。

国木田独步的乡愁小说以及两位无名可考的译者，真实地反映了译者与译作在彼时国内都寂寂无名的尴尬。然而这是否足可证明这两部译作都没有多少研究价值呢？事实恰恰相反，通过将两部发表于不同时间的译作对照，我们仍可在文本内外感到：作为一种物质空间的变动、转换中的生命个体所呈现的一种被动的、颇为暧昧的状态。

首先从文本本身谈，两部译作在局部细节的翻译差异足可让我们对译者自身的价值取向有所管窥。特别是译者通过文本所折射的对于故乡与他乡的微妙情感差异，为我们探微中国现代乡土意念生成的复杂情状颇有助益。譬如如下六处的翻译就颇耐人寻味。例一：

> 我把我以前的境遇，全对他说了。他听了我的话，泪流不止。他并不安慰我，仅仅对我说了"是么"两个字；然而爱我之心，尽从这两个字流露出来了。他不论何时，对于我的境遇，总是抱杞人之忧。这一个朋友，实在是可感哪！③

---

① 《中国现代文学期刊目录汇编》（第二卷）将这篇译文的作者标注为"颖文"当为讹误，而一些著作未加详查，以致延续错误，以讹传讹。参见唐沅等编：《中国现代文学期刊目录汇编》（第二卷），知识产权出版社2010年版，第1266页。

② 参见查明建、谢天振：《中国20世纪外国文学翻译史》（上卷），湖北教育出版社2007年版，第296页。

③ 〔日〕国木田独步著，稼夫译：《负骨还乡日记》，《小说世界》1924年第6卷第12期。

我一五一十的告诉了：他也流下来眼泪，很多很多的流下来眼泪，他只回答说："这样吗？"叹息了一声，他很为我同感悲怆。①

这段文字是文中主人公启程返乡前友人对他的安慰情节。从两个译本中的遣词用句中，我们并不难感到隐藏在文字之下的情感差异。譬如"杞人之忧"和"同感悲怆"就有不少差异。"杞人之忧"虽也有替我担心之意，但明显从"我"的角度看，这种同情似乎是没有必要的，而"同感悲怆"就不同了，它指的是我和友人有着同样的悲痛之感。前者指的并不一定有痛苦，而后者正好相反。那么这也为到达故乡之后的"我"的兴奋之情埋下了伏笔。如例二：

然后天便可安抵故乡了。唉！我的故乡啊！这就是一别二十余年，至今始得见面的故乡啊！一到后天，我故乡的山河，便可现于目前；与我祖母见面，也是在后天，一切全是在后天哪！我是哭呢？可是笑呢？②

但是后天我终可以到故乡了。啊啊！我底故乡！二十年前一别现在将要会面的我底故乡！后天，故乡得呈现于我底眼前了！祖母也可以望见。笑啦，哭啦！后天，终只在后天！③

---

① 〔日〕国木田独步著，颖父译：《入乡记》，《山雨》（半月刊）1928年第1卷第1期。

② 〔日〕国木田独步著，稼夫译：《负骨还乡日记》，《小说世界》1924年第6卷第12期。

③ 〔日〕国木田独步著，颖父译：《入乡记》，《山雨》（半月刊）1928年第1卷第1期。

在稼夫的译文中,作者即将面对故乡时发出的"我是哭呢?可是笑呢?"的感慨,其实折射的是"我"面对故乡的复杂情感。"哭"表达的是叶落归根后对曾经游历遭遇到的痛苦的倾述,而"笑"恐怕更多的是对于皈依故乡感到的欣慰。这句话放在了这段文字的结尾,强化了这种复杂情绪的表达。反观在颖父的译文中,译者以"笑啦,哭啦!"这类动词加语气词的词组增强的是词语的抒情效果,感情是明朗而单一的。这种情感倾向在接下来的译文中不乏例证,譬如例三:

我从今以后,也将加入诸君中间,共谋生活了。我一想到此处,我心中不胜感慨。①

我从今天起,也要到你们的队中来了。这样想着时,我心中兀自充满着多少喜悦!②

而正由于稼夫译文中所呈现对故乡情感的复杂性,所以我们看到译文中故乡是被纳入到与他乡或异地,有时多是在与城市的对比中呈现的。如例四:

我的家乡究竟是甚么样子呢?她说:"村落陈古污秽,道路狭窄,而石砾甚多。与西京、大坂相较,尚相差甚远;何况你久住

---

① 〔日〕国木田独步著,稼夫译:《负骨还乡日记》,《小说世界》1924年第6卷第12期。

② 〔日〕国木田独步著,颖父译:《入乡记》,《山雨》(半月刊)1928年第1卷第1期。

东京的呢！……"此言实在可笑，她是被西京、大坂所炫惑了。①

家山究竟怎么样呢？她说："是古旧芜秽的乡村，是多砾难行的道路，不能和京都、大坂相比嗄！何况在住惯了东京的你呢！……"可笑！她因留恋着那京都、大坂。"②

稼夫译文中以"炫惑"显示了译者对城市工业文明的批判，而颖父的译文中则以情感较为中性的"留恋"来描述工业文明对现代人的吸引力。二者差异显豁，因此"《入乡记》基本上表达的还是乡愁的传统情感指向，即表达一种较为单纯的怀乡之感；而《负骨还乡日记》则有意或无意地将这种传统乡愁置于城乡批评框架之中，呈现出生命在现代性冲击之下的身份寻找的两难，乡愁也因之获得了一种'现代'意味。"③不过值得注意的是，虽然颖父的译文仍是乡愁的传统情感倾向，但是它对于故乡的认同感并不十分强烈，或者说它有拉开与故乡的距离予以理性审视的意图。譬如，在《负骨还乡日记》中，"故乡不是梦，是真实的故乡；现在环绕我四周的，就是我的故乡啊！"④这段文字在《入乡记》中就被删去了。这从两篇译文的题名也不难看出这

---

① 〔日〕国木田独步著，稼夫译：《负骨还乡日记》，《小说世界》1924年第6卷第12期。

② 〔日〕国木田独步著，颖父译：《入乡记》，《山雨》（半月刊）1928年第1卷第1期。

③ 冯波：《日本"乡愁小说"在1930年代前后的译介》，《中国现代文学研究丛刊》2012年第11期。

④ 〔日〕国木田独步著，稼夫译：《负骨还乡日记》，《小说世界》1924年第6卷第12期。

种情感的差异,前者是"负骨(母亲的骨灰)"而还乡,后者仅仅就是"入乡"而已。再如例五,在小说的结尾:

> 车行在一条极平坦的路上,我静静的坐在车上,左顾右盼的,赏玩我家乡的风景,那久别的山河,那久别的桥梁和房屋,乍一入目,全觉得有些意味,使我动心,倒仿佛入了诗境似的。①

> 车驶在一条坦道上,我顾盼着路的左右及前面,静静地在车上;虽是刚看到的山河,是平凡的形态,初见面的桥屋,是普通的模样;毕竟很有意思似的,把我动扰的心,像开始入诗味般的境地了。②

稼夫的译文中我是"赏玩"着故乡的风景,如陶醉于诗境,而在颖父的译文中则只是写了些"平凡的形态",再如例六:

> 所闻所见,均足以触动我在外做客之心。现在看见久别的家乡风景,不觉得受了极强的感动,仿佛得到极新鲜的生活。③

> 所闻的物,所见的东西,总是触动我旅行时的心弦。这时

---

① 〔日〕国木田独步著,稼夫译:《负骨还乡日记》,《小说世界》1924年第6卷第12期。
② 〔日〕国木田独步著,颖父译:《入乡记》,《山雨》(半月刊)1928年第1卷第1期。
③ 〔日〕国木田独步著,稼夫译:《负骨还乡日记》,《小说世界》1924年第6卷第12期。

候,这种平常的光景,怎样地强烈的新鲜的提示着我人间生活的影像呢!①

《负骨还乡日记》中我回到了故乡得到的是"极新鲜的生活",而《入乡记》中则仅仅表达这种平常生活对我"人间生活的影像"的强烈提示作用,译文的晦涩倒在其次,关键是何谓"人间生活的影像"?而这种平常的光景又"新鲜的提示"了什么?显然作者的态度是模糊的。

从如上六处译文的比较,我们看到,《负骨还乡日记》所书写的乡愁更为浓郁,这突出表现在"我"对故乡强烈的情感认同上,而且这种认同是在城乡意识形态的框架中予以阐释的;反之《入乡记》虽然也是传统乡愁的情感倾向,但是文本的抒情意味并不突出,诚然这有译者文笔更为简练并且部分行文晦涩的原因,但除去译者自身的翻译水平问题,其实译者并没有要强烈表达对故乡根性认同的潜在动机。那么,这种差异背后是否隐含着中国现代乡土意念的某种微妙的动向呢?从两篇译文发表的文化场域来看,我们或许会有所启发。譬如,就发表两篇译作的刊物而言,译作的选择也一定程度上反映了刊物的用稿倾向。《负骨还乡日记》发表的《小说世界》经王云五改组创新后,主要的编撰者如叶劲风、包天笑、张舍我、胡寄尘、范烟桥等多是所谓民国初年"鸳鸯蝴蝶派"的文人,刊文也大多注意迎合市民的心理与欣赏习惯,因此,对于作品的情感倾向、价值标准等显得相对

---

① 〔日〕国木田独步著,颖父译:《入乡记》,《山雨》(半月刊)1928年第1卷第1期。

宽容。而《山雨》(半月刊)1928年8月16日创刊于上海,由王任叔、李匀之编辑;其创刊正值中国文坛开展"革命文学"论争之时,编者在《发刊词》里说:"革命文学之产生与提倡,这是必然的;唯一的理由,因为这是一个革命的时代。"[1]诸如胡也频、王任叔等左翼革命作家大多是该刊的作者。虽然他们也认为小资产阶级的文艺是"落日的余辉,末日的哀告,也是灿烂可爱的"[2],但是这不过是将之作为无产阶级革命文学所必经的阶段来看待的,而非单纯地对小资产阶级的文学作品的肯定,所以他们对于作品的情感倾向与价值取向更为明确严格。那么从这点上说,《入乡记》的译文是《山雨》能够接受的,反之《负骨还乡日记》的译文显示的"小资产阶级"痛苦、犹疑乃至对传统故乡的深深眷恋之情可能并不被《山雨》所欣赏。从《入乡记》结尾标注看,这篇译作"一九二六,五,一〇译于东京;二八,一,二三,重改于奉化"[3]。那么时过境迁,当译者时隔两年从日本回到国内面对日益高涨的"革命文学",他/她又会作何修改,又有怎样的考量?限于史料,如今都无从知晓了,但这恰恰启示我们不应忽略具体的语境对译者翻译的外在影响。

两部译作的对照为我们展现了,在译介的跨文化实践中,空间变迁所导致人的情感的复杂变化。其实这一变化不仅是作品虚构的情感变迁也是译者自身的情感嬗变,如此一来就将译者个人与时代、历史的复杂关系愈发凸显出来了。有时在这种本地化过程中,自我的调

---

[1] 编者:《发刊词》,《山雨》(半月刊)1928年第1卷第1期。
[2] 编者:《发刊词》,《山雨》(半月刊)1928年第1卷第1期。
[3] 〔日〕国木田独步著,颖父译:《入乡记》,《山雨》(半月刊)1928年第1卷第1期。

试是有意为之，有时也许就是无心之举。那么当他们面对同一篇译作时，评论者就会根据自身的经验加以阐释，而这正是在域外乡愁影响下，中国传统乡土意念向现代嬗递时不容忽视的重要路径。正如，斯维特兰娜·博伊姆在《怀旧的未来》所说："一般地说，人在躯体上离开故乡和位移进入不同的文化语境的经历，会向艺术本身的概念和作者创作的形式提出挑战。"[①] 譬如，1930年代前后围绕着童话《杨柳风》的不同评述就颇耐人寻味。《杨柳风》现译《柳林风声》是英国作家肯尼斯·格雷厄姆（Kenneth Grahame）所著的经典童话。它主要讲了一只不安分的蛤蟆离家历险和漂泊归家的故事。虽说是童话，但它之于故乡的象征仍然对我们管窥域外乡愁对本地现代乡土意念的发生不无启发。在1930年代，《柳林风声》的重要译本主要有尤炳圻译、1936年1月的开明书店版和朱琪英译、1936年3月的北新书局版。[②] 在尤炳圻的译本中有周作人的"题记"，而且译本中的插图也是丰子恺对N.Barnhart氏插画的"翻译"/"创作"，"本文及插画同时

---

① 〔美〕斯维特兰娜·博伊姆（Boym S.）著，杨德友译：《怀旧的未来》，译林出版社2010年版，第285页。

② 从北新书局版译者《序言》署名为"薛琪瑛"看，译者朱琪英应为薛琪瑛，即朱湘的二嫂。从尤炳圻在开明书店版的《译者序》的署名看，尤炳圻早在1935年3月在东京就翻译了该作品，而薛琪瑛的《序言》则标注着"薛琪瑛，五月十二日"。根据北新书局版版权页的"1936.2付排，1936.3出版"推测，这篇《序言》大约写于1936年，这显然要比尤炳圻的翻译要晚。即便薛琪瑛所写序言早于1935年，但是从同时出版于1936年的两个译本看，由于尤炳圻本的出版时间不详（似为1月），也难以判定二者的出版先后顺序，因此有论者认为朱琪英是《杨柳风》的最早译者，还是有待商榷的。参见张泽贤：《中国现代文学翻译版本闻见录续集 1901—1949》，远东出版社2014年版，第250页。

并'译'"①也可谓"首创"。这个尤炳圻版的《杨柳风》在1930年代引发了评论者的热议,周作人为此专门撰文《"杨柳风":专斋随笔之三》予以评述,此文发表于1930年第15期的《骆驼草》,后收入《看云集》。在文中周作人交代了自己与《杨柳风》的机缘,尤其对密伦(A. A. Milne)根据《杨柳风》改变的剧作《癞施堂的癞施》的序文颇为称道。譬如他对于书中土拨鼠既是人又是土拨鼠的判断就很佩服,周作人将这部童话作为20世纪儿童文学的佳作予以肯定,这一点与蔡雨村的评论②以及李长之所说的"孩子气"③实有相通之意。不过他虽觉得作品写得很美,但也认为作品"太玄一点了"④。那么这个"玄"到底指的是什么呢?周作人没有明说,只说这是西方文学的通病。笔者以为这其实正是周作人对故事本身象征意味的省察。在尤炳圻的译本"题记"中,周作人如博物学家一般地考证了土拨鼠与诸种鼠类的不同,在文末又戏言《杨柳风》可能具有"兴、观、群、怨"的功能也未可知。但是同样谈仲尼的"兴、观、群、怨",可是在有的评论者那里看到的却是"一个人愈近于大自然,便愈干净、愈天真、愈活泼、愈能辨别事理"⑤的哲思。但是译者尤炳圻,显然对"土拨鼠"的形象更感兴趣。他在《杨柳风》的《译者序》中说:"土拨鼠永远是一个心与物冲突的角色。……敌不过外界的物质的诱惑,却又没有勇气

---

① 尤炳圻:《译例》,〔英〕格莱亨著,尤炳圻译:《杨柳风》,开明书店1936年版,第3页。
② 参见蔡雨村:《评杨柳风》,《宇宙风》1937年第40期。
③ 参见李长之:《杨柳风序》,《文饭小品》1935年第6期。
④ 参见岂明(周作人):《"杨柳风":专斋随笔之三》,《骆驼草》1930年第15期。
⑤ 韩山:《且谈"杨柳风"之类的书》,《朝露》1936年第1卷第1期。

跳出自己的圈子。结果永远是在十字路口徘徊,悲哀,苦恼。永远显得低能,脆弱。"① 这个判断将焦点集中在了空间变迁中个人内心世界的复杂变化上,而"土拨鼠"在十字路口的徘徊、苦闷也莫不是彼时知识分子内心的写照。从一篇童话而看到空间流动中生命个体内在的"心与物"的冲突,这与前述李长之、蔡雨村以及周作人的判断就有很大的不同,而这恰是尤炳圻的独特体验。

从别家而又返乡是一种时空的流动和变迁,这其中夹杂了现代知识分子对未来诸种难以把握的不确定性与对自我未来归宿的隐忧。尤其在"被动"的返乡中,生命个体由于他乡安全感的缺失,也自然更容易陷于外在与内在的、物质与精神的双重压迫中,从而动摇自我刚刚建立的信仰迷思,从而再次遭遇自我身份的迷失。在《入乡记》与《负骨还乡日记》对照中,在《杨柳风》的接受中,我们看到在别家而至返乡的动态演绎中,生命个体的精神镜像大多往往还是一种模糊的、游离的、暧昧的"重影",而他们难以确定或莫衷一是的主体性阙如正是现代家园意识生成时的真实记录。

小　结

《译文》中的插图是译文的补充,它与文本构成互文关系。插图通过线条、色彩,直观、形象、快捷地实现了美术与文学的跨文化对话。

---

① 尤炳圻:《译者序》,〔英〕格莱亨著,尤炳圻译:《杨柳风》,开明书店 1936 年版,第 1 页。

域外关涉乡土的插图的旅行，不仅在传统乡土田园的理想化想象上期待得到本土受众的共鸣，而且聚焦于全球现代性视域内的乡土焦虑也意在丰富和建构乡土中国的现代意涵。譬如对乡土苦难意识的认同与对现代城乡互动中自我身份认同危机的聚焦即是如此。而对家园远景的展望则是现代知识分子价值诉求与政治理想的描绘，这种心景的呈现显示的是从自然"家园"景观到"理想化"的、意识形态的"家国"景观的转变。因此，无论是静止的插图抑或远景的展望，译者在对现代乡愁小说中域外家园景观的关注已不再是一种猎奇，他们对于家园的回观、凝视或眺望的"观看"，已成了一种主动、积极且具有现代意义的行为。换言之，从《译文》的插图旅行到"远方"风景／愿景童话的期待，"被看"的景观所呈现的"图景"与"愿景"的展演方式正是中国现代知识分子重识"家园"的现代面向。这种面向不仅标示着乡土意念建构的不同阶段，而且也在因应而生的情感结构中显露出现代乡土意念的可能走向。那就是，除却传统乡土意念的共鸣，尚有启蒙困境中的个体化抒情以及革命乌托邦的政治伦理表述。它们都在不同的现代层面完成了对于传统乡土的重新赋值。

然而在这个重新诠释与论证的过程中，现代重塑的家园景观所负载的感性与理性的乡土意涵，也构成了内在的矛盾复杂的张力。我们常常看到，域外新景却常带本土旧情，高瞻远瞩未必能有远见卓识。乡土家园景观的跨文化译介注定在本土与域外，现在与历史，个体与集体，现实与理想的维度上成为复杂而矛盾的存在，这其实也显示了现代知识分子为传统情感而羁绊，但同时又追求现代理性的自我博弈。这在流动的故园与他乡的时空中得到了充分的彰显。

首先，他们开始注目于故乡本地人与外来者的抵牾、交锋乃至转化，这引发了他们对本地乡土精神文化的反思与对域外乡土精神的理性审视。我们知道，从乡土中国的传统谈，中国人对家园的认识是建立在儒家文化的基础之上的。"修身、齐家、治国、平天下"便是中国儒家对个人与家乃至民族国家关系的经典表述，这也构成了中国人传统乡土观念的一个重要内容。因此"家"在赋予中国现代知识分子生命意义的同时也熏染了他们的文化底色。那么，域外乡愁小说中对家园捍卫的虚构就很容易掀起他们之于故园的情感波澜。不仅如此，他们更能从自身的历史语境中去理解本地人对外来者最终的让步、妥协乃至融合的必然趋势。这促使他们开始重新反思中国传统乡土观念的时代局限，并努力从对域外乡土精神价值的审视中去建构自我理性的乡土家园认知。

其次，1930年代前后现代交通运输业的发展以及旅行作为现代时尚生活方式的倡导又为如上的反思与审视提供了重要的历史语境。尤其是域外乡愁小说中的"别家"，它不仅呼应了"五四""家庭革命"的时代心音，而且更引发了本地现代知识分子"广泛的、可能难以详述的情感和意义"[1]。因为文学的旅行抒写所开启的空间既是情感的，更是权力的。域外文本内极富张力的时空经验所激发的共鸣与文本外文化背景落差所导致的分歧，共同成为中国现代知识分子面对域外"别家离愁"时的新的困惑与焦虑，而这也正是他们现代乡土意念发生以及现代情感结构得以建构或重构的心理动向。

最后，"返乡"的时空流动则将这种现代情思结构的建构乃至重构

---

[1] 〔美〕米切尔编著，杨丽、万信琼译：《风景与权力》，译林出版社2014年版，第1页。

引向了深处。在域外乡愁小说故园书写中,返乡叙事中的家园既是现实的也是虚拟的。譬如返乡前的家园大多是记忆的呈现,而家园的虚拟化、符号化使得在语言、文化、情感、理性上的跨文化逾越更为便捷。一方面,现实与过去或未来被有意间隔开来。这种物质亦是情感的距离,使得曾经的家园经验与他乡经验能够以抵牾或互补的方式完成自我对家园的文化伦理与价值精神的重估。另一方面,由于记忆的个人化与时效性,记忆的家园又往往是不完整的,碎片化的吉光片羽式的影像。那么,当"返乡"的时空流动一旦启动,返乡后的家园就开始对其记忆的家园提出严峻的挑战。于是,我们看到在"返乡"中,生命个体就陷入了努力证实记忆与不得不接受现实的尴尬两难。即便他们或有言不由衷抑或欲盖弥彰,但这都无法掩饰其内心复杂的情感纠结。而译者遣词造句的微妙差异,以及对同一译本的不同评述则为我们管窥中国现代知识分子的乡土观念在传统与现代两个维度博弈的艰难提供了重要的线索。

第三章 乡土本"性"

乡愁与性爱的结合并非偶然,因为二者本质而言都是关乎人的精神情感的表达。乡土是人的乡土,人因乡土而被赋予了文化人格;性爱彰显了人的生命活力,性爱的健康与畸形乃至被压迫的状态,也正是对人的道德伦理、精神世界的观照。因此域外乡愁小说中的女性形象既是知识分子羁旅怀旧的对象,又是其同情、反思乡土的载体,无论是性爱描写抑或对自我性别自主感的书写,其实都是一种切身的、对人的文化心理真切而不伪饰的触探甚至叩问。因此,当传统知识分子力图在乡土的层面言说自我的现代情思时,性爱、性别恰恰为他们提供了批判传统与反思现代的双向视角。

但是值得注意的是,性爱在中国传统乡土中的表达窘境,使得域外乡愁小说中的性爱/性别书写在译介中成为一种欲说还"羞"、见仁见智的多元化解读。因此,我们看到,在1930年代前后域外乡愁小说的译介中,事关性爱的乡土书写大多在本地化的过程中遭到了冷遇甚至批评,然而恰恰是这种冷遇抑或"误读",使我们更突出地感到域外与本土事关性爱的乡土意念表达的显豁差异。这一译者也包括评论者在内的差异接受,正是他们对于传统乡土伦理批判与对现代性别意识期待的双重复杂情绪使然，这也是我们探究他们反思传统故乡的生活方式、伦理道德乃至价值标准的重要视角。

第一节 "好像蚕蛹似的失了常态的指形"

1903年10月，永井荷风登上了一艘从横滨开往西雅图的客船，从此开始了长达四年的游学生活，在芝加哥、圣路易斯、马里兰、华盛顿、纽约，我们都可觅到他的萍踪浪影。1907年他又受雇于横滨正金银行，离开美国前往法国里昂赴任，并在法国驻留了十个月。像大多数异国的旅人一样，无论是在美国塔科马的"牧场道上"（永井荷风同名小说），还是在法国里昂的罗纳河畔，总有一缕淡淡的乡愁萦绕在他的心头。不过永井荷风的域外乡愁并不表现为对故乡日本风土人情的追忆，而多是通过对女性身体欲望的书写来予以纾解的。在这里，性抑或肉欲成了永井荷风链接异国与故乡的重要媒介，因为性本身不仅表现为一种本能的生理冲动，而且更是传统与现代文明的重要载体及其表现形式。这在其归国后出版的《美利坚物语》《法兰西物语》以及《新归国者的日记》等中都得到了充分的体现。然而1930年代的译坛似乎对这位"耽美"的浪子并没有太大的兴趣，可见的译文寥寥，就连作者的成名之作《隅田川》也难以找到相关译介的讯息。永井荷风在1930年代前后中国的寂寞境遇，其实仍是本地化过程中特殊的历史语境使然。在"后五四"时期的革命风潮中，永井荷风陶醉于肉欲的官能愉悦与颓废气息自然很难获得广泛的传播。但是我们并不能就此忽视其特殊的乡土意识表达，因为他演说乡愁所依凭的"性",不仅是身体的更是道德的、伦理的乃至民族文化等复杂情绪的集合概念。那么当"性"与故土、异域产生纠葛之时,也是作者主动触探、回溯传统之际。而本地译者对这一跨界情欲的重识或回应其实也间接地折射了中国现代乡土意念之于道德、伦理的种种考量。1930年代前后永井荷风被译介的作品主要有《春与秋》《牧场道上》《旧恨》《地图》(《东京散策记》)、《钟声》等几篇译作,虽然篇目不多但却为我们管窥性与乡土的复杂关系提供了一个重要的参考视角。

一、《春与秋》

在异国由女人的身体而引发乡愁首推《春与秋》,这篇后来选入《美利坚物语》的小说迟至在1941年方由张铭三翻译并发表于《东亚联盟》。此文开篇即是一个海外学子对本国女子的品评:

尤其法学生俊哉,对于在此万里异乡,得见黑发黑瞳的同人种女子的事,感觉意料不到的奇怪。他在学校廊下和食堂等处见了菊枝的影子时,也不知什么缘故,一定要将脖子转向那边,因此不到一月,便由头至脚,将菊枝的姿态,完全暗记在心中了。然而他绝非赏赞她那样子,不断地加以批评:年纪大概有十九还未超过二十罢(吧)?头发虽有黑色光泽,可是刘海发有点毛病,发际不整。脸色按日本人说总算白,高高的鼻子和紧闭着□(的?)嘴的爱娇,便是她的特征,但脸是如何的圆大,眼是如何的小,眉毛是如何的薄呀!狭小太胖的肩膀,穿着好像日本制的粗劣洋服，好像背着什么重东西似的，半身向前的姿势，怎样批评才好呢？那粗而短的胳膊，好像蚕蛹似的失了常态的指形。俊哉仔细品评的结果：日本的女学生，像这样模型的女子为何这样多呢？日本女子的智能和生理上的关系，不是科学者应该研究的重大问题吗？他深深地吸了一口气，想起了女学生往来的本乡和麹町一带的情形，不知不觉又想到自己过去的事。①

脸大眼小、眉毛稀疏、肩窄且肥、胳膊粗短，尤其是那"好像蚕蛹似的失了常态的指形"，这些对女人身体的描写丝毫看不出任何美感，而由此甚至生发出要对日本女子智力和生理关系的研究更是令人既惊愕又荒唐。但正是对一个女人身体的他者化书写唤醒了大山俊哉对故乡和麹町一带的回忆。此处对女人身体的描写就是要突出日本女子的粗俗与笨拙乃至愚蠢，而这种认知其实并不限于身体，而是借身体、生理的丑陋来影射故乡的精神文化气质的愚昧与落后。而引发故乡重识的一个重要语境则是"异国"，设想如果没有异国女子的对比，又怎能有如此强烈的感触。因此，永井荷风借大山俊哉之眼所看到的女人身体实则是一个本土与域外参差对照的结果，换言之，正是这种视觉同时也是文化的落差彰显了一种独特的现代之义。反观异国女子的身体却极富美感，让人陶醉。譬如：

那极富曲线美的腰身，表情丰富的眼睛，雕塑般柔滑的肩，丰满的手臂，高耸的胸部以及穿着高跟鞋的小脚，都让人怜爱

---

① 〔日〕永井荷风著，张铭三译：《春与秋》，《东亚联盟》1941年第5卷第1期。

不已。(《夏之夜（初稿）》)①

躺着的时候，你像空中翻滚的云彩一样横卧流淌于舞台，弯腰的时候又像裸体维纳斯，腰部的曲线是那样优美。(《舞女》)②

正如作者所说："我是极为欣赏西方女人人体美的男人。"她们巧妙的化妆术、对"时尚潮流的敏锐"以及得体的打扮，都仿佛是一种与生俱来的天赋，而日本少女的姿态则"好像天生就缺乏这样的能力"。③然而即便如此，在永井氏的心中还是更倾慕法国女性，这种判断其实已经超越了身体/性的视域，而更多的是出自传统道德视角。更为现代的、开放的美国女性并不为他所欣赏。一度陶醉于西方女郎的肉欲诱惑，"梦醒"之后的泽崎三郎方觉得"没有比美国更加道德腐败的国家了，没有一个女人在贫困中还能守住贞操"④。对此彼时国内的学者也敏锐地觉察到了作者在异国女性身体描写背后的社会批判。

怀了一身轻如燕，只是行行复行行的旅人的心绪，将异国情调，与风俗人情，全盘托出。更将法兰西社会的黑暗面及男女间性的关系，大胆的都描出来。这，由于作者所见闻的法兰西不消

---

① 〔日〕永井荷风著，向轩译：《美利坚物语》，南京大学出版社2010年版，第251页。
② 〔日〕永井荷风著，陆菁、向轩译：《法兰西物语》，南京大学出版社2010年版，第225页。
③ 〔日〕永井荷风著，向轩译：《美利坚物语》，南京大学出版社2010年版，第251页。
④ 〔日〕永井荷风著，向轩译：《美利坚物语》，南京大学出版社2010年版，第127页。

说正是：艺术之宫的法兰西，欢乐的街，不夜的天城，与耽溺于肉体陶醉的巴黎。其中的一切，都比《美利坚故事》轻俏佻达。这多半也是由于法国的社会与美国的天地，有着根本的差异的缘故罢（吧）。[①]

许颖对永井荷风的系统介绍是1930年代国内译者对作者及其作品十分难得的、深刻而精准的解读。许颖何许人也，如今已难以稽考，不过从这篇文章发表的刊物来说，也只有《华文大阪每日》这个在伪满政权统治之下"大胆、进步的杂志"[②]，能够给永井荷风这个日本籍并且耽溺于肉欲、多少显得不那么进步的"颓废"作家提供一个译介的空间了。除此之外，在1930年代的译坛类似这样深刻的批评是难以找到的。然而，永井氏对法兰西的青睐并不为中国的译者所注目，他们感兴趣的是更具批判意味的《美利坚物语》，这与1930年代中国特殊的历史语境不无关系。从1930年代前后的译介看，后来选入《法兰西物语》的作品都没有译介到中国。值得注意的是，除上述几篇"美利坚故事"外，译者似乎还对作者书写的"江户情调"颇有兴趣。

二、"江户情调"

此种"江户情调"比较多地集中在永井荷风回到日本后的《东

---

① 许颖：《四十年来日本文笔人现代文坛上的老大家：永井荷风氏的耽美与怀旧》，《华文大阪每日》1939年第3卷第12期。

② 参见张泉：《殖民拓疆与文学离散："满洲国""满系"作家/文学的跨域流动》，北方文艺出版社2017年版，第266页。

京散策记》中，1920年代周作人就译介了这些有着浓郁乡愁的散文。1935年5月周作人还在《人间世》上介绍了《东京散策记》（《日和下驮》），同年周作人在《文史春秋》和《文饭小品》上又翻译了《东京散策记》的第四篇《地图》。在介绍《东京散策记》时，周作人写道："荷风住纽约巴黎甚久，深通法兰西文学，写此文时又才三十六岁，可是对于本国的政治与文化其态度非常消极，几乎表示极端的憎恶。"① 可见周作人已然意识到永井荷风这部由散步而得的散文背后的域外文化背景。那就是日本近代化所带来的政治文化、审美取向的变化，这种变化唤醒了永井荷风曾经的域外经验。在域外情感经验的参照下，他开始进一步重审日本乡土文化精神，显然本土近代化的社会风尚是让他感到消极乃至憎恶的。因此，遗存在东京花柳界的江户情调便成了永井荷风怀恋的文化乡土，他托身于此的浮世绘也成了他诉诸自身乡愁最合宜的方式了。

其实无论是纽约、巴黎还是东京，永井荷风对女性的陶醉都是其"耽美"的意旨表达。在这些"耽美"派文人的眼里，女人的身体是世上最美丽动人的。身体抑或性给他们带来肉体乃至精神愉悦的同时，也形塑了他们的文化价值取向。因而由欧美而唤起的江户情调的怀恋，也正是他们对于乡土的反思抑或觉醒。许颖对此就颇有洞见，他说："这无非是接触了法兰西的艺术空气和美国的自由社会，新回国来，自难免有一些看不惯的景象。其中，尤其是东京市的社会生活，使作者生出对乡土觉醒的苦闷，由于此番动机写成长篇《冷笑》。将现代驳杂的文明，下一恳切的针砭。他对于那不能满足他的纤细的享乐本能的粗糙的现代

---

① 知堂（周作人）：《读书 东京散策记》，《人间世》1935年第27期。

空气，不断的有所烦言。"① 而有学者更是指出："荷风接受法国及其文学的根底是自幼铸就的日本从中国移植的文人情趣，即便受过儒教的严格训练，这种情趣也近乎颓废。譬如对女性的态度，荷风是一种文人式的赏玩，虽深爱法国，却不能接受法国文学中充溢的恋爱观。"② 譬如，他幼学香奁体，后来对晚明诗人王次回尤为钟爱，尤其是对《疑雨集》颇为称道。由此而观，永井荷风的江户情调或曰乡愁又何尝不是欧美文化与中国文化共同作用的结果呢？正如高须芳次郎评他的文体时所说："法兰西的头脑，江户情绪的心胸，而腹部又是中国文学的。"③

除却这些域外文化的冲击，永井荷风乡土意念的觉醒更重要的还是日本的现代化使然。正如他在《冷笑》中所说："回到日本已近三年，我没有一日半时不梦想地中海之滨。然而在这从不间断的憧憬之中，我却强烈感受到现在日本的风土和气候的力量，因此为不可解的疑问而苦。说我非爱国者是因为我责骂现代只知模仿，缺乏自觉，这是误解，你也清楚。与现代这些赶浪潮的同人相比，我觉得自己属于顽固的保守派。"④ 对此，国内的译者同样有着深刻地洞察，譬如许颖就指出：

> 他并不一味的追求美的极端。因此，他在官能享乐的意味上，并非像荡子挥金如土般的漫无节制的放纵，他有着一个大的限度。

---

① 许颖：《四十年来日本文笔人现代文坛上的老大家：永井荷风氏的耽美与怀旧》，《华文大阪每日》1939年第3卷第12期。
② 李长声：《太宰治的脸》，生活·读书·新知三联书店2014年版，第90页。
③ 许颖：《四十年来日本文笔人现代文坛上的老大家：永井荷风氏的耽美与怀旧》，《华文大阪每日》1939年第3卷第12期。
④ 〔日〕永井荷风：《冷笑》，东京：籾山书店1915年版，转引自〔日〕家永三郎著，靳丛林译：《外来文化摄取史论》，大象出版社2017年版，第343页。

就是由那作品里的哀感支配了这宽大而无形的范畴。所以，作者究极亦不能成为井原西鹤或是尾崎红叶式的单纯游戏的享乐者。同时，作者想弥补那点缺欠欲使美的境界消灭了那悲哀。竭力怀念已往的消逝的旧时代的美，藉以忘掉了目前，追寻浅梦似的罗曼气氛；而满足于梦中的描写，愿意那梦永久做不完。然而，既生于现代，自不能与现代社会完全隔离。因此，作者亦不免须同具有现代人所共有的那一些悲哀的情感。这带了近代性的苦闷的哀感，想从现代人的心中拔了出去，究竟不容易。[1]

因此，从这一点说，永井荷风将女性身体作为文化乡愁的书写媒介，其实体现的正是一种现代化背景之上的反现代性的现代性。对此江弱水有很精当的评价，他说："荷风更符合本雅明所称道的'脸对着过去'的闲逛者，被进步的风暴把倒着走的他不可抗拒地刮向背对着的未来，而他面前的是过去的废墟。"[2] 其实从当时日本文坛的发展状况来说，永井荷风实则代表了一群既憧憬、尊重西方文化习俗，又难舍江户情调的唯美主义作家。"所以他们今天所追求的东西，不是什么主义，而是希望能够触摸到对特别的乡土空气的敏锐而新鲜的感觉……是希望能够补充具有日本特色的东西。因而他们主张，既要接触海外的风习，也要继承德川的文明，其向往之情，除了异邦之美以及大自然的变幻之

---

[1] 许颖：《四十年来日本文笔人现代文坛上的老大家：永井荷风氏的耽美与怀旧》，《华文大阪每日》1939年第3卷第12期。

[2] 江弱水：《秘响旁通：比较诗学与对比文学》，复旦大学出版社2016年版，第246页。

外,还受到复杂的都市趣味的熏陶,以及乡土精神的深深感染。"①

但令人深思的是,永井荷风藉由女人身体来纾解乡愁的方式最终指向的却是一种类乎宗教意义的解脱。譬如在前述《春与秋》中,俊哉的始乱终弃以及被抛弃的菊枝就在西方的宗教中得到了救赎。然而宗教是否果能净化人性?对此问题的思考在《旧恨》中得到了延伸。

三、从《旧恨》到《牧场道上》

1931年方光焘将永井荷风的《旧恨》介绍到了中国,该小说发表于第28卷第6号《东方杂志》,就此而言,有学者认为"永井荷风的小说在中国基本没有译介"②的观点恐怕有待商榷。《旧恨》中博士B氏年少时曾是个行为放荡的青年,因受到欲望的诱惑与一个叫玛丽恩的女戏子同居,之后他厌倦了淫乐和一个推事的女儿约瑟芬结婚。婚后他和妻子在维也纳旅行一同观看了歌剧《汤赫塞》(Tanuhauser,今译作《汤豪舍》③),《汤豪舍》让他联想到自己的过去,于是他便真诚

---

① 叶渭渠:《日本文学思潮史》,北京大学出版社2009年版,第269页。

② 王向远:《日本文学汉译史》,《王向远著作集》(第3卷),宁夏人民出版社2007年版,第124页。

③ 《汤豪舍》完整的标题是《汤豪舍与瓦尔特堡的歌咏比赛》,附有"由三幕构成的浪漫歌剧"的副标题。它是由瓦格纳根据海涅的讽刺诗《汤豪舍》、格林兄弟的《德国传说集》和路德维希·提克的汤豪舍的民间传说,还有1808年德国浪漫诗人阿尼姆、布伦塔诺整理的民间诗集《魔术号角》中有关的诗篇改编的,几经修改,主要有1845年10月19日的"德累斯顿版本"和1861年3月13日的"巴黎版本"。参见〔德〕阿诺德·维尔纳–简森(Werner-Jensen, A.)著,路旦俊译:《歌剧指南》,湖南文艺出版社2009年版,第93页。

地将自己的过去告诉了妻子,然而这非但没有得到宽慰,却最终导致了妻子离他而去。瓦格纳的《汤豪舍》是博士B氏表达"旧恨"的重要譬喻。正如博士B氏自己所说:

> 我因了那歌,那音乐,却想起那忘怀了的结婚以前的放纵生涯,那一时消失了的快乐的梦。这么一来,舞台上的汤赫塞,在我只不过看作是我过去的恍惚烦闷惭愧的讽刺;而那美丽的邪教之神,快乐之神的薇娜思,也仅感到恰恰是我昔日的情妇,那叫做玛丽恩的女戏子罢了。[1]

博士B氏在小说中真切地表达了对异性欲望的无法抗拒之感,性欲成为他"恍惚烦闷惭愧"的主因,而内心的道德律又无时无刻不在克制自身的欲望。他深深地感到这种人性的肉欲是难以被抑制的,"一方面受着理和智慧的非难,可是愈非难,那欲望却愈加增高起来"[2]。而他的妻子则是站在道德的视角,所以她不明白汤豪舍回到故乡后为何还会想回到薇娜思的身边。博士B氏与他的妻子的分歧指向的正是灵与肉的挣扎,这也是《美利坚物语》的主旨所在。不过永井荷风的《旧恨》并没有停留在对"汤豪舍"故事的摹写,而是通过虚实对应的情节结构赋予了这种人性的挣扎更深刻的思考。舞台上的汤豪舍与现实中博士B氏的故事构成了神话与现实、历史与现代的种种虚实对应。套嵌在虚构中的神话成为被经典化的道德指引,它导向故乡所具有的

---

[1] 〔日〕永井荷风著,方光焘译:《旧恨》,《东方杂志》1931年第28卷第6号。
[2] 〔日〕永井荷风著,方光焘译:《旧恨》,《东方杂志》1931年第28卷第6号。

宗教般的净化功能。譬如，在女神维纳斯身旁手捧竖琴的乐师汤豪舍，因悔恨耽于肉欲而回到人间／华德堡（Wartburg），故乡山道岩石上牧羊人的笛声和"一尘不染"的歌声，让汤豪舍留下了悔恨的眼泪。再如，在参加瓦特堡歌咏比赛中因嘲笑纯洁爱情、赞美情欲而被驱逐。就在汤豪舍到罗马教皇那里寻求宽恕未能如愿，在他失意、自暴自弃，甚至想回到维纳斯的时候，他曾经的故乡恋人伊丽莎白却为他祷告而死，于是他也在伊丽莎白圣洁的爱情中得到了救赎，这种对故乡的灵魂皈依是西方哲学的重要命题。博士B氏因观看《汤豪舍》而生发忏悔之意以及前述被抛弃的菊枝的被拯救似乎都与之有着重要的关联，反观现实中的汤豪舍博士B氏却并没有因为自己向妻子坦诚的忏悔而获得宽恕。

> 我妻真有了像爱丽沙白脱一样的高尚的爱么？不，不，一听到了我的话，同时我妻的眼里，便闪出激怒的嫉妒的焰，和锐利的非难的光，真有如电光一般……呵！呵！那可怕的一瞥！①

显然他否定了宗教的救赎功能，而是将少女纯洁的爱作为人性拯救的良药。

> 可是宗教和信仰都不能给予什么慰藉的呵！……譬如那汤赫塞，他因了神道一样的少女爱丽沙白脱的劝告，便赤脚去朝罗马，可是赦罪的请来，却终究不能邀法王的许可。因此说是仍旧想要

---

① 〔日〕永井荷风著，方光焘译：《旧恨》，《东方杂志》1931年第28卷第6号。

再回到邪教之神，薇娜思的山里去。……那一节，不是在暗暗讽示：宗教对于一次迷失在暗黑途中的人们，是不能给与什么光明的么？然而到了最后，无论怎样地沉迷在魔界的爱里的汤赫塞，竟也因看见爱丽沙白脱的遗骸而昏倒了。在那一刹那，拯救的歌，便远远地响了起来。把汤赫塞的灵魂从地狱中救出来的，却是爱丽沙白脱的爱，是那清洁的少女的爱。①

传说中的"汤豪舍"与现实中"博士 B 氏"的对比其实体现的正是永井荷风力图将"性"与"爱"加以区分的价值理念。永井荷风通过博士 B 氏的口述剥离了宗教对人性的净化与救赎功能，而努力赋予一种"清洁的少女的爱"对人性的拯救意义。少女的意涵并不能简单视为一种女性身体的表达，而是代表着一种原初的、未被玷污的、健康自然的美好人性，而且这种美好、纯洁的人情往往存在于未被现代性所腐蚀的人类的心灵故乡之中。反过来说，永井荷风也是力图告诉现代人不要依赖于虚妄的宗教来获得灵魂的救赎，而是要直面现实中人性的自私与丑陋。联系前述《春与秋》中对宗教的不同态度，我们不难发现永井荷风这个处于新旧交替时代的浪子的矛盾与复杂。由此，自然也不难理解博士 B 氏对人生的感叹了：

那该应说就是人生罢（吧）。虽然是想忘记了去，且也明明知道，不能忘记的愚昧，却总陷在烦闷的境地里。这本也不限定什么，是一种理和情的烦闷；进一步说，是肉体和灵魂的格斗，

---

① 〔日〕永井荷风著，方光焘译：《旧恨》，《东方杂志》1931 年第 28 卷第 6 号。

> 是现实和理想的冲突矛盾。若是没有这个不合条理的事,那末,人生该是怎样地幸福呵!……呵!呵!那实在是达到不了的梦境;我总觉得这肉身的烦闷,毕竟是人生免不了的悲惨的运命。①

《旧恨》对宗教的种种质疑或者对所谓"爱"的礼赞,显示了永井荷风对所谓"人性"的思考,而在《牧场道上》②中,作者则将这一思考延伸到了对现实的批判中。《牧场道上》讲述了"出外工作的劳动者"在美国塔考麻(今译作"塔科马")的悲惨遭遇。起初当我听到"这'出外工作的劳动者'一句话,却使我的心,不禁又动了一动。说来,真也不消追忆得的,就是去年离开故乡,正向这美国航行的途中,我从散步的上甲板上,看到了他们劳动者的一群,当时触动了怎样的一番感想呵!"但当我的友人给我讲了那对日本夫妇的悲惨遭遇后,我却"差不多已经是茫然自失了"。③可怜的农夫被打着"彼此帮衬"旗号的三个日本农夫诱骗,将自己的妻子接来同住,而最终却被他们强迫要求"共妻",农夫的妻子虽然躲过了人贩子的魔爪,却没能逃过异国的同乡人的欺骗、玷污与凌辱。永井荷风的批判是深刻的,正如作品最后友人的那句话:"强者是不能抵抗的呵!我们对那Mighty God……就是说对那比我们更强的全能的上帝,是不能抵抗的。

---

① 〔日〕永井荷风著,方光焘译:《旧恨》,《东方杂志》1931年第28卷第6号。
② 此篇小说另有周大勇的译文,参见〔日〕永井荷风著,周大勇译:《往牧场去的路上》,《文心》1938年第11期。
③ 〔日〕永井荷风著,方光焘译:《牧场道上》,《文学》(上海)1933年第1卷第5期。

就是不愿意，也不能不服从的呵。"① 如果说《旧恨》表达了理想的纯洁之爱可以拯救罪恶的灵魂的话，那么《牧场道上》则展示了现实之爱同样可能产生嫉妒并成为毁灭美的力量，以及由此而深切感受到的，人在面对命运时"宿命"般的悲剧与无奈。从起初对这些离开故乡的"出外工作的劳动者"的同情到揭露人性的黑暗与丑陋，永井荷风潜隐的乡土意识逐渐脱离本土的情感视域而逐步延展到人类普遍的人性，这其实也正是永井荷风现代乡土意识觉醒的重要体现，即藉由身体、性的生命意识来体察本地乡土文化的价值与意义，并最终落足于对于人性本质的揭示。而这一切又都是通过一个离开故土，漂泊于异国他乡的游历者主观视角虚构的"物语"来实现的。

译者是否也能深谙此道？从1926年方光焘根据竹友藻风《文学论》而作的《文学与情绪》一文判断，它至少体现了译者对于情绪（感性）与知性（理性）辩证关系的思考。譬如，在该文中讲到"文学所给与的力当然不是诉诸肉体的东西，即使间接有震动肉体的力，其先却不能不诉诸精神。精神活动虽然也有种种，但从上述各节推察起来，怕也可明白文学的着眼处决不是诉诸知性（Intellect）的"②。在1935年方光焘翻译工藤好美的《叙事文学的发生》中则又强调："叙事文学是以社会的活动做前提，同时复又以社会的活动做内容的文学。"③ 方光焘虽然注意到了感性之于文学的重要性，但是从其1930年代的多篇文章看，显然译者更加倾向于客观的、现实的文学创作原

---

① 〔日〕永井荷风著，方光焘译：《牧场道上》，《文学》（上海）1933年第1卷第5期。
② 方光焘：《文学与情绪》，《创造月刊》1926年第1卷第5期。
③ 〔日〕工藤好美著，方光焘译：《叙事文学的发生》，《文学期刊》1935年第2期。

则,以及更重视劳苦大众的价值诉求。譬如在《创作不振之原因及其出路:中国近来文艺创作不振的原因》中,他直言不讳:"我相信文艺的生命,是根源于生活的;而生活的要素,是在行动(Action)。"[①] 在《艺术与大众》里,他更是指出:"艺术家的创造,倘没有这时代的动,便成了不可能。社会大众,大都是动作在艺术家之先,不过使这动作到达了社会自觉状态的,却是艺术家。使无意识的盲动,能变成了意识的行动,便是艺术的效果。但没有大众的动作,艺术是决不会成立的。"[②] 可见1930年代前后译者关注的是更具有政治、革命色彩的大众集体与社会现实的变革,这是1930年代中国国情与时代的历史性选择。这与译者翻译的永井荷风的乡愁小说中对个体情感的表达,对人性本质的追问已相去甚远了。

在彼时日本就饱受争议的永井荷风,在1930年代的中国同样没有得到广泛的共鸣。一方面,永井荷风在1930年代的译介与中国革命进程中的政治变革多有"背时",一方面也源于其内容的"颓废"、形式的"耽美"而难以俘获深受儒教文化影响的国人之心。但可贵的是,即便如此与时代"不谐",永井荷风的寥寥几篇译作还是将"乡土"与"性"的复杂关系呈现在了国人面前。代表着保守的、本地的"乡土"与传统思想颇为避讳的"性"的并置,对于"乡土中国"而言不能不说是一个巨大的挑战。我们知道,永井荷风创作《美利坚物语》《法兰西物语》是在1910年前后,可是国内相关的译本却迟至1931年

[①] 郁达夫、方光焘、张天翼:《创作不振之原因及其出路:中国近来文艺创作不振的原因》,《北斗》1932年第2卷第1期。

[②] 方光焘:《艺术与大众》,《文学月报》(上海)1932年第1卷第2期。

才得以面世。然而正是迟到了近20年的永井荷风，才能够赶上中国传统乡土向现代嬗递的历史机遇，这不能不说是时代与历史的必然。

不过迟到的永井荷风仍难免在中国遭受"冷遇"，此种"冷遇"对中国现代乡土意念的发生却有着不一般的意义。首先，"冷遇"显示了译者大多没有对作品形成共识，而其阐释的多样性却透露了主观选择的不同价值取向。其次，"冷遇"也有效地避免了盲目追捧的炒作可能带来的更顽固的误读。从上述我们对永井荷风的《春与秋》《旧恨》及《牧场道上》的译介分析看，永井荷风以女性身体抑或肉欲的"耽美"来固守传统乡土文化的美学追求并没有得到译者广泛的认可，也没有在创作中加以模仿沿袭的倾向，反倒是女性不平等的社会地位以及因"性"的被侵害所表现出来的强烈的性别压迫、阶级压迫意识得到了中国知识分子的广泛垂注。这使得他们在触及乡土中的"女性"或"性"的时候，更倾向于采用将之阶级化的阐释策略，这成了中国现代知识分子对乡土之"性"的重要解读方式。乡土中的"性"/"性别"最终与身体的凌辱、家园的破败等一系列关乎生命命运的情感意识逐渐汇合/融合。

第二节 "李青崖对不起莫泊桑"

如果说永井荷风通过"性"为媒介唤醒了现代乡土意念，那么同期莫泊桑小说中乡村性爱的描写则折射了传统乡土之于现代之"性"的复杂关系。当我们谈到"乡土中的性爱"时，其实本身已蕴含"乡土"与"性"的张力，它充分彰显了著者、译者不同审美期待背后的思想意涵差异。具体而言,"性"具有的"性欲"与"道德"的双重内涵正是理性认知乡土的困难所在。尤其是在域外乡土中的性爱书写的译介中,这一对"性"的复杂内涵的理性认知更是成了某种"误读"的隐忧。但换句话说,这也为我们探赜现代乡土在"性"的视域内的不同想象路径提供了有益参考。不过与永井氏在1930年代中国的"冷遇"不同,莫泊桑相关作品则是在"热译"中呈现"失焦"的状态。而这一"失焦"的多样化阐释,其实也隐含着舶来乡愁本地化的复杂流变。

一、莫泊桑"热译"中的"失焦"

1930年代的国人对于莫泊桑并不陌生。早在1919年耿匡(耿济之)就翻译了莫泊桑的小说《兄妹》①,此后李劼人、李青崖、顾肯夫、徐蔚南、李辉英、吴雪帆、曹禺、樊仲云、黎烈文、章克标等都曾翻译过莫泊桑的作品。这些译者或专职翻译,或仅为客串;既有文化学者,也有媒体精英,譬如顾肯夫即是致力于电影艺术的导演。当然除了上述所谓进步作家,莫泊桑也得到了通俗作家的青睐,譬如鸳鸯蝴蝶派作家周瘦鹃就翻译了莫泊桑的《自杀者》②,此外诸如《人心》《项链》《我的叔叔于勒》《羊脂球》等莫泊桑的名作也被介绍到了国内。而孙席珍在1929年还对莫泊桑的一生进行了全面的概述,并附上了莫泊桑年谱。③ 由此可见,莫泊桑及其作品在国内流播之广。

---

① 〔法〕莫泊桑著,耿匡译:《兄妹》,《新中国》1919年第1卷第8期。
② 〔法〕莫泊桑者,周瘦鹃译:《自杀者》,《紫罗兰》1928年第3卷第12期。
③ 孙席珍分"少年时代""修养时代""开始工作""成功""病与光荣的死"等5章,概述了莫泊桑的一生,书末附《莫泊桑年谱》。参见孙席珍编著:《莫泊桑生活》,世界书局1929年版。

不过就实绩而言，李劼人、李青崖、徐蔚南是莫泊桑作品更为重要的译者，一来是译介作品多，二来这些译者也是将莫泊桑代表作译介到中国的重要翻译家。譬如，李劼人就译介了莫泊桑的代表作《脂球》(《羊脂球》)[1]。而在此三人中，李青崖则是一个不得不提的译家。因为这个酷爱法国文学，尤其对莫泊桑情有独钟的译者，终其一生翻译了《莫泊桑全集》。从张泽贤对1930年代中国现代文学翻译版本的考证看，"李青崖译'莫泊桑全集'，从目前看有九种：《哼哼小姐》、《霍多父子》、《蔷薇》、《羊脂球》、《遗产》、《苡威荻》、《蝇子姑娘》、《鹧鸪》、《珍珠小姐》"[2]。然而颇令人讶异的是，围绕着李青崖对莫泊桑的译介，受众似乎对他的作品并不买账。譬如，早在1925年张非怯就在《太平洋》上发表了一篇毫不留情的批评文章《李青崖对不起莫泊桑》，同年张乙雍也在《京报副刊》上发表《问李青崖何以对莫泊桑》。此外对李青崖翻译莫泊桑颇感失望的还有冀桂馥，在书评《〈无益的容貌〉——莫泊桑短篇小说集（二），李青崖译》中，甚至将李青崖的译作比喻为臭不可闻的"莸草"。[3] 张非怯是否与张乙雍同为一人，因史料欠缺，笔者难以考证。如果此二作者并非同一人，那么三位评论者的"英雄所见略同"确乎巧合，还是李青崖译介莫泊桑着实令人失望已是彼时的共识？对此问题的深究，笔者绝非是要"小题大

---

[1] 因未见《西蜀评论》1932年第1卷第1期，故笔者所见李劼人所译《脂球》并非完本。参见〔法〕莫泊桑著，李劼人译：《脂球》(续)，《西蜀评论》1932年第1卷第2—7期。

[2] 张泽贤：《中国现代文学翻译版本闻见录（1905—1933）》，上海远东出版社2008年版，第306页。

[3] 冀桂馥：《〈无益的容貌〉——莫泊桑短篇小说集（二），李青崖译》，《现代评论》1926年第3卷第77期。

做",仅仅凭一个不知名的评论者的一家之言去否定李青崖的译介功绩,而是希冀从这看似偶然的所谓"共识"中,去深究其译介背后所隐含的更令人深思的问题。

从张非怯的这篇檄文看,他对李青崖的不满主要有如下六点:"第一,李先生不应把星点——用以分节——省去";"第二,李先生不应把几段忘了";"第三,李先生有译错的";"第四,李先生不应把重要的字不译";"第五,李先生不应把外国文中最有意义的字眼译为无力量的中文";"第六,字看错"。[①] 而同年张乙雍的文章也与之有相似的看法。譬如:"第一,脱漏句段,第二,错译。"[②] 再如冀桂馥最不满意李青崖的"不译",以致深感张非怯所谓"李青崖对不起莫泊桑","良有以也"。相较而言,他们对李青崖的不满显然聚焦于翻译技术本身,而对于译者是否准确传达了莫泊桑作品的主旨思想却鲜有触及。换言之,二人都是基于语用学意义上的批评,而并未深入探讨文化的译介。与之相应,他们将这种所谓的"翻译硬伤"的根由也自然归之于译者工科出身的知识背景与人文学科的隔膜,或者翻译态度上的"有欠郑重"。

那么,李青崖果然对不起莫泊桑,还是此二人的"一家之言"有欠公允?在此暂且不论。一个颇令笔者疑惑的问题是,围绕着这位致力于法国文学翻译用功颇勤的译家,受众的兴趣似乎并没有集中于莫泊桑作品主旨及其艺术特色的探讨。除了上述1925年的两篇纠结于译文技巧的犀利的批评文章,1930年代之于李青崖的莫泊桑翻译,更是

---

① 张非怯:《李青崖对不起莫泊桑》,《太平洋》(上海) 1925年第4卷第10期。
② 张乙雍:《翻译之难易参半问李青崖何以对莫泊桑》,《京报副刊》1925年第97期。

少有热议。反倒是关于李青崖的揶揄、幽默段子、逸闻趣事等成了娱乐大众的谈资。譬如,《李青崖不识叶灵凤当面批评"时代姑娘"》[①]《李青崖发脾气弄得三个女生面红耳赤》[②]《谢冰莹太不原谅了李青崖》[③]等,除此之外,也不乏捕风捉影的"李青崖利用文艺诅咒赵景深"[④]或是李青崖在虹桥译书,最近生活"有点桃色儿意味"[⑤]等花边新闻。那么为何1930年代前后,围绕着李青崖的评骘大多是否定、戏谑的态度,而对其莫泊桑翻译的探究却鲜有兴趣呢?一个原因固然与李青崖本人幽默风趣的性格有关,譬如据说他忘了"龜"字的写法便画了个圆形,在里面画上方格,还谓之是响应胡适之先生提倡简字[⑥];而另一个原因或许与他世家名门的出身和留学比利时的工科背景相关,譬如,有人就将他称之为"官僚文学家"[⑦]。有人甚至将其与"三角恋爱专家"张资平相提并论,视二人为"文坛骗子"。[⑧]如上评述或许出于不同利益而致观点偏颇,甚至不能排除诽谤之嫌。然而更值得深思的是,此种对译者本身的批评甚至人身攻击是否也与其译介本身有着密切的关系?

---

① 《李青崖不识叶灵凤当面批评"时代姑娘"》,《娱乐》(上海)1935年第1卷第19期。
② 《李青崖发脾气弄得三个女生面红耳赤》,《时代生活》(天津)1937年第5卷第4、5期。
③ 小白:《谢冰莹太不原谅了李青崖》,《福尔摩斯》1937年6月15日,第4版。
④ 周绰:《新文学家的秘密:李青崖利用文艺诅咒赵景深》,《福尔摩斯》1932年12月24日,第2版。
⑤ 《李青崖最近生活——虹桥译书,有点桃色儿意味》,《社会日报》1936年8月17日,第3版。
⑥ 参见李大生:《文坛画虎录:五个文人印象记》,《十日谈》1934年第35期。
⑦ 文:《党政文化秘闻:自由谈与李青崖》,《社会新闻》1933年第4卷第13期。
⑧ 《李青崖与张资平》,《社会日报》1933年1月30日,第1版。

二、果然"秽亵"?

在唐弢的《晦庵书话》中，一封徐调孚的旧信或可给我们一些启迪，信中徐调孚回忆道："青崖兄译的《莫泊桑短篇小说集》，最初由商务印书馆出版，作为《文学研究会丛书》，一共出了三本（当然早已绝版了）。当第一二册原稿交到商务时，不知是谁的审查，查得内有六篇小说，说是'秽亵'，以商务之尊，岂肯出此等不为大人先生所道的下流东西。于是被车裂了，六篇东西被退还了。"①"秽亵"成为了那个时代编者对莫泊桑作品的评判，或者说至少代表了部分受众阅读的感受，那么译介此种"秽亵"之作的译者自然也难脱他人的偏见，那些描写乡村中性爱的作品也应属"秽亵"之列了。那么，这些译作果然是"秽亵"吗？我们且看，李青崖翻译的几篇莫泊桑的乡愁小说。

《一个女子的漂流史》选自李青崖翻译的《蝇子姑娘集》，讲的是一个乡下乖巧的姑娘身世飘零的故事。她先是被老教徒勒拉白先生逼迫而逃离故乡，而后在逃亡的路上又被保安队巡警强奸，最终在城市中沦落为妓女。这个乡下姑娘的所有悲剧都是通过性的被压迫呈现出来的，性的侮辱与欺凌成为乡下女人苦难的注脚，于是乡土成为人与人之间压迫与被压迫紧张关系的主要情感诉求。对于这种性的压迫，莫泊桑表达了深深的同情，并进而引发了他对乡下女人命运的严肃思考。譬如，在《蝇子姑娘集》中的《真的故事》就将叙述的焦点集中在了女人的生育问题上。这篇小说采用了类似中国传统小说"始乱终弃"的传统叙事模式。乡下贵族卫仑多用一匹东黑马换来了戈乡的女

---

① 唐弢：《晦庵书话》，生活·读书·新知三联书店1980年版，第376—377页。

佣蔷薇,当这个女佣怀孕后,他却要嫁掉她以给自己"解围"。最终经过一番讨价还价,蔷薇像一头母牛一样嫁给了波梅尔老婆子的儿子。在她丈夫的打骂和婆婆的虐待下,蔷薇这个可怜的女人连同她的孩子都凄惨地死去了。在这个悲剧故事中,乡下女仆的生育作为性的延伸,已不仅仅是女性的生理行为,更是与社会、伦理建立密切关系的重要方式。作品将"怀孕"作为男性嫌弃厌恶女性的根源,作为男性同时也是乡下贵族侮辱、玩弄女性的主要压迫方式,其实也正是对乡下伦理、社会关系的批判。此外仍需要格外注意的是,作品对女性爱情的描写尤为动人。虽然乡下贵族卫仑多是出于生理需要而玩弄了这个乡下姑娘,但是这个乡下女仆对他的爱则是真诚而感人的。譬如,她不愿意离开卫仑多,拒绝被当成牲口一样嫁给波梅尔的儿子,在被嫁掉后,她还每周都去探听卫仑多的消息,甚至情愿死也不愿回去。但是卫仑多却把女人对他真诚的爱恋视为一条母狗对他的纠缠。"每次我想到她,就叫我记起糜儿扎——那是一条雌狗,我从前卖给何宋内子爵的,但是只要有人放了它,每天它总要回来,可见它不能离我。"[①] 名为"蔷薇"的女仆对爱的执着,贵族卫仑多对异性的玩弄,都显示了莫泊桑对性与爱辩证关系的思考,即性与爱有时并不是统一的,而是分离的,性的粗鄙与爱的纯洁所构成的强大张力拷问的是人性的丑恶与美好。这种思考在《一个村姑的故事》中得到了进一步的延伸。仆人露丝被恋人抛弃,怀孕的她倍感羞耻,成为人们奚落嘲笑的对象,也成了她自己一道难以逾越的心坎。生育的孩子成了支撑着她努力工

---

① 〔法〕莫泊桑著,李青崖译:《真的故事》,《蝇子姑娘集》,北新书局1931年版,第168页。

作的动力。

> 现在,在她那很久以前曾经受了创伤的心里,起了一种如同光明一类的东西,对于那个丢在家里的脆弱的孩子起了一种莫名其妙的爱感。虽然因了这种爱新添了一些痛苦以及因别了那孩子而时时刻刻的感到忧闷。①

从这段话里,我们可以深切地感受到露丝因孩子而涌起的母爱。这一描写更显著地将性与爱分离开来。性给露丝带来的只是曾经的心理创伤,而母爱却让她重新燃起了生活的信心。莫泊桑的思考并不止步于此,虽然这个孩子给露丝带来了生活的希望,但是也构成了她幸福的障碍。正因为露丝羞于提及这个孩子,她拒绝了农场老板的求婚,然而在那个农夫看来,"一只牛不生小牛便不值钱,同时,一个女人不生孩子也是同样的不值钱"②。所以当那个农夫得知她有一个孩子时,也就接受了露丝。因此,孩子又戏剧般地解决了他们婚姻的障碍。在这个乡下女人的悲剧中,孩子既是男性侵害女性身体的证据,也是女性在社会关系中获得地位的筹码,因此可以说孩子建构了女性在身体与社会的双重压迫想象。由于孩子是性爱的延伸性存在,因此如上女性所遭遇的双重压迫也是性爱与乡土的文化心理的冲突演绎。譬如,露丝怀孕后遭遇的嘲笑,她自身的羞愧,以及面对自身婚姻时的痛苦挣扎等,都与传统乡土文化心理有着深刻的联系。

---

① 〔法〕莫泊桑著,尤其彬译:《一个村姑的故事》,《摇篮》1934年第3卷第1期。
② 〔法〕莫泊桑著,尤其彬译:《一个村姑的故事》,《摇篮》1934年第3卷第1期。

如果说莫泊桑将性的压迫与爱的高尚尖锐对立，是要实现对乡土直接的批判，那么剥离粗鄙的性行为可能具有的爱的社会意义，则又显示出作者对乡土语境中人性更为残酷的观照。《乡村的法庭》就是这样一篇乡愁小说。作品中的佐治乡治安法院审理的巴士古太太控告伊西多、拔杜隆一案充满了人性的丑恶。乡下的巴士古太太用财产圈养伊西多不过是希望满足自己的欲望，而伊西多之所以移情别恋，仅仅"因为她胖得太厉害，这样真和我弄不来。这样我觉得没有味道"①，即便如此，他还要索取她曾许诺给他的财产。巴士古太太和伊西多畸形的性爱关系充分表现了乡村粗糙的生命形态中性爱的粗鄙。而小说结尾推事轻蔑的譬喻——"乌里士走了，伽丽珀琐便失了安慰"②，更是对这一关系更为深刻的讽刺。这里的乌里士和伽丽珀琐现译为奥德修斯（Odysseus）与卡吕普索（Calypso）。③ 作者以命运女神对卡吕普索的惩罚其实是要暗示乡土中性爱宿命般的悲剧性。

因此莫泊桑并不是耽溺于书写性爱的欢娱、肉体的刺激，也并不完全是要凸显阶级之间的压迫，他其实关注的是严肃的"人性"问题。而人性之"性"因与人的繁衍生息密切相关而极具有生命力，极具伦理道德意义，因此它也自然成为作家审视人的生命形态，透视人性的丑恶乃至人的尊严与价值的重要视角。因此莫泊桑正是注目于"性"，

----

① 〔法〕莫泊桑著，李青崖译:《乡村的法庭》,《蝇子姑娘集》，北新书局1931年版，第207页。
② 〔法〕莫泊桑著，李青崖译:《乡村的法庭》,《蝇子姑娘集》，北新书局1931年版，第209页。
③ 巨人阿特拉斯的女儿卡吕普索将奥德修斯困在她的奥杰吉厄岛上七年，但最终奥德修斯还是离开了她。卡吕普索被自己的父亲囚禁在岛上，命运女神每过一段时间就送来一个需要帮助的英雄，但送来的英雄都不可能留下，但卡吕普索偏偏陷入爱河。

聚焦于更具保守意义的乡土与更具伦理道德意义的"性"的关系,并通过对这种关系的对立或曰媾和的种种想象,从而完成了对人性更为全面的审查。

三、乡土本"性"

对"性"与"爱"分而视之的伦理判断,早在 1924 年就有了相关的理论译介。譬如在署名"Y. D"的译者翻译的厨川白村的《恋爱、贞操与一夫一妇论》中,引言即是"性的冲动,是一夫一妻的,恋爱,是一夫一妇的。——薛煦福尔特《恋爱的本质》第一三八页"[①]。对此,国内评论者是有共鸣的,譬如彼时国人重审莫泊桑作品所谓"秽亵"时并未形成共识。一位署名"慧"的评论者就颇有见地地指出:"莫泊桑之小说。独辟蹊径。造意□时极奇隽。而籀译其蕴义。殆俱不外描写丑恶之人生。于人生之丑态。尤侧重于两性间参差之爱之描写。"[②] 而颇受争议的译者李青崖其实也看到了莫泊桑小说的独到之处。在 1930 年《现代法国文学鸟瞰》的"第四节小说"中,李青崖就指出:

> 那些诺尔曼第的乡下人的、女儿们的、资产阶级的和大学学生们的生活,都在其中描写出来,其酷肖的程度,竟至于有时引起过那些被他借用为模特儿的人的抗议……

[①] 〔日〕厨川白村著,Y.D 译:《言论:恋爱贞操与一夫一妇论》,《民国日报·妇女周报》1924 年第 60 期。

[②] 慧:《小说杂话:莫泊桑之〈父〉》,《时报》1927 年 5 月 9 日,第 10 版。

......《漂亮朋友》却把男子对于女人所怀的利己式的犬儒学说陈列出来。在这些可以使人视为由许多巧妙地联合拢来的短篇所成的书中，作者扩大自己的意匠；心理学的趣味颇为明显，不过怜悯的同情，却半是含蓄的。①

在对自然之"性"与社会之"爱"的有意区隔下，本地的中国现代知识分子对于传统乡土中的性爱意识也便产生了两种重要的思想倾向。一是，充分肯定"性"的自然属性，在人的基本生理诉求的层面倡言人性的尊严与价值。二是，冷静审视"爱"作为一种亲密的社会关系触及了性别压迫乃至阶级压迫的事实。

首先就前者而言，在1930年代乡愁小说的创作中，在传统"谈性色变"的文化心理支配下，作家似乎更愿意在原初的意义上将"性"的蓬勃生命表现与旖旎的、梦幻般的原乡赋予同等的生命意义。譬如一些乡愁小说中的性爱描写往往与故乡旖旎恬静风物相伴而生。譬如，在冷西的《观音花》中：

观音花是各山上全有，但后山的山阴是最多的产地。那儿地势突然的往下凹，像一只打破了一半的碗。碗的边缘上长着密密的灌木，且随处铺满了小草，草丛中疏疏地开着深红色的观音花。……

……为省事起见，自然该如昨天一样的往回跑，但一夜的烦恼是够苦了她，她再不想放过了这个新鲜事的机会了。

---

① 李青崖：《现代法国文学鸟瞰》，《小说月报》1930年第21卷第5期。

小三也同样的更怕这成熟的机会又从手里溜出,鲁莽的便伸手拉住了她的手。用不了多大的力,两个人是全往树中国(间)移动着了。①

青草铺地如半个破碗的山坳、草丛中深红的观音花、密密的树林,这些景物的设置仿佛天造地设。景物的美丽温馨与性的冲动和谐自然,原乡与性的萌动都在力证故乡作为生命的起源意义。而因为性与生命本源意义的逻辑关系也同时赋予性以原乡的圣洁感,故乡也成为人性纯洁高尚的净土。如此一来,乡土中的性意识则转化为母性。温暖、静穆、丰饶、多产往往是"家园"的修辞,"家园"也被视作温暖潮湿恰如母腹的"姆庇之家"②。它既是乡下人难以真正剪断的精神脐带,又是乡下人遭遇城市伤痛与凌辱后的救赎之所。譬如,倪贻德就称自己为"藏在败叶中待毙的秋蝉",在《玄武湖之秋·致读者诸君》中,他自嘲道:

失恋!这是多么幸福的一回事!既名为失恋,当然是已经经过一番甜蜜的恋爱过的;而且在失爱时的心境,是多么具有美妙的诗意呢?但像我这样一个一无可取的世界上所无用的人,试问

---

① 冷西:《观音花》,《新月》1929年第2卷第1期。
② "姆庇之家(House of Muumbi)"原指肯尼亚独立(1963年)后,掌权的基库尤族(Kikuyu)召集族人举行宣誓仪式,誓约:"誓死固守姆庇之家。""姆庇"是基库尤人共同的母亲,姆庇之家即孕育基库尤人的子宫与养育基库尤人的家园。此处代指在城乡迁移背景下,乡下人在弥合差异受挫中一种深植于集体无意识中的家园意识的唤与强烈的回归乡土的精神路径。参见〔美〕哈罗德·伊罗生著,邓伯宸译:《群氓之族:群体认同与政治变迁》,广西师范大学出版社2015年版,第20—21页。

那一个女子肯和我发生恋爱，我又何从而能失恋呢？所以我这里面所描写的，与其说它是写实，倒不如说它是由我神经过敏而空想出来的好；与其说它是作者自身的经验，倒还不如说它是为着作者不能达到幸福的希望因而想象出来以安慰自己的好。①

倪贻德对"失恋"源于对异乡爱情的失望，作者再次踏上故土正是要寻找精神皈依之地的安慰。对爱情失望和对故乡的相思很自然地将女性与故乡重叠在了一起。近乎圣洁的女性形象从原乡得天独厚、极富"道德营养"的土壤中汲取了本初的、圣洁的原型意念，从而使得故乡成为完满道德与美好情感的象征。

其次就乡土之"爱"的社会属性来谈，"爱情作为一种完整的感受是由各种不同因素形成的。爱情的深刻基础是由生物因素（性欲、延续种属的本能）和社会因素（社会关系、两人的审美感受和伦理感受、对亲昵的追求等等）构成的"②。因此，乡土中的爱情描写除了表现为一种"生物因素"的自然本能，更应视为对现存社会关系合理性的审视。那么，一旦当爱情与乡土为代表的传统伦理发生龃龉时，爱情便也成了对传统乡土伦理的反诘。于是在1930年代前后本地的乡愁书写中，作家大多以"爱情"的自然、自由来抗衡压抑、束缚人精神的封建宗法制度，并以此揭露一种藏在性别压迫背后的不平等的社会关系。譬如，在林俪琴的《刘二姑娘》中，刘二姑娘泼辣率真，直面性的蛊

---

① 倪贻德：《玄武湖之秋》，泰东图书局1924年版，第2页。
② 〔保加利亚〕基·瓦西列夫著，赵永穆、范国恩、陈行慧译：《情爱论》，生活·读书·新知三联书店1997年版，第113页。

惑、大胆追寻性爱的自由,她无视旁人的风言风语,大胆地追求张大狮子,主动在夜间给他留后门幽会。

> 从这天之后,刘二姑娘和张大狮子二口子,一得当儿就会面,无论在刘二姑娘家里,在牛头山上,或且在长着很茂盛的草堆里。他们什么人都不怕,就只瞒过刘二姑娘的妈。①

徐转蓬笔下的女店主、沈从文塑造的旅店老板娘黑猫,这些大胆追求性爱的女性人物都可作如是观。然而在1930年代的历史语境中,这一"反抗"方式并未成为叙事主流,反之性别压迫所产生的屈辱感构成了现代乡愁的主要情感诉求。性爱所激发的不合理的屈辱感首先在伦理道德的范畴内形成一种道义的谴责与批判,而后再通过道义的批判生成为一种集体的社会性的政治焦虑。我们发现,伦理道德开始在具有精神文化意义的"乡土"与更具生命感的"性爱"之间扮演重要角色。因为它不仅联系着生命个体的个人化精神活动,而且也是社会集体化的普遍的行为准则。可见,在"乡土"通过"性"来阐释的阶级化过程中,道义的阐发在这一意识形态表述中是别有意义的。于是乡土中的性爱描写开始逐渐溢出个体生理的层面而成为乡土意念阶级化的重要途径,故乡中性别压迫的个体的生命感受也演绎为了更具社会意义上的革命的合理性主张。这最终成为中国现代乡土意识的主要流变倾向。

"乡上"之"性"的伦理道德批判放大了乡土阶级化阐释策略的本

---

① 林俪琴:《刘二姑娘》,《现代》1934年第4卷第3期(新年号)。

地化情状的复杂。而1930年代莫泊桑乡愁小说中的性爱描写恰恰为我们管窥这一复杂提供了颇有价值的视角。虽然性爱所引发的乡土阶级化意识是现代乡愁的主流，但是在译者与评论者的心里，乡土时空中的女性性别自主感的萌生与主体意识建构的迫切也已成为他们共同关注的焦点，更重要的是，在革命文学风起云涌的时代呼唤下，国人在回溯故乡的精神履痕时，也深切地感到乡土中国的压迫除了阶级压迫，尚有人性的压迫，而后者的根深蒂固、难以撼动的文化心理恐怕并非是通过阶级斗争就可以一劳永逸的。从这个层面说，1930年代知识分子对莫泊桑作品大多"秽亵"的误读，恰恰反证了中国传统乡土观念进行现代转型的艰难。

第三节 "被侮辱与被损害的"

1930年代关涉性爱的乡愁小说并未停留在性爱所张扬的生命光彩中，译者与批评者的互动、受众接受的焦点开始逐渐集中于性爱所引发的道德危机与阶级命运，然而这种聚焦反倒逐渐游离了性爱所直接关涉的人性问题，而更多地转向对阶级压迫的关注，这种带有普遍意义的叙事倾向其实与1930年代中国尖锐的阶级斗争与革命语境是息息相关的。

对于不同党派阶层而言，1930年代农民阶级已然作为一个具有巨大政治能量与革命精神的群体得到了广泛的关注。随着国共合作破裂，中共在纠正党内对中国革命性质及方向的判断中，越来越认识到农民之于中国革命的重要作用，因此他们需要不断努力凸显农民的反抗性、战斗性及其在中国革命中的重要地位。反之对于国民党来说，日益壮大的农民革命运动也使他们感到恐慌，它给国家政治控制带来的实质性威胁也迫使他们以"同情"农民的态度来争取农民。而那些立足本土的保守论者也需要肯定其阶级性以实现从"民间"而至"民族"的价值赋值。[①]譬如毛泽东于1927年发表的《湖南农民运动考察报告》便是1930年代对农民阶级认识重要的分水岭。因此，在这样的政治历史语境中，乡土中的性别压迫也就很容易指向阶级的压迫，尤其是当被污辱与被损害者是处于底层的劳动者时，这种价值标准的转向就很容易发生了。

一、陀思妥耶夫斯基的"爱"

陀思妥耶夫斯基的《被侮辱与被损害的》严格意义上并不是一篇乡愁小说，但是作为一篇表现"被侮辱与被损害的"女性命运的著作，我们还是不能忽视它对于1930年代前后知识分子的影响。这篇小说在1929年经李霁野和韦素园合译，以《被侮辱与损害的》为题连载于《天津益世报副刊》[②]，1931年作为王五云主编的万有文库"汉译世界名著"之一种，分八册由商务印书馆出版。此后还有邵荃麟"在1943年

[①] 不同政党、个人对农民阶级的重识有较大差异，但大多承认农民阶级是具有反抗意识与能量的，但国民党文人的观点颇具迷惑性，需要细加甄别。参见冯波：《政治复调与民间狂欢：1930年代农民文学理论的历史症候》，《文艺理论研究》2020年第3期。

[②] 〔俄〕托思妥夫斯基著，霁野、素园译：《被侮辱与损害的》，《天津益世报副刊》1929年第3、4、9、12、13期。

根据Constance Garnett的英译本转译"[1]，由文光书店出版的译本。鲁迅在《写于深夜里》评论珂勒惠支的版画集时，曾说："这里面是穷困，疾病，饥饿，死亡……自然也有挣扎和争斗，但比较的少；这正如作者的自画像，脸上虽有憎恶和愤怒，而更多的是慈爱和悲悯的相同。这是一切'被侮辱和被损害的'的母亲的心的图像。这类母亲，在中国的指甲还未染红的乡下，也常有的，然而人往往嗤笑她，说做母亲的只爱不中用的儿子。但我想，她是也爱中用的儿子的，只因为既然强壮而有能力，她便放了心，去注意'被侮辱的和被损害的'孩子去了。"[2] 在1934年11月29日的日记中，鲁迅写道："得霁野信并陀氏《被侮辱的与被损害的》一部二本。"[3] 可见，鲁迅对李霁野翻译的陀思妥耶夫斯基的《被侮辱的和被损害的》是肯定的。

从当时对此译作的书评看，受众也是比较深入地把握了陀思妥耶夫斯基作品的精髓。譬如，郑振铎在《俄国文学史略》中对陀氏作品就给予了很高的评价：

> 杜思退益夫斯基的伟大，乃在于他的博大的人道精神，乃在于他的为被不齿的被侮辱的上帝之子说话。他有一个极大的发现，他开辟一片极肥沃的文学田园。他爱酒徒，爱乞丐，爱小贼，爱一切被损害与被侮辱的人。他发现：他们的行动虽极龌龊，他们

---

[1] 邵荃麟：《邵荃麟全集》（第8卷），武汉出版社2013年版，第208页。
[2] 鲁迅：《写于深夜里》，王世家、止庵编：《鲁迅著译编年全集》（第20卷），人民出版社2009年版，第121页。
[3] 王世家、止庵编：《鲁迅著译编年全集》（第17卷），人民出版社2009年版，第206页。

的灵魂里仍旧有烁闪的光明存在着。他遂以无限的同情，悲悯的心胸，把这些我们极轻视而不屑一顾的人类写下来，使我们觉得人的气息在这些人当中是更多的存在着。①

郑振铎对陀氏同情被压迫阶级所展现的人道精神的洞见是难能可贵的，这也正如楼适夷翻译脱拉耶诺夫斯基的《杜思退益夫斯基》中所说："欲使人们对这些被虐待与被侮辱的人引起注意，使社会关心到这些人的运命，感情，悲剧和困苦，是必须有杜思退益夫斯基这种天才的。"②不过更值得注意的是，在署名"文远"的评论者那里，"爱"成为表现这种阶级压迫的关键词。一方面，"爱"是超越个人而上升到全人类的人文关怀。正如论者所说，"妥氏对人类的爱是基于他对人性的理解的深邃"，"这是一本爱的书，这是人类心灵最深邃的刻画"。③另一方面，正是因为陀氏通过个人化的爱情描写，所以才能生动形象地展现被侮辱与被损害者的反抗精神。譬如贯穿作品始终的动人爱情描写给读者一种感同身受的真实性，从而能够使读者充分切身体认平民与贵族的尖锐矛盾。然而需要注意的是，由于陀氏既期待诉诸隐忍而获得宽恕，又希望充分展现现实生活中的尖锐冲突的矛盾心理，使得读者的实际阅读经验往往偏离了陀氏的期待视野，换言之，相较于娜塔莎希望用痛苦来净化精神的反抗方式，涅丽顽强的阶级反抗显然对本地读者更具心理震撼力，这种对作品的本地化接受实则也正反映

---

① 郑振铎：《俄国文学史略》，商务印书馆1933年版，第47页。
② 〔俄〕脱拉耶诺夫斯基著，适夷译：《杜思退益夫斯基》，《青年界》1931年第1卷第5期。
③ 文远：《介绍与批评：被侮辱与被损害者》，《客观》1935年第1卷第5期。

了当时社会普遍的心理期待。于是,"被侮辱与被损害的"女性的苦难及其反抗,最终成为1930年代前后译者选译域外乡愁小说的重要考量。

二、"英琪儿"

陀思妥耶夫斯基的《被侮辱与被损害的》在1930年代前后的热译是一个跨文化接受的样本。随着社会阶级矛盾的日益尖锐,马克思主义阶级论的广泛传播,此类作品也越来越引起译界的关注。加之1920年代末"革命文学"的论争以及1930年代大众化主张的影响,译者不约而同将目光聚焦于社会阶级斗争及其表现形式也自在情理之中了。而遭遇性别与阶级双重压迫的底层乡村女性,也自然更容易被作为展现阶级压迫与反抗的对象。譬如1930年代前后对乡村女性的现状及其未来出路的探讨文章就不在少数。有论者就指出:"在这农村经济破产声中,束缚妇女们的封建残余势力,更是昂然抬头,女孩的随便杀害,妇女贩卖的盛行,妻媳生活的恶劣,在都(都在)表示妇女们在农村中间所忍受的非人生活。因此我们要求农村妇女解放,只有在整个中国农村问题的解决之中,才能找到出路。"① 那么与之相应,反映乡村底层女性的域外乡愁小说也就成为国内译家争相译介的对象,《英琪儿》就是这样一篇颇有特色的作品。

这篇芬兰作家爱罗·考内斯(Madame Aino Kallas)的乡愁小说由王抗夫翻译刊载于1929年的《海风周报》,后被收入译文集《到城里去》,同年由上海南强书局出版。作品通过一个奶娘细腻的内心活动

---

① 罗琼:《中国农村中的劳动妇女》,《妇女生活》1935年第1卷第4期。

揭露了阶级的不平等与压迫。首先,"喂乳"是作品最动人的描写。作家正是以这一极具女性生理性的视角不仅揭示阶级压迫的丑恶,而且批判导致女性悲剧命运的集体无意识劣根性。在小说开篇,英琪儿给贵族儿子喂乳的描写虽富有神圣感,但极具阶级对立的张力。

> 她怠钝的坐着,她的头有些低垂,她的眼睛半闭着,因为日光的晒照和婴孩在她怀中平静吸乳的原(缘)故,她差不多进入睡的状态。一种活泼的恬静从她身上发出,如从一棵高大,美丽,叶子受着热气重压的树发出来的一样。
>
> 安然的,缓渐的,爱斯驼利亚种族的精力从她身上流入于一个异种婴孩的内部。她的血经行于婴孩的脉管,造成新的细胞,新的经络,筋肉。它流入于婴孩的脑中。流入思想尚未遗留痕迹的软薄的皮膜中。她让她康健的血液,她全部积存的精力流入于别个种族的尊贵的苗裔身内。他们的血液好几代来已经日渐贫弱。[①]

一方面"喂乳"即是"养育",然而它所要质问的正是:是权贵养育了穷人,还是穷人供养了权贵?这一隐喻的荒诞即是对不合理社会关系的质疑。另一方面,"喂乳"即"奶"/血的灌输,是不同身体之间血脉的相通,但身体的联通无法真正打通阶级对立的壁垒,这一象征的矛盾悖论更是对阶级等级的批判。令英琪儿感到更痛苦的是,当她抱着自己孩子喂乳时,亲生的儿子已经对母亲极为陌生,"推却了

[①] 〔芬兰〕爱罗·考内斯著,王抗夫重译:《英琪儿》,《到城里去》,南强书局1929年版,第3—4页。

一切对于他的爱抚"①。于是在质疑与痛苦中,英琪儿的阶级意识开始萌发,这仍然是通过女性的身体写作方式,达到一种强烈的艺术真实感的。

> 从她的身和灵里,有什么被夺去了要差不多好像一只臂被割掉了,或一只眼被挖去了,她的心境是这样无助与痛苦。她的身上似乎有纤小的一部分失落了。现在她的全生命向着这失去的一部份(分)悲伤,强烈的被这一部份(分)吸引着。她虽不动的坐在她的地方,然而她似乎在跑,跑,寻觅她全生命的这纤微的,失落的一部份(分)。②

"割掉的臂""挖去的眼"以及"纤小部分的失落"等譬喻,其实指向的正是英琪儿残缺的甚至丧失的自我主体性。正如"奶娘是他(她)无需争辩的产业,她仅仅因为他的需要而存在,否则她是一件不关紧要的东西"③。

其次,衣服差异所喻指的身份等级,再次由"表"及"里"激发了英琪儿的阶级反抗意识,并以真实与虚假的极端对立解构了阶级压迫的合理合法性。当英琪儿将自己瘦弱的孩子与贵族的孩子放在一起

---

① 〔芬兰〕爱罗·考内斯著,王抗夫重译:《英琪儿》,《到城里去》,南强书局1929年版,第13页。
② 〔芬兰〕爱罗·考内斯著,王抗夫重译:《英琪儿》,《到城里去》,南强书局1929年版,第7页。
③ 〔芬兰〕爱罗·考内斯著,王抗夫重译:《英琪儿》,《到城里去》,南强书局1929年版,第5页。

时,"她感觉到一种完全的新的思想。何以一个孩子要穿着这样破烂的布条而那一个要穿着丝绸呢?"[1] 这本是两个一样的孩子,甚至还容易认错,他们都有着同样"壮丽的容貌",但裹在身体之上的"破烂布条"与"丝绸"的质地差异却标示着阶级分野的显豁。"里"/身体是一种本质性的存在,而"表"不过是在"里"的基础之上的"虚构",在虚实强烈的反差下,英琪儿开始意识到贵族生来特权的不合理与非法,她开始觉得:

> 然而,这是奇怪的事,这一个孩子要睡在这样软和的摇篮里,不久就要穿着漂亮的靴鞋在伟大光明的客厅里走动,永远不会缺少精美的食物。但是另外这一个,她自己的孩子,要回到黝黑,无烟突的茅屋里去,在梭夫海岸上嬉戏一两年,在浅滩上追逐丝鱼,后来——做人的奴隶。[2]

因此她坚定了反抗这种不合理制度的决心,"她的母性在她的内心醒觉着一种预言的权利"[3],她剥掉了小伯爵华丽的衣服,把破衣烂衫给他穿上,也让他尝尝"工奴"的滋味。即便遭到主人的鞭打,她也决意将自己的孩子带走。"英琪儿""喂乳"彰显的母性与剥掉贵族华

---

[1] 〔芬兰〕爱罗·考内斯著,王抗夫重译:《英琪儿》,《到城里去》,南强书局1929年版,第15页。
[2] 〔芬兰〕爱罗·考内斯著,王抗夫重译:《英琪儿》,《到城里去》,南强书局1929年版,第16页。
[3] 〔芬兰〕爱罗·考内斯著,王抗夫重译:《英琪儿》,《到城里去》,南强书局1929年版,第16页。

丽衣服的反抗性带有很强的象征意味，正如编者在《序》中所言：

> 从她的作品所表现的去看，她是认定一切罪恶都是起源于阶级，她的作品是暗示着必得等到阶级消灭后，一切问题才可以解决；所以她的创作，大都是描写着贵族地主的残暴与横行，被压迫的无产阶级的反抗与愤恨，她以全力描写了被压迫者的潜在的生命……
>
> …………
>
> 《英琪儿》更是从伦理的关系方面来描写的。①

对乡村底层女性阶级觉醒与反抗的启蒙是《到城里去》这本译文集的主题。譬如，《奥格之死》中养牛的农妇们的生活甚至不如牛，于是她们烧毁了地主的牛栏和屋宇。正如编者在《序》中所说，这些作品都"充塞了极强烈的被压迫的生命的喊叫……"②。而《婚礼》中乡村女性的反抗更具深意，在这篇作品中，对女性的压迫不是繁重的劳动或剥夺她们的财产，而是对她们新婚的"初夜权"的占有。作为人生幸福时刻的婚礼与代表着痛苦与羞辱的性侵害并置，作品将性别的、阶级的压迫合二为一。"他们明了，在这样的一个中（仲）夏的夜里，所临到于他们的不是光明馥郁的幸福，却是西伯利亚一间罪犯茅屋中

---

① 〔芬兰〕爱罗·考内斯著，王抗夫重译：《英琪儿》，《到城里去》，南强书局1929年版，第2—4页。

② 〔芬兰〕爱罗·考内斯著，王抗夫重译：《英琪儿》，《到城里去》，南强书局1929年版，第8页。

的黑暗与不可免的沉落加在他们身上。"① 这仍与英琪儿"喂乳"所引发的阶级觉悟与反抗类似,即通过身体的被侮辱与被损害,具体而言即以"性"的创伤感来印证阶级压迫具有感同身受般的真实性。如果说本章开篇永井氏是以"性"的独特方式体认了现代乡土的话,那么在爱罗·考内斯的作品中,"性"显然又以"被侮辱与被损害"的形式促使了乡土中被压迫阶级的觉醒与反抗。

三、"丽莎"与"都霞"

在中国现代乡愁小说中,以"性"的"被侮辱与被损害"来控诉传统乡土中的阶级压迫是主流的创作倾向,而且中国作家更是将这一演绎方式引申为乡土、民族与革命的一种特殊想象方式。在流落异国的乡愁中,"性"所蕴含的复杂人性与道德争议的双重视角为审视故土与民族、自我与革命提供了多维的辩证思考。1929年蒋光慈的《丽莎的哀怨》就是这样一部在跨文化乡土的视域内展现女性悲剧命运的重要作品,它启示我们中国现代知识分子现代乡土意念发生流变所不能忽视的域外影响。

白俄贵妇丽莎在十月革命后跨国流亡的比较视角赋予了丽莎异国乡愁独特的民族性与革命意涵。在故土/故国与东方巴黎——上海虚实时空的交错叠加中,丽莎在生命线上苦苦挣扎最终沦为妓女的悲剧,又将如上对民族、革命与个体生命的复杂关系引入了更为深切的思考。

---

① 〔芬兰〕爱罗·考内斯著,王抗夫重译:《英琪儿》,《到城里去》,南强书局1929年版,第59—60页。

丽莎走投无路到堕落为妓女，最终得梅毒而死的悲惨经历无不与"性"相关。"性"的痛苦体验与思乡的忧郁情绪共同构成了丽莎独特的"哀怨"，即遭遇身体创伤的无奈悲哀和时代巨变中被革命裹挟而无法真正走向个体独立解放的怨恨。《丽莎的哀怨》最初在蒋光慈主编的《新流月报》1929年第1至第3期连载。值得注意的是，在开始刊载《丽莎的哀怨》的第1期，蒋光慈还译介了苏联作家谢廖也夫的《都霞》。在这一期的"编后"，蒋光慈借钱杏邨随笔来强调《都霞》"万分值得从事普洛文学作家注意研究的"特殊表现手段与目的意识：

> 那就是她在觉悟之后，在白色圈中所悟到的党人的崇高。这样的表现，当然也许是事实，是比写都霞在"红"的环境中觉悟的更有价值。这种从侧面表现的方法感动人的地方，比从正面写来得深刻。①

这是蒋光慈纠正革命文学"公式化""概念化"的一种尝试，在学界以往的研究中大致成了一种共识。不过，如果我们仅仅认为这种"侧面表现"就是"在白色圈中所悟到的党人的崇高"，恐怕还是简单化了蒋光慈更为复杂的艺术诉求。譬如冯宪章与华汉对《丽莎的哀怨》的不同评价就颇值得玩味。在冯宪章看来，"'丽莎的哀怨'表现了俄罗斯贵族阶级怎的没落，为什么没落；并且暗示了俄罗斯新阶级的振起"②；而在华汉看来，"'丽莎的哀怨'的效果，只能激动起读者对

---

① 蒋光慈：《编后》，《新流月报》1929年第1卷第1期。
② 冯宪章：《〈丽莎的哀怨〉与〈冲出云围的月亮〉》，《拓荒者》1930年第1卷第3期。

于俄国贵族的没落的同情,只能挑拨起读者由此同情而生的对于'十月革命'的愤感,就退一步来说吧:即使读者不发生愤感,也要产生人类因阶级斗争所带来的灾害的可怕之虚无主义的信念"[1]。除了二人艺术素养、知识背景的差异,冯宪章侧重"阶级"的理性分析与华汉注重"同情""愤感"等感性表述是否也是作品强烈的情绪色彩"误导"的结果?实际上,当我们把这两篇不同的评价文章合二为一来看,就不难发现二者其实并不相悖。换言之,感性的情绪体验是理性阶级意识生成的重要基础,而复杂甚至矛盾的情感体验恰恰为这种阶级意识的表现提供了一个真实、丰富的艺术表现路径。这正是所谓"侧面描写"能够突破普罗文学所谓"公式化""概念化"的原因所在。譬如在这篇蒋光慈推崇的钱杏邨的随感中,钱杏邨先介绍了《都霞》的故事梗概,其中对都霞心理的转变过程尤为重视。都霞试图勾引华西礼却被拒绝,在阅读华西礼的信后,她方才意识到作为一个没落贵族,沦落为优伶,甚至堕落为妓女的她,在华西礼眼里就是一个残废的人。但正是这种屈辱感的发现反倒使她为一种"新的感觉所沉醉了"[2],以致在白党探问时,都霞甚至以华西礼爱人和同党自居。白党去后,都霞"轻轻地继续着无从安慰的哭泣"[3]的描写真实感人、令人动容,这也正是钱杏邨所认为的"万分值得从事普洛文学作家注意研究的"。由此可见,人性残酷而真实的呈现而非脸谱化的塑造才是所谓"侧面描写"的别一深意。

---

[1] 华汉:《读了冯宪章的批评以后》,《拓荒者》1930年第1卷第4、5期合刊。
[2] 〔苏〕谢廖也夫著,蒋光慈译:《都霞》,《新流月报》1929年第1期。
[3] 〔苏〕谢廖也夫著,蒋光慈译:《都霞》,《新流月报》1929年第1期。

而"性"恰恰是体现这种人性残酷的重要表现手段。都霞的没落贵族与妓女的双重身份是阶级堕落与肉体堕落的双重隐喻。都霞试图勾引华西礼的性欲书写与华西礼在信中将都霞斥之为"穿着短衣的畸形的女人"[①]完成了从人性到阶级性的批判。而作为没落贵族、妓女的都霞与"布尔塞委克"的华西礼同处一室难以对话的尴尬，折射的则是人与人、阶级间尖锐但冷漠的意识形态冲突。从试图勾引革命者到决意成为革命者，"性"以"自取其辱"的方式展现了都霞以虚构的革命想象来聊以慰藉痛苦分裂的自我的特殊觉醒方式，并最终完成了个人、阶级与革命紧张的冲突叙事，这种由内而外的阶级革命意识的演绎方式显然离不开"性"这一人性同时也是伦理的重要视角。这种真切的内在灵魂冲突的呈现也许才是真正打动蒋光慈的，并使之力图在普罗文学中加强"侧面描写"的应有之义。诚如夏济安所说，《丽莎的哀怨》不过是蒋光慈再一次发出的"求取感情的微弱的呼声"，尽管他摆出了反叛者的"粗暴"姿态，"虚张声势作拜伦状"，但他"骨子里却是一个软弱的人。他硬把'爱情'放进革命的书里其出发点在于满足自己的情感需要。他渴望的仍是大多数'小布尔乔亚'（恕我借用这个名词）家庭似乎享有他似乎不能享有的那种挚爱和温暖"[②]，而这与蒋光慈1930年代的情感、生活境遇又是息息相关的。

在1928年的诗集《哭诉》中，作者写道：

归国后，东西飘零，南北奔走，无所驻足；

[①] 〔苏〕谢廖也夫著，蒋光慈译：《都霞》，《新流月报》1929年第1期。
[②] 夏济安，庄信正译：《蒋光慈现象》，《现代中文学刊》2010年第1期。

祖国虽大，但是没有地方给予我以安稳的勾留，
我屡次想回来亲亲我那清净的美丽的家园，
看看那如黛的青山，幽雅的松竹，儿时游泳的河湾……

但是满目荒凉的祖国，而今到处是炮火烽烟，令人胆寒，
家园的归路久已不通，家园已非昔日的家园。
我的母亲呵，我虽然想回来看看你衰老的容颜，
但是我又怎么能够呢？我只空有这回家的心愿！①

　　漂泊无着，痛苦哀怨的乡愁是蒋光慈的精神肖像，在诗集《后记》中他坦言："去年八月底从汉口回到上海，当时满腹牢骚，一腔悲愤，苦无发泄的机会，爰提笔写了这一首献给母亲的长诗……算起来，我已经有七八年未归家了。在这七八年流浪的生活中，我的心灵上也不知经受了许多创伤！"② 同时他也清楚地意识到，"我却生在这个暴风雨的时代，——我无法避免我的时代所给与我的使命，而且在事实上，我也从没起过避免的念头"③。内心"柔弱的个人感伤"与神圣的历史使命感，就这样杂糅在这个"不合时宜的诗人"身上。④ 于是在他的乡愁小说创作中，我们发现蒋光慈"残余的小资产阶级的心理"开始越来

---

① 蒋光慈：《哭诉》，春野书店1928年版，第10页。
② 蒋光慈：《哭诉》，春野书店1928年版，第41页。
③ 蒋光慈：《哭诉》，春野书店1928年版，第43页。
④ 蒋光慈：《过年》，《蒋光慈文集》（第3卷），上海文艺出版社1985年版，第400页。

越倾向于"被压迫者与被损害者"被性侵的恐惧与愤怒。[①]这其实并不难理解,因为这是一个情感层面的逻辑关系。一方面,因为内在的软弱痛苦,所以才格外同情"被损害与被侮辱者",同情"性"的被侵害也是他敏感而脆弱的内心中人道主义精神的价值显露,对此我们无须索隐其中是否有作家自身的切身体验。[②]另一方面,"性"的被压迫也通过伦理道德的拷问,将阶级压迫与革命精神引向了更为深刻的思索。譬如,在他所翻译的《都霞》和创作的《丽莎的哀怨》中,被革命洪流裹挟的"反动阶级"的女性,是否还有捍卫自我人性尊严的权利?再如在1930年北新书局出版的《冲出云围的月亮》中,"性"甚至成了王曼英向丑恶而肮脏的社会畸形的复仇方式,那么不道德的"性诱"是否是合乎革命的英雄之举?而当这些自我辩驳抑或挣扎的复杂思考,一时无法彻底解决又无法释怀时,也便成为作家挥之不去的乡愁。

由此而论,其实作家改"光慈"为"光赤"的有意之举,并非是他完全放弃了对人性的"慈爱"关怀而全然投向了"赤"色革命;实际上,这恰恰反映了他在人性与革命之间的彷徨。而乡土之"性"正好满足了如蒋光慈这样个性柔弱感伤的"小布尔乔亚"式的革命者对人性与革命的关切,因为乡土代表着国家民族,而"性"又关涉着人性伦理。于是注重人性的批判与对革命激情的向往,也就共同构成了他们之于个性解放与社会改造理想的文学想象方式。因此我们看到,在他们的乡愁小说中,"性"往往以羞辱且难堪的方式成为化解乡愁的

---

① 参见钱杏邨:《蒋光慈与革命文学》,《现代中国文学作家》(第1卷),泰东书局1928年版,第185—186页。

② 譬如夏济安就注意到了蒋光慈作品中"妹妹""母亲"所可能具有的自传色彩,参见夏济安著,庄信正译:《蒋光慈现象》,《现代中文学刊》2010年第1期。

一种得体方式，它以人性的、道德的、伦理的，同时也是阶级的、革命的柔性包容方式，完成了对阶级对抗、龃龉甚或斗争的杂糅。换言之，以"性"的被侵害来想象阶级反抗与革命斗争正是蒋光慈们"合情合理"的必然选择。

第四节　苔丝、游苔莎与梅丽迦

在 1930 年代前后的译界，如果要问哪一部域外乡愁小说在展现乡村女性命运方面有着广泛而深刻的影响力，那么哈代的《德伯家的苔丝》无疑是不应被忽视的。这部在世界文坛有着重要影响力的作品在 1930 年代的中国同样得到了广泛的关注，无论是作品还是作家，译者和受众都给予了足够的热情与期望。然而从译介的过程看，我们发现这部作品的本地化情形其实还是颇为复杂的。那么梳理、比较哈代及其作品译介的本地化差异，则恰恰为我们探究在性爱视域内现代乡土意念的动向提供了重要的线索。

一、"苔丝姑娘"

在 1930 年代较早译介《德伯家的苔丝》的是顾仲彝，译者将作品题目翻译为《苔丝姑娘》，并在 1932 年的《文艺月刊》的第 3 卷第 1 至 12 期连载了该作品的第一卷。[①] 此后吕天石也将作品翻译为《苔丝

[①] 〔英〕哈代著，顾仲彝译：《苔丝姑娘》（第一卷），《文艺月刊》1932 年第 3 卷第 1—12 期。

姑娘》并由上海中华书局于 1934 年 10 月出版，之后吕天石还以《黛丝姑娘》为名再次译介并在 1945 年 1 月由重庆正风出版社出版。① 另一位重要的译者是张谷若，其以《德伯家的苔丝》为名分上下两册译介，并在 1934 年由北京商务印书馆出版。张谷若的译本影响深远，在 1930 年代有多篇围绕该译作的书评，反响热烈。此外，严恩椿译介的《黛斯姑娘》在 1936 年 5 月由上海启明书局出版发行②，胡思铭编述的《苔丝姑娘》在 1935 年由中学生书局出版。

  从当时围绕着这些译作的评述看，批评者对作品的接受主要有如下两种不同的解读倾向。一是，批评者基于性别的差异来观察其社会地位不平等，从而在性别／社会的视角来看待女性解放在现代社会所面临的物质与精神困境。二是，超越女性性别意识的视域，而在人的终极关怀的层面去解读作品所蕴含的深刻哲理。持前者观点的批评者大多立足在女性的性别自主感，力图从本源上探讨女性解放的难度与限度。譬如，在《两个问题——关于"小妇人"与"苔丝姑娘"的自立与贞操问题》的通信中，读者与编者就将女性的贞操与自立问题相提并论，以此探讨女性的自身解放。"《苔丝姑娘》中的苔丝，因为她

---

  ① 有学者提及吕天石的译本尚有 1931 年 5 月重庆正风出版社的版本，因笔者尚未见到，此处存疑。参见张泽贤：《中国现代文学翻译版本闻见录续集（1901—1949）》，上海远东出版社 2014 年版，第 503 页。

  ② 在张泽贤的《中国现代文学翻译版本闻见录续集（1901—1949）》中，作者将严恩椿的译本标示为"《苔丝姑娘》（严恩椿译，启明书局 1937 年 3 月版；吕天石译，正风出版社 1931 年 5 月版）"。据笔者考证，严恩椿的译本题目应为"黛斯姑娘"，其初版时间应为"1936 年 5 月"，因此此处应为讹误。参见〔英〕哈代（T. Hardy）著，严恩椿译述：《黛斯姑娘》，启明书局 1936 年初版。

失身于人,给社会永久的看轻,从此失了她社会上尊贵的地位。"① 而欧美女子并不因本国经济社会现代化程度高而较之中国传统女性更为自立,因此在编者看来:

> 问题不在中国外国,而在作家在作品中,所表现的世界观,和作品中人物所处的"社会环境"!亚尔考德女士所描写的这几个《小妇人》《好妻子》和哈代所描写的《苔丝姑娘》,她们都是处身在男性中心的资本主义的社会里的,在这种社会里面,不论表面上男子对女子的态度,如何的恭顺,如何的有礼,实质上,一切经济,政治,法律,礼教,仍旧都以男子为中心,以男子为本位的!在这种体制之下,男子是主体,女子是"附录",男子是本质,女子是"影像",只要这种社会体系不改变,一切改良的调和的方法,都不足以改善女子的地位。②

基于男女性别的不平等,持论者将女性命运的悲剧进一步引申到社会制度、传统习俗乃至宗教法律等更深广地束缚女性的精神文化层面,从而在更具历史感的精神文化结构中去探讨女性悲剧命运的成因。譬如 1935 年上海《女声》杂志上的一篇关于《苔丝姑娘》的书评,就对译者吕天石译本"小引"中将苔丝的悲剧归因于哈代宿命论、悲观论的见解表示了异议。作者认为:

---

① 潘世箴.《两个问题——关于"小妇人"与"苔丝姑娘"的自立与贞操问题》,《妇女生活》1936 年第 2 卷第 1 期。
② 潘世箴:《两个问题——关于"小妇人"与"苔丝姑娘"的自立与贞操问题》,《妇女生活》1936 年第 2 卷第 1 期。

苔丝一生的悲剧，决不能归诸命运，或大自然的不可抗的力，因它实是完全由人作的社会组织，以及维持这种组织的道德，宗教，法律所造成的。①

如上将女性命运归之于社会制度、宗教文化的观点，其实与1930年代中国的国情是密切相关的。乡土中国宗法制度、思想对女性的精神钳制与压迫无需赘言，那么当中国读者看待域外乡村女子悲剧命运的时候，自然很容易将之与社会制度、宗教文化的压迫建立起因果的逻辑关系。然而，我们知道哈代的作品确实给人以宿命般的悲剧意识。譬如，安特卢亮（Andrew Lang）就认为："'命意''令人退避'惹人厌忌的不止《黛斯》一书。"②对此，译者林语堂在《译者赘言》中也认为："哈代的小说每因作者早年建筑学的训练及其竭力讽刺人生的倾向，无巧不成趣的'奇缘巧遇'未免太多。这在 Meredith, Stevenson, George Moore 都有差不多同样的批评。"③因此，与将乡下女性命运归于父权的压迫不同，另一类批评者则更多地看到了《苔丝姑娘》所蕴含的超越性别的、对人的终极命运的关注。譬如在《真美善》上，一则为曾虚白和顾仲彝合译哈代的《人生小讽刺》做的宣传广告就有如下的介绍：

哈代的写实小说有极深刻极永隽的回味，而他的短篇小说尤

――――――
① 李兰：《〈苔丝姑娘〉——美国哈代著，吕天石译，中华书局出版》，《女声》1935年第3卷第17期。
② 语堂：《安特卢亮评论哈代》，《北新》1928年第2卷第9期。
③ 语堂：《安特卢亮评论哈代》，《北新》1928年第2卷第9期。

特别有一种悲痛激刺的尖酸味。他的背景虽只取材于他的本乡，而他却具有在芥菜子里布置宇宙的技能，他表面上是叙述本乡的事迹，骨子里在表现广漠的人生。读者不信，请看此书，好在仲彝和虚白的译笔都清畅明达，保你可以满意的。①

再如 F. K. H. 摘译了 Phyllis Bentley 的 "Thomas Hardy As a Regional Navelist" 一文，并以《地方小说家哈代》为题强调了哈代作为一个"第三种的地方性小说家"的独特性。

  当我们说哈代是一个地方性的小说家时候，我们应该有极重要的保留。他并不是要把威塞克斯显出是一个政治上，农业上，历史上，或是经济上的独立单位。对于哈代，大地还是一个太小的单位。正像赫克斯雷（Aldous Huxley）一样，哈代心中时时存有宇宙的观念。他的主要题材是全人类和他们存在的情形，把威塞克斯作为代表来显示出来。

  所以，哈代的小说中包含两种色彩：一是地方色彩；一是宇宙色彩。这两种色彩的融合使哈代的作品具有一种朦胧的，伟大的，庄严的气息。②

哈代乡愁小说中"地方色彩"与"宇宙色彩"融合的特点，也是造成当时国内批评者、读者产生差异接受的主因。从乡村女性的悲剧

---

① 《虚白、仲彝合译〈人生小讽刺〉广告》，《真美善》1928 年第 3 卷第 1 期。
② F. K. H.：《地方小说家哈代》，《文哲》1940 年第 2 卷第 3 期。

来谈，富于"地方色彩"的女性悲剧是对乡土的批判与反思，而有着"宇宙色彩"的女性悲剧则又将对传统乡土的批判引申至更具一般性、普遍性的对人类终极问题的思考。也就是说，1930年代国内对哈代取自乡土而超越乡土的所谓"第三种地方性小说"的译介，其实让我们循迹到了现代乡土意念的两种情感价值走向，即注目于现实乡土的残酷与冥想于不可确定的未来的焦灼。那么在1930年代尖锐的阶级矛盾及革命的强烈诉求之下，前者注定成为被接受的主流倾向。譬如我们注意到，作为现实乡土中女性残酷命运典型的苔丝在俄译本中就逐渐远离了乡土，而与革命建立了更为紧密的联系。

一九三一年英国小说被译成俄文的，只有一部，便是哈提（Thomas Hardy）的《推丝姑娘》（Tess of the D'urbervilles）。这书系国立小说出版馆所出版，翻译为者（者为）克立夫策瓦（A. V. Krivtzova）。前有卢纳却尔斯基的绪言，自马克思主义的立场，对哈提的一生作简明的清算，更有列姆（Eugene Lann）以革命者的观点，除诗剧《朝代》（The Dynasts）外，将他的作品一一加以有趣的批评，介绍于读者。卢纳却尔斯基以哈提为资产阶级文明的代表者，下这样的评语："当然，在我们中间没有一个像他这样的人。但是在敌人的阵营中，他却算是很有真挚的反抗精神的。"又说："使我们和他之间抱着共感的，是因为他对于前途怀着希望，他的作品颇有趣味，他不尊重恶劣的形式，也没有用蔷薇色的色彩来绘画现代生活之黑影的企图。"[①]

---

① 澄清：《俄译的推丝姑娘》，《文学》1933年第1卷第1期。

"资产阶级文明的代表者""反抗精神"是这段话的关键词,卢纳却尔斯基对苔丝的再解读以服务于特定阶级利益为鹄的,这其实已经暗示了现代乡土书写中女性命运的一条重要的阐释路径,那就是传统乡土中女性的悲剧越来越阶级化、革命化的趋势。不过在1930年代前后,国民政府所谓的"黄金十年"相对安定的政治环境,也给予了执迷于人类命运的批评者一定的遐想空间。然而虽然同处危如累卵的时代危局之下,中国现代知识分子忧心于人类未来归宿的"命意"之感实有差异,他们从"命意"而至"使命"的艰难抉择更生动地阐述了现代乡土意念的发生情状,这有待第四章再予以详述,此处暂且不论。在此需要着重指出的是,我们不能否认哈代依托乡村女性的悲剧而追索人类命运的执着,也不能否认他注目于"遗传"与"环境"对人精神情感影响的焦虑。因此,卢纳却尔斯基所言哈代的作品"也没有用蔷薇色的色彩来绘画现代生活之黑影的企图",恐怕也是误读。这其实恰恰提醒我们,在聚焦苔丝因失节而遭遇传统偏见与歧视的同时,却忽略了现代生活所投射的另一道黑影。换言之,苔丝的悲剧也是传统与现代的冲突使然。在《德伯家的苔丝》中,我们不难发现现代工业已然侵入了英国的乡村,她在乡村牛奶厂做工并与安玑·克莱相识,文质彬彬、颇有知识的克莱是一个显著区别于乡下农民的牧师的儿子,而这也是苔丝为之倾慕的原因。而克莱无法接受和原谅苔丝过去被奸污而失去贞操的事实,其实也隐含着城市工业文明与传统乡土文明的冲突背景。它触发我们更进一步的思考,那就是在城乡意识形态的逻辑框架内,乡村女性的悲剧命运又对传统的乡土情感有着怎样的冲击与建构呢?我们且看哈代的另一篇乡愁小说《还乡》。

二、游苔莎的悲剧

《还乡》同《德伯家的苔丝》同样是一个"乡下人进城"的前文本。所不同的是,相较于善良温顺的苔丝,《还乡》中的游苔莎对外在文明社会的渴望更为主动、强烈。此种强烈的渴望即如弗洛姆所言:"当人们冲破中世纪世界的漫漫黑夜之际,西方人就似乎成了最终实现人类最热切的美梦和幻想的先锋。人把自己从极权主义教会的权威下、从传统观念的重压下、从半封闭的地理条件的限制下解放出来。他发现了自然和个体,他意识到了他自己的力量和使他成为自然与传统既定环境之主宰的能力。"① 也就是说,在游苔莎的身上,我们能够感到她对于改变既定环境、传统观念的重压所具有的自信,在她的身上传统乡土观念与现代文明的博弈更为突出。所以与苔丝因失节而演绎的悲剧不同,游苔莎的悲剧更多是因为她和克林对艾顿高原的不同情感态度。克林是一个走出故乡的知识青年,在巴黎这个现代都市的生活学习中,他不但接受了现代文明思想,而且对故乡贫困愚昧的生命状态有了更深的体会。因此,他毅然返乡献身于家乡的教育,正是要力图改变故乡的面貌,因此他对故乡是有着深厚的根性认同的,他的返乡既是反哺故乡的理想化行为,也是自我灵魂的皈依。反观游苔莎与克林、文恩、朵荪及韦狄不同,她的家乡本是那个充满现代气息的海滨浴场蓓口,只因家庭变故所以才不得不随外祖父定居在艾顿高原。这个"第二故乡"于她而言是阴郁荒凉的,所以她一心想逃离艾

---

① 王泽应、刘莉、雷希译著:《人的呼唤——弗洛姆人道主义文集》,上海三联书店1991年版,第76页。

顿荒原,渴望着大都市的热闹繁华。因此在城乡叙事的结构中,游苔莎与克林在城乡间有着完全相反的行走路线:克林从城返乡,他是以现代的眼光回溯传统的故乡;而游苔莎则是渴望离乡进城,她是努力要挣脱传统的羁绊去眺望向往的现代都市。这成为二人爱情悲剧的主因。因此游苔莎与克林的爱情发展也就不仅仅是一种个人化的情感行为,而是杂糅着复杂的城乡情感意识的文化冲突。而哈代致力于去表现的正是这一复杂的情感冲突中的现代人格发展,而非仅仅醉心于具有浓郁怀旧气息的传统乡土书写。譬如有评论者就指出:

> 哈代的描写威塞克斯(Wessex)的景色真是登峰造极,他那种描写的正确和详细凌驾于任何地方性小说家之上。他能够在黑暗中辨出威塞克斯任何一棵树的种类,他知道茸草中蜘蛛的脾气。哈代小说中的角色也都是地方性的,主角和配角都是依赖威塞克斯的土地过生活的人。在他的一切小说中,哈代总是拥护社会下层阶级的人,因为他们是和土地联系的,保存传统精神的。这些角色的谈话,大半是威塞克斯方言,可是我们在这点上应该有一点保留。哈代对于角色个性的描写,比威塞克斯的方言看得更为重要。他认为过分注重方言是一种低级趣味,他不愿把个性描写支配在地方色彩下面。至于哈代小说的结构方面,零星的事件虽然常常是地方性的,可是因果的联系却只有在两篇小说中是地方性的:《还乡》(*The Return of the Native*)和《林居人》(*The Woodlanders*)。对于哈代,人高出于地方,个人高出于群众。[①]

---

① F. K. H.:《地方小说家哈代》,《文哲》1940年第2卷第3期。

对此颇有共鸣者不在少数，譬如郁达夫也节译了美国 Greenberg Publisher 印行的哈代的 "*Life And Art*" 一书，并以《哈提的意见三条》为题收录于《敝帚集》。

> 读者的注意要被引导一个并不重要的方面去，而使会话者的真意义，反而陷入于歧路之中，而事实上作者的目的是在描写人物和他们的性格，并不在描写俗语的格式，所以会话者的真意义，当然是最为重要。①

如上强调"人高出于地方，个人高出于群众"或"会话者的真意义"，其实指向的都是超出传统现实乡土描写的，基于人性本身的，对人的终极命运的思考。那么由此来看，哈代塑造游苔莎的意义不仅要将传统乡土与现代文明的冲突予以集中呈现，而且要对这两种文化、文明形态对人的命运的规制与束缚引向更深入的思考。譬如，艾顿荒原所象征的古老封闭、保守陈旧、安于天命的传统日常生活方式，以及这一生活样式所具有的强大的精神约束力。这是一种传统的乡土精神情感结构，它更多地表现为一种无法逃遁的悲剧宿命意识。而游苔莎试图逃离艾顿荒原无果，最终溺死于沙河的悲剧，即是被荒原所吞噬的象征。游苔莎童年难以磨灭的充满流光溢彩的城市记忆与逃离荒蛮颓败的荒原的徒劳构成了强大的张力；在被想象的城市蛊惑与残酷的乡土现实的折磨下，乡下女性唯有通过婚姻这种依附男性的方式，

---

① 郁达夫：《哈提翁的意见零拾》，《语丝》1927 年第 4 卷第 1 期。

才能完成这种逃离,这本身即是女性的悲剧。而随着城市梦想的破灭与现实生命的被毁灭,乡下女性在城市现代文明与传统乡土两个情感文化空间中的绝望更是强化了女性命运的悲剧性。因此,如果说《德伯家的苔丝》是将乡下女性的命运归因于传统乡土的道德、宗教,乃至不合理的社会制度,并据此生发出足以"令人退避"的"命意"的话;那么《还乡》中的游苔莎的悲剧则更多地将女性命运引申至外来的现代文明与传统乡土的碰撞中,从而更突出地呈现出一种被命运摆布的宿命意识。

1936年,对哈代的经典之作《还乡》的译介首推张谷若。作为英语言文学翻译大家,除了《还乡》,张谷若还翻译了哈代的《德伯家的苔丝》和《无名的裘德》。那么哈代对苔丝与游苔莎这些乡下女性的悲剧命运的忧虑,是否也为译者所动容呢?答案是肯定的。譬如,有学者就指出:"张谷若发现了自己与哈代之间的许多相似之处,二人虽非同代,又处异国,但在心灵上,他觉得自己和哈代之间有了一种契合。"[①] 孙硕人在《精益求精的翻译家张谷若先生》一文中也提到,"在1952年各大学思想改造运动学习时,先生曾就个人的人生观进行过解剖,批判了自己受哈代人生观的影响,分析了自己与哈代在思想感情上的许多相通之处。译者与原作者能融合到这种程度,无怪乎评论家称'张译哈代是已臻"化"境的名译'"[②]。

[①] 孙迎春编著:《张谷若翻译艺术研究》,中国对外翻译出版公司2004年版,第3页。

[②] 孙迎春编著:《张谷若翻译艺术研究》,中国对外翻译出版公司2004年版,第297页。

三、《梅丽迦，唱罢！》

在 1931 年出版的《一九三〇年的世界文学》一书中，作者赵景深在介绍 1930 年代的匈牙利文学时曾提到了"三本新小说"，其中一篇是卡沙克（Lajos Kassak，今译为"卡萨克·拉约什"）的《梅丽迦，唱罢！》(*Marika, Enekelj* !)，作者介绍道：

> 一个乡间女子跑到城里来，面对着新的生活，使她狂喜。但社会是冷淡而且残酷的，于是她便像新生婴儿似的啼哭。在她的新环境里她的贞操是保不住的。后来她回到乡间，虽已成了堕落妇人，心地却比欺骗她的男人要纯洁。她的悲剧就在于她的毫不知觉，她是和原人或是孩子一样的天真。她等待着伟大的精神复活，最后她也觉悟到事情是不可强求的了。[①]

"卡萨克·拉约什（Kassak, Lajos，1887—1967），匈牙利诗人、画家和小说家。匈牙利文学中先锋派倾向的主要倡导者。第一次世界大战期间编辑行动主义和未来主义杂志《行动》和《今天》。"[②] 相较于育珂·摩尔（Jokai Mor）、莫尔纳（Franz Molnar）等而言，卡萨克是一个并不出名的作家，但《梅丽迦，唱罢！》却是一篇颇值得注意的作品。因为从赵景深的介绍看，这篇作品与《德伯家的苔丝》《还乡》显

---

① 赵景深编：《一九三〇年的世界文学》，神州国光社 1931 年版，第 304 页。
② 杜章智编，李渚青、莫立知译：《卢卡奇自传》，社会科学文献出版社 1986 年版，第 319 页。

然都具有内在的逻辑关联。这个乡间女子同苔丝、游苔莎一样都是无比的纯洁与善良，她们的悲剧同样源自女性所遭致的更为恶劣的社会歧视与压迫。所不同的是，这个乡间女子是在城市失去了贞操，她是在返乡中去期待"伟大的精神复活"的。因此，相较于《德伯家的苔丝》《还乡》，《梅丽迦，唱罢！》展示的则是乡下女性在城市中的悲剧。但是很遗憾，由于资料文献所限，笔者并没有找到《梅丽迦，唱罢！》的译本。不过在文献检索中，笔者却发现此类域外乡愁小说已经引起1930年代中国现代知识分子的广泛关注。譬如，同样关注卡沙克的《梅丽迦，唱罢！》的还有杨昌溪，而沈雁冰早在1924年就介绍了同样来自匈牙利的作家莫尔奈的《罪人》。这是关于一个想买一套漂亮衣服而沦为女贼的乡下女人的悲剧，作品以女贼与律师、小戏子等之间复杂的恋爱关系展现了"痛苦，失望，热情的压迫，凶戾"[①]的人生。沈雁冰于此颇有洞见，在他看来，"莫尔奈描写匈牙利乡村生活的手段本来是极高超的。他描写匈牙利的乡村，简直是荒凉的沙漠；不但匈牙利的乡村，莫尔奈看匈牙利的闹市大街，也是荒凉的沙漠"[②]。"荒凉的沙漠"正是匈牙利的乡下女性在城乡所遭遇的残酷现实。

匈牙利的乡愁小说与1930年代的中国颇有渊源。早在1921年沈雁冰就在《新青年》上介绍了19世纪及其之后的匈牙利文学[③]，此后在1935年世界文人生卒纪念特辑中还有介绍育珂摩耳的专论[④]，并翻译了

---

① 沈雁冰：《海外消息：（二〇五）匈牙利小说》，《小说月报》1924年第15卷第6期。
② 沈雁冰：《海外消息：（二〇九）匈牙利小说》，《小说月报》1924年第15卷第6期。
③ 沈雁冰：《十九世纪及其后的匈牙利文学》，《新青年》1921年第9卷第2、3期。
④ 味茗：《匈牙利小说家育珂摩耳》，《文学》1935年第4卷第1期。

《跳舞会》①。此外，专门介绍匈牙利文学的还有杨昌溪的《匈牙利文学之今昔》②、吴康的《匈牙利文学》③、楼适夷翻译本田满津二的《现代匈牙利文学概观》④、程万扬翻译英国 Adam Hedegus 的演讲稿《近代匈牙利文学的研究》⑤。尤其是张露薇的《现代匈牙利文学》一文，作者一方面认为时下对匈牙利文学研究得不够深入，源于"作品的乡土风味太大，很不容易为译者或读者所了解"；另一方面更是敏锐地发现匈牙利小说在 19 世纪和 20 世纪的不同，"在前世纪的描写差不多完全是以乡村为主要的背境（景），而在本世纪则以城市为描写的对象了"。⑥反观 1930 年代的中国文坛，以城乡意识形态为叙事框架展示女性悲剧也是本土乡愁小说创作常见的叙事策略，譬如在萧红《小城三月》中，被哈尔滨回来会打网球的堂哥唤醒的翠姨，最终在巨大的社会压力面前走向了幻灭；孙席珍笔下被乡下富家子弟诱奸，被迫进城却又被城里二少爷玩弄的阿娥等都莫不如此。

从《德伯家的苔丝》《还乡》到《梅丽迦，唱罢！》呈现的是乡下女性在城乡意识形态空间中顺从、恐惧、犹疑，反抗乃至反思的精神情感镜像。苔丝姑娘和游苔莎虽然都是尚未进城的乡下女性，但是相较于苔丝，游苔莎对阴郁沉寂的艾顿荒原的反抗已经展现了女性力图

---

① 〔匈牙利〕育珂摩耳著，芬君译：《跳舞会》，《文学》1935 年第 4 卷第 1 期。
② 杨昌溪：《匈牙利文学之今昔》，《现代文学评论》1931 年第 1 卷第 1 期。
③ 吴康：《匈牙利文学》，《暨大文学院集刊》1931 年第 1 期。
④ 〔日〕本田满津二著，适夷译：《现代匈牙利文学概观》，《青年界》1932 年第 2 卷第 1 期。
⑤ 〔英〕Adam Hegedus 著，程万扬译：《近代匈牙利文学的研究》，《红棉旬刊》1932 年第 1 卷第 10、11 期。
⑥ 张露薇：《现代匈牙利文学》，《清华周刊》1932 年第 37 卷第 7 期。

把握自我命运的努力,而《梅丽迦,唱罢!》中那个从城市返乡的纯洁女人对"伟大的精神复活"的期待则又将乡下女性面对现代文明的反思引向了深入。从这些乡下女性的悲剧命运来谈,一方面,乡下女性失去贞操的独特身体体验,直接将乡土文化、价值的批判聚焦于传统精神文化对女性所遭遇的性别歧视与伦理道德绑架,并在社会机制的层面深化了对女性悲剧命运的认知。我们知道,贞操观念本身即是传统乡土意念的一个十分重要的内容,古今中外概莫能外;那么,因女性失节而引发的悲剧,也自然将反思的角度指向了传统本身。从这一点说,域外乡愁小说中乡下女性的悲剧命运显然启迪了国人对传统社会男女两性不平等地位的认知。譬如在前述《两个问题——关于"小妇人"与"苔丝姑娘"的自立与贞操问题》中,作者(读者)就认为:

> 同样男女的失去贞操,男人并不会怎样的为人注意,但女人会得无立足之地,男人失去贞操后就能不受人责,女人却似乎永远有了罪恶。虽然男女的确要平等,然而每一个人的心目中对于一个失身的女子,总觉到异样的看待,在这方面,是否女子总不能与男子平等吗?[①]

在这里谈的虽然是"贞操"的问题,但其实已然超越了性别的视域,即提出了女性不仅作为"女性"更作为"人"的解放问题。譬如,有论者就专门著文比较了易卜生的《玩偶之家》中的娜拉和萧伯纳的

---

① 潘世箴:《两个问题——关于"小妇人"与"苔丝姑娘"的自立与贞操问题》,《妇女生活》1936 年第 2 卷第 1 期。

《华伦夫人之职业》中的薇薇。在这篇文章中，作者认为华伦夫人不过是"娜拉"的一个"影子"，她的女儿"薇薇"正是"娜拉"的"后身"，并进而提出"我们要做'人'，要做完完全全独立的'人'，我们不仅是要获得职业，解放个人，更需要致力于社会民族的解放。现今我们需要的不是毫无成竹在胸的娜拉，也还不是独善其身的薇薇；我们是要一种既能解决个人生活，又能帮助社会谋发展的妇人，比薇薇更进一代的——薇薇的后身"[①]。

另一方面，在城乡意识形态下的乡下女性所遭遇的双重悲剧中，中国现代知识分子也开始重审传统乡土之于乡村与城市的情感关系。以伦理道德为主要表现形式的传统乡土观念束缚与压迫下的乡下女性，在城市她们同样遭到"冷淡而残酷"的现代凝视，乡下女性进退两难的悲剧，促使中国现代知识分子愈加深刻地认识到现代转型期内传统乡土习"性"向现代转型的必然。而同时不容忽视的是，域外乡愁小说对乡下女性悲剧的宿命意识同样深刻地影响了他们力推启蒙抑或革命的社会使命感。面对无时不在的、强大的乡土情感惯性与根深蒂固的价值认同，乡下女性被压迫的传统人格向现代人格生成的可能限度与难度，同样成为中国译者在接受这些域外乡土情感想象时犹疑与彷徨的心结。诚然，这种对乡下女性，实则并不限于女性命运的焦虑，其实已然触及传统乡土观念最重要的情感价值内核，对此问题的思索留待第四章再予以详述，在此暂且不论。

回到《德伯家的苔丝》《还乡》与《梅丽迦，唱罢！》，不论上述我们谈到这些作品对传统乡土观念、价值的批判，还是对城乡意识形

[①] 碧遥：《"薇薇"与"娜拉"》，《妇女生活》1935年第1卷第2期。

态框架内女性现代人格的生成,都无不关切到女性性别自主感的生成,都无不与女性主体性人格的建构相关。从如上三个译本来谈,无论是苔丝、游苔莎还是梅丽迦,她们显然都不具备独立的主体性。如果进城的乡下女性已然接受了现代思想,具备了在现代社会生活的技能,那么再次返乡后,这些"乡下"女性还能够摆脱传统乡土文化的束缚,并实现真正的人格独立吗?丹青科的《文凭》或许会引发我们更深入的思考。

第五节　安娜的"文凭"

俄国作家丹青科(Vladimir Ivanovich Nemirovich-Danchenko,现通译为"丹钦科")的《文凭》最早由茅盾以"沈余"为笔名在1930年译介,并连载于《妇女杂志》第16卷第7至第11期。1932年5月23日茅盾写成《关于作者》,8月写成《〈文凭〉译后记》,后收入9月由现代书局出版的《文凭》中[①],1933年8月20日现代书局再版。此外,1936年复兴书局也再版该译作。《文凭》在1930年代的中国影响深远,延至1940年代,尚有1943年和1945年的春潮社版,1945年的华侨版以及1946年和1949年永祥印书馆版。

其实正如茅盾在《关于作者》中所说,丹青科在当时的苏联其实"并不是一个盛名之下的作者",作为戏曲家的丹青科确实"比之小说家的他更为著名"[②]。但是,丹青科在1930年代的中国文坛和译坛为

---

① 参见查国华:《茅盾年谱》,长江文艺出版社1985年版,第137—138页。
② 〔俄〕丹青科著,茅盾译:《文凭》,现代书局1932年版,第173页。

人所识却恰恰是因他的小说,这种接受的差异正是异国的文学、文化在本地化过程中"跨文化现代性"[1]的彰显。值得注意的是,译者和受众对作者、作品的本地化再解读其实隐含着对性别与乡土复杂关系的内在发展理路,这为我们探究1930年代前后乡土意念的现代转化提供了一个重要的讯息。

一、"不正式的妻"与"独立的人"

在1932年现代书局版《文凭》的《译后记》中,译者茅盾说:"本书由英国Maunsel公司出版的英文译本'*With a Diploma and The Whirlwind*'转译出来。英译本这两篇都是写到妇女在'旧'社会内的地位及其心理上的变化。我以为这篇'文凭'更佳,所以就译了出来。"[2]可见,茅盾译介这篇作品的初衷或者说他关注的是农村妇女在旧社会内的地位,这既是茅盾译介的动力也是他译介的目的,表现到作品中,就是女主人公安娜·底摩维芙娜这个"不正式的妻"的特殊身份。

所谓"不正式的妻",其实指的是安娜作为亚历山大情妇的身份。虽然安娜为他生育了两个子女,可是这并没有使她获得一个正式妻子

---

[1] 此处所言"跨文化现代性"概念由彭小妍提出:"笔者认为,现代性仅可能发生于'跨文化场域'(the transcultural site)中——所谓跨文化,并非仅跨越语际及国界,还包括种种二元对立的瓦解,例如过去/现代、精英/通俗、国家/区域、男性/女性、文学/非文学、圈内/圈外。'跨文化'的概念也许更具有包容性。"参见彭小妍:《浪荡子美学与跨文化现代性:20世纪30年代上海、东京及巴黎的浪荡子、漫游者与译者》,台湾联经出版事业股份有限公司2012年版,第5页。

[2] 〔俄〕丹青科著,茅盾译:《文凭》,现代书局1932年版,第178页。

的名分。而究其根本，即在于安娜与亚历山大迥异的身份地位，一个是普通的农妇，另一个则是乡间的贵族。如果从这个方面说，所谓"不正式的妻"所反映或批判的正是尖锐的阶级对立，或者说贵族对农民的剥削与压迫。然而通过对作品的分析，我们不难发现，其实作品并不仅仅是要强调安娜"不正式的妻"的身份，作者更愿意揭露的是妇女对于这一社会身份、地位认知的心理变化。这可从作品中安娜对这一身份的接受过程来详细讨论。首先，作品表现了农村妇女意识深处对于贵族阶级的某种"艳羡"，以及由此而希冀获得未来物质生活保障的根深蒂固的依赖性。譬如，安娜从小窗洞里看到"贵人"的大厦，"她常常凝望正屋的窗洞，好像魂灵儿要钻进窗去似的"[1]。为了获得改变自身低微的身份地位的机会，安娜到爵邸里当使女，并竭尽全力服侍亚历山大，唯恐照顾不周。即便亚历山大的姨母巴巴拉·特米脱莱芙娜骂她是"不要脸的贱货"，甚至如果做梦和他侄子结婚就给她"一点公道"（将她锁禁起来），安娜也没有放弃，而是委曲求全地跪了两次，从而获得同居的权利，得偿所愿地从一个乡间别庄里的使女成为一个贵族的"不正式的妻"[2]。而随之展开的安娜与管家对家庭财务权的争夺，乃至与富家小姐伐西里芙娜的争风吃醋，也无不是为了保卫这个"不正式的妻"的身份，甚至当她到彼得堡学习时，还觉得"好像她原来就只为了预备做尾莱金（亚历山大·乔吉维乞）的正式太太所以才来受教育，而并不是为了预防着将来万一的落难"[3]。这

---

[1] 〔俄〕丹青科著，茅盾译：《文凭》，现代书局1932年版，第31页。
[2] 〔俄〕丹青科著，茅盾译：《文凭》，现代书局1932年版，第46页。
[3] 〔俄〕丹青科著，茅盾译：《文凭》，现代书局1932年版，第88页。

些都深刻地反映了她对自身命运的担忧,对男性或曰优渥阶层的依赖。从如上的分析来看,如果我们仍然将"不正式的妻"视为一种他者化修辞的话,那么这种他者化不仅指向贵族,也指向农民自身。换言之,对农村妇女的压迫力量除了外在的阶级压迫,作者很大程度上力图去展现的更是农民自身的压迫,即一种来源于民族文化本身的精神文化意识,它总是以伦理或道德的形式来演说压迫女性的合理性。反过来说,女性的自我主体意识的建构也同样是对这种理所当然的、"合情合理"的伦理道德规范的克服过程。譬如,当安娜自我意识觉醒之后:

> 只一刹那,她也曾想起在那边家里"那贱货"也许正在像一条蛇似的缠牢了亚历山大·乔吉维乞,但是她并不生气。因为目前她所感得的那种自负的平静的情绪是一切东西中最可宝贵的东西。那是任何代价所不能换得的。①

"像一条蛇似的缠牢了亚历山大·乔吉维乞"形象地表现了妇女缺乏自主独立的依赖性;而"自负的平静的情绪"则是对自我价值的发现、认可,是女性自我主体意识萌发后所产生的人格自信。

其次,作者有意识地将"不正式的妻"的身份与知识的拥有与否建立起隐在的关联,从而突破了阶级的视域,将"旧"社会的农村女性问题引向了更为复杂、深入的思考。我们知道,在人类社会的发展历程中,拥有知识的多寡在一定程度上决定了他们对未知的阐释能力,这也意味着这些所谓的"文化人"对社会话语权的掌控。随着现代工

---

① 〔俄〕丹青科著,茅盾译:《文凭》,现代书局1932年版,第145页。

业文明的发展,知识除了本身的学术属性,往往又代表着一种更加"文明""先进"的价值理念,那么传统的"知识"也就渐渐被视作落后的、保守的,甚至有时被视作"谬误",即便实际情况也许并非如此。那么从这一点说,所谓"知识"并不一定是文明进步与否的标志,而更多的是作为一种意识形态的表述方式,即建立在现代工业文明之上的现代表达程式与基于农耕文明的传统意识之间的价值冲突。因此,当"不正式的妻"的身份与知识拥有与否构成因果的逻辑关联时,批判的对象就已经偏离了阶级斗争本身,而是引向了传统与现代的诸般复杂的辩证思考。譬如,亚历山大与安娜的爱情、婚姻纠葛都无不与之密切相关。

起初在安娜看来,之所以自己不能赢得亚历山大的欢心,也不能阻止亚历山大和贵族小姐伐西里芙娜交往避免家庭危机,只能是一个"不正式的妻",都是因为对方是"能思想的人儿",而自己不过是"一头雌货而已"。[1] 就像亚历山大所说:"你当真以为我就是打算拿你那样的一个没有教育的蠢货来满足我的一生一世么?"所以她认为教育"倒真有点用处"。[2] 因此,

> 安娜·底摩维芙娜不但抑制了心理的嫉妒,反而艳美着那位大小姐了。似乎有什么新的东西闯进了她的灵魂,而在那里抉露出绝大的缺陷来了。她早就意识地努力着要在亚历山大·乔吉维乞的生活中占一无可匹敌的地位,而且用尽她所有的力量以求达

---

[1] 〔俄〕丹青科著,茅盾译:《文凭》,现代书局1932年版,第51页。
[2] 〔俄〕丹青科著,茅盾译:《文凭》,现代书局1932年版,第50页。

此目的。①

但安娜如愿获得了教育文凭后却反倒失去了亚历山大。因为亚历山大爱上安娜不过是他"极端的 blasé（厌倦了繁华）"，"渴望着简朴的乡村生活"②，而安娜正是这种简朴乡村生活的符号化存在。安娜通过努力获得"医生助手的文凭"便意味着她已不再是这种简朴生活的化身，所以亚历山大开始嫌恶她，并最终选择了捺司达西阿，这个未取得"文凭"的曾经的"安娜"。正如他所说：

> 我向来是远避这些文明妇人的。这就是我所以总不结婚的原因。我所需要的是一个管家妇，一个壮健的女人，替我生儿子——却不是文明的妇女。③

在安娜与亚历山大对"文凭"的不同解读中，我们发现二者其实都存在着误读。在亚历山大看来，他厌恶所谓"文凭"代表的现代都市文明，但又欣赏这种文明给他带来的精神愉悦。所以他一方面希望在传统的乡土文明中找到慰藉，另一方面又在现代都市文明中彷徨留恋。这也成为他爱上安娜，又移情别恋，抛弃安娜的心理动因。而安娜则错误地将"文凭"看作阶级分属的重要标志，视为谋取婚姻主动权的重要依凭，但最终她虽然取得了"文凭"，却并未找到精神的依

---

① 〔俄〕丹青科著，茅盾译：《文凭》，现代书局 1932 年版，第 51 页。
② 〔俄〕丹青科著，茅盾译：《文凭》，现代书局 1932 年版，第 39 页。
③ 〔俄〕丹青科著，茅盾译：《文凭》，现代书局 1932 年版，第 138 页。

靠。她同样是一个现代化进程中既新且旧的、处于现代转型中的女性,她的悲剧是必然的。

二、"口音"和"文凭"

正是基于"文凭"所具有的现代文明的意涵,我们看到为了展现女性自我解放的内在心理变迁,"文凭"不仅跟安娜"不正式的妻"建立了内在逻辑关系,而且作品中也大量出现了"口音"和"文凭"的紧张关系。譬如:

> 她慢慢地说,实际上是在竭力要把每个字的发音读的极正确,但是她的南方人的口音太强了,不能不使人觉得。她把"guberniiu"这字中的"g"音唸成了"h"音,那就是小俄罗斯人所特有,而不是俄国话发音所有的了。
>
> 他(她的另一个哥哥参森)一点也不像她的村子里出身的农民。第一,他的口音就不一样,他是几乎完全没有重音的。谈话中,他用了许多的书本子上的字眼。
>
> 她觉得有一些东西已经强插入她和他的中间来了,是一些从来不曾有过的东西,是"poganol"(不纯洁的),她心里这样替她这新的扰乱下定义,把这字的发音读成小俄罗斯的"g"音,而且重音在第一音段上。
>
> 她还有一件附带的工作——就是改正她的发音。
>
> 车厢内旅客们的喁喁细语中间分明可以辨出小俄罗斯方音的"o"了。

她甚至羼着小俄罗斯方言了。①

对小俄罗斯方言的纠结是安娜的心结，尤其是随着"文凭"的获得，"口音"问题就愈发显得突出了。那么对"口音"纠结的背后又有着怎样复杂的文化心理变化呢？阿瓦涅梭夫曾在《方言·方言学》中指出：

> 方言源出希腊语 διάλεκτος ——"土话"，"地方话"。地方或地域方言是全民语言的分支，是某个部落、部族或民族的一部分成员所说的语言。它流行在只为这一部分成员所占据的地域里。它隶属于整个部落或部族的统一的共通的语言。②

也就是说，方言是一个部族或曰地方的特征化呈现，或者说它是该地方乡土文化独特性的表征。而相对应的，被视为统治阶级所认可的、标准化的语言文字也就成为民族的、政治意识形态的表达形式。那么安娜对于口音的纠结，其实也正是她对于民族认同的矛盾心理的表现，这种认同既是政治性的也是文化性的。从上文的引文不难看出，安娜所纠结的恰是自身小俄罗斯的民族文化身份。从俄罗斯的现代国家历史进程看，自13世纪鞑靼人入侵后，俄国西南的罗斯，被分成了小俄罗斯和大俄罗斯。而所谓的"小俄罗斯"并非指国土面积的大小，

---

① 〔俄〕丹青科著，茅盾译：《文凭》，现代书局1932年版，第11、57、67—68、80、95、154页。

② 〔苏〕阿瓦涅梭夫著，高名凯、彭楚南译：《方言·方言学》，人民出版社1954年版，第1页。

而恰恰指一种"自古以来""最初"之意。换言之,小俄罗斯恰恰是强调自身文化的根源性以及正宗地位,而大俄罗斯则是民族进一步拓展的地区。"小俄罗斯初次试图用有别于俄语标准语的语言书写,是在19世纪下半叶","与此同时,历史上的农村'口语'也于15—17世纪在波兰人占领的西南罗斯逐渐形成,波兰立陶宛王国的罗斯农奴开始使用这种口语。为了适应地主——波兰领主——的语言,他们在同这些人及其家奴交往时,逐渐转向使用一种俄语和波兰语混杂的特殊口语,这种语言以后便被称为乌克兰语"。[①] 所以依此判断,安娜的"南方口音"、小俄罗斯口音指的就是这样一种"俄语和波兰语混杂的特殊口语",即乌克兰语。因此,如上安娜所努力克服却终未能彻底改变的"小俄罗斯"口音,其实正是她本然的、乡土的,复杂的民族认同。而安娜的"文凭"却与彼得堡这个被称为大俄罗斯的"北方首都"有着密切的关系。因此所谓的"口音"之别,实质上是民族认同的差异,这是一个方面。另一方面,安娜在大俄罗斯的彼得堡取得的"文凭",也隐含着现代与传统对立的乡愁。作为他乡的彼得堡更具有现代都市的特征。

  一年多已经过去了,可是安娜·底摩维芙娜还简直不知道彼得堡究竟是怎样一个面目。她仅只听到了一些模糊的嘈音。在她所住的这高坡上的小茅屋的后面,那庞大的嘈杂的都市彼得堡好像是什么非地上的东西,住满了非人类的生物。她总觉得有些不

[①] 〔俄〕尼古拉·伊万诺维奇·雷日科夫著,徐昌翰等译:《大国悲剧:苏联解体的前因后果》,新华出版社2013年版,第247页。

敢眺瞩这彼得堡。说不定这大都市会将她整个吞下，而她的梦想将永远不能实现。①

现代给安娜带来的想象是陌生的、恐惧的，但也是充满神秘诱惑的，这其实也正是安娜对"大俄罗斯"的情感与态度。虽然她因自己的"小俄罗斯"口音而感到害羞，但也同样对"大俄罗斯"所代表的更为庞大的、未知的力量而感到畏惧。"众所周知，小俄罗斯长期以来处于外族统治之下，但这个民族坚定地维护和捍卫了自己的东正教信仰。直至1917年，小俄罗斯人民始终认为自己是三位一体的俄罗斯民族中的一支。"②正如马克思所说："方言经过经济集中和政治集中而集中为一个统一的民族语言。"③而经济集中与政治集中的过程，其实已隐含着内在的张力。由此而观，安娜对大俄罗斯的情感态度，不仅涉及现代化对个体生命心理的巨大冲击，同时也包含着民族的、政治的压力。而这一切都是通过极具乡土独特性的"口音"来予以厘定的。譬如，她在火车上与那个年青人和老人聊天时谈到的彼得堡、俄罗斯的异同，"在这里彼得堡，我的口音是'不很正确'，可是在莫斯科的人们便以为是'全都不对'的呢"④。

代表着更为现代、更具政治权威的大俄罗斯与"文凭"取得了内

---

① 〔俄〕丹青科著，茅盾译：《文凭》，现代书局1932年版，第81页。
② 〔俄〕尼古拉·伊万诺维奇·雷日科夫著，徐昌翰等译：《大国悲剧：苏联解体的前因后果》，新华出版社2012年版，第247页。
③ 〔德〕马克思、〔德〕恩格斯著，中共中央马克思恩格斯列宁斯大林著作编译局编译：《马克思恩格斯全集》（第3卷），人民出版社2016年版，第500页。
④ 〔俄〕丹青科著，茅盾译：《文凭》，现代书局1932年版，第11页。

在逻辑的一致性,而代表着更为传统、更具乡土情感的"小俄罗斯"则以"口音"的方式凸显了独特的民族认同感。"口音"与"文凭"在语言与知识的层面揭橥了隐伏于其下的,生命个体对于"现代"与"民族"的复杂认同关系。而安娜难以彻底改变的"口音"与对"文凭"的逐步深入的认知正在作者复杂思考的两个重要维度:既努力地改变其内在难以撼动的民族认知,又主动接受外来现代意识以修正自我的民族认同,这正是1890年代的俄罗斯人,一面深受传统乡土文化浸染而难以真正摆脱束缚,一面又努力挣脱谋取女性现代人格独立的复杂心理的写照。

三、"经济的立场"与"农民阶级出身"

茅盾的译笔意图传达并深刻唤醒本国女性解放的独立意识是毋庸置疑的。譬如,茅盾在《关于作者》中就说:

> 主人公安娜·底摩维芙娜从贫农人家的黄毛丫头升而为乡居贵族地主的"不正式的妻",然而并不肯停留在她这地位上,她要到世间去做一个"人",在她对于疲惫消沉得像死狗一样的丈夫失却了一切敬视心以后,她曾经烦扰着他们的关系的立场,然而通过了这所有的烦扰;使她愈加坚决的,乃是她要自成为"独立的人"这新的志愿。当然她亦未始不夹着一些女性所惯有的恐怖——被弃的恐怖,可是她不肯利用她的女性的武器来稳固她的地位。她觉得以色容固宠是不清洁,是可耻了。①

---

① 〔俄〕丹青科著,茅盾译:《文凭》,现代书局1932年版,第176页。

而有此洞见者,并非只有茅盾。譬如,在当时就有中国的女性知识分子将丹青科的《文凭》与莫泊桑的《她的一生》、显尼兹勒的《妇心三部曲》、易卜生的《傀儡家庭》以及柯伦泰的《伟大的恋爱》《赤恋》等,视作自我生涯转变的重要启蒙。这些域外作品使她们深深感到,"我觉假使我仍继续过着这种痴迷痛苦的生活,实在是可耻的"①。除此之外,《文凭》的译介与中国现代乡土意识转化、生成关系的密切还表现在译者对"经济的立场"和安娜"农民阶级出身"的强调上。

首先,译者不但肯定了域外批评强调的作者的"经济立场",而且更着意指出了女性自我独立意识发生的城乡意识形态背景。在《译后记》中,茅盾就颇有见地地指出:

> 作者对于妇女问题或妇女解放的见解,当然不是急进的。——作者似亦未尝企图在该小说中作主观的判断。但作者能够从经济的立场去描写女主人公思想的变化——最初是苦闷彷徨,最后毅然取了较有意义的转变,作者并不会写女主人公在晚上读了什么"革命"的书或者受了什么"革命家"的宣传,于是第二天睡醒来时就思想转变了:我以为作者描写上这一点是可取的。②

这里所说的"经济的立场"指的正是故事发生的城乡背景,在《关于作者》中,译者讲的更加明白。

---

① 茨黄:《我生涯中的一大转变——一个弃妇自的白》,《妇女生活》1935年第1卷第1期。

② 〔俄〕丹青科著,茅盾译:《文凭》,现代书局1932年版,第178—179页。

九十年代在俄国，是一个批评的时代——俄国文学及社会情状的批评的时代。在帝俄的历史上，"都市"第一次露脸，——或是它的出现，第一次被感得，而且开始发动了对于种种方面的人生的影响，以坚定的姿势，一天一天继续往前展开了。

农业的俄罗斯曾经产生了不少伟大的作家，他们所思想的，著作的，很显明地带着乡村的色香味，不论他们的作品的背景是什么地方，而他们作品中的人物却还是一辈子住在农村里的人们的思想和情感，是缓慢的，勤恳刻苦的，多少有点浑沌的，可是虔信而深情，和惯常住在杂沓而多变的"都市"的人们不同。那时候俄国的都市还不过是"大的"乡村，人们在这里做生意，寻快乐，毕竟只是一个暂时的旅客，他们的心还是搁在老家的农村里，他们的思想和情感还是紧抱合着平静朴质的保守的他的生身之乡。从九十年代开始的俄国工业化的 tempo（进动的速度）却将这情形改变过来了。莫斯科成为大工业中心，塞满了万千的产业工人。"都市"自有其特异的生活调子，不复是乡村居者的歇脚地了。而由于工业的都市的影响，乡村的止水一般的人生也皱起波涟来了。

奈弥洛维支·丹青科的小说集"眼泪"（slëzy）——这里就收着现在我们译出来的"文凭"——在一八九四年出现，仿佛就宣告了这新的表面不甚惹人注意的然而不声不响地猛进着的变迁是无可避免的了。[1]

茅盾对城乡经济的省察以及对于工业文明打碎了乡村经济时"危

---

[1] 〔俄〕丹青科著，茅盾译：《文凭》，现代书局1932年版，第174—175页。

疑扰乱的被物质欲支配着的人物的心理"①是不陌生的，但是论及俄罗斯的现代国家历程恐怕并不熟稔，譬如戈宝权1937年给茅盾的信就纠正了茅盾对两个丹青科的混而一谈。②所以茅盾并没有在《关于作者》或《译后记》中谈及安娜在大俄罗斯和小俄罗斯之间所遭遇的民族认同的危机。因此更准确地说，茅盾是更愿意用现代经济学的视角来审视《文凭》所展现出的现代人在城乡现代冲突中的心理动态，而非从政治的、民族的维度来考察乡土价值冲突中的民族认同问题。譬如，在译介《文凭》之后的1931年，茅盾在评述勃留梭夫的作品时，关心的仍然是作品对都市现代性的展示。茅盾认为："他（勃留梭夫）又是首先把近代都市生活给与诗的描写的第一人。在他的诗里，不但有汽车，电车，飞机，并且还可以听得近代产业中心的脉搏。所以在一种意义上，很可以说他是'倾向于机械的'。机械与诗的连环，在他的作品里多少也可以找见。不过自然是未臻成熟罢了。"③茅盾对于现代乡土意念聚焦于现代化视域内的都市、农村中人的心理波动，除了自身更愿意以现代社会科学的方法来解析社会问题，国民政府时期工业经济的迅速发展与同期中国农村经济的迅速崩溃也是不容忽视的重要时代语境。所以由苏俄现代化的历史发展来联想或比附中国彼时的城乡现实，也就成了自然而然的思维定式。换言之，《文凭》的译介之所

---

① 方璧（茅盾）：《王鲁彦论》，《小说月报》1928年第1期。

② 戈宝权指出，俄国有两位奈弥洛维支·丹青科，这两位是兄弟：一名Vasily Ivanovich-Danchenko，一名Vladimir Ivanovich Nemirovich- Danchenko，而茅盾将两人混为一谈了。参见孔海珠：《沉浮之间：上海文坛旧事二编》，汉语大词典出版社2006年版，第186—187页。

③ 沈余：《勃留梭夫评传》，《妇女杂志》1931年第17卷第1期。

以更多地被视为"经济的立场"下的妇女解放,也是中国现代化进程的时段性特质所决定的。

其次,《文凭》本地化接受过程的另一个重要的特点是,译者更愿意将妇女的解放纳入农民阶级觉悟的叙述框架中,提倡农民阶级的自觉反抗斗争,而并没有在女性性别自主感的自我人格建构上延伸。在《关于作者》中,茅盾写道:

> 觉醒了的农村的意识由这位特挑的女主人公充分地鲜明地代表着。
> 和安娜·底摩维芙娜相反的,是她的丈夫亚历山大·乔吉维乞。他是无可挽回的没落的贵族的残影。他初到家乡的采地时,未始没有振作的意思,可是怠惰苟安的他终于自安于灰色的生活,到后来反而以讽嘲的眼光对待安娜的做一个人的企图了。就是这么着这两个人中间的平凡的悲剧闪露了社会的意义,强者和胜利者是属于那个久被贱视的农民阶级出身的安娜。[①]

安娜的"农民阶级"出身与亚历山大的"没落的贵族的残影"形成了尖锐的阶级对立。安娜除了作为一个觉醒的、人格独立的女性,译者在此强调的还有她的出身以及觉醒的"农村意识"。其实无论"出身"也好,"农村意识"也罢,强调的其实就是安娜的农民阶级属性。如果从前述茅盾对现代性的关注而忽略了安娜的民族认同的话,那么此处译者的判断更可视为对中国革命历史进程的预言。正如本书

---

① 〔俄〕丹青科著,茅盾译:《文凭》,现代书局1932年版,第176—177页。

在引论中所讲到的,农民阶级在 1930 年代的出现是中国现代乡土意识发生、发展极为重要的条件,它不仅是中国革命发展的重要转折,也在相当程度上激发了中国传统乡土意识的现代转向。所以茅盾对安娜农民阶级出身的强调,以及觉醒的农村意识的强调,不但呼应了译者对国内革命运动、中国社会性质的论争,而且也显示了中国现代乡土意念的分化与流变。即国内译者在处理农村被压迫妇女的解放独立之路时,是更倾向于将之演化为阶级革命叙事的。

更难能可贵的是,译者十分警惕这种阶级化倾向可能造成的庸俗化、公式化倾向。在《关于作者》的结尾,茅盾说:"要做一个社会的'人',这个意识,在安娜不是从书本上看来,也不是从新运动者的口中听来。而是由她的实生活中所体认而得。"[1] 为此,除了《关于作者》,在这篇译文之后茅盾还另附了一篇似乎与译作关系不大,探讨翻译技巧的《译后记》。在这篇文章中,茅盾对"理论文学"和"文艺作品"的翻译策略做了区分,他说:

> 至对于文艺作品的翻译,自然最好能够又忠实又顺口,并且又传达了原作的风韵和"力"。不得已而求其次,我以为第一应当要尽力传达了原作的主要的"力";因为"力"——或详细说,一篇作品感动人之所以然——是文艺作品的生命,没有了这东西,就不成其为文艺作品了,而这"力"是要把原作再三循读而后能够欣然得之。我并且相信,译者亦必于欣然有得而且深切感动,甚至心神浸于原作若与契合的那时候,方才译事不至于成为

---

[1] 〔俄〕丹青科著,茅盾译:《文凭》,现代书局 1932 年版,第 177 页。

干燥无味的苦工，而他本人亦必如此才是一个文艺作品的翻译者而不是法庭上的翻译官。①

茅盾强调文艺作品翻译中的"力"，其实指的就是文艺作品的感染力，这是由无限接近作者、努力呈现作品人物性格发展逻辑的真实性所决定的。也就是说，只有个人的、独特的而又是真实的情感，才能成为真正打动读者的出色的译作。茅盾对翻译的技术性阐释其实恰是他对文艺作品审美独特性的强调，是对政治、阶级与文学复杂关系的理解。如果从乡土文学的角度说，茅盾强调的乡土文学的阶级性的同时，其实也格外重视其个性化，可以说，茅盾的译介显示了知识分子对"五四"乡土意识的回归和发展，这也充分展现了中国现代文学乡土意念的发生、发展的复杂情状。

小　结

本章之所谓乡土本"性"是因为乡土本身即可作性别的象征。"举例来说，故乡（mother country）显然是母亲（mother）的譬喻，正如祖国（fatherland）显然是父亲（father）的譬喻。"② 这一譬喻突出的正是乡土的"性别感"，母亲的譬喻显示的是女性的、更具有包容性的

---

① 〔俄〕丹青科著，茅盾译：《文凭》，现代书局1932年版，第180页。
② 〔瑞士〕荣格著，冯川、苏克译：《心理学与文学》，译林出版社2011年版，第85页。

皈依感，这与"祖国"所象征的父权的强制性有着显著的不同，这一点无论本土抑或域外都概莫能外。既如此，无论母性抑或父权的象征，性与乡土的联姻就不是一种偶然，正如有学者所指出的，"乡土并非是西方女性主义与本土经验相结合的唯一有效契合点，但至少是非常重要的契合点"①。这个契合点恰恰就在"性"所隐含的人性与阶级的意涵与乡土本"性"的紧密关联。如果说前述"家"是以伦理空间的形式见证了生命的现代成长，那么"性"所隐含的人性与阶级意涵则揭示了现代人从个人身份到国族身份嬗变的复杂与艰难。

首先，从"性"本身来说，一方面，"性"作为极富生命力的身体欲望呼应了"身土不二"的乡土切身体认，体现了在面对传统乡土时更真切的个性化感知。譬如，永井荷风在巴黎经由女人身体而觉醒的乡土认知，以及返回日本后对江户情调的怀旧，都是以性欲，同时也是身体来展示现代乡土意念发生的想象方式，而这种个人化乡土认知本身前后矛盾的感性表达，其实正展示了现代乡土意念生成的复杂。另一方面，"性"所具有的"性欲"与"情爱"的双重意涵展示的正是对乡土伦理文化的认同，而"性"所具有的身体欲望与情爱道德的复杂意涵又为理性、深切认识现代乡土本"性"埋下了"隐患"。譬如，1930年代前后中国人对莫泊桑作品"秽亵"的误读，受众对李青崖莫泊桑译介本身娱乐化的"失焦"，以及彼时中国乡愁小说创作中对乡土中性爱描写的理想化、魅化倾向等。如上域外乡愁小说本地化接受中对"性"的身体属性与道德感的认知偏颇，使得他们在批判传统乡土习"性"时，是难以将二者统一为对"人性"关怀的现代乡土意

---

① 王宇：《国族、乡土与性别》，中国社会科学出版社2014年版，第3页。

念的。

其次,"性"之"别"也是生命个体去认识自我与他人显在身份的提醒。这使得"性"开始逐步脱离个人而转向与之不同的他者的关系层面,而这正是自我意识生成与自我主体性建构的前提与关键。生命个体通过对"性"的分辨,不仅强化了自我的性别自主感,也形成了"人类"的普遍认同。而"性别"所造成的人群分离,也无形深化了"群落"的集合概念。那么在域外与本土乡土中的性别认知也开始从自我的生命体验转向社会阶层的思考。譬如"性"的被侵害越来越成为乡土言说不容忽略的身体叙事,它将身体切身的痛苦引向了对传统乡土中弱势性别所处社会地位的不平等批判。譬如,1930年代前后中国译界对乡愁小说中"被侮辱与被损害者"的高度关注即是如此。而在中国近代化过程中,国人所因袭的传统文化的负累,也使得中国知识分子对传统乡土的批判延伸至一种新的政治"家园"的建构。于是我们看到,域外乡土中的复杂性别大多在本地化的过程中,转向对民族国家命运的单一垂注。也就是说,1930年代前后在面对域外乡土的性别书写时,中国知识分子展示出来的恰恰是从故乡/母性向祖国/父权的转变,这一性别认同对于生命个体本身,乃至中国文学的现代发生都是极重要的。

不过这种意识形态化的性别认知也可能因此遮蔽了"性"本身所应具有的复杂意涵。譬如在本土与域外乡愁小说中,城乡意识形态空间内的"性"与"性别"背后的现代认知就颇值得关注。从苔丝、游苔莎、梅丽迦到安娜,这些域外乡愁中的女性对传统乡土的认同、反抗乃至走向性别解放、独立的过程,也是女性在现代与传统中现代人格的形成过程。而1930年代译界面对这些城乡意识形态内的女性形象时，所表现出的对于"性"的冷漠与对"性别"的热衷，也因应了中国知识分子对乡土认知的两种走向，即走向基于"人性"的文化乡土意念与走向革命的意识形态化乡土认知，而后者在中国革命的历史语境中越来越成为中国知识分子现代乡土意念的主流表达。

第四章　义命合一

　　身体综合、独特的感性体会，家园空间睽违中的现代意识，性爱、性别隐含的人性、阶级觉醒，都综合为生命个体对自我在未来归宿的时代焦虑，即一种对自我历史站位乃至民族国家现代转型的深沉命运感。它不但表现为对一种不以主观意志为转移的所谓命定的心理暗示，而且更突出地呈现为"士不可以不弘毅，任重而道远"的使命感。因此可以说，1930年代前后的知识分子的所谓"命运"感是与时代和历史的具体语境紧密结合在一起的。然而我们知道，中外的命运观念实有差异，譬如，在1930年代前后中国人的情感结构中，他们对于"命"与"运"的不同价值倚重就与域外多有宗教色彩的命运观显著不同，那么在域外乡愁小说的译介中，域外乡土经验提炼的命运感是否能够得到本土的认同或曰共鸣，或者说，域外乡愁小说中的命运感又是如何引发本土知识分子对自我乃至国族命运思考的呢？

　　对如上问题的探究实则正是对中国现代知识分子现代乡土意念实践意义的考察。因为首先"命运"表现为一种决定论，而这一意识和精神范畴的决定力量唯有在力图抗拒时才能得到凸显，因此生命个体对所谓"命定的悲剧"的反抗，恰恰是他们认知自我精神束缚的实践过程。其次,"命运"又是体现生命个体"自由意志"的重要精神场域。因其"自由",所以在面对同样的时代与历史困境时,生命个体又都体现出面对命运不同的情感意志反应,这种个性化、多元化的,有时又多是充满矛盾的生命经验即是对其命运观的修正也是完善。

第一节 "乡野的哀愁"

当我们将视角集中在1930年代前后中国知识分子传统乡土观念的现代转异时,我们是无法忽视中国与域外知识分子对于"命运"的感性体认与理性认知的。因为"命运"本身所关联的不仅是个人对未来归宿的追问,更是对人类的、历史的时代回应。譬如本书开篇那位"农民文学"之辩的主角施章就对此深有所感,"我们人类自有生以来,无一个在宇宙的生命宏(洪)流中不随之前进,不过这样的宇宙的生命宏(洪)流由个人显现出来,就成个人的生命波流,由许多的人类的生命波流在宇宙中共流着,这就是宇宙的生命。这种宇宙的生命,显现于人的当中,在我国便叫做(作)世运。在西洋哲学家谓之为宇宙的本体"[①]。

从1930年代中国的具体历史语境谈,中外乡愁小说在原乡意义上的同命感,对于宗教抑或世俗的宿命意识的挣扎以及城乡意识形态内自我归宿的焦虑感,即是中国知识分子对域外乡愁中"命运"垂注的三个重要维度。

[①] 施章:《世运与文学》,《新声月刊》1931年第3卷第1期。

一、"天地常不没，山川无改时"

前文我们在谈到《安琪吕珈》时曾提到了1947年莫名奇的《乡野的哀愁》，这篇由一则域外乡愁小说所引发的感慨是颇耐人寻味的。一篇最早译介于1921年的希腊乡愁小说何以让这位莫名奇先生时隔26年依旧难以释怀？① 《乡野的哀愁》的题记中陶潜的"天地常不没，山川无改时"其实已经给出了答案。此句出自陶潜晋义熙九年（公元413年）所作《形影神三首》之一《形赠影》。② 此处"形"指人的肉体，"影"指人的影子，而"神"则指人的精神、灵魂，诗人所论形、影、神之间关系意在反驳东林寺名僧慧远的净土宗教义，并据此表达了诗人对宇宙与人生的思考。所谓"天地常不没，山川无改时"，讲的就是山川、大地永不覆亡、永恒存在的自然特性，以及由此而引发的对于这一永恒规律的深深喟叹。在"天人合一"的传统哲学背景下，古人与今人面对"天地""山川"时能够"心有灵犀"而生发"沧海桑田""人生苦短"等等感叹并不鲜见。但值得注意的是，当莫名奇先生哀叹着"乡野的哀愁"，吟咏着陶潜的诗句时，他眼前浮现的却是一篇域外的乡愁小说。正如他在文中所说：

> 最好的一篇作品是希腊作家，蔼夫达利哇谛斯的《安琪吕珈》，这是一篇对于"青年们到乡村去"一口号的幽默讽刺，也

---

① 参见〔新希腊〕蔼夫达利阿谛斯著，孔常译：《安琪立加》，《小说月报》1921年第12卷第9号。莫名奇：《乡野的哀愁》，《论语》（半月刊）1947年第122期。

② （晋）陶渊明著，（清）陶澍集注，龚斌点校：《陶渊明全集》，上海古籍出版社2015年版，第21页。

是真实的。

……法国革命式的一切作派的也就随着安琪作为泥水工的主妇消失了,乡村里大姑娘们想学法国女人派头的痴心也医治好了。

这就看出乡野,古老的乡野,不仅自然把人吸进去不再吐出来,就是那沉淀的乡村社会也是无法动摇盘根远巨的古树呢!这更说明了,支支节节想改造乡村总归是被它收编而消失在广漠不变的荒野里,或死或生而无人知晓。①

于此可见,《乡野的哀愁》的题记中陶潜的"天地常不没,山川无改时"正是作者对安琪吕珈"革命"失败的感悟。而那如古树般"盘根远巨",无法撼动的"沉淀的乡村社会"正是萦绕在安琪吕珈心头挥之不去的梦魇,任何试图想改变乡村的理想,大多都无法避免被广袤浩瀚的乡野所吞噬的厄运。这种深沉的、具有强大约束力的精神文化成为作者在《安琪吕珈》中感受到的强烈命运感,而这也是作者所感同身受的。在1948年的1月13至15日的新民晚报副刊"夜光杯"上也刊载了一篇署名为莫名奇的小说《还乡三日记》。在小说开篇,作者写道:

离开了故乡将近十二年了。如果我的心脏是一块化石,那解剖起来,该有十几层石灰岩包围着这思乡的心窍罢?一个长久被压抑的欲念,照心理学家的说法是潜存于下意识之中,在梦中出

---

① 莫名奇:《乡野的哀愁》,《论语》(半月刊)1947年第122期。

现时多,在白日反而每多忘却了。[1]

在这篇小说第一、二部分前,照例也有一句古诗作为"题记",诸如"未老莫还乡,还乡须断肠""近乡情更怯,不敢问来人"等。韦庄的《菩萨蛮·人人尽说江南好》、宋之问的《渡汉江》成为还乡者复杂心绪的写照,它与《乡野的哀愁》中的"题记"一并与千里之外的《安琪吕珈》形成了跨越时空的对话。《还乡三日记》的作者莫名奇何许人也?在《新民晚报》副刊部编的《夜光杯文粹》篇末,编者注明"莫名奇,即王达仁(1914~1969),山西太原人,时任北平新民报总编辑。"[2]那么此王达仁是否就是"一二·九"在清华读书与王瑶、牛荫冠、韦君宜同侪,曾与吴宓合影,后投身报业,先后服务于《贵州日报》、《新民报》(渝版、沪版和北平版),并在国民党压迫北平《新民报》强迫其改组,张恨水等被迫辞职他去,而临危受命(陈铭德等)担任总编,主持编务的王达仁?[3]是否就是那个在上海《新民报》晚刊《夜光杯》上撰文攻击巴金的莫名奇?[4]由于年代久远、史料缺失,如今这些都难以考证了。然而无论是莫名奇的《乡野的哀愁》还是莫名奇的《还乡三日记》,中国现代知识分子对乡土命运的审视、反思都是在域外乡愁的诱发下发生的,这实可谓莫名奇,妙!

---

[1] 新民晚报副刊部编:《夜光杯文粹 1946—1966》,上海远东出版社 1999 年版,第 232 页。

[2] 新民晚报副刊部编:《夜光杯文粹 1946—1966》,上海远东出版社 1999 年版,第 238 页。

[3] 参见散木:《"书与人":王达仁和他的同学同乡们》,《博览群书》2000 年第 9 期。

[4] 参见李存光编:《巴金研究资料》(上),《中国文学史资料全编·现代卷》,知识产权出版社 2010 年版,第 450 页。

第四章 义命合一

王达仁究竟何许人也？这已经不重要了，重要的是，莫名奇的"乡野的哀愁"所表达的是对传统乡土强烈原乡意识的感喟，所谓"原乡"实指类乎"原型"的无形力量，它构成了现代人在时代转型交替之时个人命运观的底色。荣格在阐述"原型"时曾说：

> 原型意象或原型是一种形象（无论这形象是魔鬼，是一个人还是一个过程），它在历史进程中不断发生并且显现于创造性幻想得到自由表现的任何地方。因此，它本质上是一种神话形象。当我们进一步考察这些意象时，我们发现，它们为我们祖先的无数类型的经验提供形式。可以这样说，它们是同一类型的无数经验的心理残迹。它们为日常的、分化了的、被投射到神话中众神形象中去了的精神生活，提供了一幅图画。……
> ……因此也就不足为怪，一旦原型的情境发生，我们会突然获得一种不寻常的轻松感，仿佛被一种强大的力量运载或超度。[1]

"原乡"不以物质时空为转移，即便离开故土人们也难以彻底斩断与故乡的情感脐带。我们发现，现代人在异乡与故乡的心灵交汇中，"无论什么时候，只要重新面临那种在漫长的时间中曾经帮助建立起原始意象的特殊情境，这种情形就会发生"[2]。因此，对于故乡挣脱、皈依、再挣脱、再皈依的循环往复的心理折磨也就成了现代人在乡愁中

---

[1]〔瑞士〕荣格著，冯川、苏克译：《心理学与文学》，译林出版社2011年版，第84—85页。

[2]〔瑞士〕荣格著，冯川、苏克译：《心理学与文学》，译林出版社2011年版，第85页。

的命运认知。因此在这个意义上说，他们离乡归家的精神旅行更具象征意义。正如黑格尔所说："象征一般是直接呈现于感性观照的一种现成的外在事物，对这种外在事物并不是直接就它本身来看，而是就它所暗示的一种较广泛较普遍的意义来看。"① 而梅列日科夫斯基也认为象征主义的"立足点与其说是在美学方面，不如说是在宗教方面"②。譬如倪贻德《黄昏》中如摇篮般的故巢③、黎锦明《乡途》中的救赎④也是一种对故乡根性认同的自我命运表达方式，这对于中外知识分子而言是感同身受的。换句话说，正是因为域外的作者与国内的译者都有着"怀乡"之病，才使得"同病相怜"有了情感沟通的可能，但也正因为二者拘囿于现实的语境而对自我的归宿有了不同的选择，从而使我们能够在接受的差异中见证中国现代知识分子精神蜕变的过程。因此，虽是"同病"却并非"同命"相怜的作者与译者的跨文化接受差异放大了中国现代知识分子在1930年代乡土意念现代转异中的复杂情状。譬如，"命运"与"运命"就在这种本地化接受中有着微妙的差异。

二、"命"与"运"的挣扎

"在中国人的气化万物中，具体之物因天地之气化而生，称为

---

① 〔德〕黑格尔著，朱光潜译：《美学》（第二卷），商务印书馆2009年版，第10页。
② 〔俄〕德·梅列日科夫斯基著，刁绍华、赵静男译：《叛教者罗马大帝尤里安》，黑龙江人民出版社1998年版，第372页。
③ 参见倪贻德：《黄昏》，《玄武湖之秋》，泰东书局1924年版，第5—6页。
④ 参见黎锦明：《乡途》，《洪水》（半月刊）1926年第2卷第23、24合期。

'命',一旦产生就有了自己的本质,被称之为'性'。产生之后,开始作为具体之物的生、长、亡的过程。人的这一过程是在天地之间与天地互动而进行的,受天地运行影响,天地运动称为'运'。"[1] 进言之,中国知识分子对"命"与"运"不同哲理内涵的理解,正突出地表现在与特定历史互动而产生的情感体验、价值判断上。"命"更紧密地联系着人类的自我归宿焦虑,而"运"则生动地表现为克服这种焦虑与历史的对话与实践。合而论之,中国知识分子的乡土意念所指向的对冥冥中不可捉摸的"命运"的展望与预言,其实也正是在普遍意义上的人类与历史背景上的个人精神困窘与挣扎,这与西方的命运观有很大的不同。"西方的'destiny'(命运)观强调必然性。它起源于希腊人'moira'(命运)观,与早期的圣地空间结构相关,后来又与'logos'(逻各斯)联系起来,最后在理性化升级中,成为与'law'(自然规律)类似的东西。对西方文化来讲,命运建立在对必然性认识的基础上。"[2]

由此可见,首先,从域外乡愁小说的还乡叙事中,我们发现中外知识分子虽然都对故乡有着类似宗教般的皈依感,但是他们的"同命感"实有不同。我们知道"从古希腊史诗《奥德修纪》以降,灵魂的皈依对欧洲人的精神世界而言,向来都是极重要与急迫的。然而对于传统乡土中国而言,对于故乡/家的情感认同并不能简单地看成是宗教性的。中国传统的家园、故乡概念更接近于世俗的层面,譬如,家

---

[1] 张法:《命运观的中、西、印比较——从"人类命运共同体"英译难点谈起》,《南国学术》2019年第2期。

[2] 张法:《命运观的中、西、印比较——从"人类命运共同体"英译难点谈起》,《南国学术》2019年第2期。

庭团聚、老友重逢等日常的现实期待"①。林如稷翻译苏俄作家L. leonov 的《哥比里夫的还乡》即是一次灵魂的皈依之旅。

这篇乡愁小说分为上、下两部分，连载于 1933 年《沉钟》第 23、24 期。作品讲述的是农民米其加·哥比里夫的还乡遭遇。哥比里夫曾经在"大潮流"的裹挟下，带着他的军队镇压了自己故乡农民的反叛，并放火烧掉了故乡的村子。时过境迁，他再次潦倒地踏上故乡的土地，虽然聋哑兄弟暂时收留了他，但是最终还是被村民发现了。然而通过全村的公开审判，哥比里夫非但没有被处死，反倒得到了救治，甚至获得了前女友婀灵加的爱情。哥比里夫最终得到了乡亲们的宽恕，在故乡又开始了平静的生活。作者虚构了一个伤害故乡而又被故乡宽恕的张力结构，力图彰显的正是故乡作为本源性的灵魂庇护之所的强大容纳功能，即便是故乡的"逆子"也同样能在其博大的胸怀里得到宽恕。

同样是归乡，不同于《哥比里夫的还乡》中浓郁的宗教意味，译者林如稷的《故乡的唱道情者》则是通过"道情"这一民间传统说唱艺术来曲折地表达他对故乡的追思。《清稗类钞》七十七《唱道情》有云："道情，乐歌词之类，亦谓之黄冠体。盖本道士所歌，为离尘绝俗之语者。今俚俗之鼓儿词，有寓劝戒之语，亦谓唱道情。江浙、河南多有之，以男子为多，而郑州则有妇女唱之者，每在茶室，手摇铁板，口中喃喃然。"②可见，道情原与道教、道士相关，虽原本多道家"劝诫之语"，但随着发展，道情的内容则越来越与民间的生活、故事

---

① 冯波：《雅努斯的面孔：中国现代"乡愁小说"论》，中国社会科学出版社 2019 年版，第 228 页。

② 谭正璧、谭寻搜辑：《评弹通考》，上海古籍出版社 2012 年版，第 428—429 页。

相近，而与宗教愈行愈远了。作品中"唱道情者"耿生的"劝戒之语"显然没有多少宗教的说教，反倒更多的是对多舛人生遭际的哀叹。

……舍不得，也只有忍心相舍，是命，也更只有由它，我在故乡只有触目生悲戚，此后，遂开始漂泊生涯，近几年各处混混，把年少气狂躁脾气倒磨折净尽，什么事也不能使我再生出悲戚。这倒真是命，像九月里黄叶儿任风吹来东西南北地流浪，飘零得也不想找出一定的栖止……①

与其说唱道情者的自白是"认命"，毋宁说是"倒运"，这种对"命"的情感体认，不是归结于一种冥冥中不能违背反抗的力量，而更多依赖于若干年来凄苦生活的体验。与译者所译《哥比里夫的还乡》相较，《故乡的唱道情者》道的是"运"，而域外乡愁小说告诫的则是"命"。"命运"二字在中外乡愁小说中的不同想象方式，呈现的正是不同文化，尤其是不同历史语境的必然结果。即便同样是宗教般的命运关怀，域外乡愁小说对不同宗教派别对人生命运的内在影响也有着敏锐的觉察。譬如在《两个教堂》中，山顶的克罗地亚人信奉希腊正教，山下的克罗地亚人信奉罗马天主教，同一村庄的两种信仰差点导致一对青年男女恋爱的失败。②可见宗教性的彼岸期待与对未来人生幸福的命运感是紧密结合在一起的。

---

① 林如稷:《故乡的唱道情者》，《浅草》1925 年第 4 期。
② 〔克罗地〕M. 奥格列曹维支著，芬君译:《两个教堂》，《译文》1935 年第 1 卷第 5 期。后收入茅盾译文集《桃园》，文化生活出版社 1935 年版。克罗地现通译作"克罗地亚"。

其次，中外乡愁小说对于"命"与"运"的不同想象自然也不限于宗教，那么当域外乡愁小说家面对国家的、历史的"运数"时，他们对于乡土中国的想象是否能够得到本地的共鸣呢？赛珍珠《大地》的译介就是一个颇值得研究的跨文化事件。1930年代国内译者对赛珍珠及其《大地》表现出了浓厚的兴趣。就小说《大地》而言，1932年胡仲持就以笔名"宜闲"在《东方杂志》上进行了译介①，1933年张万里、张铁笙也翻译了这部乡愁小说，并分两册由志远书店出版。同年胡仲持翻译的《大地》由开明书店出版，此后还有1934年马仲殊编译的中学生书局版和1936年由稚吾翻译的启明书局版等。值得注意的是，伍蠡甫还翻译了《福地》(《大地》)的续编《儿子们》。《大地》在中国的热译的同时还被改编成电影，剧组为此专门到中国内地取景，到了1940年代还被改编成了越剧，其传播之广，由此可窥一斑。

"土地"是《大地》这部小说的关键词。王龙靠勤劳积攒不断买进了黄家的田地当上了村长，但又因为荒年卖掉土地而背井离乡到了江南的大城市。在城市王龙因参加了贫民暴动而获得了大笔钱财，并用这笔钱购买了土地、耕牛，再次获得了经济的富足，但这却让他精神走向堕落。最终，他的妻子落葬在大地里，他的儿子们在这土地上成亲，已然年迈的王龙至死还紧捏着"温暖而松散的泥土"，告诫想"卖田"的子孙："我们从田地来，我们得进田地去。——你们保得住田地就可以活下去——谁也抢不去你们田地的。——"② 可以说田地是王龙的命根子，田地不仅给王龙提供了生存的必要物质来源，更左右

---

① 〔美〕布克夫人著，宜闲（胡仲持）译：《大地》，《东方杂志》1932年第29卷第1—8号。

② 〔美〕布克夫人著，宜闲译：《大地》(续)，《东方杂志》1932年第29卷第8期。

着他的感情生活、家族命运。赛珍珠通过一个农民一生与土地千丝万缕的联系，其实正是要告诉读者一个乡土中国的朴素真理，那就是土地不仅在物质上制约着农民的生活，更是在情感、精神与文化的层面建构了中国百姓朴素的命运观。正如译者张万里所说，《大地》是"描写我国农村衰落困苦艰难的实况，并乡农意识中土地观念的伟著"[1]。而赛珍珠显然并没有止步于此，小说结尾王龙儿子们虽嘴上答应不卖田地，但彼此会意而笑的描写，正是赛珍珠对这个东方古国现代命运的忧思。这在另一位译者张铁笙的《译后自记》里得到了充分的展现。

> 这本《大地》的翻译，本身万里自己打算着担任的，但是中途为了我们这班普罗子弟所共有的命运的支配，不得不从第十九章起，交给了我来接续担任……
> 几个朋友都劝过我，说本书作者在有好些地方侮蔑我们的国家，藐视我们的民族，应当把它掠过或是删除……我是从农家来的一个孩子，可以为著者作证明，她没有侮蔑我们，乃是我们的社会便是这么一个社会。……
> 此书译竣之日，塘沽协定签订了，日本飞机在向我战亡的将士"追悼"而飞过我的头上落到南苑我们的机场……我们的大难，还在后边，王隆的遭遇，我们还得去亲尝，而且要尝比他更惨痛的遭遇。[2]

---

[1] 张万里:《致读者》，〔美〕P. S. Buck 著，张万里、张铁笙合译:《大地》（上册），北平志远书店 1933 年版，第 1 页。

[2] 张铁笙:《译后自记》，〔美〕P. S. Buck 著，张万里、张铁笙译:《大地》（上册），北平志远书店 1933 年版，第 1—3 页。

张铁笙从王龙的"命"里看到了中国的"运",这是当时中国知识分子的共识,而《译后自记》中所谈到的部分国人对《大地》的不满,也是赛珍珠在 1930 年代所遭遇的现实。正如有学者所指出的,"由于 3 位《大地》中译者对赛珍珠有关中国的描述或褒、或贬、或褒贬参半,他们在翻译时必然会通过保留、改写、删减、增添、变形等不同策略,不可避免地对赛珍珠笔下的'中国'进行'创造性叛逆',从而重新建构民族自我形象,实现自我认同与自我确认"①。译者的改译是对《大地》的部分接受,这从国内评论者对《大地》的评论也可窥得一斑。譬如鲁迅就说:"她亦自谓视中国如祖国,然而看她的作品,毕竟是一位生长中国的美国女教士的立场而已,所以她之称许《寄庐》,也无足怪,因为她所觉得的,还不过一点浮面的情形。只有我们做起来,方能留下一个真相。"②而胡风也认为:"《大地》虽然多少提高了欧美读者对于中国的了解,但同时也就提高了他们对于中国的误会。"③茅盾则批评赛珍珠的小说歪曲了中国农民的形象,此外赵家璧、巴金也都有类似的批评。而更让人感到惊讶的是,1934 年米高梅电影公司(MGM)前来中国拍摄根据《大地》改编的电影时却遭到了官方重重阻力,最终历经三年拍摄事宜才得以落地。虽然米高梅电影公司聘请了著名影星王元龙为华裔顾问,甚至只是拍摄外景且有国

---

① 梁志芳:《亦褒亦贬评"珍珠"——20 世纪 30 年代的三位〈大地〉中译者》,《东方翻译》2012 年第 3 期。

② 鲁迅:《致姚克》,土世家、止庵编:《鲁迅著译编年全集》(第 15 卷),人民出版社 2009 年版,第 501 页。

③ 胡风:《〈大地〉里的中国》,胡风:《文艺笔谈》,上海生活书店 1936 年版,第 319 页。

民政府官员现场监督，但是回到好莱坞拍摄内景时，仍不能阻止担任监察的国民政府官员杜庭修赴美监察拍摄。①而这都与《大地》描写了饥寒交迫的农民、小老婆、土匪抢劫等让他们感到难堪的镜头有关。譬如，一旦镜头中出现女人"小脚"即令删除，时人所撰的揶揄文章《〈大地〉与小脚》实在令人忍俊不禁。②

其实褒贬不一的争论正反映了域外作家书写中国人"命运"时的困窘，也就是说，域外作家对具有不可抗力的、形而上的"命运"认知，已然与中国本地更注重历史现实的"运命"观构成了龃龉，误解自然也就不可不免了。即便赛珍珠努力写出所谓中国农民"命"的真实，但在中国批评家乃至普通民众的眼里，这不过是对中国"运"的忽视。赛珍珠的跨语际/文化写作，难以跨越的不仅是文化的沟壑，更是历史实况所带来的政治偏见。赛珍珠1930年代在中国的遭遇，其实是与彼时国内的政治语境息息相关的。譬如国内的译者在面对更具普遍哲学意义的命运时，就显示出对"命"与"运"的不同读解。例如1930年代的知识分子对于哈代带有宿命意识的悲观就有不同的解读。赵家璧意识到哈代视"宇宙间的万事万物，都被命运支配着，人们是无能为力的，热情的享乐是无补于事的，只有悲悯与同情，才可以从人生的苦海中救起"③的命运观；而徐志摩则多次在《汤麦司哈代的诗》《哈代与悲观》《厌世的哈提》《汤麦士哈代》等文章中为哈代的"悲观主义"正名，在徐志摩看来，"实际上一般人所谓他的悲观主义

---

① 参见阿石：《关于〈大地〉》，《天津商报画刊》1934年第11卷第49期。
② 参见晴光：《〈大地〉与小脚》，《天津商报画刊》1934年第11卷第49期。
③ 赵家璧：《汤麦斯哈代》，《光华期刊》1928年第3期。

（pessimism）其实只是一个人产（生）实在的探检者的疑问"①。与其将哈代看作一个悲观主义者，毋宁将其视为一个"崛（倔）强的疑问（Obstinate questionings）"者更为恰切。这位曾远渡英伦经狄更斯介绍而有幸慕名拜访过"老英雄"哈代的诗人，对哈代面对命运既感到被动无奈，又主动不懈叩问的矛盾心理显然心有戚戚焉。中西作家零距离的文化碰撞，也让徐志摩对中国文学的民族性、时代性有了更深切的认识。②正如胡洛③介绍丽尼所译纪德的《田园交响曲》时所说："实际上，生活在这世界中，便像个盲人恢复了光明一样地感到苦痛。这世界是悲惨的，黑暗的，贫困，饥饿，自杀，战争，血……他不再用绝望的哀鸣来回报这社会的残酷，他已向这社会伸出来他的拳头。"④由此可见，即便是更为高蹈的、哲理的命运沉思，在当时的评论者那里，他们也更愿意将之与中国的历史境遇紧密联系在一起。

三、田园与都会的忧郁

1930年代前后，中外知识分子除了在原乡意义上的同命感以及对

---

① 徐志摩：《附录二：哈代的悲观》，《新月》1928年第1卷第1期。

② 徐志摩与哈代的交谈涉及中国的文字、诗歌的用韵等，二人虽有共鸣，但也有辩难。参见志摩：《谒见哈代的一个下午》，《新月》1928年第1卷第1期。

③ 胡洛（1915—1937），原名李安乐，安徽芜湖人。早年在教会主办的萃文中学读书时，曾参与主办《泾渭》杂志。后入复旦大学，研究文学理论。有作品发表在《自由谈》《动向》《言林》等刊物上。1936年曾和周楞伽等人创办《文学青年》月刊。1937年在上海病逝。有《胡洛遗作集》。参见李盛平主编：《中国近现代人名大辞典》，中国国际广播出版社1989年版，第501页。

④ 胡洛：《介绍与批评：〈田园交响乐〉》，《客观》（上海）1935年第1卷第5期。

于宗教抑或宿命意识的挣扎，他们对于城乡意识形态内自我归宿的焦虑感也构成了一种强烈的命运意识。这种在历史重要转型期内的生命体认极具历史现场感，不过由于中外现代性发生的历史进程与语境的差异，也造成了在译介这些域外乡愁小说时不同的情感侧重与认知。譬如，佐藤春夫的《田园之忧郁》与《都会的忧郁》即可作此对读。

《田园之忧郁》一名《病了的蔷薇》，1928年谢六逸曾根据佐藤的小品集《花与实与棘》（金星堂名作丛书）内的《呵呵蔷薇你病了》译介并发表于《大江月刊》第十一月号，此后译本颇多。1930年代的译本以李淑泉1934年翻译的《田园之忧郁》中华书局本为代表，在译文正文前后有译者李淑泉的《佐藤春夫评传》和《年谱》。佐藤的《都会的忧郁》主要译者是查士元，1931年3月由上海华通书局出版。此外，高明在1933年编译的《佐藤春夫集》由上海现代书局出版，这是1930年代对佐藤春夫较为全面的译介。

《田园之忧郁》讲的是一个日本青年带着他的妻子和狗来到草木茂盛的武藏野安身的故事。虽然远避了都市的喧嚣，但退居荒僻之地后，焦虑和幻觉却每每向他袭来，作者细腻描绘了武藏野四季的变换，深刻表达了都市青年面对田园的忧郁、苦闷与彷徨，作品充满世纪末的颓废气息和倦怠感。而《都会的忧郁》则把视角集中在了都市小人物的普通人生遭际上，讲的是一个中产阶级的长子失学，因与女优结婚被家庭抛弃。面对残酷的社会，他一度失业，此时桃色的热恋已经褪色，他尝试从事写作，但却又遭到了友人的奚落而不能成篇。在枯寂平凡的夫妻关系和生活重担的压迫下，他感到无尽的疲乏与忧郁。《都会的忧郁》严格意义上并不能算作是一篇乡愁小说，但是在我们将它与《田园之忧郁》对读后，仍可获得不少启发。佐藤的姊妹篇给我们描画了当时日本知识分子在都会与田园之间难以自处的孤寂痛苦心境。想逃离都市的喧嚣但又无从在田园里安顿自我的灵魂，无奈委身于都市的洪流，却难以真正找到自我，于是无力、疲惫而充满了痛苦的忧郁就涌上心头。正如《都会的忧郁》结尾里的主人公那样，捏着不知什么时候空的香烟壳，险些被"威风凛凛"的"现代"快车轧死。"忧郁"无论是田园的抑或都市的，其实都是全球化的现代竞速中生命个体自我归宿的焦虑，即一种强烈的命运感。对此译者李淑泉是感同身受的，譬如译者在文后的 64 条注释更像注疏，不仅对文中事实加以解释，而且联系作者佐藤日常生活、思想脉络以及其他著作加以佐证解说，实可谓是一篇对佐藤作品的精读指要。再如译者对佐藤开篇所引爱伦坡的诗的翻译也颇能见得这种情思相通。

> I dwelt alone
>
> In a world of moan
>
> And my soul was a stagnant tide.
>
> > Edgar Allan Poe

> 我独住在
>
> 呻吟底世界
>
> 我的灵魂是停污的海潮
>
> > ——叶德嘉·爱伦·颇[1]

---

[1] 〔日〕佐藤春夫著，李漱泉译：《田园之忧郁》，中华书局 1934 年版，第 65 页。

李淑泉将"stagnant tide"译作"停污的海潮"是颇为讲究的。"停污"二字除了有"stagnant"（停滞不前）之意，还能够让中国的读者联想到苏舜钦与苏舜元为京师地震而写的《地动联句》中的"停污有乱浪，僵木无静枝"[①]，那么诗句中的乱浪翻滚的意涵就又丰富了"stagnant"（停滞不前）之意。这就形象地表现了在"地震"所隐喻的时代巨变之下，人的内心既停滞抑郁又矛盾激烈的冲突。而这也正如作品中主人公所言：

> 他知道这种严重的，困惫极了的郁闷之情既经构巢在他的心底深处，这种心底所有者底眼里所看见的世界万物无论何时何地，当然都是很郁闷的东西——要想在这个陈旧不堪的世界里营新的生活底唯一的方法只能靠他自己转换他自己的心境。……这一切他还是完全无从知道。因此无论在乡村，在都会，反正在地上的任什么地方也没有使他安住的乐园。[②]

除了译者，读者也同样能与作者感同身受。譬如一篇对《都会的忧郁》的新书评介就是作者与读者的心灵汇通。

> 我们读阿志巴瑟夫的《山宁》，感到不快；我们现在读佐藤的《都会的忧郁》也感到不快。可是不快的程度是不同的。《都会的忧郁》中的主人所遭遇的不幸纵然是极常型的，却因不幸者的

---

① （宋）苏舜钦著，傅平骧、胡问陶校注：《苏舜钦集编年校注》，巴蜀书社1991年版，第2页。

② 〔日〕佐藤春夫著，李漱泉译：《田园之忧郁》，中华书局1934年版，第101页。

懦怯，不敢和命运挣扎和反抗，使我们格外的生同情之心。所以在不快中，我们还要流着怜悯之泪。《山宁》所遭遇的苦难却使我们感到愤懑和激动，而生叛逆传统典型的热情。在《都会的忧郁》中，我们找不到激越的煽动的情调，却深刻的显示着一般不幸者的真实的形相。①

"阿志巴瑟夫的《山宁》"指阿志跋绥夫的小说《萨宁》。这篇书评将二者比较的用意显然是要凸显《都会的忧郁》的艺术独特性，除此之外，也流露出对这篇译作颇为赞赏之感。换言之，在国内民族矛盾日益尖锐的现实考量下，这篇能够深刻显示"一般不幸者的真实形相"的译作，其难能可贵也就不言自明了。而这也提醒我们，域外乡愁小说译介除了带来现代工业文明与传统农耕文明冲突下现代人"危疑扰乱"②的普遍时代焦虑，本地的知识分子面对"舶来的乡愁"是否也存在着彼此并不同步的情感认知与理性哲思？郁达夫对佐藤春夫的接受可窥一斑。黎德机对佐藤春夫《田园的忧郁》与郁达夫《沉沦》三部曲的比较颇有见地。在这篇文章中，作者认为：

> 我认为两位作家真正关注的中心并不仅仅是主人公心理失调（psychological disorder）的病史或他们在建立"正常的"人际关系方面的无能；小说中随处可见的，是隐没于背景之中的过去的稳定的社会秩序的崩溃，以及传统的价值体系的崩溃给个人和国家

---

① 裕常：《新书评介：描摹尽致的〈都会的忧郁〉》，《中国新书月报》1931年第1卷第8期。

② 方璧：《王鲁彦论》，《小说月报》1928年第19卷第1期。

带来的痛苦和忧虑。①

由此而论,所谓"忧郁"的情绪并不仅是一种个人的性的苦闷与所谓的"心理失调",而更应看到这种"忧郁"源自传统价值体系崩溃给个人与国家带来的痛苦。无论是"田园"的忧郁抑或《沉沦》中的"忧郁"其实都是个人在时代巨变中,面对传统社会秩序、价值体系崩溃后对自我命运的迷茫。同时黎德机还指出:

> 他们之间重要的区别之一,是《田园的忧郁》的主人公相对地缺少自责心理和罪恶感,而这在《沉沦》中却显得如此突出。②

那么为何二者有如此不同呢?这其实恰恰提醒我们,所谓"西化"或曰"现代化"在中日两国的发生语境、发展的轨迹与方式的不同。而"'现代'不是某个时间段,而是一个特定的历史情境和脉络"③。我们知道日本 1868 年开始明治维新,提倡"文明开化",逐渐走上近代化的道路;而 1912 年 2 月 12 日清帝退位,中国彻底结束封建帝制。虽然中日都曾遭遇西方的野蛮入侵,但是中日甲午之战后,不仅曾经的东亚秩序得以重组,而且日本军国主义已事实上成为新的亚洲殖民霸权,中国在这场现代竞速中已然落伍,这种内心所激发的民族主义

---

① 〔荷兰〕黎德机著,白岚玲译:《混乱,还是一致?——佐藤春夫〈田园的忧郁〉与郁达夫〈沉沦〉三部曲》,《中国现代文学研究丛刊》1994 年第 2 期。

② 〔荷兰〕黎德机著,白岚玲译:《混乱,还是一致?——佐藤春夫〈田园的忧郁〉与郁达夫〈沉沦〉三部曲》,《中国现代文学研究丛刊》1994 年第 2 期。

③ 宋念申:《发现东亚》,新星出版社 2018 年版,第 251 页。

情绪与个人的挫折就内化为了一种强烈的命运感,不仅关乎个人,更紧密地联系着民族国家。譬如郁达夫在1921年10月发表《沉沦》同时所写的《芜城日记》(1921年10月2—6日)中,已然流露出对民众生活艰辛的关注与社会不公的不满。反观1917年因退学、失恋而在横滨郊外置身田园,有着同样"田园的忧郁"的佐藤春夫,显然就没有郁达夫这种来自中国乡间、在异国屈辱中所深切感受到的民族自卑感。以此观之,郁达夫当年经田汉介绍而与佐藤春夫相识,二人一度过从甚密,1927年佐藤来中国游玩,郁达夫还亲自接待陪同,然而1938年佐藤春夫具有强烈政治色彩的北京之行,最终导致二人反目,也就不难理解了。[1]

除了上述中日知识分子因步入"现代"的时差而形成迥异的命运感,其实郁达夫的自责与罪恶感也可看作是一种极具个人化的情绪表达。换言之,我们不能忽视中外知识分子对于"个人"的不同解读。譬如有学者就指出:"在西方,以'我'为代表的个人往往是一个恒定的存在,并希望坚定地忠实于自我行事;而在东方,相对而言,个人是作为与人际关系和自然的功能性的存在。这种趋势导致个性化的性格特征在日常生活中产生积极和消极的后果。"[2] 因此,我们更应重视

---

[1] 参见王升远:《晚宴的政治与"大东亚的黎明"——1938年佐藤春夫的北京之行》,《外国文学研究》2014年第6期。

[2] 译文为笔者所译,原文为"In the West, the individual as represented by 'I' is more of a constant, and is expected to act as such; while in the East, the individual is relatively speaking a function of his human nexus and of nature. Such tendencies result in characteristic personality features which contribute to positive as well as negative consequences in daily life." Chang, Suk Choo, "The Cullural Context of Japanese Psychiatry and Psychotherapy", *American Journal of Psychotherapy*, no. 19(1965), p. 595.

那些在时代主潮中的个人化的命运体认，因为中国现代知识分子眼中的、东方的"个人"概念更是"作为与人际关系和自然的功能性的存在"，也就是说，中国知识分子更愿意将个人的遭际与时代的风云际会建立紧密的关联。在中国动荡的现代化历程中的情绪化、个人化的体认，同样构成了一个体验中国人命运亲切而真实的视角。这从郁达夫的身上，我们尤其能够强烈地感受到这一率真般的心灵痛苦。

第二节 乡土、"废墟"与文本的行旅[①]

从他国类似乡土文化中找到共鸣，把翻译变成了自我的情绪纾解、抒发，这是郁达夫翻译德国作家盖斯戴客《废墟的一夜》的内在动力。郁达夫三改译题、文本的传译/转异，与之同步的是"抒情时代"的情感痛苦向精神废墟转化，这两个程序在郁达夫身上交汇呈现。面对复杂的政治时局，郁达夫已颇有些"疲倦的热烈"与"颓废的道德"般的"中年心态"。然而恰是这种辗转反侧的苦闷，类似"反抗绝望"般的抒情，成为中国现代知识分子在个人兴怨与时代际会的交错、纠缠下对时代与历史独特的想象与回应方式，即一种个人化的命运体认。

一、三改译题

《废墟的一夜》是郁达夫所钟爱的德国文学作品之一。从 1928 年

---

① 本节内容笔者曾以阶段性成果发表，收入本书时有改动。参见冯波：《乡土、废墟与文本的行旅：郁达夫翻译〈废墟的一夜〉》，《南京师范大学文学院学报》2022 年第 1 期。

首译于《奔流》到 1935 年收入《达夫所译短篇集》，历时七载，郁达夫"不离不弃"，还多次将之列为译文集首篇，足见他对这篇译作的珍爱。然而颇令人意外的是，对于这样一部自己如此欣赏的佳作，郁达夫却少有评述，较为集中的介绍也还是 1928 年发表于《奔流》中的《译者后记》，之后不同版本的"译后记"也大都是《奔流》《译者后记》的重述，没有太多新鲜的内容。而彼时文坛、学界的评述更是凤毛麟角。《废墟的一夜》在译者与读者中的双重冷遇，使得这篇少有问津的译作注定成为被遗忘的"过客"。那么，《废墟的一夜》果然乏善可陈，不值一读？如果事实如此，郁达夫为何没有"七年之痒"，对此念念不忘呢？显然这个观点是立不住脚的。那既如此，读者、评论家的漠视，以及译者自己的某种"欲言又止"的不正常现象又该如何解释呢？我们且看译者在译介中对小说题目的三次改动。

郁达夫首译 Friedrich Gerstaecker 的小说 Germleshausen 时，将小说的题目翻译为《盖默尔斯呵护村》，这篇译作载于 1928 年 11 月 30 日《奔流》第 1 卷第 6 期。据该刊《译者后记》，"译者所根据的，是美国印行的 Heath's Modern Language Series 的一册，因为近来在教几位朋友的德文初步，用的是这一本课本，所以就把它口译了出来，好供几位朋友的对照"[1]。从译者对作者 Friedrich Gerstaecker（Friedrich Gerstäcker，郁译：盖斯戴客，1816—1872）及作品 *Streif und Jagdzuege*（*Streif und Jagdzüge*，《漫游与探险》，笔者译注）的拼写看，郁达夫口译当是德文原文。据 1928 年《奔流》版本，在小说题目"盖默尔斯呵护村"下，郁达夫还专门注明"（*Germleshausen*）"，可见，"盖默尔

---

[1] 〔德〕Fr. 查斯戴客著，达夫译：《盖默尔斯呵护村》（*Germleshausen*），《奔流》1928 年第 1 卷第 6 期。

斯呵护村"为"Germleshausen"的音译。郁达夫第一次对小说题目的改动是1930年在出版译文集《小家之伍》时,在《断篇日记七》写于1930年2月22日的日记有如下的记述:

> 早晨三点钟就醒了,中夜起来,重看了一遍译稿。《小家之伍》一书,译文共五篇,打算于这六七日内整理好来。目录如下：1.《乌有村》(Germleshausen)。2.《幸福的摆》(Das Glüvckspendel)。3.《一个败残的废人》(Ein Wrack)。5.《浮浪者》(The Tramp)。①

但从1930年北新书局出版的《小家之伍》看,郁达夫最终还是放弃了《乌有村》的译名,取而代之以《废墟的一夜》,这是郁达夫对小说题目翻译的第二次修改。而第三次小说译名的改动与前两次不同,在1935年上海生活书店出版的《达夫所译短篇集》中,郁达夫虽然沿用了"废墟的一夜"的译法,但与《小家之伍》不同的是,"废墟的一夜"之下的 Germleshausen 的原文标注被删除了。从"盖默尔斯呵护村"而"乌有村"到"废墟的一夜",郁达夫译介中小说译名的难产是颇耐人寻味的。郁达夫三改译题,其中有怎样的斟酌? 那么这部让郁达夫如此纠结,举棋不定的小说到底是一部怎样的小说呢?

从阅读感受上说,这确实是一部奇特的小说,初读令人感到愉悦而恬静,但越往后,小说的气氛愈加阴森恐怖。郁达夫在译者后记

---

① 吴秀明主编:《郁达夫全集》(第5卷),浙江大学出版社2007年版,第280—281页。

中坦言:"他的谈陷没的旧村及鬼怪的俨具人性,和蒲松龄的'聊斋志异'很象很象。"[1] 既如"聊斋",恐怕不外乎"用传奇法,而以志怪"[2],可见作品所描绘的幽冥幻域,不过是现实的反映,理想的寄托。那么如何让读者更直观、深刻体会作品的主旨,题目就显得格外重要了。我们知道,所谓"题目"一要对题,二要瞩目。题目或交代故事内容,或寄寓文章主旨,一个好的题目往往是对作品主旨最简洁的提炼,这对于那些带有强烈象征意味的作品尤其如此。因此,从"盖默尔斯呵护村"到"乌有乡""废墟的一夜"译作命名的变化,其实正是郁达夫阅读不断深化的体现。即不满足于"音译"的被动翻译姿态,而是力图主动、能动地把握作品的主旨与象征意蕴,这主要体现在他第一次对译名的修改上。但第二次从"乌有之乡"到"废墟的一夜"的改动则复杂得多。从前述的日记可知,一个让译者午夜三点都难以入眠,中夜起来敲定的目录却最终并没有付诸实际,这到底为何?显然郁达夫最终并不满意"乌有乡"对作品主旨的揭示,虽然作品中的那个"陷没的旧村"确乎"子虚乌有",但绝非"无稽之谈",此等寓言/预言反倒是更为真实的呈现。正如郁达夫在《译者附记》中所说的,"不过这也是德国当时的一种风气,同样的题材,在 W. Mueller、Heine、Uhland 诸人的作品里也可以看到"[3]。至于第三次译者为何删除"Germleshausen"的原文,虽然限于文献匮乏,我们已难以找到译者

---

① 〔德〕Fr. 查斯戴客著,达夫译:《盖默尔斯呵护村》(*Germleshausen*),《奔流》1928 年第 1 卷第 6 期。

② 鲁迅:《中国小说史略》,《鲁迅全集》(第 9 卷),人民文学出版社 2005 年版,第 216 页。

③ 〔德〕Fr. 查斯戴客著,达夫译:《盖默尔斯呵护村》(*Germleshausen*),《奔流》1928 年第 1 卷第 6 期。

反复思忖的蛛丝马迹，但有一点可以肯定，那就是这个原文已经没有标注的必要了，"废墟的一夜"与"Germleshausen"的原意已经相去甚远，如果保留小说题目无异于画蛇添足，这也显示了译者对这一中文译名的认可与自信。

基于如上的认知，我们再看译作被读者与评论家的冷落以及在"革命、救亡"的主流叙事中被边缘化也便成了必然。一方面，作为一篇带有强烈象征意味的小说，《废墟的一夜》隐而不彰的主旨无形中给读者或评论者造成了阅读的障碍；一方面，奇幻的故事情节也使读者似有与时代脱节之感。但除却如上源于作品自身的特点，更重要是这篇译作由于译者极其"个人化"的情感投入，使得译作成了译者心声的曲折表达，这在三改译题中已然有所显露。那么，作为旁人的读者和评论家自是很难真正走进译者复杂的心灵深处。换言之，这不仅是读者、评论家的困惑，其实也是郁达夫自己的苦恼。

譬如郁达夫在《自序》中所言："我的译书，大约有三个标准；第一是，非我所爱读的东西不译。"[①] 如果按照这个标准，《废墟的一夜》的"爱读"之处又在哪里呢？从《译者附记》看，郁达夫对这部"德版聊斋"的主旨所谈甚少，他称许的是作者笔下的外国风土、冒险奇谈。而事实是《废墟的一夜》中恰恰并没有多少异域风景的描写，也缺少独特风土人文习俗的展示。要说"冒险奇谈"也不过是一个古村在一夜之间陷没与消失的奇闻异事。其实此类故事在《聊斋志异》或是域外小说中并不鲜见。譬如前面我们提到的日本上田秋成根据明代瞿佑《剪灯新话》创作的《雨月物语》中『浅茅が宿』的故事。如果

[①] 郁达夫：《达夫所译短篇集》，生活书店 1935 年版。

这类已然令人审美疲劳的故事是郁达夫"爱读"且非译不可的理由，恐怕多少还是未解译者翻译此类作品更深层的动机。从《译者附记》不难看出，郁达夫更关注的是作者 Friedrich Gerstaecker 从德国至美国，从美国返德国，甚至游历南北美洲，环游世界的壮举，那么既如此，对于暮年回到故乡的盖斯戴客来说，让他感触最深的恐怕已不再是异域空间的新奇，而是物是人非、沧海桑田般的唏嘘、感慨。可见《废墟的一夜》不仅是一个带有奇幻色彩的鬼怪故事，更是隐喻对乡土的深切反思，这对于同样有着东游扶桑，辗转多地的游历经验的郁达夫来说，难免不被这一舶来的"乡愁"的寓言所打动。因此，郁达夫对盖斯戴客作品中外国风土、冒险奇谈的称许，其实不在奇谈本身，强烈吸引他的，是一个有着不同时空生活经验的作家所进行的跨空间艺术实践。郁达夫的"爱读"是一种感同身受的阅读情感体验，换言之，所谓"爱读"其实正是郁达夫从他国类似乡土文化中找到了共鸣，于是把翻译变成了自我的情绪纾解、抒发的方式与途径。诚如邵洵美所言："要知当他在选择翻译的材料的时候，便早已胸有成竹，不同道毋相谋；因此选择的，便多少和他自己是相近的。"[①]

二、"钟声"与"雾霭"的互文

愁是一种情绪，乡土寄托着情感，郁达夫翻译《废墟的一夜》不过是借他人酒杯浇自己胸中块垒。一部域外游记经过文本的行旅后，

---

① 文（邵洵美）：《小家之伍》，《金屋月刊》1930年第1卷第9、10期合刊。载于栏目"介绍批评学讨论"之中，署名"文"，《小家之伍》为郁达夫五篇译文集，"浩文"是邵洵美的笔名。

其实已然寄寓了译者个人的家国情思。如果将郁达夫自身的人生情感经验与作品虚构的抒情相联系，就能愈加强烈地感到这种情之相通。譬如作品中多次出现的"钟声"与"雾霭"的隐喻与译者七年间犹疑的心态就多有谐振。

《废墟的一夜》中先后七处描写的"钟声"贯穿故事始终，它不仅是叙事发展的重要标志，而且也表现为一种潜在的、强大的思维力量，它对整个作品的情感走向起到了牵制、推动作用。出现在小说开头的第一次钟声，唤起了主人公亚诺儿特对故乡的思念，它提醒读者这部小说其实是一个游子的乡愁而非仅仅是一次探险之旅那般简单。但除此之外回荡在盖默尔斯呵护村上空的六次钟声无不是"慢慢撞击的"，"并不深沉响亮""尖锐不和协的"，甚至让人感到"有点怕人"的。[1] 譬如第二次钟声的"尖锐不和协"；第三次又响起的"那个旧的在（有）裂痕的钟声"[2]；第四次、第五次在临近午夜十二点前，旅馆舞会的狂欢之时，随之响起的"冗慢的钟声"[3]；以及第六次在亚诺儿特与盖屈鲁特最后生离死别之际，宣告着这个古村的陷落与画家爱情的结束出现的钟声，即便最后在亚诺儿特耳边周而复始地响起的"尖锐的钟声"不过是一种幻听，但也何尝不是惊恐与痛苦的余音？不难看出，第一次与之后响起的钟声给亚诺儿特的感受是截然不同的。这种迟钝、暗哑、散伤丑害之声则更多地充满了警示的意味，譬如越临近午夜十二点，人们就愈加沉寂、狂躁，因为钟声预示着不可遏止的毁

---

[1] 郁达夫：《废墟的一夜》，《达夫所译短篇集》，生活书店1935年版，第10页。
[2] 郁达夫：《废墟的一夜》，《达夫所译短篇集》，生活书店1935年版，第37页。
[3] 郁达夫：《废墟的一夜》，《达夫所译短篇集》，生活书店1935年版，第46页。

灭的到来，它虽然也唤起了主人公的乡愁，但与第一次有很大的不同。第一次钟声虽然让他想起了故乡，但是并没有让他感到忧愁，"他那少年的心，他那轻松快乐的心"是不允许"这些烦忧沉郁的想头滋生起来"的，所以"他只除去了帽子，含着满心的微笑，朝了他所素识的故乡的方向，深深鞠了一躬。然后比前更紧地拿起那枝结实的手杖重新遵沿着他所已经开始的行程，他就勇猛地走上大道，走向前去了"。① 但之后的钟声让他感到极为恐惧，而越是恐惧，他就愈加思念起他的母亲。"一种阴森森的莫名其妙的恐怖笼罩上了他的全身，他自己也不晓得是什么缘故，只觉得想念他在家中的老母的一个想头逼上了他的心来。"②

前后涌起的乡愁的差异其实也是主人公亚诺儿特复杂心理的呈现，一是丧钟必然响起的恐惧，一是再次魂归故里的忧郁。这其实也是一个知识青年的精神成长历程，即努力地走出家的襁褓，但又在挫折中寻求家的庇护的矛盾且无根的精神面向。而在1927年即译介《盖默尔斯呵护村》的前一年，郁达夫恰巧也翻译一首德国诗人好乌斯曼具有相似情感倾向的诗歌。③

　　Wide is the world, to rest or roam,

---

① 郁达夫：《废墟的一夜》，《达夫所译短篇集》，生活书店1935年版，第3页。
② 郁达夫：《废墟的一夜》，《达夫所译短篇集》，生活书店1935年版，第46—47页。
③ 原诗无译者，查郁达夫《劳生日记》1926年11月26日所载："午前九时半至学校看报，有《A. E. Housman's Last Poems》一册，已为水所浸烂，我拿往学校，教女打字员为我重打一本。这好乌斯曼的诗，实在清新可爱，有闲暇的时候，当介绍他一下。"由此可知，此诗译者为郁达夫。参见郁达夫：《日记九种》，北新书局1928年版，第18页。

> And early'tis for turning home;
> Plant your heel on earth and stand,
> And let's forget our native land.
> 　　　　　Form A. E. Housman's Last Poems

> 任你安居，任你飘泊，这世界是广大无极，
> 回返故乡故土，这还不是这时节，
> 把你的脚跟儿站直，挺身站直，
> 让我们忘掉了故乡吧，暂且把故乡抛撇。①

郁达夫选择译介好乌斯曼的诗作多少显示了此时他对那种毅然"忘掉故乡""抛撇故乡"情感的某种关注或认同。与之相应，1928 年在《奔流》上发表的《盖默尔斯呵护村》（Germleshausen）也是对小说题目采用了较为简单直接的音译法而缺乏对作品的象征意义足够的省察。这一情绪在同年创作的《在寒风里》同样得到了延续，作品中的"我"，"自从离开故乡以来，到现在已经有十六七年了。这中间虽然也回去过几次，虽也时常回家去小住，然而故乡的这一个观念，和我现在的生活却怎么也生不出关系来……可是奇怪的很，这一回的回乡，胸中一点感想也没有。连在往年当回乡去的途中老要感到的那一种'我是落魄了回来了'的感伤之情都起不起来"②。但是即便如此，亚诺儿特在恐惧中对故乡母亲的追忆还是让译者为之动容。这对

---

① 此文原载《洪水》1927 年第 3 卷第 28 期，未署名。
② 郁达夫：《在寒风里》，《大众文艺》1928 年第 4 期。

于三岁丧父，自幼对母亲感情至深的郁达夫来说并不难理解，加之留日期间与曼陀兄的矛盾，甚至"夜思兄弟无情，几欲自杀"[1]。可以设想在此境况之下再次涌起混杂着对母亲强烈思念的乡愁也自在情理之中了。

那么既如此，郁达夫因何不踏上归乡之路？作品中亚诺儿特五次遭遇"雾霭"阻挡的隐喻为探赜译者的心声提供了颇有意味的互文。这种"深厚紫褐色的烟霭"[2]其实是"地气"，燕子因地气不愿造巢，果树因地气不结果子，它总是与令人压抑的景物相伴随，譬如那块低低的墓地。"地气"这种来自于大地的奇诡迷障，很容易让我们联想到由本土的、传统的农业文明而生发的基于乡土的、带有根性的情感认同。那么，"雾霭"也就有了隐喻传统乡愁其实已然成了一种阻碍现代社会发展的情感羁绊之意。譬如，亚诺儿特对盖屈鲁特的迷恋，实则是对美好"过去"/"传统"尚存的眷恋。然而当他与心上人如约再次返回盖默尔斯呵护村时，"雾霭"如约而至，使他找不到了回村的路。原路已变成沼泽，处处都是陷阱，即便亚诺儿特几次艰难尝试，但最终还是遍体鳞伤地回到了原点。不过"雾霭"之所以能够遮蔽亚诺儿特回到陷落的世界，其缘由不在"雾霭"而在亚诺儿特自身。作为一个走出了故乡的异乡人，他的生活方式、精神文化结构其实已经被外在世界的文明内在地改变了，这使他分明地感到"我简直合不上拍"[3]。而盖屈鲁特之所以决意与他告别，也正是她清楚地意

---

[1] 吴秀明主编：《郁达夫全集》（第5卷），浙江大学出版社2007年版，第6页。
[2] 郁达夫：《废墟的一夜》，《达夫所译短篇集》，生活书店1935年版，第31页。
[3] 郁达夫：《废墟的一夜》，《达夫所译短篇集》，生活书店1935年版，第44页。

识到亚诺儿特已经不属于这个即将陷落的世界了。从1928年的《译者后记》看,"雾霭"其实正是"W. Mueller、Heine、Uhland"诸人作品中常可看到的"德国当时的一种风气"①,即一种与德国社会格格不入,极为不协调的陈腐、迂缓甚而骇人的精神文化的象征。然而更令人可悲的是,当丧钟响起时,他们非但没有警醒,反倒在这种"风气"中自我麻醉,宁愿在一步步走向崩溃的途中做最后的狂欢,也不愿走到外面的世界。正如盖屈鲁特听到"铁路""电报"时的惊异,"青年画家不能了解,何以在德国境内竟能有这样保守的人,完全和外界相隔绝,竟能不与外界发生一点极微细的关系而这样地在生活过去"②。

反观这种故步自封、不思革命的愚昧保守其实也是彼时中国的现实,对此译者显然也有着相似的愤懑与不满。然而不似的是,1930年代前后中国的现实使译者强烈感到的"隔绝"之感其实并非仅限于空间的割裂,更在于来自精神的压抑与痛苦。譬如,1930年代的中国已非"闭关锁国",完全与外部世界隔绝,但是当译者再次踏上故国时,却仍然深深地感到自己仿佛"刚从流放地点遇赦回来的一位旅客,却永远踏入了一个并无铁窗的故国的囚牢"③。"完全和外界相隔绝"的盖默尔斯呵护村与"并无铁窗的故国的囚牢"相似的是同样令人窒息的压抑与隔膜,不同的是这个"并无铁窗的故国的囚牢"更带有暴力性质的压迫。与《废墟的一夜》中德国陈腐的、与现代社会格格不入的

---

① 〔德〕Fr. 查斯戴客著,达夫译:《盖默尔斯呵护村》(*Germleshausen*),《奔流》1928年第1卷第6期。
② 郁达夫:《废墟的一夜》,《达夫所译短篇集》,生活书店1935年版,第34页。
③ 郁达夫:《忏余独白》,《北斗》(月刊)1931年第1卷第4期。

精神文化象征不同，它既来自黑暗腐败的政治现实，国内沉滞而复杂的思想斗争，也源于大革命失败后自我的孤独与迷茫。换言之，这既是政治、思想的压迫，也是自我的压迫。譬如在《小家之伍》的《译者后序》中，郁达夫就自嘲之所以取名"小家之伍"，"不过当中国的各'大家'正在合纵连横，对我这样的一个小之尤小，决未成家的人，在下总攻击的此刻，把这一部稿子送给印刷所去印出书来，似乎也有一点借了外国人的毒瓦斯来遮盖自己的嫌疑"。[①] 于是我们看到，在相似的、不似的故土体验中，异国的钟声转化为郁达夫的心声，那"遮障在村谷的那一部分上似的"[②] 浓密的雾霭也成了译者心中挥之不去的梦魇。译者越来越深切地体会到"盖默尔斯呵护村"绝非"乌有之乡"，而是实实在在的现实存在，那个一夜即为废墟的警示也绝非危言耸听。

三、"疲倦的热烈"与"颓废的道德"

在译介《盖默尔斯呵护村》的前一年，即1927年8月14日，郁达夫在作于上海寄寓中的《日记九种》的《后叙》中，不无感慨地说："不过中年以后，如何的遇到情感上的变迁，左驰右旋，如何的作了大家攻击的中心，牺牲了一切还不算，末了又如何的受人暗箭，致十数年来的老友，都不得不按剑相向。"[③] 这里讲的情感上的变迁显然指的是他与夫人孙荃及王映霞之间的感情纠葛，而《废墟的一夜》本身也

---

① 郁达夫译：《小家之伍》，北新书局1930年版，第248页。
② 郁达夫：《废墟的一夜》，《达夫所译短篇集》，生活书店1935年版，第10页。
③ 郁达夫：《日记九种》，北新书局1928年版，第249页。

贯穿着亚诺儿特的"艳遇"故事,二者的巧合是否有必然的联系,我们不便过于解读。但作者对老友反目、暗箭伤人的唏嘘、愤慨可能更让他无法释怀。而在1929年,即译介《盖默尔斯呵护村》后的第二年,在写给周作人的信中,郁达夫说:

> 关于我个人的事情,是一件奇怪不可思议的谣言。上海的各小报及文坛ゴロ,都在说我已经应了北京燕京大学之聘,去作什么文学系的主任了。并且薪水数目也有,到校的日期也已经有过,你说这种谣言奇怪不奇怪呢?大约此事的出处,是由革文家等制造出来,意思是在(一)说我拜倒在美国拜金主义之下,(二)说我的确是小资产或由资产阶级,每月收入有几多几多,所以说反动的代表。这一种中伤谗诬,实在是可笑得很,但是中国人却专喜欢弄这些小玩意儿,那也是没有法子的。①

在《致周作人》中,郁达夫用日语拟声词"ゴロ"来形容当时文坛、舆论界的种种反复无聊、令人厌恶的杂音。而文中杂以日文多少还是显出了郁达夫既不愿、也不屑明说的鄙弃与无奈。时下中国文坛的"中伤谗诬",其实与《废墟的一夜》中亚诺儿特试图回到约定之地时,在漆黑之夜里所遭遇到的暴风雨、泥泞的沼泽、矮树草丛里"尖利的刺针"等种种危险、陷阱,又何尝没有情之相通呢?而更大的悲剧是浮起的雾霭遮蔽了回路,虽然多次艰辛尝试但最终还是无奈地回到了原点。这种内在的困境正是1931年底他在《忏余独白》中发出

---

① 吴秀明主编:《郁达夫全集》(第6卷),浙江大学出版社2007年版,第177页。

的心音：

> 愁来无路，拿起笔来写写，只好写些愤世疾邪，怨天骂地的牢骚，放几句破坏一切，打倒一切的狂呓。越是这样，越是找不到出路。越找不到出路，越想破坏，越想反抗……
> ……"国民革命成功！国民革命成功！"可是反将过来，就是"青年倒霉！革命落空！"在囚牢里奔放出来的成千成万的青年，只空做了一场欢喜的恶梦，结果却和罗马帝制下的奴隶一点儿也没有差别……①

如上种种外在的、内在的压力显然已经超出了个人爱情婚姻生活的困扰，因此我们不能将《废墟的一夜》看作一篇爱情小说，我们同样不能过于夸大此间爱情因素对郁达夫创作与思想变化的影响。婚姻爱情的纠葛、政治时局的复杂，加之文坛或明或暗的斗争，都使得刚过而立之年的郁达夫颇有了一种在《日记九种》"后叙"中所言的"中年之后"的感觉。在邵洵美对《小家之伍》的评述中，"中年心态"再次成为评述其译作的关键词，他说："对于选择我又极佩服达夫；每一篇都有悠长意味的作品：除了第一篇，其余的差不多是中年人的面面观，一种疲倦的热烈，一种颓废的道德。"② 但遗憾的是，邵洵美除去的"第一篇"即"废墟的一夜"恰恰是最能体现这种"中年心态"的作品，看来作品强烈的象征隐喻色彩确实一定程度上干扰了读者与批

---

① 郁达夫：《忏余独白》，《北斗》（月刊）1931年第1卷第4期。
② 文（邵洵美）：《小家之伍》，《金屋月刊》1930年第1卷第9、10期合刊。

评家的判断。在1930年创作的《纸币的跳跃》中，主人公文朴的所感何尝不是这种中年心态的流露。"二十七八年间，他所遭遇着的，似乎只是些伤痛的事情的连续。他的脑里，心里，铺填在那里的，似乎只是些悲哀的往事的回思。但是这些往事，都已升华散净，凝成了极纯粹，极细致的气体了。"① 这种已然将伤痛升华为"极纯粹，极细致的气体"的精神境界其实正是经历失败痛苦后的理性省思，是大革命失败后的1928年至抗战全面爆发前，郁达夫在译介这部"诡异"的德国小说时，对译名颇为踌躇的时段。而颇为巧合的是，视日记为"人生之反照镜"，感慨"若不逐日记录……其一日一时之思想，一举一动之威仪，势必至如水上波纹，与风俱逝耳"② 的郁达夫，除了《日记九种》，恰恰在1927年8月1日至1931年6月16日出现了断档。而在此期间，既有广州的苦闷，自穗返沪、加入左联，随后退出的挣扎，也不乏与郭沫若以及创作社"小伙计"的矛盾直至最终退出创造社的失望。"热烈"之后的疲倦感和"道德"被践踏的废墟感自然是很容易在这种种痛苦、失望、无奈中生成，而与之同步的则是"抒情时代"的终结。正如郁达夫在《忏余独白》中所坦言："我的这抒情时代，是在那荒淫残酷，军阀专权的岛国里过的，眼看到的故国的陆沉，身受到的异乡的屈辱，与夫所感所思，所经所历的一切，剔括起来没有一点不是失望，没有一处不是忧伤。"③ 而三改译题，直至以"废墟的一夜"定名，也因应了这种思想情感的内在嬗变。

---

① 郁达夫：《纸币的跳跃》，《北新》（半月刊）1930年第4卷第12号。
② 吴秀明主编：《郁达夫全集》（第5卷），浙江大学出版社2007年版，第1页。
③ 郁达夫：《忏余独白》，《北斗》（月刊）1931年第1卷第4期。

由上可知，我们发现文本的传译/转异，与之同步的是"抒情时代"的情感痛苦向精神废墟转化，这两个程序在郁达夫身上是交汇呈现的。不过，令人不解的是，二者并不存在必然的先后逻辑关系，实际是这两种情绪往往以一种颇为错杂、随机的方式不断显现。颇给人以"反复无常"之感。譬如在本书第一章我们就曾谈到郁达夫对中国社会"土拨鼠式的社会"的厌恶，然而联系作家前后思想的变化不难发现其矛盾性。1931年在《忏余独白》中，郁达夫还觉得那"荒淫残酷，军阀专权的岛国"，"剔括起来没有一点不是失望，没有一处不是忧伤"。① 可是到了1936年他反倒觉得："若再在日本久住下去，滞留年限，到了三五年以上，则这岛国的粗茶淡饭，变得件件都足怀恋；生活的刻苦，山水的秀丽，精神的饱满，秩序的整然，回想起来，真觉得在那儿过的，是一段蓬莱岛上的仙境里的生涯。"② 那么到底哪种才是真情，哪样才是实感呢？这其实就像郁达夫在王映霞面前为孙荃生活困顿而流泪一样，无论是对爱情的痴情还是对家庭的愧疚都是作家自身并不伪饰的真性情。这种率真的、以情感的触角与时代、历史乃至自我的对话方式恰恰为我们揭示了传统"言情"在现代语境中独特的演绎方式。换言之，相较于种种学说、理论，郁达夫更信任内在的体验与心灵感觉的可靠性。在《序李桂著的〈半生杂记〉》中，他说："一个人的经验，除了自己的之外，实在另外也并没有比此更真切的真情。"③ 在对德国诗人施笃姆（Theodor Storm）的评论中，他也对

---

① 郁达夫：《忏余独白》，《北斗》（月刊）1931年第1卷第4期。
② 郁达夫：《日本人的文化生活》，《宇宙风》1936年第25期。
③ 吴秀明主编：郁达夫全集（第11卷），浙江大学出版社2007年版，第434页。

葛迪（Goethe）将"艺术家呀，要紧的是情意，并不是言语，因为一口气息就是你的诗"[1]作为施笃姆诗歌的原则而深表赞同。而更值得注意的是，郁达夫的抒情并不是总是单一的情感倾向，他的抒情本身往往有一种自我悖反的特点。具体而言即总是先从身体的感触而逐渐延展至纯然的精神世界，并呈现为一种情深不知何处般的强烈的沉浸感，但往往就在氤氲于冥想而不可自拔之时，又能努力挣脱，并痛陈其儿女情长而有违匹夫之责的懦弱，进而迅速将种种不快与对乱世的愤懑杂糅为一种深深的无力感。譬如《沉沦》中那个身体陶醉于异国如南欧海岸的旖旎风光，却深感"好像有万千哀怨横亘在胸中"，以致最终长叹着祖国"你快富起来！快强起来罢！"的可怜青年。[2]由此我们可以看到，在郁达夫的抒情中，理性认识的辩证性总是在力图超越自己的经验界限，从而达到对自我的二次确认与认同，这也是个体之于集体的价值与意义所在。诚如郁达夫所说："全体是集合个体而成的，只教这个体能不破坏全体，或者更能增进全体的效用，则这个体的意义，也并不是完全就等于零。"[3]

如此一来，我们看到一方面郁达夫将个体的抒情作为更真实可信的认知世界、对话历史与时代的足可信赖的方式，一方面他又警惕抒情的历史局限性所可能造成的主观偏见。于是他越要解剖社会、解剖

---

[1] "本篇最初发表和收入《文艺论集》时，题为《〈茵梦湖〉的序引》；收入《敝帚集》时，该题为《施笃姆》。此文原载一九二一年十月《文学周刊》第十五期，据《达夫全集》第五卷《敝帚集》。"吴秀明主编：《郁达夫全集》（第11卷），浙江大学出版社2007年版，第17页。

[2] 郁达夫：《沉沦》，吴秀明主编：《郁达夫全集》（第1卷），浙江大学出版社2007年版，第40页。

[3] 吴秀明主编：《郁达夫全集》（第11卷），浙江大学出版社2007年版，第434页。

自我，就越要抒情，即不断地在以抒情的方式纠正或修正以往的情感倾向。于是，我们看到在随机的、带有强烈主观倾向的情绪波动中，自我在不断地自省中开始发生转向。这有些类似于鲁迅"反抗绝望"般的生命哲学，郁达夫也有对抒情绝望的反抗。他仿佛是一个"情感中间物"总是在孤寂且炽烈的情感火焰的照耀下秉烛夜行。从这个意义上说，郁达夫翻译《废墟的一夜》又何尝不是一种抒情，他三改译题又何尝不是一种"反抗绝望"般的抒情呢？而更重要的是，随着抒情时代的终结与精神废墟的建立，我们发现1930年代郁达夫在被政治、学界放逐的同时，其实也放逐了自我。"放逐"通过"他者"的建立得以实现，并通过对"他者"的抒情重新定义了自我，从而实现了"个人主义的转向"（individualistic shift）。也就是说，"个人的内在自我被发现并被赋予独特的价值，使得个人从有机共同体中'脱嵌'出来，获得了具有个人主义取向的自我理解"[1]。郁达夫辗转反侧的苦闷、反抗绝望的抒情方式就颇似查尔斯·泰勒所谓的"本真性的伦理"（The Malaise of Modernity），即一种之于现代的疲惫无力感，而这种对现代的不适恰恰促进了现代知识分子本真的自我与社会的自我更为紧密的联系，于是，自我意识开始发生现代转向，并最终建构了自身的主体性。

郁达夫曾言："曾因酒醉鞭名马，生怕情多累美人。"[2] 此诗虽是作家的自嘲，但何尝不是他在个人兴怨与时代际会的交错、纠缠下对时代与历史独特的想象与回应方式，换言之，也是他对于命运的个人化

---

[1] 〔加〕泰勒著，程炼译：《本真性的伦理》，上海三联书店2012年版，第7页。
[2] 吴秀明主编：《郁达夫全集》（第7卷），浙江大学出版社2007年版，第119页。

的认知。尤其在1930年代，郁达夫显露的所谓"中年心态"，其实在现代文学叙事中并不鲜见。在集体化情感的感召下，作家自身基于个人的浅吟低唱是不容忽视的，因为没有深入个人灵魂的探析，又如何呈现人的现代生成。因此，抒情也便成了中国现代知识分子，尤其如郁达夫这样带有突出的中国传统文人气质作家的选择。而从中国文学的"言情"传统谈，"抒情"也更彰显了个人、民族与国家的复杂关系，因为"情"的不确定性、权宜性可以以一种貌似柔弱的方式构成了与现实政治的缓冲，而正是这种缓冲使得多元的容纳成为可能。这就像《废墟的一夜》中那幅诡异的画：葬仪中"被忧伤所摧毁似的"老人拉着金发的小姑娘，未满四岁的孩子看到滚倒的狗而开心地笑着。① 历史（老人）与未来（孩子）、死亡与希望、悲观与乐观都在这个被称为"悲哀的添加品"的画作中以艺术的抒情方式实现了多种冲突、悖论的阐释可能。

第三节　1930年代的两个"辛克莱"②

郁达夫以"抒情"的触角探索自我在历史与时代的历史站位是中国现代知识分子对自我命运独特而个人化的演绎方式。郁达夫在不断肯定自己又否定自己，不断披露自己又掩盖自己之间的摇摆心境，正

---

① 郁达夫：《废墟的一夜》，《达夫所译短篇集》，生活书店1935年版，第27页。
② 本节内容笔者曾以阶段性成果发表，收入本书时有改动。参见冯波：《三十年代的两个"辛克莱"：现代文学乡土意念的跨文化演绎》，《国际比较文学》（中英文）2021年第2期。

是那些率真、敏感而情绪化的中国传统知识分子在现代主体意识建构中对自我命运复杂而生动的呈现。然而类似郁达夫"辗转反侧""反复无常"般的个人化的命运焦虑，并不能脱离1930年代前后中国的具体历史语境。也就是说，在现代知识分子对命运的体认中，其个人的命运更多地是与时代的使命紧密联系在一起的，尤其对于知识分子而言更是如此。基于此，我们可见，1930年代前后的中国知识分子，对阶级革命的诉求是他们定位自我与历史时代的主流选择。譬如1930年代译界对两个"辛克莱"迥异的接受现状，就生动地展现了中国现代知识分子在本地化过程中对自我命运的重要认知。

1932年一位署名"朗"的作者在《微音月刊》的"作品与作家"一栏中，谈到了美国的两位"辛克莱"先生，他说：

> 美国文坛有两个辛克莱，一个是汲顿辛克莱（Uptoin Sinclair）那是做《波士顿》《石炭王》等名著的那一位。还有一个Sinclair Lewis，就是这个做《大街》Main street 小说的辛克莱·刘易士。他曾得过诺贝尔奖金，在世界文坛中，颇足以代表美国的，但他的思想，却没有前一位莱（辛）克莱来得进步。①

将同样来自美国的两位作家较短絜长并不稀奇，可认为诺贝尔奖获得者 Sinclair Lewis（现通译为"辛克莱·刘易斯"）的作品并没有 Uptoin Sinclair（现通译为"厄普顿·辛克莱"）进步，倒是让人感到颇

---

① 朗：《作品与作家（一）：美国文坛的两个辛克莱》，《微音月刊》1932年第2卷第7、8期合刊。

为诧异。通过考察 1930 年代前后两个"辛克莱"的译介，我们发现，正如这位"朗"先生所言，厄普顿·辛克莱得到了受众广泛的关注，而刘易斯·辛克莱则少有问津。那么，为什么同样关注美国都市生活的作家却在中国的批评家和普通民众眼里有着如此巨大的接受差异，为什么一位获得诺贝尔文学奖金的作家反倒不如未获奖者进步，这种差异背后有何深意？

一、厄普顿·辛克莱：《拜金艺术》译介中乡土意念阶级化的分野

厄普顿·辛克莱（Upton Sinclair，1878—1968）。美国现实主义小说家，是美国"扒粪运动"（又称"揭丑运动"）中重要的"黑幕揭发者"（muckraker），代表作有《屠场》（*The Jungle*），鲁迅将其译作"辛克来儿"。辛克莱的译介热潮主要在 1930 年代前后，这种译介的热潮可谓是"全方位"的。譬如除了作家的作品，译者和读者对于辛克莱新作的出版、对作家评述的文论、影视作品的改编、参加加州州长竞选的全程追踪、六十诞辰的纪念甚至逸闻趣事，譬如辛克莱和贾波林（卓别林）的友谊，等都投入了巨大的热情。从译者群体看，既有倡导革命文学的左翼作家，也不乏诸如叶灵凤等非左翼的作家，从刊载杂志看，这些文学作品、学术评论、通讯消息既大量出现在一些文学刊物上，也广泛地发表在教育、影视、政治等报刊上，这些公开出版物或进步或落后，其背景也很复杂。在 1930 年代的译界、文坛、政界乃至影视圈同时将目光聚焦在这位写出美国都市社会生活腐朽与罪恶的作家身上，确实并不多见。但即便如此，厄普顿·辛克莱在 1930 年代还是被视为一个"社会主义者"，一个暴露"美国上层社会的丑恶，金融巨头的专横

和下层民众惨苦生活"[①]的作家为广大受众所熟知并认可的。人们津津乐道的还是他的《石炭王》《屠场》《波士顿》等作品。

1928年,郭沫若以"坎人"为笔名翻译了辛克莱的《石炭王》,由乐群书店同年出版;1947年这一译本又以译者本名在开明书店再次出版。郭沫若还以"易坎人"为笔名译介了辛克莱的《屠场》和《煤油》,1930年代这一译本在多家出版社出版,譬如上海的南强书局、光华书局等。此外,余慕陶还翻译了辛克莱的《生路》[②]《波士顿》[③],邱韵铎、吴贯忠合译了辛克莱的《实业领袖》[④],麦耶夫(林疑今)翻译了辛克莱的《山城》[⑤]等。其中《波士顿》由于直接与美国"萨樊事件"相关,而在国内引起了高度的关注。卢剑波还专门编了《萨樊事件》一书详细介绍了整个事件,以及国内外对此事的评论和报道。[⑥]赵景深则援引千叶龟雄的话,称许这部作品"在文体和构思上,都是较之先前的辛克莱更加生长了一段的大著作"[⑦]。小说译作与社会政治事件的同步热播,模糊了文艺作品虚构与现实的边界,使得辛克莱的译介不仅成了一个文化事件,而且还成为一种具有共识性的政治态度的表达。这成为辛克莱本地化接受的一个独特的现象。于是,我们看到

[①] 顾凤城编:《中外文学家辞典》,乐华图书公司1932年版,第73页。
[②] 〔美〕厄普顿·辛克莱著,余慕陶译:《生路》,《橄榄月刊》1933年第38、39期。
[③] 〔美〕厄普顿·辛克莱著,余慕陶译:《波斯顿》,光华书局1931年版。
[④] 〔美〕厄普顿·辛克莱著,邱韵铎、吴贯忠译:《实业领袖》,《大众文艺》1929年第2卷第1期。
[⑤] 〔美〕厄普顿·辛克莱著,麦耶夫(林疑今)译:《山城》,现代书局1930年版。
[⑥] 参见卢剑波编:《萨樊事件》,泰东书局1928年版。
[⑦] 赵景深:《现代文坛杂话:辛克莱的波士顿出版》,《小说月报》1929年第20卷第2期。

相较于小说的热译，事关辛克莱的种种政治演说、文艺理论主张似乎更能吸引译者的目光。然而恰恰在这些理论探讨中，译者对城市资产阶级的认识、资产阶级与劳工的关系，乃至作品的主旨意蕴显示出微妙的差异。也就是说，虽然译者都强烈地表达了对作品鲜明的阶级意识的醒觉，但是他们的批判指向或者立论逻辑却实有轩轾，譬如《拜金艺术》的译介就是一个典型的个案。

辛克莱在《拜金艺术》中批判了屈服于金钱收买，以赚钱为唯一目的的艺术，即那些资本主义社会商品化了的艺术。在这部文论中，作者提倡用阶级的观点来分析、评价文学作品。当时对于这篇经典的文论，鲁迅、冯乃超、李初梨、郁达夫等都曾翻译过其中的部分章节，但遗憾的是没有一位译者对于这部文论予以完整翻译。譬如，在1928年4月至1929年8月间，郁达夫先后翻译了辛克莱《拜金主义》共19章，连载于《北新》杂志，就是根据日本木村生死共28章的译本，"《拜金艺术》原著共有111章，390页"，虽然木村氏在序言中声称，"他在将来总要把全书翻译出来，因为要介绍这一位文学家的对于文学的见解，非要把全书来全译是不行的"[①]，但最终郁达夫并没有看到全译本。没有完整译介的《拜金艺术》也自然就存在着片面理解和阐释的可能性，譬如译者对翻译对象的主观选择、译者选译的目的功利性等。从如上这些译者驳杂的文论翻译看，主要形成了两种价值取向，一是将文艺视为政治的宣传；一是更注重文艺对社会人生的反映和干预功能。前者主要以冯乃超、李初梨等激进的文学革命倡导者为代表，

[①] 〔美〕厄普顿·辛克莱著，郁达夫译：《拜金艺术》，《北新》1928年第2卷第10期。

而后者主要体现在鲁迅、郁达夫等人对梁实秋的"人性论"的批判中。

譬如,李初梨在《怎样地建设革命文学?》一文中就说:

Upton Sinclair 在他的《拜金艺术》(*Mammonart*)里面,大胆地宣言说:

All art is propaganda. It is universally and inescapably propaganda; sometimes unconsciously, but often deliberately propaganda.

"一切的艺术,都是宣传。普遍地,而且不可逃避地是宣传;有时无意识地,然而常时故意地是宣传。"

文学是艺术的一部门,所以,我们可以说:

一切的文学,都是宣传。普遍地,而且不可逃避地是宣传;有时无意识地,然而常时故意地是宣传。[1]

而鲁迅在《卢梭和胃口》则通过引用辛克莱《拜金艺术》的观点批评梁实秋以"人"的特殊性来否定普遍性,以"人"的普遍性而否定"人"的阶级性的"人性论"的错误。[2] 由此可见,虽然他们都强烈地感受到了辛克莱在《拜金艺术》中对文学阶级性的强调,但是革命文学者将文学视为阶级/政治的图解与鲁迅等将文学看作基于人性的社会阶级性表现在立论逻辑上有着根本的不同。这种差异也反映在革命文学内部与外部对辛克莱的整体评价上。

---

[1] 李初梨:《怎样地建设革命文学?》,《文化批判》1928 年第 2 期。
[2] 鲁迅:《卢梭和胃口》,《语丝》1928 年第 4 卷第 4 期。

我们知道，厄普顿·辛克莱并不是一个乡土文学家，他的作品也很少表现美国的乡土生活，但是辛克莱的创作对文学阶级性、革命性的倚重显然是重要的域外情感价值资源。一方面，厄普顿·辛克莱通过近乎实录的方式对美国都市社会进行了他者化书写，加深了国人对都市与资产阶级的逻辑联系，这种意识形态化的书写也使得城乡被理所当然地纳入到了阶级的阐释框架之中，并不断予以强化和他者化。譬如，上述《拜金主义》就深刻地影响了中国译者对传统中国乡村社会的认知。郁达夫在《乡村里的阶级》中对乡村阶级的分析就与他选译辛克莱《拜金艺术》第16章"支配阶级与被治阶级"的内在逻辑具有一致性。另一方面，辛克莱译介在乡土意念阶级化的本地化分歧也显示出"乡土文学"意图回归"五四""为人生"的启蒙路径。譬如，余慕陶在《辛克莱论》中就援引宫岛新三郎对《波士顿》的评语，认为辛克莱"他才正是现实的写实主义者。他对于现代社会的一切组织细胞，都加以敏锐的观察"①。对此，若沁（夏衍）也认为："辛克莱不单是一个普通的小说家，不单是一个社会主义的Journalist，同时还是一个现实的Idealist。他对于现存生活秩序的一切机构，不断的有一种锐敏的观察，有一种科学的解剖。"②冰禅（胡秋原）更是认为，"'文学是人生的表现'就是为一般革命文学批评家所崇拜的Upton Sinclair也如是说"③。而对于那些并没有显著政治倾向的论者而言，他们则更愿意坚守"乡土"自身的民间立场。譬如在本书开篇谈到的施孝铭与

---

① 余慕陶：《辛克莱论》，《读书月刊》1931年第2卷第4、5期合刊。
② 若沁：《我们的文艺》（续），《海风周报》1929年第10期。
③ 冰禅：《革命文学问题——对于革命文学的一点商榷》，《北新》1928年第2卷第12期。

郁达夫关于"农民文学"的论争中，就以辛克莱为例来阐述自己的农民文学观，"总之要有农民生活的实感而从客观的立足点来描写农民生活，才能唤起农民中大众的同情。也如美国描写石炭坑的生活的辛格莱（U. Sinclair)，要投身于矿夫生活中，才会了解矿夫的炭坑生活的惨状，而描写出惊动世界的作品《石炭王》来"。因此施孝铭不过是借辛克莱的作品来论证他的"惟有农民生活实感的人才能成为农民文学的创作者"的主张，至于矿夫的阶级性，《石炭王》的阶级情感立场也许并不是最重要的。由此我们看到，立足政治革命的农民文学主张、意在"立人"启蒙的传统乡土批判以及坚守民间站位的"农民本位"的乡土意念都在不同的逻辑层面得以延展。

二、辛克莱·刘易斯：《大街》中的"村毒"

如果说厄普顿·辛克莱的译介展现了传统乡土意念阶级化的差异性，那么1930年代译者对同样来自美国的作家辛克莱·刘易斯的译介则显示了城乡意识形态框架内对人的现代化矛盾复杂过程的自觉。它是中国文学现代乡土意念发生时，在主流的乡土意念阶级化之外，往往被边缘化的另一条重要的现代演绎路径。

1932年一位署名"辛亥"的作者在《现代小说》上撰写了一篇"作家小传"，介绍了这位获得诺贝尔文学奖的美国作家。此外，钱歌川也写了《陆卫士小史》，洪深还翻译了Carl Van Doren的《辛克莱·刘易斯年谱》，系统详细地介绍了作家的生平与截止1933年的创作。从这些对作家的评论看，辛克莱·刘易斯的《大街》成为译者或评论家主要关注的焦点。1931年至1932年"白华"翻译了《大街》，并分38期连载于《国闻周报》[1]，1932年白华的译本还由天津大公报出版部出版单行本，此外1930年代的译本还有1934年伍光健选译的商务印书馆版和1939年李敬祥翻译的启明书局版。[2] 在本书第二章笔者曾将《大街》与《安琪吕珈》合而论之，以展现一种外来文化对本地文化改造的艰难。在此重提这篇译作则是意在展现"两个辛克莱"的迥异的本地化接受现状。《大街》创作于1920年，讲述了一个受过良好教育的城市姑娘甘莉·梅尔福婚后与丈夫耿尼柯住在明尼苏达州的歌佛原镇，可是这个位于中西部的沉闷的乡镇令这个城市姑娘感到窒息，于是甘莉·梅尔福试图改造小镇，然而她的"事业"非但没有成功自己却反被同化了。

甘莉试图对歌佛原的改造是美国城镇化过程的一个缩影。为了能让歌佛原变得文明、现代，她举办妇女读书会、改建市政厅，提倡不要歧视乡下人，但是这些措施非但没有获得"大街"人们的认同，反倒遭到了大家的嘲笑，甚至以小镇愚民市侩为代表的保守势力开始排斥她，他们不惜采用暗中监视甚至造谣中伤的方式来威胁她。这使得甘莉一度感到迷茫、痛苦，以致不得不暂时离开，远走华盛顿。在与"大街"主人们的斗争中，甘莉越来越认识到真正的敌人并非是几个阻扰小镇改造的人，而是在这里一直不变的陈规旧习，它犹如是一种"村毒"。

---

[1]〔美〕Lewis, S 著，白华译：《大街》，《国闻周报》1931年第8卷第27—50期；〔美〕Lewis, S 著，白华译：《大街》，《国闻周报》1932年第9卷第1—14期。

[2]〔美〕刘易士（S. Lewis）著，白华译：《大街》，大公报馆出版部1932年版；〔美〕留伊斯（S. Lewis）著，伍光建选译：《大街》，商务印书馆1934年版；〔美〕刘委士著，李敬祥译：《大街》（上、下），启明书局1939年版。

> "村毒"是一种病菌——和一种钩虫很相像——凡是一个有志气的人住在一个地方太久,就要犯这个毛病。在律师,医生,教士或者受过大学教育的商人,都不免传染这种疫症——这一班人对于世事都是见识过的,但是终于屈伏在一个小地方。[1]

这种带有强烈的传染性的"村毒"有些类似鲁迅所说的"无物之阵"。即一种对人的日常生活方式产生强大的、无形的束缚力,或曰根深蒂固的精神文化氛围。它就像流行病毒一样具有强大的传染性,生命个体只要一进入这个空间,就必须遵守它的游戏规则,服从于它的价值标准。因此,一切外在的新鲜的思想都难以在这个病毒弥漫的精神空间中生存,社会的改革、人们的精神文化的现代转型是极其艰难的。而所谓"村毒",究其本质,其实正是威廉·奥格本所说的"文化滞差"[2]使然,即旧有的风俗习惯和思维方式与科技和工业发展所形成的思想紧张与文化失调。《大街》正是通过对"乡村病毒"感染下的歌佛原的逼仄与丑陋、乡镇居民的自命不凡、平庸鄙俗及愚昧无知,从而解构了美国牧歌式的田园生活。这篇乡愁小说是美国现代化进程中对传统乡土深切反思的作品。这与我们在第二章谈到的希腊作家蔼夫达利哇谛斯的《安琪吕珈》有异曲同工之妙。作者正是力图挖掘传统因袭的精神重负对现代人强大的钳制力量,这一点是得到了1930年代译者与评论者普遍认同的。譬如,正如那位署名"辛亥"的

---

[1] 〔美〕Lewis, S 著,白华译:《大街》(十四),《国闻周报》1931 年第 8 卷第 40 期。
[2] 〔美〕理查德·佩尔斯著,卢允中等译:《激进的理想与美国之梦——大萧条岁月中的文化和社会思想》,上海外语教育出版社 1992 年版,第 30 页。

作者所说："他的名誉是《大街》(一九二〇)造成的，这是一册讽刺西中部《大街》上生活的狭窄和浅薄的智慧主义的空洞的小说。《大街》是在欧战后国家自觉意识中产生的，而是攻击国内的乡土观念的。"[1]对此，洪深也有共鸣，在其翻译的《辛克莱·刘易斯年谱》中他特意标注，《大街》"为作者三名著之一，内容系描写美国内地小城市里人们生活与见解的狭隘，和一个青年女子底无效果的抗议。《大街》二字，在美城(成)为一流行的名词。象征一切顽固的行动，偏窄的思想，严酷的道德标准，和不近人情的成见。——洪注"[2]。而钱歌川更是认为，"陆卫士以为个人若与环境抵抗，那个人必败无疑，所以他的作品，对于社会因袭的力量解剖极为清析(晰)，常以讽刺之笔，将整个的社会呈现了读者之前"[3]。从如上分析来看，辛克莱·刘易斯显然是以一个写出美国乡土社会精神困境的作家而被当时译界、文坛和评论界所肯定的。因此，相较于厄普顿·辛克莱作品强烈的阶级斗争意识，辛克莱·刘易斯的作品则更侧重展示现代性冲击之下，在城乡意识形态内人的精神世界的种种冲突。

但是我们知道，《大街》的意义远不止于此。辛克莱·刘易斯对美国现代化进程中乡村巨大变化的思考，除了真实地再现了乡村社会的多义与复杂，他的作品也同时传递出在社会现代变革与传统文化之间犹豫彷徨的心音。这一点在甘莉对"新家"歌佛原反客为主的改造中

---

[1] 辛亥：《作家小传：刘易士·辛克莱(一八八五—)》，《小说月刊》(杭州)1932年第1卷第1期。
[2] 洪深：《辛克莱·刘易斯年谱(根据Carl Van Doren原作)》，《文学》1934年第2卷第3期。
[3] 歌川：《陆卫士小史》，《青年友》1931年第11卷第3期。

得到了充分的体现，一方面，甘莉厌恶这个令她窒息的"大街"，她更渴望离开回到现代都市，另一方面她又似乎"难以割舍"这个曾给她带来痛苦的伤心之地，从而选择再次归来。在小说的结尾，甘莉显然不愿承认"乡村变革"的失败，回到歌佛原的她依旧"豪情满怀"。

由此而观，《大街》不但立足于对乡村传统文化心理的批判，而且《大街》更多地展现了现代化进程中人对故乡／乡村复杂而矛盾的情感。正如有学者所指出的，"卡萝尔的反叛与迷惘既隐约折射出'城与乡'两种文化力量的冲突，也展现了权力争夺过程中美国人普遍的矛盾情结：他们既留恋作为田园理想寄托的乡村，也不由赞同城市对'保守落后'的中西部的占领"[1]。然而令人遗憾的是，从现有资料文献看，这一点显然没有得到 1930 年代译者的深入体察。

三、"两个辛克莱"：热译与冷遇间的复杂张力

虽然同为美国作家，但是 1930 年代前后两位辛克莱先生在中国的遭遇却不可以道里计。致力于表现美国都市罪恶的厄普顿·辛克莱得到了国人的热捧，而辛克莱·刘易斯虽然获得了诺贝尔文学奖金，却在当时的译坛与读者、批评家中少有问津。那么，为何在 1930 年代的中国，两位美国作家有着迥异的命运？这种"热译"与"冷遇"的巨大反差背后又隐含着彼时中国怎样复杂的现代忧思呢？对此问题的追问不妨先从 1931 年厄普顿·辛克莱先生专门为辛克莱·刘易斯写的《陆卫士论》谈起。

---

[1] 张海榕：《〈大街〉中的"反乡村"叙事》，《外国文学评论》2012 年第 2 期。

在这篇"批评"中，厄普顿·辛克莱表达了对辛克莱·刘易斯的强烈不满。其最不满意之处正在于，这位"前厨房课"作家所著的书"没有如他国家所要求的那般发挥他社会主义的教养"。因此，他呼吁辛克莱·刘易斯写出"有组织的劳动者和农民之间已有嫩芽进出的新势力"，如果能够做到，"他对于美国的民众，在历史上将留下一个不朽的文学服务的伟绩罢"。①在同样谈到当时的美国作家时，厄普顿·辛克莱对杰克·伦敦多有称赞，他说："就个性说，我觉得杰克·伦敦比你所说起的文人有趣的多。爱默生和我的脾气比较最投合，因为他有清教徒的良心；但是他很容易流于理想，而且也容易乐观。……爱伦·坡是有想像（象）而无良心。……杰克·伦敦虽在许多方面和我反对，但他却永远有青年的精神。"②那么为什么厄普顿·辛克莱对杰克·伦敦颇为欣赏呢？从1929年王抗夫翻译杰克·伦敦的《铁踵》（今译作《铁蹄》）看，作品描写的是20世纪无产阶级和资产阶级之间武装斗争的历史。可见辛克莱所称赞杰克·伦敦的"青年的精神"其实指的就是其大多数作品通过阶级斗争所表现出来的革命精神，这与辛克莱·刘易斯显然是不同的。在这篇《陆卫士论》的末尾，译者钱歌川为了"以供读者研究陆卫士之参考"，还特意援引了鲁迅翻译厨川白村的《出了象牙之塔》中的话加以说明，"凡是不为道德和法律所拘囚，竭力来锐敏自己的感性，而在别人以为不可口的东西里，也能寻出新味的人生享乐者，我以为就是这味觉锐利的健康

---

① 〔美〕厄普顿·辛克莱著，钱歌川译：《陆卫士论》，《现代学生》1931年第1卷第4期。
② 《辛克莱赞美杰克伦敦》，《文学》（上海）1935年第5卷第1期。

的人，就是像爱食物一样，爱着人生的人"。①厄普顿·辛克莱从辛克莱·刘易斯"并不可口的东西"里所寻出的"新味"其实正是二人作品的差异所在。

正如杨昌溪引述美国当地一家报纸的评述："辛克莱在作品中所表现的与刘易士显着截然的不同，假如把他激烈的成分取去，他是足以与刘易士媲美，便对于诺贝尔文学奖金也有获得的可能。"②而这个"激烈的成分"正是厄普顿·辛克莱所期待的"新味"，也是国人青睐厄普顿·辛克莱而忽视辛克莱·刘易斯的原因。换言之，1930年代的"两个辛克莱"在彼时中国的不同境遇其实正是源自作品本身的价值取向。辛克莱·刘易斯及其《大街》在美国引起的热潮与在中国的冷遇，其实正显示了两国不同的国情与现代化进程。从中国现代乡土意念发生语境谈，如上"两个辛克莱"的本地化差异其实也隐含了中国现代乡土意念跨文化演绎的不同动向、理路：一是，在都市他者化视域下对乡村阶级化的不同演绎；一是，对城乡意识形态内人的复杂艰难的现代转型过程的聚焦。

我们知道，辛克莱·刘易斯创作《大街》的1920年正是美国由一个传统农村社会向工业化、城市化社会的转型期。在经过现代工业革命之后，美国的知识分子对工业革命给人带来的精神世界的戕害是有着深切体验的，他们已经深深地感到撼动落后的、顽固的传统精神文化的艰难。反之，与美国主动的、自主的现代化发展历程不同，中

---

① 〔美〕厄普顿·辛克莱著，钱歌川译：《陆卫士论》，《现代学生》1931年第1卷第4期。

② 杨昌溪：《文坛消息：辛克莱谈诺贝尔文学奖金》，《青年界》1931年第1卷第2期。

国的现代化进程则是被动的、同时夹杂着外族侵略与民族屈辱的过程。所以虽然同样有着对现代文明病的深切体验，但从"文学革命"到"革命文学"的"后五四"的"革命"语境中，辛克莱·刘易斯对乡村的批评就显得多少有些"不合时宜"了。因此，在这样的历史语境中，中国的受众也就更愿意站在底层民众立场上去接受更富有阶级斗争色彩的厄普顿·辛克莱而非辛克莱·刘易斯。何况厄普顿·辛克莱还对中国的革命格外关心和支持[①]，这种积极的互动也为他本人及其作品在1930年代的中国的广泛传播奠定了很好的舆论基础。诚然，虽然国人深受厄普顿·辛克莱的阶级斗争的鼓舞与革命的感召，但这并不意味着他们对辛克莱·刘易斯的完全漠然，譬如还是有论者注意到，"想到我国一般国民的思想态度是否能与我们现在所处的时代相应，倒是一个很有研究价值的问题"[②]。但遗憾的是，由于拘囿于时代语境，这一有价值的问题并没有在1930年代得到充分的展开。

而更令人深思的是，如上在"乡土中国"的历史文化语境中，中国现代文学乡土意念的嬗递，其实也是生命个体对于阶级、国族关系的重识，也是其确立自我历史站位的现代身份想象。因此，1930年代的两个"辛克莱"的热译与冷遇，也折射了中国现代知识分子在重大历史转型期深切而复杂的思考。正如祝秀侠在《辛克莱和这个时代》中所说：

现代社会的矛盾现象，已演成阶级尖锐地对立——普罗列塔

[①] 〔美〕厄普顿·辛克莱著，启情译：《国际作家与中国抗战——辛克莱同情中国》，《艺术文献》1939年第1期。

[②] 落霞：《辛克莱·路易斯》，《生活》1931年第6卷第12期。

利亚与布尔乔亚已经开始了社会的斗争,资本主义已达到膨胀极点的时候,最后阶级的帝国主义自身间的利益冲突一天天地尖锐化,无产阶级已认识其自己的力量确立了坚固的壁垒,循着社会的必然的进化底法则,无疑的将来是经过无产阶级的专政时代而走向最后的社会主义的时代。①

但这个时代对于阶级与革命的觉醒却因革命文学内部与外部的矛盾而呈现出了微妙的差异,这从对厄普顿·辛克莱的整体评价可窥一斑。譬如孙席珍翻译戴尔(Floyd Dell)的《辛克莱评传》(Upton Sinclair: A Study in Social Protest)就颇具代表性。他说:

> 正如俄国的高尔基(M. Gorki),德国的发塞曼(J. Wassermann),英国的高尔斯华绥(J. Galsworthy),法国的罗曼罗兰(Romain Rolland)和巴比塞(A. Barbusse),他们都是竭力替被压迫阶级说话的带有反抗精神的作家。
>
> …………
>
> 他是美国唯一的 radical(急进的)作家,是美国驯鸟文学笼中的一个野鸟,是用了阶级争斗的观点来说明现代资本主义的美国生活,是用了社会主义的角度来眺测现代资本主义的美国文明,以批评其机构,虚诈,伪善与辛辣的。②

但是在祝秀侠看来,厄普顿·辛克莱"只是如同自然主义的作家

---

① 秀侠:《辛克莱和这个时代》,《大众文艺》1930 年第 2 卷第 4 期。
② 孙席珍编译:《辛克莱评传》,神州国光社 1932 年版,第 4—6 页。

们所用的手腕一样的暴露出无产者的生活罢了。它里面是不够充实着具有阶级意识的无产者之力的"①。在《辛克莱和这个时代》中他进一步指出:"总之他的作品,还是带着多少个人主义倾向的,若誉之为无产阶级文学的典型作品,还是太僭越了的。"由于辛克莱的作品是缺乏"斗争而又向上的作品",所以"辛克莱的作品,最多也不过在今日能够维持它最后的光辉,若果他不能和时代一同进步,他的作品也只能留作历史上的成绩,甚至成为'落伍'的作品了"②。这一判断其实正是1930年代前后左翼革命文学内部矛盾的反映,它不仅是政治与文学的矛盾,也是作家主体性与客观现实复杂关系的表现。于是我们看到,虽然阶级意识已然强烈地成为译者、读者的共识,但是文学的阶级意识到底更突出地表现为"为人生的文学"还是"为政治的文学"。这恰恰是对中国现代文学何以"现代"的本质性叩问,也是始终困扰中国现代知识分子的重要政治关切,某种程度上说,这直接影响了他们对于自身"命运"的抉择。

第四节 "拉古柴进行曲"

如果说中国现代知识分子对乡土中国的阶级觉悟是他们定位自我,完成从"命运"至"使命"的嬗变的话,那么"战争"则是促使他们更紧密地将个人的命运与国族命运结合起来的重要语境。1930年

---

① 祝秀侠:《辛克莱的"潦倒的作家"》,《拓荒者》1930年第1卷第2期。
② 秀侠:《辛克莱和这个时代》,《大众文艺》1930年第2卷第4期。

代初的中国虽没有濒临国家与民族生死存亡的边缘,但"九·一八事变""一·二八事变"等频繁的局部军事冲突正预示着一场大战已经如箭在弦。其实自"五四"以降,在中国现代知识分子的心里从来就没有彻底扫清战争的阴霾。诚如1925年茅盾在介绍法兰西的战争文学时所说:"这三部在欧战发生十年后出版的小说都是写当时战争正烈的事,好像是春夜袭人的恶(噩)梦,令我们觉得几年来世界各处喊得'战争的影子渐在人们脑子里暗淡下去了'实在有点自欺。照现在世界的情形看来,深恐上次大战的材料,尚未被文学家用完,而第二次大战又要来供给新材料了。"[①]20世纪初,国内对斯宾格勒的译介和梁启超等的欧洲游历及其《欧游心影录》的发表、《东方杂志》早期对欧战的反思,乃至当时社会各界对欧战十年的纪念等,无不是此种域外战事在国人心灵的震荡与回响。从作为民族志的乡土谈,国家利益集团的征伐势必对作为民族独特性重要表征的"乡土"构成强大冲击,而此种征服与抵抗亦是交流与反思,因此战争其实也为国人重估传统乡土,思考个体与国家民族命运关系提供了一个历史契机。

一、"非战文学"的热译/热议

战争紧密联系着国家、民族、政治与阶级,对其反思自然也在如上维度展开。一方面,战争强化了民众的国家、民族意识;另一方面战争也质疑了凌驾于个人之上的国家、民族意识,并引发了人性的重识,二者看似矛盾,实则正是战争一体两面的结果。就前者而言,

---

① 玄珠(茅盾):《最近法兰西的战争文学》,《文学》(《文学旬刊》)1925年第161期。

1930年代"战争文学"热潮是在理论与实践两个层面同步展开的，并始终与域外文学思潮、作品有着密切的关联。围绕着战争与文学的关系，1930年代的知识分子译介了域外事关"战争文学"的相关理论文章，并与中国的文学实践相结合，进而提出了自己之于战争文学的观点。譬如，俞荻译介了温塞尔（Sophus Keith Winther）的《写实的战争小说》①，董先修节译了戈斯的《战争与文学》②，邵荃麟还介绍了意大利的殖民文学与战争文学③等。这些译介的相关理论文章一致认为，"战争"要求/促使"文学"更多地承担起唤醒民族国家意识的重任。

与之相应，据本国国情而论的"战争文学"也有类似的回应。譬如"一·二八"上海战争三年后，胡风说："这些震撼了全国人心的事实，因为民族危机而苦闷的、不愿做亡国奴的大多数人民心目中的'圣迹'，在文学上是应该得到表现的。"④甚至有作者直言，"要使文学成为民族战争中一种有力的武器"⑤。虽然如上译介并没有直接关涉乡土，但是它对彼时中国知识分子整体思想动向的影响显然是不容忽视的。而且我们也看到译者已然注意到这种外来理论资源落地时可能产生的"水土不服"，并有针对性地予以提醒、纠正。譬如，茅盾对郭沫若所译《战争与和平》并不满意，除却对译文技术层面的商榷，他还特意指出："我们觉得《战争与和平》的译本上最好译者有一篇序，

---

① 〔美〕S. K. Winther著，俞荻译：《写实的战争小说论》，《现代文学》1935年第2期。
② 〔英〕戈斯著，董先修译：《战争与文学》，《今代》1934年第1卷第4期。
③ 参见川麟（邵荃麟）：《意大利的殖民文学与战争文学》，《申报每周增刊》1936年第1卷第6期。
④ 胡风：《文学上的民族战争》，《改造》1936年创刊号。
⑤ 立波：《文艺时论节选专号：使文学成为民族战争中一种有力的武器》，《橄榄》1936年第13期。

说明托尔斯泰对于农民心理的理解。"[1] 理论的抽象一定程度上局限了它的受众范围，而作品的译介相较而言则要广得多。1930 年代"战争文学"的热译绝非夸大其辞，甚至以"轰动"形容也不为过。在这些作品中，产生巨大影响力的当属雷马克的《西线无战事》与巴比塞的《火线》[2]。本地评析既有对作品的解读，譬如除对其战争描写的分析外[3]，也还包括对作品与战争文学关系的探讨[4]。因为这些作品并不属于乡愁小说的范畴，在此为还原译介的语境，恕不展开。

"战争文学"译介及其热烈讨论一定程度上激发了 1930 年代中国知识分子的民族、国家意识，同时也有反思"战争"对人性的戕害，对所谓"爱国主义"的质疑。这使得这种被唤醒的命运／使命感变得颇为复杂。譬如对战争及其所谓"爱国主义"的质疑即是反观自身的理性凝视，它是中国知识分子对个人与国家、民族关系更深入的探寻。这从 1930 年代前后拉兹古的乡愁小说译介以及跋佐夫的《他来了吗？》的多元传播可窥一斑。

---

[1] 味茗（茅盾）：《郭译〈战争与和平〉》，《文学》1934 年第 2 卷第 3 期。

[2] 1930 年代前后巴比塞作品的主要译本有：〔法〕巴比塞著，敬隐渔译：《光明》，现代书局 1930 年版；〔法〕巴比塞著，成绍宗译：《地狱》，光华书局 1930 年版；〔法〕巴比塞著，祝秀侠译：《巴比塞短篇作》，大江书铺 1933 年版（另有开明书店版，因资料所限，笔者并未详见）；陆从道编：《巴比塞选集》，群众图书公司 1936 年版；〔法〕巴比塞等著，穆木天译：《犯罪的列车》，复兴书局 1936 年版；〔法〕巴比塞等著，祝秀侠等译：《归来》，中流书店 1941 年版。此外还包括，〔法〕巴比塞著，徐懋庸译：《史太林传：从一个人看一个新世界》，新知书店 1936 年版；〔法〕库勒拉编，〔法〕巴比塞著，徐懋庸译：《列宁家书集》，生活书店 1938 年版。

[3] 譬如汤增敫：《巴比塞的战争描写》，《中外文学月刊》1936 年第 1 卷第 1 期。

[4] 〔法〕巴必塞著，康明译：《"西线无战争"与战争文学之复兴》，《红叶》1930 年第 15 期。

二、拉兹古的乡愁小说的译介

作为"弱小民族文学"之一种,匈牙利作家拉兹古(Andreas Latzko)的作品被译介到中国。早在1921年茅盾就翻译了《一个英雄的死》,初刊于《小说月报》第十二卷第三号,此外尚有林疑今1931年刊于《现代文学评论》的同名译本。①此篇为《战中的人》的六篇短篇小说之一,在《译后记》中,译者茅盾援引罗曼·罗兰的话说:

……《火》是喊出将来的胁迫,但是对于现在却没有。……在《战中的人》,却是审判现在,人类立在证人的箱(厢)里,对于'屠杀人者'控诉。人类么?并不定是。不过几个人,几个刚巧也是受害者,因为他们也是一个个人,所以他们的苦痛,刺到我们心里,更较群众的,为强烈。……这本书的作者,拉兹古,将来就是第一排的证人,指摘一九一四年人类大耻事开演时人们的狂情妄念。②

拉兹古就是欧战"第一排证人",他的《一个英雄的死》即是对1914年欧战的控诉。但是拉兹古见证与控诉的仅仅是战争所带来的生灵涂炭吗?从《一个英雄的死》这篇颇具讽刺意味的小说看,恐怕并非如此。一具"众兵士中没有一个敢触动这个项脖上顶着那唱片像头

---

① 〔匈牙利〕拉兹古著,麦耶夫(林疑今)译:《一个英雄的死》,《现代文学评论》1931年第1卷第1期。

② 〔匈牙利〕Andreas Latzko著,雁冰译:《一个英雄的死》,《小说月报》1921年第12卷第3号。

颅一般的直立的尸身"①,成为整个作品极具象征意味的符号。梅尔萨这个年轻的战士在被炸掉脑袋后,仍然神奇地顶着一张黑色的唱片,那是"拉古柴进行曲"。

> 梅尔萨仍是直挺挺的坐着,背靠着残留的一段墙,而那张刚才唱"拉古柴进行曲"的唱片呢,最奇怪的是独有这张唱片还是好好儿丝毫不损伤的,高高的登在他的头颅的所在。但是他的头颅却不在了。头颅不见了——完全不见了,可是那张黑色的唱片却留着,也靠住了墙,端端正正覆在血渍的硬领上。可怕。②

"拉古柴进行曲(*Rackoczy March*)"现通译作《拉科奇进行曲》,又名《匈牙利进行曲》,相传是为匈牙利反抗哈布斯王朝统治的民族解放运动领袖,匈牙利王子弗朗兹·拉科奇二世(1676—1735)的士兵创作的。③ 在18、19世纪,《拉科奇进行曲》是具有鲜明民族色彩的匈牙利独立运动的战歌。这张象征着匈牙利民族独立精神的奇迹般毫发无损的唱片与那具被炸的完全不见头颅的尸体形成了强烈的对比。

---

① 〔匈牙利〕Andreas Latzko 著,雁冰译:《一个英雄的死》,《小说月报》1921年第12卷第3号。

② 〔匈牙利〕Andreas Latzko 著,雁冰译:《一个英雄的死》,《小说月报》1921年第12卷第3号。

③ 相传此曲为宫廷乐师巴尔纳所作,李斯特根据匈牙利民间流传的《拉科奇进行曲》加工改编为《匈牙利狂想曲》第十五号。1846年柏辽兹访问布达佩斯时,从艾克尔那里知道了《拉科奇进行曲》,并就地写出了管弦乐谱,用于传奇剧《浮士德的沉沦》(La damnation de Faust)的第一幕中。参见郝澎:《西方古典音乐入门》,南海出版公司2011年版,第128页;《改编者说明》,〔法〕柏辽兹作曲,〔德〕林克尔改编:《木管五重奏 拉科奇进行曲》,上海音乐出版社2001年版。

"血渍的硬领上"的"拉古柴进行曲"极具象征意义，英雄的头被战争置换为一张代表匈牙利人英勇抗争的民族精神的唱片，这不能不说是莫大的讽刺！它以象征手法批判了这些被"洗脑"的"英雄"们的可笑与可怜！这是对"爱国主义"的辛辣嘲讽！可见，对战争对人性伤害的刻画在拉兹古的作品中是一以贯之的。罗曼•罗兰不仅看到了《战中的人》注重展示人在战争中肉体与精神的痛苦，而且还颇有见地地指出，拉兹古更"偏重于描写肉体痛苦一面"，"但这并非因为拉兹古心中满记着肉体的痛苦，所以随手而出，这是因为他要使这种印象深印到别人的脑中去"。①

譬如，《战中的人》的第六篇《复归家来》(*Heimkehr*)就给人印象极为深刻。此篇最早以《复归故乡》为题由茅盾翻译，刊载于文学第153期②，后收入1928年开明书店译文集《雪人》。此外，蒋怀青也以《重回故乡》为题翻译，1930年代有"复兴书局版"和"胡风书局版"各一种。③《重回故乡》描写的是一个从战场回来的士兵，杀死一个以战争牟利的人的悲惨故事。穷苦的约翰•蒲丹被统治者打发去战场。战争中，蒲丹面部受伤，英俊的面孔变得丑陋不堪。他怀着痛苦与忧伤再次回到了故乡，却发现自己的主人正在发着战争横财，还霸

---

① 〔匈牙利〕Andreas Latzko 著，雁冰译：《一个英雄的死》，《小说月报》1921年第12卷第3号。

② 此处存疑，未查到相关作品，只在《文学》153期的目录处有"复归故乡，玄译，但文献只有三页，未见作品。参见〔匈牙利〕拉慈古著，玄译：《复归故乡》，《文学》（周刊）1924年第153期。

③ 参见〔匈牙利〕拉兹古著，蒋怀青译：《重回故乡：非战小说集》，湖风书局1933年版；拉兹古著，蒋怀青译：《重回故乡》，复兴书局1936年版。本节有关引文依据1936年复兴书局版。

占了自己的未婚妻。盛怒之下,蒲丹杀死了主人,他自己也被管家打死。蒲丹被战争摧残的"脸"同样极具象征意义。

> 他的鼻子看起来好像异色的小骰子拼补成的一个东西。他的嘴是歪的,全个的左颊好像一块臃肿的生肉,红而且交错着深色的瘢疤。唉!多么丑陋!可怕!此外他还有一长穴,深的足容一个人的手指,这长穴代替了一条颧骨。①

"一只眼睛失去了,带着一个破碎的颧骨,一张补缀成的脸颊,和半边的鼻子"②,脸部的细节刻画强化了战争带来的痛苦感。还乡中,他"贪婪地"看着故乡"叶丛间透露出的湖光""熟识的灰土色的山脉""教堂的尖塔"和"城堡的一角"。但是"每抵一站,他的脸儿似乎变得丑恶些"③,故乡使他愈加感到"无颜以对"。但是当他终于回到"他热切思慕过的故土",故乡却并没有抚平他的伤痛,车站守卫的妻子已经认不出这个"好像恶魔投胎"的故人。他与未婚妻马克撒的重逢也以爱人被惊吓逃走而告终。颇具讽刺的是,昔日的爱人在发着战争横财的炮弹厂做工,并被炮弹厂的主人老林务官霸占。战争不仅在战场上摧残了这个漂亮的青年的身体,同样在战场外摧残着人类一切美好的感情。于是,复仇的过程开始与战场厮杀的回忆同步展开。复仇的一瞬间,"一种冷的,坚决的宁静在他的心里慢慢地升起,仿佛在战壕里当号手给了一个放射的记号的时候"④,老林务官的猎刀更"像

---

① 〔匈牙利〕拉兹古著,蒋怀青译:《重回故乡》,复兴书局1936年版,第3页。
② 〔匈牙利〕拉兹古著,蒋怀青译:《重回故乡》,复兴书局1936年版,第7页。
③ 〔匈牙利〕拉兹古著,蒋怀青译:《重回故乡》,复兴书局1936年版,第1—2页。
④ 〔匈牙利〕拉兹古著,蒋怀青译:《重回故乡》,复兴书局1936年版,第31页。

一把枪刺",诱使蒲丹拔刃而起刺进了"敌人"的胸膛,与此同时他也结束了自己的生命。拉兹古的描写是惊人的,战争对人性的戕害从肉体而深抵灵魂,在国家战争与个人战争的双重象征下,人的痛苦的命运挣扎更具有历史意义。值得注意的是,作为人类灵魂庇护所的故乡在战争之下也失去了拯救的意义。对未婚妻马克撒的思念是支撑蒲丹重回故乡的精神支柱,即便他被战争破相失去了做人的尊严,但是真正激怒他的却是重回故乡所遭遇的冷漠、欺骗、欺压乃至侮辱,这与国家的战争所带给他的并没有什么区别。在这一双向的冷漠、欺骗、欺压乃至侮辱的共同钳制与压迫下,个人之于故乡/国家的感性/理性的纽带关系已然被修正/扭曲。故乡在战争中已然崩塌,乡愁也在崩塌中滋生了仇恨。

三、跋佐夫的《他来了吗?》的多元传播

如果说蒲丹的"重回故乡"是一具残破躯体的痛苦,那么跋佐夫的《他来了吗?》则是永远无法魂归故里的悲哀与无奈。这篇保加利亚乡愁小说在1930年代的热译是一个颇值得注意的文化现象。跋佐夫(Иван Минчов Вазов,1850—1921),现通译作伐佐夫,是保加利亚作家、诗人、戏剧家,被誉为"保加利亚文学史上的乔失(Chaucer,按:今译为"乔叟")"[①]。笔者从现有的文献资料看,中国文坛对伐佐夫的译介最早可追溯到1911年茅盾对其名作《轭下》的翻译,在《世

[①] 〔保加利亚〕跋佐夫著,雁冰译:《他来了么?》,《妇女杂志》1923年第9卷第2期。

界文库》"第二年革新计划"中,编者指出伐佐夫是"保加利亚民族第一个伟大的诗人和小说家。他不仅是民族革命的歌人,他又是实际行动的革命家……《轭下》中的那个乡镇 Bela cherkva 就是作者的故乡的化名"[1]。这篇乡愁小说同样是一个"重回故乡"的故事,《轭下》的最后一章就是作者重回故乡苏保忒(Sopot)时的回忆。[2]此后,1921年鲁迅翻译了《战争中的威尔珂(一件实事)》[3],茅盾在1923年翻译了《他来了么?》。此外,1920年代被译介的作品还有《在昆伦山中(En Pirin)》《失去的晚间》《草堆》《星:东方的传说》[4],到了1930年代《倔强的人》《约佐祖父在望着》(也译作《乐乍老头子在看着》)、《残废者》《村妇》《在缪丝的园里》[5]等也相继得到了译介。而在这些译作中《他来了吗?》是得到最多关注的作品。这部译作自1920年代

---

[1]《世界文库第二年目录:外国之部:〔保〕跋佐夫:〈轭下〉,茅盾译》,《世界文库》(第二年革新计划),上海生活书店1911年版,第10页。

[2]〔保加利亚〕跋佐夫著,雁冰译:《他来了么?》,《妇女杂志》1923年第9卷第2期。

[3]〔勃尔格利亚〕跋佐夫著,鲁迅译:《战争中的威尔珂(一件实事)》,《小说月报》1921年第12卷第10期。

[4]〔保加利亚〕跋佐夫著,波云译:《在昆伦山中(En Pirin)》,《东方杂志》1923年第20卷第3期。昆伦山(Pirin)即皮林山脉位于保加利亚西南部。跋佐夫著,胡愈之译:《失去的晚间》,《小说月报》1923年第14卷第1期;跋佐夫著,浦行帆译:《草堆》,《东方杂志》1929年第26卷第16期;伊凡·跋佐夫著,南池译:《星:东方的传说》,《新女性》1929年第4卷第5期。

[5]〔保加利亚〕跋佐夫著,马风(卜英梵)译:《倔强的人》,《东方杂志》1930年第27卷第7期;跋佐夫著,北冈译:《约佐祖父在望着》,《小说月报》1931年第22卷第3期;跋佐夫著,索林译:《残废者》,《春光》1934年第1卷第1期;〔保加利亚〕Ivan Vazov 著,梭甫译:《乐乍老头子在看着》,《文学》1934年第2卷第5期;伐佐夫著,鲁迅译:《村妇》,《译文》1935年终刊号;跋佐夫著,颐荪译:《在缪丝的园里》,《青年界》1935年第8卷第5期。

由茅盾译介后，在1930年代得到多次译介，直至1940年代依旧热度不减。从现有文献资料看，1920年代仅有茅盾发表于《妇女杂志》的一种译本，此后茅盾在1928年再次将该译作收入译文集《雪人》，并由开明书店出版。然而到了1930年代，《他来了吗》的译本就激增到12种（表4—1），延至1940年代尚有9种之多[1]。这其中除茅盾外，孙用是另一个重要的译者，他在1942年和1945年先后两次译介该作品。

表4—1

著者（署名）	题名	译者	期刊	发表时间
伊凡万所夫	他来了吗	晓云	《文艺月刊》	1930年第1卷第1期
〔保加利亚〕伊凡伐卓夫（IVAN VAZQV）	他来了吗？	袁式伊	《新时代半月刊》	1931年第1卷第2期
Ivan Uazoff	他来了吗？	C.C.	《杭师生活》	1932年第3期
〔保加利亚〕Iuun Vagoff	他来了吗	流虹	《新绥远》	1933年第17、18合刊
依宛俄梭夫	是他来了吗？	漪澜	《幽燕》	1933年第5、6合刊
Ivan Vazoff	他来了吗	卓夫	《华北月刊》	1934年第1卷第4期
Ivan Vazoff	他来了吗（连载）（中英文对照）	罗书肆	《英语周刊》	1934年新第98期
〔保加利亚〕Ivan Vazoff	他来了吗	凌强	《女子月刊》	1935年第3卷第2期

[1] 1940年代的译介情况如下：〔保加利亚〕Ivan Vazoff著，王岑译：《他回来了吗》，《中国公论》1940年第2卷第5期；（未著者署名），璇译：《他来了吗》，《破浪》1941年第1卷第2期；（未完待续）。伐佐夫著，孙用译：《他来了吗》，《文艺生活》（桂林）1942年第1卷第6期；Ivan Vazoff著，长贞译：《他来了吗（中英文对照）》（连载），《吾友》1942年第2卷第7、8、9期；Ivan Vazoff著，唐茜译：《他回来了吗》，《文艺新哨》1942年第1卷第5期；Vazoff, I.著，周国荣译：《保加利亚小说选：他回来了吗》，《吾友》1944年第4卷第19期；〔保加利亚〕伐佐夫著，孙用译：《他来了吗》，《联合日报》1945年第3卷第13期；〔保加利亚〕瓦左夫著，斤斤译：《翻译：他回来了吗？》，《读者》1948年第5卷第4期；Ivan Vazoff著，曾海如译：《他回来了吗》（中英文对照），《建国月刊》1948年第2卷第1期。

著者（署名）	题名	译者	期刊	发表时间
Ivan Vozoff	他来了吗	施贻	《四川文学》	1936 年第 1 卷第 5 期
伊凡伐佐夫	他在来么（连载）	王子美	《公教周刊》（福建）	1937 年第 9 卷第 20、21 期
Ivan Vazoff	他回来了吗	巴彦	《近代杂志》	1938 年第 1 卷第 9 期
Ivan Vazoff	他来了吗！（连载）中英文对照	王志强	《英文知识》	1939 年第 9、10、11 期

从《译者附识》看，这些译作大多是以《保加利亚文选》为原本翻译。譬如孙用在译文篇首就予以说明："本篇自伊凡·克勒思塔诺夫编译的世界语本《保加利亚文选》（一九二五年苏菲亚的科□哈洛夫印书馆出版）翻译。"① 而茅盾最早的译文则是由 Stayan Christoff 的英译文转译。② 那么，《保加利亚文选》中所选译作是否就是 Stayan Christoff 的英译文呢？因年代久远，原本已难以见到，恐怕这只能暂时成为疑案了。有趣的是，今天仍有译者对当年茅盾译作难以释怀，以致张冠李戴误以为茅盾不过是"编了一个故事"，而自己所译才是正宗。③ 在此我们姑且将此疑案搁置。一个值得注意的事实是，作为一部"非战

---

① 〔保加利亚〕伐佐夫著，孙用译：《他来了吗》，《联合周报》1945 年第 3 卷第 13 期。

② 〔保加利亚〕跋佐夫著，雁冰译：《他来了么？》，《妇女杂志》1923 年第 9 卷第 2 期。

③ 譬如，余志和在"朝内 166 文学公益讲座"中称"茅盾不是逐字逐句翻译，而是编了一个故事，我在书中把它翻译成《硬汉一去不复返》。"参见 http://m.sohu.com/a/240331854_701664。但在发表于文艺报的署名文章中却删去了如上这句话。在其编译的《硬汉一去不复返》中却署柳本·卡拉维洛夫，由此可见余志和谈及《他在哪儿》与《硬汉一去不复返》为同篇小说当是讹误。参见〔保加利亚〕伊凡·伐佐夫著，余志和译：《硬汉一去不复返》，余志和编译：《保加利亚中短篇小说集》，人民文学出版社 2018 年版，第 22—51 页；余志和：《希望引起中国读者的共鸣——我译〈保加利亚中短篇小说集〉》，《文艺报》2018 年 7 月 9 日，第 7 版。

题材"的小说,《他来了吗》的翻译、发表并不限于文学类期刊,甚至包括宗教刊物、英文教辅、乃至国文课本。譬如,王子美所译的《他在来么》就是发表在《公教周刊》,这是闽南天主公教会马守仁主教主办,由当时在鼓浪屿天主堂任传道的李蔚如为编辑,1929年4月由厦门鼓浪屿天主堂在福建鼓浪屿编辑并出版的宗教刊物。提倡的是救人灵魂、不干预政治、爱主爱国的宗教观点。[①]再如,王志强、罗书肆的翻译都有中英文对照,为的就是方便学习。而茅盾的译作更是入选了顾颉刚、叶绍钧编的《新学制国语教科书》。[②]

《他来了么》其实是一个简单的故事,母亲采娜盼着他的儿子司托音战后回家,却不知司托音已战死他乡。那么《他来了么》的魅力何在?因何能让不同的受众都趋之如鹜,甚至成为宗教与教育的宠儿?我们知道无论声称要拯救人的灵魂的宗教,抑或塑造人的灵魂的教育,都比其他的教化方式更注重人性与普世的价值情感。《他来了么》虽然并没有刻意呈现战争的伤痕,但依靠"等待"这个夹杂着希望,同时伴随着失望,乃至绝望的行为动作,使作品显示了一种强烈的被动性。在这一充满希望但已然感到无望却不愿相信的执着"等待"中,人类的善良、被压迫、被凌辱,却深感无奈的痛苦感被细致而深切地传达出来。而篇末"在毕洛特附近葡萄园里,司托音的坟上,雪已经积成了堆了"[③]更是构成了故乡与他乡、生存与死亡极具强大张力的空间叙事结构。对

---

① 参见马主教(马守仁):《闽南天主公教会周刊出版宣言》,《公教周刊》1929年第1期。

② 参见顾颉刚、叶绍钧编:《新学制国语教科书》(第五册),胡适、王岫庐、朱经农校订,商务印书馆1924年版。

③ 〔保加利亚〕跋佐夫著,茅盾译:《他来了么》,文学周报社编,茅盾译:《雪人》,开明书店1931年版,第79页。

于深植着"叶落归根"的传统命运观的国人而言,没有什么比"客死他乡"更令人可悲、可叹了。《他来了么》不同于《一个英雄的死》对战争的讽刺,也不同于《重回故乡》主动对战争的复仇,它以一种被动地、甚至是略带"消极"的方式回应着人与国家、民族之间的某种理所当然的关系,在对战争的"凝视"中,"等待"所展现的朴实、善良的人性构成了对无视人性、扭曲人性的战争的"无声反抗"。

1930年代事关战争的"乡愁小说"的热译/热议并非偶然,除了对弱小民族的同情,因战争而引发的个人与民族、国家关系的重识显然对中国现代知识分子的命运观更具建设意义。战争造成现实与精神空间的暌违,由此而生发的乡愁,一方面再次将"五四"以降"救国保种"的集体性的政治吁求拉回到了个人化的,然而更具普遍意义的人性本身,即对人的价值与尊严的肯定与尊重;另一方面它又"逼迫"中国现代知识分子去重审个人与家园,乃至国家的关系,即如何在家、国的伦理价值框架中安放个人的理想与信仰。时值1930年代,"天下兴亡匹夫有责"的经典历史叙述已难以完全诠释国人对现代国家民族精神的诠释与期待,而这一省思与变迁正是从"乡土传统"中"国"对"家"强势压迫结构的松动开始的。

第五节 "乡土茅盾"的"矛盾乡土"[①]

中国现代知识分子在1930年代前后的"陆沉之感"无需赘述,但

[①] 本节内容笔者曾以阶段性成果发表,收入本书时有改动。参见冯波:《"乡土茅盾"的"矛盾乡土":基于三十年代译介的观察》,《浙江学刊》2019年第4期。

是他们面对民族、国家的危机时责无旁贷的使命感并不能排斥个人之于革命矛盾而复杂的内在焦虑。正如上一节我们所谈到的，虽然他们个人与国家民族建立起了更为紧密的同命感，但是同时他们也开始审慎地反思这一同命感，这种外在的时代使命与内在的个人价值的复杂纠葛其实恰是现代知识分子在乡土中国的具体文化语境中对自我，同时也是国族命运的建构，它是形塑现代知识分子民族国家认同的必由之路。譬如茅盾在个人感性与集体理性中的"矛盾"，就颇能代表彼时知识分子复杂的心路历程。

在卷帙浩繁的茅盾创作中，译介的文学作品占有相当大的数量。以往学界虽然关注茅盾的翻译，但往往大都注目于其翻译策略、思想，少有探讨译介与其自身思想发展的关系，这是令人遗憾的。我们知道，作为一种跨文化实践，译介是"种种外来及本地体制权利协商的过程……他们的表现是跨文化现代性的精髓：对自己在分水岭或门槛上（on the threshold）的工作具有高度自觉，总是不断测试界限，尝试逾越"[1]。通过有限制的"自由实践"，外来成分也正是在个人与权力机制的协商中完成了本地化的蜕变，个人意志也完成对"创造性转化"空间的开拓，进而至少部分地参与了个体的精神文化的建构。从这个层面说，对茅盾译介与其现代思想形成的关系认识就不能停留在单向的影响和接受的层面，而应更多地置于双向交汇与"相互依存"的历史语境中来看待。唯如此，我们才能更为充分地理解"茅盾之矛盾"的历史无奈。

---

[1] 彭小妍：《浪荡子美学与跨文化现代性：一九三〇年代上海、东京及巴黎的浪荡子、漫游者与译者》，台湾联经出版事业股份有限公司2012年版，第13页。

一、所谓"乡土"茅盾

所谓"乡土茅盾",定然有不少争议,想来异议者无外乎两点:一来茅盾的人生履历中并没有太多的乡村生活经验,二来茅盾走向文坛又与都市上海息息相关,上海不仅使沈雁冰成了作家茅盾,而且也是其作品表现的重要场域/背景。然而梳理这些丰硕的学术成果,我们仍可感到研究者对于茅盾都市书写的犹疑和武断。此类研究大多将阶级的、革命的叙事传统与表现城市生活的现代话语杂糅,虽肯定茅盾对都市生活的展现,但强调的还是作品阶级和革命的思想意涵。譬如,早在1980年代就有学者指出:"茅盾都市题材创作则由于他在新民主主义革命历史要求下深刻地反映了都市以至全社会生活的动态、节奏和发展方向,而更具有完整的、鲜明的'现代'意义。"[1] 换言之,唯有在新民主主义革命历史的要求下,茅盾的都市题材才具有了"现代"之意,离开了这个前提,是否还够"现代"那就两说了。正因如此,作者竭力将"都市文学"与"市民文学"区分开来,都市文学是"动态的"现代人生的描写,而市民文学则是静态的"停滞"的生活,这显然有失偏颇。因为我们知道,自《海上花列传》以降,文学对现代的回应从来都不迟钝,难道市民生活就无法呈现"现代"?而事实恰恰相反,"现代"往往并非在高蹈的政治说教中灌输,而是在城市普通民众的日常生活中才得到确认与接受。而持论者之所以要努力区隔茅盾都市书写与市民文学,其原因还是在于强调茅盾及其创作对新民主主义革命的历史贡献,而非全然站在都市现代性这个话语场域发声,

---

[1] 阙国虬:《茅盾与都市文学》,《茅盾研究》1988年7月第3辑。

这不仅是一种误读，更显示了一种革命现实主义的傲慢与偏见。而时值当下的茅盾研究虽不再将都市与市民区别，但却刻意强调茅盾都市书写为一种宏大叙事，它与日常生活叙事共同构成了现代都市现代性的重要内容。①其实宏大叙事的强调与前述新民主主义革命的逻辑结构并无二致，之所以指出其都市生活内容之"宏大"，实则是一种历史主义的视角使然。就本体论意义而言，都市生活的"宏大"与"日常"不过是一种阐释策略的需要，这种"一分为二"的二元结构论，很有可能在方便对比叙述之余，反倒遮蔽了二者及其之间的审美复杂性。

诚然，回溯茅盾都市书写的历史研究，并非全盘否定茅盾及其创作与都市的密切关系，而是力求提点学界长久以来"非此即彼"的研究方法的逻辑惯性，在此笔者更愿意用"多元共生""对话介入"的话语策略来阐释其都市书写的复杂与独特性。也就是说，当我们谈到茅盾的都市书写时，是站在怎样的价值立场来分析的？是什么样的文化氛围创生了他的都市书写？又在哪些层面呈现了诸种审美期待的融合抑或游离？其文学史意义何如？对如上问题的思索正是笔者将"乡土"引入茅盾都市书写的因由，它并不是要否定茅盾的都市书写，而用意是立在"乡土"来眺望"都市"，这可从如下两点来谈。

一方面，茅盾虽没有直接、丰富的乡村生活经验，但对乡下/农村的直接或间接感触以及赴沪之前的家世、学识背景，使得他在一定程度上具有一种"乡土性"的士绅情怀。首先，茅盾出生及童年少年时代生活的乌青镇是一个"传统驻军的镇"（乌镇自秦汉以来历来驻

---

① 参见杨扬：《上海的文学经验——小说中的宏大叙事与日常生活叙事》，《天津师范大学学报》（社会科学版）2017年第2期。

兵以防盗匪),这种"驻军的镇是作为传统的官僚当局和有钱绅士们的驻地",它与市场镇不同,"市场镇是农民的地方工业和比较发达的商业和手工业的联系环节"[1],它们的共通之处在于都是通过贸易发展起来的。因此茅盾对农村生活的了解主要是通过此种农村与镇的经济贸易获得的,虽然这是间接的,但是贸易的繁荣也使得这种间接经验十分丰富。而且居于"驻军的镇"使得茅盾与官僚、士绅的接触更为频繁,这使得他对士绅阶层的生活并不陌生,甚至有特殊的感情。其次,从茅盾的世家关系说,他的曾祖父靠捐纳做过梧州的税官,外祖父是江南的名医,家中亲戚多半有秀才功名,茅盾的父亲16岁也中得秀才。[2] 茅盾虽未直接参加农村生产劳动,但他对于乡民生活并不陌生。譬如,沈家本是乌镇近乡的农民,他对母亲的女仆芮姑娘、阿秀的生活也有记忆,在回忆录中,茅盾还能准确清晰地描述桑农的生产、获利状况。"桑地若干亩,扯均算,每季可收二百数十元。【桑地即种植桑树之地,以别于稻田;桑树的叶只能饲蚕,别无用处,(枯叶可饲羊及作药材,但价极低),每当蚕季,蚕旺则叶贵,否则贱,甚至不够本——即每年维修之费,及交官之地税。】但每年桑地上壅肥、修剪老枝,人工连粪肥共计五六十元,所以桑地收益每季只能算它二百元。"[3] 茅盾自言童年最有兴趣的事就是帮助祖母养蚕,祖母对农村生活的怀念给他留下了深刻的印象。可见,他对当时农村的农业生产是熟悉的。此外,从茅盾童年至少年的学识背景看,他也深受中国传统文化的影响。譬如《三字经》《千家诗》《论语》《易经》《孟子》等等

---

[1] 费孝通著,惠海鸣译:《中国绅士》,中国社会科学出版社2006年版,第67页。
[2] 参见茅盾、韦韬:《茅盾回忆录》(上),华文出版社2013年版,第5—18页。
[3] 茅盾、韦韬:《茅盾回忆录》(上),华文出版社2013年版,第35页。

不一而足。然而除了孔孟之言，茅盾还受父亲影响较早地接触了声、光、化、电等现代科学知识，尤其是父亲"变法维新"的思想对茅盾影响至深。多年后，茅盾依然不忘父亲遗嘱中要重视理工人才的教诲，父亲还将谭嗣同的《仁学》交于茅盾嘱其不可误解自由、平等的意义。[①]这种"士不可不弘毅"对民族国家的担当精神显然对日后茅盾的人生道路有着深远的影响。

另一方面，对茅盾文学生涯意义重大的上海并不能完全视为一种现代意义上的大都市，而更应将之定义为半殖民半封建的现代输送通道。它自身即存在一种土洋杂糅的"乡土性"，准确地说是一种半殖民地半封建的"乡土性"。我们知道东亚现代性的中国都市本身就是畸形发展的结果。费孝通在《中国绅士》中颇有见地地指出上海"它不是一个经济独立的区域中心，而宁可说是一个被政治条约打开的通商口岸。它是一个被西方打开的通向经济不发达的大陆的通道，而不是一个像纽约或伦敦那样的从它们自己的内地经济发展中成长起来的城市。……通商口岸是工业经济侵入简单再生产经济占优势的经济不发达地区的结果。这就创造了一种特殊的不应归入现代都市中心的社区。"[②]而此种区域、文化的复杂性恰恰为容纳"乡土"提供了可能，这尤其突出地体现在中国农村与城市之间休戚相关的紧密联系上。众所周知，中国城市的兴起与中国农村经济的衰弱是亦步亦趋的，由于中国近代的国情所制约，中国城市的工业并没有得到充分的发展，城

[①] 参见茅盾、韦韬：《茅盾回忆录》（上），华文出版社2013年版，第45页。
[②] 费孝通著，惠海鸣译：《中国绅士》，中国社会科学出版社2006年版，第68—70页。

市对乡村的反哺几无可能,实际情况反倒是城市冲击、"腐蚀"了农村的经济文化生活。那么,所谓对西方工业文明的引入也就只是一种低水平、表面的接受,譬如感官的娱乐、生活方式的效仿等,生活在这样一种表层的西方工业文明中的所谓"都市人"也就具有了既难以摆脱传统羁绊,又并非全然西化的、特有的精神文化结构,这是半殖民地半封建的社会性质使然。诚如李永东所言:"半殖民性是现代中国文学的重要特征,这一特征长期以来被现代性、启蒙、民族主义、革命等文学史观和研究范式所遮蔽。……近百年中国文学的发展与其看作现代性的展开过程,不如看作殖民性的衍化与抹除的双向互动过程,'半殖民与解殖民'规约着中国文化和文学的走向和愿景。"[1]因此,上海文化的"乡土性"正是这种殖民性"衍化与抹除的双向互动过程"的呈现。

  出生于士绅齐聚的乡镇,又生活于"半殖民地半封建"的通商口岸,茅盾的"乡土"情怀自然不避矛盾。尤其是大革命失败后的1920年代末至1930年代,面对革命文学倡导者的责难和自身对革命前途的思考,茅盾之"矛盾"可想而知。而此时正是中国文学乡土意念发生的重要转捩点。[2]那么,透视这一时段茅盾的译介即是努力在本土的纠葛与域外的情感文化资源的碰撞中,还原中国现代文学乡土意念的发生情状,乃至在域外与本地的双向交流与协商中呈现出现代知识分子在易簧之际自我现代主体建构的艰难。

---

  [1] 李永东:《半殖民与解殖民的现代中国文学》,《天津社会科学》2015年第3期。
  [2] 参见冯波:《三十年代多元理论资源的选择与"农民文学"之辩》,《文学评论》2017年第2期。

二、"科学观察"与"表白同情"

考察茅盾在1930年代前后的译介，并不是要将研究对象限定于1930年代前后首次被茅盾译介发表的作品，实际情况是，1910、1920年代已经译介的作品在1930年代得到了重译或再次收入到译文集中，这些作品关涉乡土的不在少数。无论茅盾是有意为之抑或无心之举，茅盾对这些作品显然颇为看重，否则也没有二次发表的必要。从此类译作及其译者的按语、后记看，译者一方面力图以"科学观察"的方法来涵括小说创作的主旨；而另一方面，又显示出要"表白同情"的感性思维。也就是说，茅盾一方面是以政治、经济等社会科学的方法来阐释这些译作；而另一方面又注目于生命本体的精神困苦。我们知道，社会学的方法力图在理性的层面剖析现实社会的本质，而文学的感性想象又需要落实在虚构的生命本体的情感层面来予以诠释。想二者兼得，并非易事，茅盾亦然。当作为文学家的茅盾以社会学的方法来评/写小说时，虽然他努力在文学实践中提炼抽象的社会政治经济原理，但往往又因其极生动的、细腻的人性演绎，而冲淡了理性，但也正是这些给读者留下深刻印象的复杂人性的探寻，使得文学得以记录了那个时代与历史应有的复杂。

早在1917年茅盾就译介了英国威尔斯的《三百年后孵化之卵》[①]，

[①]〔英〕威尔斯著，雁冰译：《三百年后孵化之卵》，《学生》1917年第4卷第1、2、4号。原文未署原作者名，原作者为英国科学幻想小说家威尔斯（H. G. Wells, 1866—1946）。

翌年又与沈泽民合译了美国洛赛尔彭特的《两月中之建筑谭》[1]等"科学小说"。由此可见，译者对西方科学的浓厚兴趣，这与前述其父的洋务思想影响自然不无关系。与之相应，自1919年以降，茅盾还积极译介了西方哲学、社会学等方面的论著，譬如尼采的《查拉图什特拉如是说》、罗素的《到自由的几条拟径：社会主义、无政府主义和工团主义》、列宁的《国家与革命》等。[2]而在其译介的大量西方文论中就有将哲学与文学进行交叉研究的译作，譬如《霍普德曼与尼采哲学》[3]。在介绍安得列夫的译作中，茅盾更是在按语中直言："近代文学多是受着哲学的影响，跟着唯物、新唯心的潮流一同去的……安得列夫的时代正是唯物派势力将倒，人人对于科学万能怀疑——不但怀疑科学万能而已，也怀疑人对自然的抵抗力——的时候……大家对于人类的命运抱着悲观，安得列夫便是高声叫的人了。"[4]由上述茅盾早期译介的小说与文论看，从科学原理到哲学、社会学乃至文学等人文社会科学，茅盾的译介显示了他更倾向于以探寻事物本质的思维方式，

---

[1] 参见〔美〕洛赛尔彭特（Russell Bond）著，雁冰、泽民译：《两月中之建筑谭》，《学生》1918年第5卷第1、2、3、4、6、8、9、12号。

[2] 参见〔德〕尼采著，雁冰译：《新偶像》（F. Nietzsche's Thus Spake Zarathustra 第一部第十一章），《解放与改造》1919年第1卷第6号；尼采著，雁冰译：《市场之蝇》（F. Nietzsche's Thus Spake Zarathustra 第一部第十二章），《解放与改造》1919年第1卷第7号；〔英〕罗塞尔著，雁冰译：《社会主义下的科学与艺术》（《到自由的几条拟径》第七章），《解放与改造》1919年第1卷第8号；罗塞尔著，雁冰译：《巴苦宁和无强权主义》（《到自由的几条拟径》第二章），《东方杂志》1920年第17卷第1、2号；〔苏〕列宁著，P. 生译：《国家与革命》，《共产党》1921年第4号。

[3] Anton Helimann 著，希真译：《文学家研究：霍普德曼与尼采哲学》，《小说月报》1922年第13卷第6号。

[4] Moissaye J. Olgin 著，雁冰译：《安得列夫》，《东方杂志》1920年第17卷第10号。

聚焦典型的社会现象以提炼出具有共时性、一般意义趋势或规律的美学追求。而1930年代前后茅盾译介的乡愁小说也多是不但表现了乡土独特性，而且更能凸显时代重大意义的作品，譬如表现战争之下乡村与农民生活的作品往往更容易得到茅盾的青睐。从此间两部重要的译文集《雪人》和《桃园》看，其中就有拉兹古的《复归故乡》、阿哈洛垠的《却绮》、跛佐夫的《他来了么》等。在将《娜耶》收入《桃园》的译前介绍中，茅盾说："《娜耶》中所写则是克罗地人单独的斗争，虽然好像是只写一个小村里的局部事变，但意义是全般的。……又在抽换地皮，村长和pope出卖农民这些地方看来，可知这小小的事变还不尽是'民族的'意义了。"[①] 在由Stayan Christoff的英译文转译的《他来了么？》的文末，茅盾不仅对伐佐夫的生平详加介绍，还强调他的故事大多是描写故乡的故事，"他的诗和小说，以非常直接而热切的情调，反映出一个受辱的农业民族的悲愤和痛苦，希望与快慰。"[②] 正是基于如上的认识，乡土文学的重要表征"地方色彩"在茅盾的眼中就别有一番"色味"了。在《小说研究ABC》中，茅盾说："但是我们决不可误会'地方色彩'，即某地的风景之谓。风景只可算是造成地方色彩的表面而不重要的一部分。地方色彩是一地方的自然背景与社会背景之'错综相'，不但有特殊的色，并且有特殊的味。"[③] 可见此

---

① 〔克罗地〕X.桑陀·药里斯基著：《娜耶》，〔土耳其〕R.哈里德等著，茅盾译：《桃园》，文化生活出版社1935年版，第82页。原载X.桑陀·药里斯基著，芬君译：《娜耶》，《译文》1934年第1卷第3期。

② 〔保加利亚〕跛佐夫著，雁冰译：《他来了么？》，《妇女杂志》1923年第9卷第2号。后收入〔匈牙利〕莫尔纳等著，沈雁冰译：《雪人》，开明书店1928年版。

③ 玄珠（茅盾）：《小说研究ABC》，世界书局1929年版，第114页。

种"色、味"其实正是一地方的人与社会的本质性呈现。

虽然以理性的社会学视角透视乡土叙事中重大的历史主题与人类社会的发展规律一直是茅盾努力追求的文艺理想，但是在茅盾为"文学之热心所驱迫"译介的"弱小民族"的乡土叙事中，我们同样也感到在东亚现代性视域内，乡土独特性抵御世界一体化过程中，茅盾对普通百姓惶惑与挣扎的难以释怀。譬如，《旅行到别一世界》《圣彼得的日伞》《安琪吕珈》《文凭》就是译者茅盾与著者同病相怜的现代症候。正如茅盾在《文凭》"引言"中所言："农业的俄罗斯曾经产生了不少伟大的作家，他们所思想的、著作的，很显明地带着乡村的色香味，不论他们的作品的背景是什么地方，而他们作品中的人物却还是一辈子住在农村里的人们的思想和情感，是缓慢的，勤恳刻苦的，多少有点浑沌的，可是虔信而深情，和惯常住在杂沓而多变的'都市'的人们不同。"① 再比如，他称赞"尤其精彩"的《桃园》展现的就是新思想在旧环境中夭折的残酷现实。② 相应地，他格外推崇王鲁彦的乡土小说创作："有一些本色中国人的天经地义的人生观念，曾是强烈的表现在鲁迅的乡村生活描写里的，我们在王鲁彦的作品里就看见已经褪落了。原始的悲哀，和 humble 生活着而仍又是极泰然自得的鲁迅的人物，为我们所热忱地同情而又忍痛地憎恨着的，在王鲁彦的作品里是没有的；他的是成了危疑扰乱的被物质欲支配着的人物（虽然也只是浅淡的痕迹），似乎正是工业文明打碎了乡村经济时应有的人们的

---

① 〔俄〕V. I. Nemirovitch-Dantehenko 著，沈馀译：《文凭》，《妇女杂志》（上海）1930 年第 16 卷第 7 号。

② 〔土耳其〕Resik Halid 著，连琐译：《桃园》，《文学》1934 年第 2 卷第 5 号。后收入〔土耳其〕R. 哈里德等著，茅盾译：《桃园》，文化生活出版社 1935 年版。

心理状况。"①

　　既要以"科学"揭示社会历史的必然，又要努力"表白"农民的精神痛苦，二者如何兼得？茅盾似乎没有给出令人满意的答案。譬如时隔多年，在《我怎样写〈春蚕〉》文末，茅盾直言不讳，因为从祖母那里得到点养蚕经验，他才"只敢试试写《春蚕》"，而"生活经验的限制，使我不能不这样在构思过程中老是先从一个社会科学的命题开始"。②而《春蚕》的构思就是要揭示"浙江蚕丝业的破产和以育茧为主要生产的农民的贫困"除了本国丝厂、茧行、叶行的勾结，尚有"中国厂经在纽约和里昂受了日本丝的压迫而陷于破产"的国际因素。③茅盾自知此法"有利亦有弊"，不过也只得如此。此外，虽然茅盾关于农业生产的知识大多是"道听途说"，他对农民的了解仅仅依靠常来家里的一些"亲戚"，但是茅盾也要努力表示，"我能看到他们的内心，并从他们口里知道了农村中一般农民的所思所感与所痛"④。于是我们看到，在以"科学观察"帝国主义侵略、国内政治混乱以及同时展开的农村经济破产的时代必然时，茅盾的眼光是严肃而悲悯的。一方面要努力论证历史与时代的必然，而另一方面出于对资本主义经济所带来的非道德的强烈预感，他又不愿接受这种必然，从而流露出对乡土百姓本就落后但充满虔诚的善良的深深尊重与同情。

　　诚如丁帆所说："茅盾也同样陷入了一个'怪圈'：一方面是在倡导写实主义时所要求作者采取的对生活冷峻、客观、中性的创作态度；

---

① 方璧：《王鲁彦论》，《小说月报》1928年第19卷第1期。
② 茅盾：《创作经验谈：我怎样写"春蚕"》，《文萃》1945年第8期。
③ 茅盾：《创作经验谈：我怎样写"春蚕"》，《文萃》1945年第8期。
④ 茅盾：《创作经验谈：我怎样写"春蚕"》，《文萃》1945年第8期。

另一方面又在'表无产阶级之同情'的世界观的促动下,作者又不得不时时想跳将出来进行'表白'式的演说,这一矛盾的背反现象困扰着茅盾,这就不得不使作者在夹缝中去寻觅一种得以解脱的中介力量。于是,在他自己的乡土小说创作中,我们似乎时时看到先生窘迫尴尬的面影。"①

三、"革命期许"与"反向怀旧"

以"科学观察"谛视现实是社会活动家茅盾的"野心",总是努力"表白同情"是文学家茅盾的"良心"。作为一个使命感很强的作家,纵使茅盾在书写1930年代乡土中国的变动时,因二者的难以区处而显得犹疑与困惑,但并不妨碍茅盾一以贯之论述政治革命的热情。

在《禁食节》译后,茅盾质问:"犹太和波兰是被侮辱的民族,受人践踏的民族,他们放出来的艺术之花艳丽是艳丽了,但却是看了叫人哭的。他们在'水深火热'底下,不颓丧自弃,不失望,反使他们磨练得意志愈坚,魄力愈猛;对于新理想的信仰,不断地反映在文学中,这不是可以惊(敬)佩的么?看了犹太和波兰的文学,我国人也自觉得伤感否?"②依茅盾之见,"从《茄具客》内的描写法看来,作者当是作风近于自然派的作家。篇中虽然充满了本乡的风俗,然他那

---

① 丁帆:《茅盾与中国乡土小说》,《浙江学刊》1992年第1期。
② 〔新犹太〕潘莱士著,沈雁冰译:《禁食节》,《小说月报》1921年第12卷第7号。后收入〔匈牙利〕莫尔纳等著,沈雁冰译:《雪人》,开明书店1928年版。原作者Isaac Leib Peretz(1851—1915),现通译作佩雷茨,波兰籍犹太作家,是现代犹太文学的奠基人之一。

深刻的两性争斗的描画，现代人看了，无有不感动的——不仅仅是一篇恋爱小说而已"[1]。茅盾不仅肯定这种反抗之于国人的启迪，还努力在反抗背后探求造成这种民族被侮辱与被损害的原因。譬如，除了地主对农民的压迫，茅盾还对种族的歧视、屠杀造成的人性灾难有所甄别。暴风雪中"萨支"（有壁炉无窗的小屋）里恐惧的农人，那些渥斯姆村的却绮正是不堪忍受土耳其人、克尔支人的剥削压迫，才最终走向反抗。[2]在《桃园》的封面明白地标示着"弱小民族短篇集（一）"，在前言里，茅盾不厌其烦地讲述自己与弱小民族文学翻译的渊源。唐弢认为茅盾是译介弱小民族文学很努力的一个，"他的《桃园》正是想把绅士们认为卑贱的，弱小的人们的声音引到圈子外来的一本书"[3]。可见，茅盾的译介期待的正是唤醒中国民众反抗阶级压迫、奋起革命的民族意识。

既放眼于世界被压迫民族反抗的历史潮流，又聚焦于本土民族水深火热的残酷现实。作为主张"为人生"而文学的作家，茅盾强烈的使命感、时代感使得他对于政治、革命的期许极其强烈。不过，"虽然传统主题如战争与革命、经济与政治动荡等等仍然是茅盾历史论述中的主要指标，但是历史更在环境变迁与凡人的行为、认知、心理反应之间的互动中，显示它的力量。茅盾将个人经验与当时政治社会动荡

---

[1]〔克罗西亚〕森陀·卡尔斯基著，沈雁冰译：《茄具客》，《小说月报》1921年第12卷第10号。原作者 Ksaver Sandor-Gjalski（1854—1935），现通译为哥萨维尔·山道尔·雅尔斯基，克罗地亚作家，贵族出身。

[2]〔阿美尼亚〕阿哈洛垠著，沈雁冰重译：《却绮》，《小说月报》1922年第13卷第9号。后收入〔匈牙利〕莫尔纳等著，沈雁冰译：《雪人》，开明书店1928年版。

[3] 唐弢：《唐弢文集》（第一卷），社会科学文献出版社1995年版，第329页。

交织缠结，使读者感到历史既是经由人对外在世界变化的不由自主的自发反应而展开的，又是在一连串重大、公开的事件中呈现出来"①。可以说茅盾对于革命的期许既是集体性的又是个体化的。譬如在《评四、五、六月的创作》中，他看到了"年青而好胜的农村木匠阿贵的悲哀的《乡心》"；看到了《偏枯》中"细腻地表现了卖儿女的贫农在骨肉之爱和饥饿的威胁两者之间挣扎的心理"；看到了"巧妙地暴露世俗所谓'孝道'的虚伪的《两孝子》"。②由于前述茅盾致力于以"科学观察"的方式来审视中国农村的现实，因而他能够对农民所承受的压迫作出理性的甄别。譬如对于《惨雾》与《赌徒吉顺》中故乡的异同，茅盾就有精辟的认识，他说："假使我们说《惨雾》所表现的是一个原始性的宗法的农村（在这里，个人主义是被宗法思想压住的），那么，《赌徒吉顺》所表现的就是一个经济势力超于封建思想以上的变形期的乡镇，而这经济力却不是生产的，是消费的，破坏的。"③

然而正如有学者所指出的那样，在"'农村三部曲'（《春蚕》、《秋收》[一九三三]、《残冬》[一九三三]）在批判时事之余，流露的竟是对革命前的道德世界的怀念"④。换言之，在吁求革命之余，茅盾对于传统乡村积淀的伦理规范、道德价值，乃至一种朴素、恒定的精神

---

① 王德威：《写实主义的虚构：茅盾、老舍、沈从文》，复旦大学出版社 2011 年版，第 35—36 页。
② 茅盾选编：《中国新文学大系·小说一集·导言》，良友图书印刷公司 1935 年版，第 11 页。
③ 茅盾选编：《中国新文学大系·小说一集·导言》，良友图书印刷公司 1935 年版，第 31 页。
④ 王德威：《写实主义的虚构：茅盾、老舍、沈从文》，复旦大学出版社 2011 年版，第 37 页。

信仰并非完全摒弃,而是有保留并报以充分尊重的。譬如《春蚕》里养蚕这一农事在老通宝那里就颇具仪式感,蚕孵化不可同房,蚕卵是需要在女人(妻子)的胸膛上孵化的。茅盾对养蚕仪轨的追忆充满了神秘、神圣感。"他描述农民的辛勤工作以及对神明动摇的信心,其口气之同情理解,使得这个故事成为对农民的韧性与耐心的颂歌,而不再是对他们的迷信与保守的批判了。"① 因此,茅盾对革命的向往尚有反向怀旧的眷念,他的革命期许并非全然乐观,甚至有往返质疑的、复杂而矛盾的两难心态。我们知道,传统绅士通过接受新式教育而逐步开始向现代知识分子转化,在这一过程中,与传统士绅不同,这些日后成为现代知识精英的士绅子弟其实日趋脱离了乡土中国的文化价值结构。因此,他们之于"乡土"的关系建构往往是通过一种权宜的、想象的方式来完成的,即一种反向怀旧的方式来建立自我与乡土的宿命般的关联,这对于同样出身中下层绅士阶层的茅盾而言,自然概莫能外。

1930年8月至10月,茅盾连续在《小说月报》上发表了《豹子头林冲》《石碣》《大泽乡》等三篇农民起义题材的短篇小说②,期待的就是借镜古人启迪民众的革命意识。不过仍如上述我们讨论的那样,茅盾对历史的回溯仍需落实到对人的细腻的心理精神层面才能完成、

---

① 有关《春蚕》中反讽的进一步讨论,可参见 M. A. Abbas and Tak-wai Wong, "Mao Dun's 'Spring Silkworms': Rhetoric and Ideology," in *The Chinese Text: Studies in Comparative Literature*, ed., Ying-hsiung Chou (Hong Kong: Chiense University Press, 1986), pp.191-207. 转引自王德威:《写实主义的虚构:茅盾、老舍、沈从文》,复旦大学出版社2011年版,第59页。

② 参见蒲牢:《豹子头林冲》,《小说月报》1930年第21卷第8号;蒲牢:《石碣》,《小说月报》1930年第21卷第9号;蒲牢:《大泽乡》,《小说月报》1930年第21卷第10号。

实现文学的使命,即努力在人的心理找到革命的动因。然而吊诡的是,当茅盾触及了这个更内在的情感褶皱时,却显得有些深陷其间而不可自拔。这种无力感即是对过往/"旧"的乡土情怀的依恋与忧郁,对中国农民"在物质的生活的鞭迫下,被'命生定的'格言所卖"[①]的深沉忧虑。我们知道,反向怀旧并不是全然要回到过去,它有了两个向度,一是找到曾经遗失的东西,二是反思以往遗失的东西,它兼有修复性和反思性两种功能。"修复型的怀旧强调'怀旧'中的'旧',提出重建失去的家园和弥补记忆中的空缺。反思型的怀旧注重'怀旧'的'怀',亦即怀想与遗失,记忆的不完备的过程。"[②] 因此,茅盾在不断向前的革命期许中反向怀旧的主因,到底还是他对于未来的无从把握或者说他还没有被一种革命的乌托邦想象所说服,反向的怀旧反衬的正是茅盾对革命更为深切的思考。于是我们看到,无论是《农村三部曲》还是《子夜》等关涉乡土的作品,似乎都还有一个挥之不去的历史循环的怪圈。茅盾历史化的叙事并没有将"科学观察"导向一种必然的"达尔文主义",他对乡土中国百姓内心复杂情感的同情,则又在修复与反思的双向维度上完成了一种暧昧的历史叙事,这正是茅盾的"矛盾乡土"意念使然。由此而观,有学者指出"虽然茅盾刻意要显示这种封建精神的不足之处,然而他心存关爱地描画依照习俗工作的善良农民,却把原先应该是共产主义的文字转化成一个人性的约嘱"[③],是不无道理的。

[①] 田言(潘训):《雨点集》,亚东图书馆1929年版,第1页。

[②] 〔美〕斯维特兰娜·博伊姆著,杨德友译:《怀旧的未来》,译林出版社2010年版,第46页。

[③] C. T. Hsia, *A History of Modern Chinese Fiction*, 1917-1957, p. 163. 转引自王德威:《写实主义的虚构:茅盾、老舍、沈从文》,复旦大学出版社2011年版,第58页。

反向怀旧终极指向于人类普遍的命运的挣扎，在茅盾的译作中并不难找到回音。譬如，在《雪人》的《译者自序》中，茅盾坦言："但是我觉得在这些色彩不同的作品，无论如何有一个基调是相同的，便是对于人生意义的追寻，及追寻未得或所得太少的幻灭的悲哀，正像莫尔纳在《雪人》这可爱的短篇内借休布的经验来象征着给我们看的；'一个渴望着人生的人，奋力在求一些什么东西，却很少获得的希望。'也因了这一点意义，我把本集题为《雪人》，而且把《雪人》放在第一篇。……可是我也深深感到了休布所感到的悲哀。这一点私心热爱《雪人》的微意，成为本集命名的第三个动机。"[①] 这种幻灭的悲哀或可称为一种对"命运"的垂注，这也是茅盾论及"乡土文学"时着重提及的，"关于'乡土文学'，我以为单有了特殊的风土人情的描写，只不过像看一幅异域的图画，虽能引起我们的惊异，然而给我们的，只是好奇心的餍足。因此在特殊的风土人情而外，应当还有普遍性的与我们共同的对于运命的挣扎"[②]。它不仅是意在唤醒、旨在反抗，而且是充满人文关怀的深深同情。譬如，《卡利奥森在天上》对幸福的理解[③]、《老牛》含辛茹苦的艰辛[④]、《门的内哥罗之寡妇》的坚韧[⑤]，其中茅

---

① 〔匈牙利〕莫尔纳等著，沈雁冰译：《雪人》，开明书店1928年版，第Ⅵ—Ⅶ页。

② 蒲（茅盾）：《关于乡土文学》，《文学》（上海）1936年第6卷第2期。

③ 〔脑威〕包以尔著，冬芬译：《卡利奥森在天上》，《小说月报》1922年第13卷第4号；脑威现通译为挪威。收入〔匈牙利〕莫尔纳等著，沈雁冰译：《雪人》，开明书店1928年版。包以尔（Johan Bojer, 1872—1959），现通译为博耶尔，挪威现代作家。

④ 〔保加利亚〕潘林著，沈雁冰重译：《老牛》，《文学周报》1926年第234期。后收入〔匈牙利〕莫尔纳等著，沈雁冰译：《雪人》，开明书店1928年版。

⑤ 〔斯罗伐尼〕Zofka Kveder著，牟尼译：《门的内哥罗之寡妇》，《文学》（上海）1934年第2卷第5号。后收入〔土耳其〕R.哈里德等著，茅盾译：《桃园》，文化生活出版社1935年版。

盾对博伊尔尤为推崇，短篇小说集《野蔷薇》的名字即由来于此[①]，在《脑威现代文学》中还不忘提点，"这一篇文章的原著者包以尔也是现代脑威文坛的一个大作家。但是本篇内不见他的名字——这也许是因为他自己不便说。译者为补满这个缺点起见，请读者参考本刊今年四号'包以尔'研究里的几篇文章"[②]。茅盾对此类作品的译介从另一个维度诠释了"运命的挣扎"，这已然溢出了意识形态的范畴。

"科学观察"与"表白同情"的龃龉，"革命期许"与"反向怀旧"的冲突构成了"乡土茅盾"的"矛盾乡土"的两个主要方面。其实从本质上说，二者是科学理性与人文感性的矛盾。"五四"以降，在"科学万能神话"的特殊时代语境中，国人对欧战所引起的"西方的没落"的现代性反省是不彻底的。而随着"以俄为师"的现代革命转向，"科学"与"人文"在知识分子精神结构中的辩证关系其实是被悬置了。那么当 1930 年代前后社会革命作为一种"科学的"社会理论实践越来越成为一种强势话语时，就开始逼迫现代知识分子重审这个被悬置的、关乎中国现代转型的思想难题。从这一点说，茅盾在 1930 年代前后重译或重新发表那些乡愁小说也许并非偶然。因为在本土与域外的对话协商中，"乡土"在某种意义上更接近"民族"的文化表达，它与带有西方先进思想面目的"科学"最有可能构成极具张力的价值对位，因此，所谓茅盾之"矛盾"即是二者不断斗争、妥协、再斗争的必然产

[①] 茅盾以博伊尔对玫瑰与刺的辩证关系比附人生的光明与黑暗，那些只看到黑暗而看不到光明的人是因为缺乏"爱"。参见茅盾：《写在〈野蔷薇〉的前面》，《野蔷薇》，大江书铺 1929 年版，第 I—VIII 页。

[②] 〔脑威〕Johan Bojer 著，佩韦译：《脑威现代文学》，《小说月报》1922 年第 13 卷第 11 号。

物。"矛盾乡土"其实并不限于茅盾个人，它是中国"既新且旧"的现代知识分子寻求自我身份定位、建构现代主体的一种普遍生态。只不过在更热衷于科学与某种程度上欠缺丰富的乡土经验的茅盾身上表现得更突出罢了。

小　结

所谓"生命"，乃有"生"即有"命"。这里的"命"是个体对自我与宇宙的有限性与无限性的理解。所谓有限性即是个体在追求人生福祉时受到客观条件的限制，即中国儒家所谓的"气命""命限""天命"之说，而无限性则是个体在面对这种无可奈何的限制时所展现出的充满道德、智慧的实践，即所谓"义命"。"义"是体现价值的实践，而"命"侧重现实的限制。而"义命合一"是儒家思想的重要内容，也是乡土中国情感价值架构中的核心理念。譬如《论语·宪问》中，子曰："道之将行也与？命也。道之将废也与？命也。公伯寮其如命何！"[1] 强调的即是个人只有在有限中落实无限，才能实现生命的价值与存在的意义。

那么从现代乡土意念的发生说，中国现代知识分子对乡土之"命"的理解也就主要也就体现在"知命"与"立命"两个层面。就"知命"来说，"乡野的哀愁"即是他们内心对乡土之"命"的有限性的深切认识。无论是本土抑或域外，原乡强大的精神约束力所形成个人与故

---

[1]《论语·宪问》，朱熹：《四书章句集注》，中华书局1983年版，第158页。

土的同命感，对于宗教抑或具有世俗的宿命意识的挣扎以及城乡意识形态内的自我归宿的焦虑感，构成了中国现代知识分子对传统乡土之"命"体验的三个重要体验维度。对于这一点在中国与域外知识分子有着内在的一致性，但是对于此种"有限性"，域外乡土中多宗教色彩而本地乡土则往往予以世俗性的理解，这种不同的阐释方式构成了不同文化背景下的所谓"命"与"运"的不同侧重。而中国现代知识分子对所谓"运"愈加倚重，正是他们力图将"命"的"无限性"落实在"有限性"中的实践，这也是传统乡土意念向现代乡土嬗变的重要转捩点。换言之，真诚面对这种命定般的无可奈何，反倒更加凸显了中国现代知识分子的主体性与无限性，从而完成对传统乡土命运限定的超越，这是中国现代知识分子现代乡土情感结构中最具有现代意义的情感价值的认知与实践。

因此，我们可以说，正是1930年代前后的历史语境形塑了中国现代知识分子的"命运观"。换言之，在域外乡土所蕴含的强大精神约束力之下，中国现代知识分子的命运感极具实践性。这一实践的过程正是从"知命"到"立命"的复杂转变。一方面，我们看到，在这种转变过程中，"知命"不仅仅是对"乡野的哀愁"所具有的强大精神约束力的认同，更是对自我理解的深入。也就是说，中国现代知识分子在域外乡土之"命"的唤醒下，他们对于传统乡土的"知命"，更重要的是对自我理解乃至主体性的建构，这一点在更具中国传统文人气质的知识分子身上得到了突出的表现。譬如在郁达夫身上的交汇呈现的"抒情时代"的情感痛苦向精神废墟转化。而另一方面，域外乡愁小说中关注的阶级觉醒开始成为中国知识分子之于传统"义命"的现代诠释，于是传统"义命"被更具时代意义的"使命"意识所替代，这成为对传统之"士"的现代赋值。譬如，1930年代两个"辛克莱"所遭遇的热译与冷遇，就是现代乡土意念阶级化与理性化的不同体现。

而1930年代前后，域外乡愁小说中的战争书写所引发的个人与民族、国家关系的重识，则进一步将中国现代知识分子的"知命"与"立命"认知引向深切的反思。基于"人性"本身的生命体验与家、国的伦理价值框架的个人信仰共同修正、丰富了他们之于国族之"命"的理性辨识。然而，中国革命本身的长期性与复杂性使得个人在从"知命"而"立命"，乃至担负"使命"之责的过程中往往又充满了种种复杂的纠葛，这既是自身的也是集体的焦虑。譬如，茅盾在"科学观察"与"表白同情"间的龃龉与"革命期许"与"反向怀旧"间的冲突，就是彼时中国知识分子对自我理解与革命实践的矛盾体验与价值冲突，即从"知命"到"立命"最终形成"使命"以突现自我价值的复杂过程。"乡土茅盾"的"矛盾乡土"正是1930年代前后中国现代知识分子形成民族国家认同的复杂心路历程。而这也是中国现代知识分子的传统乡土情感价值结构向现代嬗递并能够最终完成的关键。

第五章 结论

　　正如在本书开篇1930年的"农民文学"之辩所预示的，在中国现代乡土意念发轫之际，所谓现代乡土意念实则隐含着三种不同的审美诉求：以"五四"科学理性精神为背景，回响着个性主义声音的"乡土文学"；革命文学理论按照经济关系与阶级属性观照下的"乡土文学"；以及承续着中国文化传统但又有新质，充分世俗化、通俗化的且处于伦理道德视角之下的"乡土文学"。三者其实原本并不具备显豁的分野，而是一种彼此渗透、杂糅的复杂形态，只是在具体历史语境中，逐渐形成了具有共同审美倾向的文学创作潮流。而如上三种现代乡土意念的发生、演变，实则都是在乡土中国"身家性命"的情感结构之上的不同演绎与嬗递。

　　但是，要想真正理解中国文学现代乡土意念的发生，首先，就必须将这一文学思潮置于跨文化现代性的视域内，这是无法回避的历史事实。中国现代文学的域外影响无需赘言，中国现代乡土文学概莫能外。对域外情感资源的共鸣抑或若即若离、欲拒还迎乃至据守，都是现代乡土文学不容忽视的影响。通过域外情感资源的补缀、修正乃至重构，中国文学的现代乡土意念最终得以生成。其次，"农民文学"的提出是现代乡土文学发生的不容忽视的重要语境,正是对于"农民文学"理论的自觉才得以将"农民文学"与"乡土文学""田园文艺"等分而视之,也才能产生现代"乡土文学"的理论自觉。如上两点是我们理解中国文学现代乡土意念发生的重要前提。因此,不在跨文化的语境与"农民文学"理论自觉的基础上去理解中国乡土文学的现代性,是不充分、不深刻的。

第一节 "土滋味"与"洋气息"

一、"土滋味"与"洋气息"

1923年3月周作人发表《地方与文艺》一文,针对问题小说的弊端,提出要描写地方生活的"乡土文艺",强调作品的"土气息与泥滋味""地方性"。[1]1925年1月24日,张定璜在《现代评论》第1卷第7期上发表《鲁迅先生》(上),称鲁迅为"乡土文艺家",指出鲁迅的作品"满熏着中国的土气"。在1934年11月5日,苏雪林《国闻周报》第11卷第4期发表文章《〈阿Q正传〉及鲁迅创作的艺术》,文中指出鲁迅作品中具有"地方土彩(local color)"的特点,并认为"乡土文学家"的创作"至今尚成为文坛一派势力"。以上以"乡土"来评述现代作家作品的文献,其"乡土"内涵聚焦于"土",即作品所体现的地方特色。鲁迅在1935年《中国新文学大系·小说二集·导

---

[1] 周作人:《地方与文艺》,《谈龙集》,开明书店1927年版,第15页。

言》中认为所谓的"侨寓文学""乡土文学",揭示的是"乡土文学"的审美内核——"隐现着的乡愁"[1],强调的是乡土基于情感的本体意义。而1936年茅盾在评论马子华的小说《他的子民们》时强调的则是,"乡土文学"不应该满足于"风土人情的描写",而要写出"我们共同的对于运命的挣扎";茅盾的"乡土"其实指向的是反抗与革命的责任担当。

到了1940年代末,"为工农兵的文学""农村文学""农民文学"与"乡土文学"的概念边界逐渐模糊,"乡土文学"内涵的阐述也显示出细化、窄化的倾向。此间雷达与刘绍棠的通信颇值得关注,从二人对"乡土文学"的相关讨论来看,"乡土文学"已被逐步限定在写农村、写故乡的题材范围内,并强调"乡土文学"的党性原则、社会主义性质以及国家民族风格。[2]直至1990年代,仍有学者认为"乡土文学""必定是描写生养哺育过作家的故乡农村生活的作品"。[3]由此可见,这一影响是深远的。不过,"乡土文学"内涵本身的多义已经逐步引起学界的关注。譬如,丁帆就认为"乡土文学"具有"鲜明的地域性、深刻的民族性、性格的立体性与题材的局限性"。[4]而台港澳及海外华文文学中的"乡土文学"意念以叶石涛的论述为代表。强调的是"乡土文学"的本土意识、民族意识、传统与现代的抗衡、被殖民经

---

[1] 鲁迅选编:《中国新文学大系·小说二集·导言》,良友图书印刷公司1935年版,第9页。

[2] 参见刘绍棠、雷达:《关于乡土文学的通信》,《鸭绿江》1982年第1期。

[3] 陈昭明:《乡土文学:一个独具审美特质的文种》,《小说评论》1993年第2期。

[4] 丁帆:《论当代中国乡土文学的现状与趋势——兼与日本学者山口守先生对话》,《文学的玄览:1979—1997》),北京出版社1998年版,第324—339页。

验的独特表达。对此研究的代表性成果有叶石涛的《台湾乡土作家论集》，丁帆的《中国大陆和台湾乡土小说比较史论》等。

从以上不同时期学界对中国现代文学中"乡土"意念的表述来看，"乡土文学"的内涵不仅包括侨寓怀乡、地域特点、风俗描绘，还包容着革命、民族、国家等现代意识。因此，不同时期的"乡土文学"研究中的乡土意念实在不可以道里计。譬如，严家炎在《中国大百科全书·中国文学》中将乡土文学定义为"通常指的是以农村生活为题材，具有较浓的乡土气息与地方色彩的一部分小说创作"①。但在孙犁看来，"就文学艺术来说，微观言之，则所有文学作品，皆可称为'乡土文学'；而宏观言之，则所谓'乡土文学'，实不存在。文学形态，包括内容和形式，不能长久不变，历史流传的文学作品，并没有一种可以永远称之为'乡土文学'"②。就连蹇先艾这位当年"乡土文学"的当事人多年后仍对"乡土文学"不敢苟同："早期的'乡土文学'和后来发展了的'乡土文学'是有所异趣的。据我所知，'五四'时期的'乡土文学'作者，大都是在北京求学或者被生活驱逐到那里，想找个职业来糊日的青年，他们热爱他们的故乡……不免引起一番对土生土长的地方的回忆和怀念。""把'乡土文学'列为现代小说流派之一，我觉得是值到（得）商兑的。"③

透过"乡土文学"命名"乱象"不难发现，研究者对于现代文学

---

① 严家炎：《中国大百科全书·中国文学》，中国大百科全书出版社1986年版，第1077页。
② 孙犁：《关于"乡土文学"》，《孙犁文论选》，人民文学出版社1983年版，第157页。
③ 蹇先艾：《我所理解的"乡土文学"》，《文艺报》1984年第1期。

中乡土意念的不同审美侧重是造成"乡土文学"概念含混与笼统的主要原因。研究者往往忽略了"乡土"兼具现实主义与浪漫主义的双重美学特质。令人遗憾的是,在具体的文学批评实践中,人们往往不愿或不屑于对批评概念的内涵、外延深究甚至质疑,而宁愿相信它的有效与可靠。这种现实主义的"傲慢与偏见"在照亮"乡土"的同时,也可能因投下的影子而遮蔽了作品中甜蜜而痛苦的乡愁体验,进而使我们无法看到文学现代转型的草蛇灰线。

既如此,我们应当如何在这些驳杂、混乱的概念表述中去归纳中国现代乡土文学的艺术特质呢?"乡愁"无疑是一个重要的研究视角。因为,以"乡愁"的虚构性替代"乡土"的写实性,可以赋予"乡"更为丰富的文化空间;以"乡愁"的主观情感性替代"乡土"的客观物质性。可以在"人的文学"的基本艺术价值判断下,去看待人的"愁"——一种"近乡情更怯"、欲拒还迎的尴尬、两难,从探微故乡想象的生成方式中,折射人与时代、政治的互动过程;以"乡愁"中人与"乡"的双向互动性替代"乡土"中侧重"乡"的现实描摹方式,能够充分展现人与"乡"的共生过程;以"乡愁"的主观能动性替代以往"乡土"批评的"反映""再现"方式,更便于烛照人在精神文化层面对现代性冲击的回应;以"乡愁"隐含的抒情意念替代"乡土"侧重叙事的内在文质,能够对中国传统抒情方式之于小说的叙事流程的干预或容纳情形有所启迪。①一言以蔽之,乡愁的情感视角突破了阶级革命的意识形态先验规约与现实主义的拘囿,更能在基于普遍人

---

① 参见冯波:《雅努斯的面孔:中国现代"乡愁小说"论》,中国社会科学出版社2019年版,第10—11页。

性的情感价值维度呈现属于乡土文学本身的艺术特质。而更重要的是，这一视野突破了本土与域外的文化藩篱，能够更有力地将本土域外的乡土书写统而论之，进而在跨文化的接受中去探析域外的情感资源是如何影响了中国知识分子对传统乡土的重识，进而完成了人的现代化过程。简言之，一个摆在研究者面前不得不予以深究的问题恰是：中国文学现代的乡土意念到底是本土的"乡土"，还是"乡愁"的本土化？

其实仔细辨析如上驳杂的"乡土文学"概念表述已然不难发现中国文学现代乡土意念发生的复杂语境。譬如周作人所谓的"土气息泥滋味"的经典表述就颇值得推敲。在《地方与文艺》中，作者写道："把土气息泥滋味透过了他的脉搏，表现在文字上，这才是真实的思想与文艺。这不限于描写地方生活的'乡土艺术'，一切的文艺都是如此。"[1] 这篇经典文献原为杭州《之江日报》十周年纪念而作，载1923年3月22日《之江日报》，后收入《谈龙集》。其实通读全文不难发现，周作人所谈的"乡土艺术"不过上述寥寥数言。其实全文主旨不过是要借乡土的独特性来强调新兴文艺的"特性"，即"国民性""地方性"与"个性"，这是文学的"生命"所在。[2] 他所不满的是，"努力去写出预定的概念"，却未能"真实地强烈地表现出自己的个性"，以致形成"单调"，给自己套上了"自加的锁钮"。[3] 可见，所谓"土气息泥滋味"实则是诉诸"个性解放"的启蒙功利性的表述。因此，我们看到他详细论述了"飘逸与深刻"的迥异文风，并列举浙江本地的徐文长、王季重、张宗子、毛西河、西泠五布衣、袁子才、章实斋、

---

[1] 周作人：《地方与文艺》，《谈龙集》，开明书店1931年版，第15—16页。
[2] 参见周作人：《地方与文艺》，《谈龙集》，开明书店1931年版，第15页。
[3] 周作人：《地方与文艺》，《谈龙集》，开明书店1931年版，第12页。

李菂客、赵益甫等人详加阐述。其实这里强调的"个性"已经远离了所谓的"乡土"。但是尤其值得重视的是,当论及风土与住民的密切关系时,周作人援引的范例则是域外的乡土。

> 风土与住民有密切的关系,大家都是知道的:所以各国文学各有特色,就是一国之中也可以因了地域显出一种不同的风格,譬如法国的南方普洛凡斯的文人作品,与北法兰西便有不同,在中国这样广大的国土当然更是如此。[1]

而他论证"培养个性的土之力",援引的也是尼采在《察拉图斯忒拉》中的名言:"我恳愿你们,我的兄弟们,忠于地。"[2]周作人以"洋"观"土"的跨文化视角其实并不鲜见,早在1910年,匈加利(今译作"匈牙利")育珂摩尔(今译作"约卡伊·莫尔")的《黄蔷薇》就引发了周作人对"乡土文学"的感悟。在周作人看来,《黄蔷薇》"多思乡怀古之情,故推演史事者既多,复写此以为故乡纪念,源虽出于牧歌,而描画自然,用理想亦不离现实,则较古人为胜,实近世乡土文学之杰作也"[3]。那么沿此路径我们不难发现,域外乡愁小说舶来的"乡愁"其实也深深地与中国现代知识分子的怀乡之情产生了种种交织,这种情思的相通不仅是彼此感同身受的共鸣,譬如面对"机械马"的恐惧、对"苔丝""游苔莎""梅丽迦"等乡村女性悲剧

---

[1] 周作人:《地方与文艺》,《谈龙集》,开明书店1931年版,第11—12页。

[2] 周作人:《地方与文艺》,《谈龙集》,开明书店1931年版,第15页。

[3] 周作人:《序言》,〔匈加利〕育珂摩尔著,周作人译:《黄蔷薇》,商务印书馆1927年版,第2页。

命运的同情,同时这一影响更表现为彼此基于不同文化背景与历史语境对这一域外情感资源的龃龉与重识。譬如1930年代译介对"两个辛克莱"的冷热迥异的接受,又或者如李青崖译介莫泊桑的种种遭遇等,这些译介的不畅抑或著者与译介的理解分野、情感侧重都是我们观察中国现代知识分子传统乡土观念发生现代转型的重要样本。因此,通过梳理1930年代前后域外乡愁小说的翻译及其本地化的接受现状可见,一个不容否认的事实是:中国知识分子的现代乡土意念离不开域外乡土情感价值观念的影响。从这个角度说,将周作人关于"乡土文学""土气息泥滋味"的经典表述改为"洋气息"与"泥滋味"也无不可。

我们知道,中国现代文学的发生发展从来就不是一个自足的过程,外来文学思潮对中国文学的内在与外在影响显而易见。那么,从译介这一"文化内化过程"(acculturation)来考察中国现代文学中乡土意念的生成,就显得尤为必要了,因为"翻译活动是种种外来及本地体制权利协商的过程"。同时,翻译活动也是一种文化内化过程,即"文化间转介挪用的过程,其特色为各民族的特质与成分持续跨越流动,结果产生新型的混合模式"。但是译介并不是"强势文化的单向强制接受",它应该是如古巴人类学家费尔南多·奥尔蒂斯(Fernando Ortiz, 1881—1969)所说的"跨文化"(transculturation),即一种文化间的"双向的施与受"的动态过程。[①] 这一过程所调动的本土与域外民

---

① "acculturation"为 *Webster's Third International Dictionary* 中的定义。参见彭小妍:《浪荡子美学与跨文化现代性——一九三〇年代上海、东京及巴黎的浪荡子、漫游者与译者》,台湾联经出版事业股份有限公司2012年版,第13、58页。

族的情感、文化特质的持续流动、"双向的施与受",就是中国现代文学乡土意念的发生过程;而最终经过"文化内化过程"产生的"新型的混合模式",正是中国知识分子在承继、反思传统,本地化域外情感价值资源后生成在现代乡土意念。

那么在此基础上,以较之"乡土"更为开放、多元、动态的"乡愁"审美视角来重审带有共同乡土审美取向的译介小说,就可以在最大程度上既遵从"乡土"的现实主义美学典律,又能将那些铭记了个人情绪、感性冲动的"乡愁"纳入考察范围。从 1930 年代前后域外乡愁小说的译介来探寻乡土意念的生成,正是基于跨文化的理论背景,以文化的落差、龃龉甚至交融的复杂过程来展演现代文学乡土意念的艺术想象嬗变。这一见微知著的探寻,不仅是对"乡土"这一不证自明、约定俗成的概念的廓清,更是对中国现代社会转型中现代思潮、情感的本土化复杂嬗变,对被遮蔽了的中国文学现代生成的丰富与复杂过程的努力还原。这对于中国现代文学显然具有独特的意义。

二、重审 1930 年的"农民文学"之辩

"洋气息"与"泥滋味"是对中国现代文学乡土意念发生的跨文化视角的强调,然而这一跨文化的视域是无论如何不能离开具体历史语境的。换言之,为什么在 1930 年代前后而非"五四",中国知识分子的传统乡土观念才开始发生现代转型?这其实与 1930 年代前后政治历史语境是息息相关的。这也是本书从 1930 年的"农民文学"之辩谈起的原因所在。

而要对1930年代前后历史现场进行还原，首先不能忽视1920年代末至1930年代初关于中国社会性质的论战。这一对中国社会性质及未来发展道路的争论对中国的革命具有深远的影响，而随着论战的深入，对中国农村社会性质的论争更是逐渐成了此次论战的焦点，这其实并不难理解。中国是农业大国，"乡土中国"的社会学考察展示了中国"差序格局"的乡土社会本质。因此要认识中国社会的性质就必须认识中国农村的社会性质。而1930年代恰是中国农村经济走向崩溃的时期，因此事关农村、农民问题就显得格外突出了。譬如从1934年到1937年之间相关的论争看，大多都与中国农村的社会性质有关。在这样的论争背景下，农村的农民问题也随之得到了格外的关注。同时随着农民革命运动的深入开展，农民所蕴含的强大政治革命力量也引发了不同党派、利益集团的醒觉。这其中毛泽东于1927年发表的《湖南农民运动考察报告》[1]就是对农民阶级予以重识、重估的标志性事件。为了回击来自党内外的质疑、不满与责难，反击地主阶级和国民党右派，澄清中共党内对农民运动的偏见，毛泽东以田野调查的实证方式，科学地分析了农民阶级内部的不同阶层，对农民在中国革命中的作用进行了重估，明确了建立农民革命政权及其武装的必要性，这成为1930年代对农民阶级认识重要的分水岭。因此1930年代前后，农

---

[1] 1927年1月4日至2月5日，毛泽东用32天的时间，考察了湘乡、湘潭、衡山、醴陵、长沙。在调查的基础上，毛泽东写了考察报告，并在1927年3月间开始在中共湖南区委机关报《战士》周报、汉口《民国日报》《湖南民报》等连载。3月在中共中央机关刊物《向导》上发表了前两章，4月在汉口长江书店以《湖南农民革命（一）》为书名，以单行本出版发行。

民问题一度成了包括政治在内的各个领域关注的焦点。①

而文学作为实现阶级利益诉求的情感想象方式，自然也成为不同党派、阶层甚至个人进行意识形态建设的重要内容与途径。因此，

> 三十年代前后"农民文学"理论的热译正是不同政治派系、个人完成农民与小资产阶级的分割以实现切身利益的需要，这是政治与历史的必然。对于中共而言，这关系到无产阶级政党的党性原则问题，对于国民党来说，则是稳固政权、加强政治统治的客观需要，而那些坚执民间立场的"农民文学"论者也需要在阶级革命的谱系中解构知识阶级（小资产阶级）的启蒙权威，从而以完成自我启蒙与民族自决。②

与农民阶级走上历史舞台同步的是农民文学的"理论自觉"，这

---

① 仅从《乐群》（月刊）1930年第3卷第13期的"农民问题丛书出版预告"来看，所列的译著就有：Uerga著、章子健译的《农业问题概论》，Uerga著、王开化译的《世界农民运动概况》，Lenin著、章子健译的《农业问题与马克思批评者》，Popow著、章子健译的《农民阶级问题论》，Mautner著、张韦庵译的《苏俄农业问题》。而《老实话》在1934年就开辟专栏"农村茶话"，专门介绍世界各国的农村经济制度及农民生活。参见净宇：《不合作主义下的印度农民》，《老实话》1934年第18期；武罕：《丹麦农业组合之状况》（续完），《老实话》1934年第31期；武罕：《丹麦产业组合发达史略》，《老实话》1934年第34期；澄宇：《合作生活底丹麦农民》，《老实话》1934年第17期；澄宇：《集体生活底苏俄农民》，《老实话》1934年第17期；黄鄂英：《日本国立农事试验场概况》，《老实话》1934年第39期；吴涵：《日本田园之忧郁：高桥渡著常识经济读本第十一章》，《老实话》1934年第20期；吴涵：《日本田园之忧郁：高桥渡著常识经济读本第十一章》（续），吴涵译，《老实话》1934年第21期。

② 参见冯波：《政治复调与民间狂欢：1930年代农民文学理论的历史症候》，《文艺理论研究》2020年第3期。

是中国现代文学乡土意念发生的标志性事件。因为它将农民文学与乡土文学分而视之，恰恰是看到了"乡土文学"与"农民文学"的差异所在。在此需要着重指出的是，此处与"农民文学"相较的"乡土文学"其实是持论者理论预设的传统乡土意念，换言之，正是持论者看到了农民文学中所蕴含的现代质素不同于传统的乡土观念，因此才认为有提倡"农民文学"的必要。而他们所提倡的"农民文学"其实正是一种新的乡土意念的表现形式罢了。

譬如1931年7月，在上海神州国光社出版的《农民小说集》的序言中，译者朱云影就说：

> 中国还没有所谓农民文学。有的，都不过是田园文学或乡土文学。那些，诚然是诗人的书斋，小姐的闺房所必备的上品的装饰，及为怀着旧感伤主义的周作人教授等欣赏咀嚼的好资料，然而却不是我们的时代所需要的。……田园文学或乡土文学是向"土"去，是田园生活隔绝者的解渴的清凉剂；盖疲于骚音，彩色，人与人间的应酬的他们，有时自不能不想起茅舍，清溪，绿光的田野。农民文学却是从"土"来，欲使生自土的纯真的生命有意义地育长于土，是农民自身所要求的日常面包。①

朱云影将"乡土文学"与"田园文学"相提并论，并将之视作"田园生活隔绝者的解渴的清凉剂"，正是对传统乡土的先验表述。而值得注意的是，朱云影对乡土文学艺术本质的省察，又恰恰是在域外

---

① 朱云影编译：《农民小说集》，神州国光社1932年版，第1页。

理论资源的译介中发生的。从1930年代前后与乡土文学理论资源的译介看，其中"阶级论""革命论争"以及"大众化"的相关理论更是对中国知识分子现代乡土意念的阶级色彩、革命倾向以及民间世俗化认知有着重要的影响，这是由中国革命的历史进程与中国社会的乡土特质所决定的。譬如，列宁事关农民、阶级、革命等理论表述就对中国知识分子重识乡土的阶级革命意识有重要的指导意义。在1926年，署名"一声"的作者就在《中国青年》发表了节译的列宁《论党的出版物和文学》（即《党的组织和党的出版物》）①；之后成文英（冯雪峰）根据日译本也重新节译了这篇文章，题为《论新兴文学》，并发表在《拓荒者》上②。1930年，上海南强书局出版的钱谦吾（钱杏邨）的《怎样研究新兴文学》，也将冯雪峰翻译的《党的出版物和文学》列为重要的理论参考文献。③此外，夏衍（沈端先）在1930年也译介了《伊里几的艺术观》，介绍了列宁与德国女革命家蔡特金谈话中阐述的著名论断："艺术是属于人民的。它必须在广大劳动群众的底层有其最深厚的根基。它必须为这些群众所了解和爱好。"④这一经典论断甚至成为1930年代"文艺大众化"的重要理论依据。

政治上农民的阶级觉悟与文学上的域外理论资源催生下的本土自

---

① 〔俄〕列宁著，一声译：《论党的出版物和文学》，《中国青年》1926年第144期。据笔者考证，"一声"应为"冯乃超"的笔名，参见苗士心编：《中国现代作家笔名索引》，山东大学出版社1986年版，第1页。但有学者认为应是"刘一声"，在此存疑，参见王中忱：《组织与文学：列宁主义文学论的初期译介与回响——以一声译〈论党的出版物与文学〉为中心》，《中国现代文学研究丛刊》2016年第7期。

② 成文英（冯雪峰）：《论新兴文学》，《拓荒者》1930年第2期。

③ 钱谦吾：《怎样研究新兴文学》，南强书局1930年版，第55页。

④ 〔俄〕列裴耐夫著，沈端先译：《伊里几的艺术观》，《拓荒者》1930年第2期。

觉使得1930年代前后中国知识分子的现代乡土意念呼之欲出。这正如笔者在本书开篇"导论"中所谈到的，施章在1930年与郁达夫的所谓"农民文学"之辩的意义，绝不仅仅是学院与文坛针对一个新兴理论的不同读解，这一辩论所显示的不同阶层对农民作为一种潜在政治能量的觉悟以及对体现这一阶级诉求的文艺形式的自觉才是此"论辩"的应有之义。而在论辩中隐含的现代乡土文学的基于启蒙理性、阶级革命与世俗民间的三种可能表现形式更是勾勒了中国现代文学乡土意念发生的主要表现形态。

第二节 "身""家""性""命"的现代情思建构

一、"身""家""性""命"：现代文学乡土意念的四维生成

那么在如上所论的本土与域外的理论背景下，现代乡土意念的三种价值取向又是如何体现在1930年代前后中国知识分子从传统向现代乡土意念的转型过程之中的呢？对此问题的回答首先不应脱离乡土中国所赋予中国人的传统乡土情感与价值。从乡土中国的精神本质谈，身、家、性、命正是中国人之于故土的认知情感、伦理价值的系统化的生命体验。多情是中国现代文人之一面，"情"以极富生命感的态度倾向构成了生命个体与历史生动的对话方式。而作为情感的乡愁不仅以"情"关联了个人之于故土的切身体认；见证了故园与他乡间生命的成长；而且也直接抒写了故乡中情爱的律动与性别的压迫，更生动地展现了在生命步履中对运命的挣扎。而乡愁之"愁"的纠结、矛盾

而难以释怀的情感体认方式，则又将生命个体之于身、家、性、命的体认与历史的复杂互动情态形象而生动地呈现出来。譬如乡愁所折射的生命个体的身份体认、家族情感、性别觉醒乃至命运思考是无不与历史社会的发展息息相关的。如此一来，基于特定历史语境的跨文化乡土情感体验所形成的三种现代乡土意念的价值取向，就以"愁"的情感体认方式不同程度地表现在了身、家、性、命四个情感、伦理与价值维度。从而使我们能够在此四维空间中去考察中国现代知识分子在乡土中对生命、家族、情爱与命运的不同情思建构。

首先，"身土不二"的身份认知是中国知识分子对乡土的切身体认。土地与中国人的密切关系不仅表现在农耕经济对中国人生死攸关的决定意义，更表现在中国人对土地所形成的强烈依赖与魅化趋向。生于斯、长于斯、死于斯的生命循环不离土地，土地／乡土的归属感形塑了中国人对乡土的认同感。这成为那些大多农家子弟出身的中国知识分子在社会巨大历史转型中对自我身份的根性认同。与之相应，中国知识分子传统乡土意念的动摇乃至转型，同样离不开身体对乡土的认知。因此，当域外乡愁小说带来迥异的时空经验时，最直接而经济的方式即是身体的感知。我们知道，一种流派思潮的形成需要经过感性认知到形成意念理性，再到生成价值理性的过程。因此，身体对域外风土习俗的感性认知，反观乡土时的综合感受，乃至面对现代性的新奇而恐惧的矛盾心理都无不是此种身体感受的结果。譬如，郁达夫对"土拨鼠式的社会"的厌恶，域外与本土知识分子所虚构的面对"机械马"的恐惧等。而在经过了如上感性经验的积累后，回溯本地乡土的反思就具有了理性的色彩，所以我们看到，一方面，"苦闷的象征"成了著者与译者都试图从感性认知中把握事物本质的有效路径。另一方面，身体又从对乡土的感知演绎为一种修辞方式,即以身体的病态或癫狂的非理性方式来隐喻自我与乡土之间的复杂认同。譬如,域外与本地乡愁中的同"病"相怜,舶来的"狂人日记"以"非理性"所寄寓的"理性"思考等。

然而跨文化的文本之旅使得域外与本土的知识分子在身体的感性认知或理性体认形成了显著的差异。譬如本地受众对"机械马"恐惧之余的民族屈辱意识、对域外乡愁中疾病隐喻的宗教原罪意识的"不见"。这些跨文化实践所反映的文化背景、时代语境的差异,在域外的身体想象与中国知识分子的乡土认知之间建立起了重要的逻辑关系,从而完成了从身体感性认知到价值理性的新的乡土认同,这是从身体而至身份的重要逻辑演进,即现代乡土意念的发生。

其次,随着1930年代现代交通的迅速发展、"新生活运动"对"旅行"提倡①,"身体"至"身份"的意念理性化过程,更多也更深刻

---

① 1927—1937年的南京国民政府十年是一个相对稳定的时期。一党训政体制进一步巩固了政权,国家分裂的趋势得到了一定程度的遏制。政府开始推行一系列的运输和工业计划。譬如,仅就铁路运输而言,"到1927年,中国铁路总长度为13036公里,比1911年时的里程增加35.5%","十年内共修建铁路3795公里,使中国本土(东北三省未计在内)铁路达到11700余公里"。"这时期的客运量尽管包括较大比重的军运量,其增长速度仍是较快的。如以1928年客运量为基数100,那么1929年为135.4,1931年为184.6,1932年为146.8,1933年为171.4,1934年度为172.6,1935年度为185.0。并且客运在整个铁路运输中所占比重也是比较高的,1928至1936年间,客运收入一直占铁路运输中的40%左右。"参见陆仰渊、方庆秋主编:《民国社会经济史》,中国经济出版社1991年版,第135、440、448页。此外,在广东省新生活运动促进会编的《新生活运动辑要》第三编"方案"中就明确要求民众"有暇时常至野外旅行",参见新生活运动促进会编:《新生活运动辑要》,新生活运动促进会1936年版,第37页。与此同时,与旅行相关的杂志也开始在1930年代前后大量创刊发行,譬如《旅行杂志》(1927)、《旅行周报》(1934)、《友声旅行月刊》(1930)、《中国旅行社行旅指南(新加坡)》(1936)、《旅行漫画》(1936)等。

地体现在传统与现代博弈的时空流动中。我们知道身体即是时空经验体，乡土故园不仅赋予了生命个体以伦理道德的意义，更是其情感意志成熟的仪式性存在，所谓"成家立业"即是如此。尤其对于乡土中国的子民而言，家是乡土文化的核心所在。譬如，梁启超曾说："吾中国社会之组织，以家族为单位，不以个人为单位，所谓家齐而后国治是也。……舍家族制度外无他物，且其所以维持社会秩序之一部分者，仅赖此焉。此亦可见数千年之遗传，植根深厚，而为国民向导者，不可不于此三致意也。"① 因此有了中国人往往以"身家"来指称自我的文化身份认同。那么，在此认识基础上，随着现代化进程的展开，主动的"离家"就别具意义了。因为在主动离家抑或返乡的生命流动中，故家已成为中国知识分子反思的对象。由于故家所具有的如上特殊乡土意义，所以这种反思同时也是中国知识分子在域外故园的睽违中生发现代乡土意念的关键。

因为空间流动所带来的"'移位换型'不仅指出作家的身体远离家园，也指出其人社会位置与知识/情感能力的转换。换句话说，作家的乡愁不仅来自家园的睽违，也来自一种曾经有过、于今不再的神秘'氛围'（aura）——叫作'家'和'乡'的氛围。更进一步，在神话学与精神分析的层面上，'移位换型'指向一种叙事手段或心理机制。借着这个机制，作家对无从追溯或难以言传的事物、信仰，或心理状态做出命名或诠释，但也正因为这个机制本身的文本性和权宜本质，任何的命名和诠释又必须付诸再命名、再诠释的过程

---

① 梁启超：《新大陆游记》，沈云龙主编：《近代中国史料丛刊》（第10辑），台湾文海出版社1973年版，第397—398页。

中"[1]。于是，我们看到家园景观在"被观看"的权力意志下，所触及的"地方性""空间感"的纠葛成为现代性的一种重要的演绎/阐释方式。这种带有散漫性、主观性，有时也多是随机性的情感挣扎更具思想自由度，一旦与具有特别意义的"地方"相会，"在深浅不一的自觉状态下，它们可以被移植到许多形形色色的社会领域，可以吸纳同样多形形色色的各种政治与意识形态组合，也可以被这些力量吸收"[2]。

由此我们看到，《译文》中插图的旅行是中国知识分子重绘记忆家园的精神履痕，而《远方》风景的"童"话却是对未来家园的政治期待。主人对家园的捍卫、流人对新家的"改造"、保罗·莱迪基心口不一的"别一世界"的旅行以及本土译者对国木田独步同篇作品的不同译介也正是此种对故乡的不同反思，这种不同反思路径显示了中国现代文学乡土意念的可能路向。然而中国传统乡土观念中"家"所具有的强大伦理道德压迫力量，还是让中国受众的现代乡土意念更多地指向反抗伦理纲常对精神自由的束缚。譬如译者林如稷在翻译左拉的《卢贡家族的家运》时就指出："'家族'（la famille）这一个字，在欧洲人的观念里面，实有血族之意，即同一血统的分子，便认为同属一族，男系与女系并重，不像中国通常所谓家族，系专指男系血统的家族。"[3] 林如稷对中国家庭父权意识的体察代表了1930年代前后知识分

---

[1] 参看 Peter Gay ed. (New York: W. W. Norton, 1989), pp. 155-57, 648-49。转引自王德威：《写实主义的虚构：茅盾、老舍、沈从文》，复旦大学出版社2011年版，第274—275页。

[2] 〔美〕安德森著，吴叡人译：《想象的共同体：民族主义的起源与散布》（增订本），上海人民出版社2011年版，第4页。

[3] 〔法〕左拉著，林如稷译：《卢贡家族的家运》（下），商务印书馆1936年版，第654页。

子对"家"的某种共识，如果从前述现代乡土意念的三种不同价值取向谈，显然代表着"家庭解放"的启蒙理性与阶级革命的乡土意念成了这一思潮的主流。

再次，乡土的母性象征使乡土本"性"的隐喻性结构建立在人性与性别双重所指的道德伦理空间。从人"性"而言，作为人的基本生理行为的"性"与乡土的想象建构其实正是力图在本源的意义上展现乡土之于生命的原初精神联系。就"性"命来说，生命个体又以极具活力的情感冲动展现了人性之于时代与历史的自我命运忧思。作为生理行为的"性"不离身体的感性认知，具有社会意义的"性别"又联系着生命个体的命运，由此我们不难发现，"性"实则正是"身家"与"命运"之间的重要纽带。"性"不仅从人性的本体意义上呈现了身体之于故乡的生命意识，而且也以社会阶层的视角批判了传统故乡的伦理道德规范。因此，它不仅是对乡土中人性本体意义的呈现，更是对乡土文化价值的审视。这种反思也就相应地落实在对乡土中性爱的发现与性别的觉醒这两个方面了。

既然乡土中的性爱书写是将原乡与情爱在本初意义上的同构，那么所谓乡土本"性"也由"性爱"而延展至"性质"的逻辑层面。对乡土中性爱的发现，也即是对乡土本质的把握。我们知道，乡土是知识分子的现代意识的重要原点或者说出发点。那么从这点来说，对乡土性爱的关注也是从本质上对中国知识分子现代意识在本源意义上的聚焦。因此，当中国现代知识分子在域外乡愁中发现性爱之时，正是他们认识自我的开始，这种认识是基于普遍人性的认知，它构成了自我主体意识的底色。而当对异性的认知有意将自我与他者相区别的同时，又将人与社会关系建立起了重要连接点。因为性别在区分人群的生理特征外，也划定了特定的社会阶层，从而将乡土引申至国族的逻辑层面。于是性别的、社会的双重压迫构成了人性的与社会的批判，从而使得个人（人性的）与社会（阶级的）、国族（革命的）之间的种种复杂关系想象得以一一彰显。

正如永井荷风能够在异域肉欲的刺激下产生本地乡土意识的觉醒，而中国知识分子未必就会耽溺于怀旧的桃色诱惑。永井氏在中国受众的失落与对李青崖译作"秽亵"的"误读"，正是中国传统的乡土本"性"使然。这种译介的情意不通恰恰显示了内在隐匿的中国传统观念的根深蒂固与未来可能的现代面向。与之同步，同情于被压迫性别及其阶级的"被侮辱与被损害者"则成了本土与域外知识分子的共识。诚然乡土性别意识觉醒的意识形态表述，并未能掩盖译介本地化过程中对乡土中性别自主感的觉察，譬如有学者就看到了"性"能够揭示工业文明对人性的伤害，从而完成自我主体性建构的意义。"劳伦斯的性欲描写是有其社会背景，……它反对社会的机械化。它要求个人的内心不断的创造，来获得人类自我的完成。"[1]苔丝、游苔莎、梅丽迦和安娜即是在城乡意识形态框架内性别主体身份的寻找者。

最后，"身""家""性"的种种个人情感价值纠结又无不体现于"命"的实践意义之中。"身家"是"性命"的生命基础，"性命"是"身家"的人格完成形式。只有了身达命，才能安身立命，反之知命安身，需要修身养性，而性命攸关，唯有性命对扬，才能义命合一，最终完成自我现代身份认同与现代人格的建构。"中国的'命运'内涵，

---

[1] 〔英〕D. H. Lawrence（劳伦斯）著，赵简子译：《劳伦斯的人生与恋爱观》，《万人月报》1931年第2期。

既有宇宙必然生物的命的必然性的一面，又有产生之后在与天地的互动中而生的偶然性的一面，两者的合一，构成了中国的命运观——既承认必然性，又注重灵活性"①，而这与西方建立在必然性基础之上、带有宗教色彩的命运观差异显豁。因此，我们看到中国现代知识分子在面对域外乡愁小说中的命运焦虑时，虽然也有着对于宇宙不可抗力与自我有限性的无奈感，但更多地则体现为与历史主动、灵活的实践。诚如牟宗三对儒家"性命"之说的阐释："人不应诿之于命，只应尽心尽性而已。仁义礼智之心即吾人之性，命是体现表现上的事。吾人固不应因体现表现上之命限而废尽性之功。故曰'命也，有性焉，君子不谓命也。'意即此种种表现体现上之限制虽是命，但此中亦有性焉（仁义礼智之心自身即是吾人之性），故君子于此不说命也（意即君子于此不重视命之限制，而只应重视尽性之功）。"②

然而，诚如有学者所指出的，"人的生命存在不能脱离既有的情境，吾人也正是在每一个被给予的天生命限中，在海德格尔所说的过去性的境遇感（Befindlichkeit）之中，抉择本真，才能进一步对于未来有所理解（Verstehen），而在现在运用言说（Rede）进行诠释与实践。人的生命存在于过去、未来与现在的时间性之中而活出其充满存在意义的生命体验"③。1930 年代前后中国知识分子在舶来的命运前彳亍彷徨、犹疑未定的心路历程正是这一"实践"过程复杂的呈现。譬

---

① 张法：《命运观的中、西、印比较——从"人类命运共同体"英译难点谈起》，《南国学术》2019 年第 2 期。
② 牟宗三：《心体与性体》（下），上海古籍出版社 1999 年版，第 387 页。
③ 赖贤宗：《义命分立、性命对扬与义命合———中西哲学对话中的孔子儒学关于"命"之省思》，《哲学分析》2017 年第 6 期。

如，1930年代对两个辛克莱的迥异接受、郁达夫"辗转反侧"的率真的痛苦，"乡土茅盾"的"矛盾乡土"等，都是在时代风云之际，个人自我认同焦虑与阶级、国族的忧思交汇的命运交响。

由上而论，启蒙理性、阶级革命与世俗民间的现代乡土意念的价值倾向与"身""家""性""命"的交相辉映，共同构成了一个完整而逻辑谨严的美学体系。它们彼此之间互为因果，一并成为中国人精神文化世界的美学观照对象。打个比方说，"身""家""性""命"仿佛支撑中国人传统乡土情感价值的四根棱柱，而启蒙理性、阶级革命与世俗民间正如照射在这三根棱柱上的理性之光，它们在每一根棱柱上不同程度地衍射，都形成了独特而多元的色彩。不过需要指出的是，这种"衍射"并不是类似单一的冲击与反应的模式，它们时有重复、交叉，是一个你中有我、我中有你的杂糅形态，之所以各有特"色"，不过是在"身""家""性""命"四方面各有侧重罢了。

二、中国乡土文学比较论的理论建构

如上"身""家""性""命"的现代情思建构，其实正类似雷蒙德·威廉斯所言的"感觉结构"，它是对机械的文艺反映论的质疑，对形而上的"心灵表现"或"抽象的语言符号系统"的否定；它强调的正是"客观世界"与"主观感受"之间的张力以及主观情感对理性价值意念的建构意义。它的突出特征正在于不断变化的生成过程，即一种"溶解流动的社会经验"[①]。同时它也类似露丝·本尼迪克特（Ruth

---

① 〔英〕雷蒙德·威廉斯著，王尔勃、周莉译：《马克思主义与文学》，河南大学出版社2008年版，第143页。

Benedict）所说的"文化模式"，表现为综合特定民族心理和思维方式的有机体。[①] 通过民族日常生活经验不断互动实践，展现了抽象的、整体的乡土精神文化的实质。而"身""家""性""命"的现代乡土情思与意识形态的互动，则彰显了启蒙理性、阶级革命与世俗民间的乡土价值取向在社群意识或心理结构中的复杂性。一言以蔽之，启蒙理性、阶级革命与世俗民间的现代乡土价值取向在"身""家""性""命"四方面的演绎、衍生，还原的恰是生命个体在面对乡土/家国时，在感性与理性、情感与态度、意识与意志中的复杂历史情状，是中国革命现代性、审美现代性的具体体现，是中国文学现代化、中国知识分子现代转型之一面。

而"身""家""性""命"的现代情思建构所具有的变化的、实践的、综合的理论视野，更是对中国现代乡土文学研究的启示。从中国现代乡土文学的研究方法论，其或着眼于作家、作品的条分缕析，或注目于现代工业文明视域内的乡土裂变，或聚焦在革命化的乡土阶级意识的表达，或关注于当代乡土精神的失落与追寻。但是如上的研究其实莫不是纠结于乡土文学内部的探讨，诚然，"乡土"本来即是一种本地化的情感价值理念；然而基于内部的、本体意义的乡土文学研究，恰恰忽略了其作为中国现代文学之一脉的历史事实，是对中国现代乡土文学意念发生语境的视而不见。中国文学的现代发生是一个多方共同作用的结果，中国现代文学受到域外影响已是共识。就此而言，我们更应将中国现代乡土文学的研究纳入到比较的视野中，因为中国现

[①] 参见〔美〕露丝·本尼迪克特著，王炜等译：《文化模式》，社会科学文献出版社2009年版，第31—38页。

代文学乡土意念的发生正是一个变化的、实践的、综合的过程。变化所隐含的古今之别,实践所涉及的文学与文化的历史现场,综合所凸显的民族与世界视野都决定了中国现代乡土文学比较理论建构的必要与必然。而中国现代乡土文学比较论建构的理论核心正是跨文化的现代性[1],这是摆脱以往中国文学现代性阐释体系的努力。现代性不仅是欧洲工业革命以来,人的物化所带来的现代焦虑在文学艺术上的呈现,它更体现为在跨文化场域形成的文化落差所造成的张力。此种文化落差或是传统乡土与现代乡土的流变考察,或是不同艺术表现形式的互文影响,譬如美术与文学,不同文类与文学的比较,也可以是乡土文学翻译及其本地化的考察等。因此中国现代乡土文学比较论的提出,不仅是从内部与外部对乡土文学艺术特质的综合性研究,更是对中国乡土文学的独特性与世界文学普遍性关系的思考。在此权作余论。

---

[1] 本书多次援引彭小妍"跨文化现代性"概念,意在以更具包容性的文化概念来替代以往"现代性"阐释所带来的束缚与单一性。

参考文献

一、论著

1.〔德〕马克思、恩格斯著,中共中央马克思恩格斯列宁斯大林著作编译局编译:《马克思恩格斯选集》,人民出版社1995年版。

2.〔美〕勒内·韦勒克、奥斯汀·沃伦著,刘象愚等译:《文学理论》,江苏教育出版社2005年版。

3.〔美〕艾布拉姆斯著,吴松江等译:《文学术语词典》(第7版),人民出版社2009年版。

4.〔美〕费正清编,杨品泉等译:《剑桥中华民国史(1912—1949)》(上卷),中国社会科学出版社1994年版。

5.〔美〕费正清、〔美〕费维恺编,刘敬坤等译:《剑桥中华民国史(1912—1949)》(下卷),中国社会科学出版社1994年版。

6.〔美〕段义孚著,志丞、刘苏译:《恋地情结》,商务印书馆2018年版。

7.〔美〕段义孚著,王志标译:《空间与地方:经验的视角》,中国人民大学出版社2017年版。

8.〔英〕雷蒙德·威廉斯著，王尔勃、周莉译：《马克思主义与文学》，河南大学出版社2008年版。

9.〔美〕露丝·本尼迪克特著，王炜等译：《文化模式》，社会科学文献出版社2009年版。

10.〔美〕苏珊·朗格著，刘大基等译：《情感与形式》，中国社会科学出版社1986年版。

11.〔美〕斯维特兰娜·博伊姆（Boym. S.）著，杨德友译：《怀旧的未来》，译林出版社2010年版。

12.〔德〕沃尔夫冈·希弗尔布施著，金毅译：《铁道之旅：19世纪空间与时间的工业化》，上海人民出版社2018年版。

13.〔瑞士〕荣格著，冯川、苏克译：《心理学与文学》，译林出版社2011年版。

14.〔瑞士〕荣格著，叶舒宪选编：《神话——原型批评》，陕西师范大学出版社1987年版。

15.〔美〕王德威：《抒情传统与中国现代性：在北大的八堂课》，生活·读书·新知三联书店2010年版。

16.〔日〕狭间直树著，张雯译：《日本早期的亚洲主义》，北京大学出版社2017年版。

17.〔日〕佐藤仁史：《近代中国的乡土意识》，北京师范大学出版社2017年版。

18.〔英〕雷蒙·威廉斯著，韩子满、刘戈、徐珊珊译：《乡村与城市》，商务印书馆2013年版。

19.〔加〕泰勒著，程炼译：《本真性的伦理》，上海三联书店2012年版。

20.〔英〕沙玛著,胡淑陈、冯樨译:《风景与记忆》,译林出版社 2013 年版。

21.〔美〕米切尔编,杨丽、万信琼译:《风景与权力》,译林出版社 2014 年版。

22.〔德〕黑格尔著,朱光潜译:《美学》(第二卷),商务印书馆 1982 年版。

23.〔美〕苏珊·桑塔格著,程巍译:《疾病的隐喻》,上海译文出版社 2003 年版。

24.〔古罗马〕奥古斯丁著,周伟驰译:《论原罪与恩典——驳佩拉纠派》,商务印书馆 2017 年版。

25.〔保加利亚〕基·瓦西列夫著,赵永穆、范国恩、陈行慧译:《情爱论》,生活·读书·新知三联书店 1997 年版。

26.〔美〕安德森著,吴叡人译:《想象的共同体:民族主义的起源与散布》(增订本),上海人民出版社 2011 年版。

27.〔美〕杰克逊著,俞孔坚、陈义勇等译:《发现乡土景观》,商务印书馆 2015 年版。

28.〔美〕卡林内斯库著,顾爱彬、李瑞华译:《现代性的五副面孔:现代主义、先锋派、颓废、媚俗艺术、后现代主义》,商务印书馆 2002 年版。

29.〔美〕马歇尔·伯曼著,徐大建、张辑译:《一切坚固的东西都烟消云散了》,商务印书馆 2003 年版。

30.〔法〕萨特著,沈志明、艾珉主编:《萨特文集》(第 7 卷),人民文学出版社 2005 年版。

31.〔德〕马丁·路德著,李漫波译:《〈加拉太书〉注释》,生活·读书·新知三联书店 2011 年版。

32.〔英〕达比著，张箭飞、赵红英译：《风景与认同：英国民族与阶级地理》，译林出版社 2011 年版。

33. 王泽应、刘莉、雷希译著：《人的呼唤——弗洛姆人道主义文集》，上海三联书店 1991 年版。

34.〔法〕米歇尔·福柯著，刘北城、杨远婴译：《疯癫与文明：理性时代的疯癫史》，生活·读书·新知三联书店 2012 年版。

35.〔意〕葛兰西著，吕同六译：《葛兰西论文学》，人民文学出版社 1983 年版。

36.〔英〕迈克·克朗著，杨淑华等译：《文化地理学》，南京大学出版社 2005 年版。

37.〔美〕哈罗德·伊罗生著，邓伯宸译：《群氓之族：群体认同与政治变迁》，广西师范大学出版社 2008 年版。

38.〔美〕王德威：《写实主义小说的虚构：茅盾，老舍，沈从文》，复旦大学出版社 2011 年版。

39. 刘禾著，宋伟杰等译：《跨语际实践：文学，民族文化与被译介的现代性（中国，1900—1937）》，生活·读书·新知三联书店 2014 年版。

40.〔法〕H. 孟德拉斯著，李培林译：《农民的终结》，社会科学文献出版社 2005 年版。

41.〔英〕弗雷德·英格利斯著，韩启群、张鲁宁、樊淑英译：《文化》，南京大学出版社 2008 年版。

42.〔德〕阿莱达·阿斯曼著，潘璐译：《回忆空间：文化记忆的形式和变迁》，北京大学出版社 2016 年版。

43.〔苏〕阿瓦涅梭夫著,高名凯、彭楚南译:《方言·方言学》,人民出版社 1954 年版。

44.〔英〕雷蒙德·威廉斯著,吴松江、张文定译:《文化与社会》,北京大学出版社 1991 年版。

45.〔美〕杰罗姆·B.格里德尔著,单正平译:《知识分子与现代中国:他们与国家关系的历史叙述》,南开大学出版社 2002 年版。

46.〔美〕叶文心著,冯夏根等译:《民国时期大学校园文化:1919—1937》,中国人民大学出版社 2012 年版。

47.〔美〕克利福德·格尔茨著,杨德睿译:《地方知识》,商务印书馆 2014 年版。

48.〔日〕家永三郎著,靳丛林译:《外来文化摄取史论》,大象出版社 2017 年版。

49.〔日〕藤井省三著,董炳月译:《鲁迅〈故乡〉阅读史:近代中国的文化空间》,新世界出版社 2002 年版。

50.〔日〕实藤惠秀著,谭汝谦、林启彦译:《中国人留学日本史》,生活·读书·新知三联书店 1983 年版。

51.〔苏〕弗·爱宾著,殷涵、贾明译:《盖达尔的生平和创作》,少年儿童出版社 1959 年版。

52.毛泽东:《毛泽东选集》(第 1—4 卷),人民出版社 1991 年版。

53.云南省地方志编纂委员会总纂:《云南省志·社会科学志》,云南人民出版社 1997 年版。

54.云南省地方志编纂委员会总纂:《云南省志·人物志》,云南人民出版社 2002 年版。

55.李政章主编,官渡区地方志编纂委员会编纂:《官渡区志》,

云南人民出版社1999年版。

56. 费孝通：《乡土中国　生育制度》，北京大学出版社1998年版。

57. 费孝通著，惠海鸣译：《中国绅士》，中国社会科学出版社2006年版。

58. 乐黛云：《比较文学原理》，湖南文艺出版社1988年版。

59. 王向远：《王向远著作集》，宁夏人民出版社2007年版。

60. 彭小妍：《浪荡子美学与跨文化现代性：一九三〇年代上海、东京及巴黎的浪荡子、漫游者与译者》，台湾联经出版事业股份有限公司2012年版。

61. 程歗：《晚清乡土意识》，中国人民大学出版社1990年版。

62. 牟宗三：《心体与性体》，上海古籍出版社1999年版。

63. 叶渭渠：《日本现代文学思潮史》，北京大学出版社2009年版。

64. 张泽贤：《中国现代文学翻译版本闻见录续集1901—1949》，远东出版社2014年版。

65. 丁帆：《中国乡土小说史论》，江苏文艺出版社1992年版。

66. 黄子平：《"灰阑"中的叙述》，上海文艺出版社2001年版。

67. 严安生著，陈言译：《灵台无计逃神矢：近代中国人留日精神史》，生活·读书·新知三联书店2018年版。

68. 夏光：《东亚现代性与西方现代性：从文化的角度看》，生活·读书·新知三联书店2005年版。

69. 解志熙：《美的偏至——中国现代唯美—颓废主义文学思潮研究》，上海文艺出版社1997年版。

70. 王宇：《国族、乡土与性别》，中国社会科学出版社2014年版。

71. 冯波：《雅努斯的面孔：中国现代"乡愁小说"论》，中国社会科学出版社 2019 年版。

72. 张泉:《殖民拓疆与文学离散:"满洲国""满系"作家/文学的跨域流动》,北方文艺出版社 2017 年版。

73. 王世家、止庵编:《鲁迅著译编年全集》,人民出版社 2009 年版。

74. 止庵:《周作人译文全集》(1—11 卷),上海人民出版社 2012 年版。

75. 茅盾、韦韬:《茅盾回忆录》,华文出版社 2013 年版。

76. 韦韬主编:《茅盾译文全集》(1—10 卷),知识产权出版社 2005 年版。

77. 陈建军编著:《废名年谱》,华中师范大学出版社 2003 年版。

78. 吴秀明主编:《郁达夫全集》,浙江大学出版社 2007 年版。

79. 孙席珍编译:《辛克莱评传》,神州国光社 1932 年版。

80. 谢六逸:《农民文学 ABC》,世界书局 1928 年版。

81. 赵景深:《现代世界文坛鸟瞰》,现代书局 1930 年版。

82. 赵景深编:《1930 年的世界文学》,神州国光社 1931 年版。

83. 郑振铎:《俄国文学史略》,商务印书馆 1933 年版。

二、作品

注:1. 以下作品为 1930 年前后在书刊上发表的域外乡愁小说。其中期刊文献来源以中国社会科学院文学研究所总纂的《中国现代文学期刊目录汇编》(第一至五卷)(知识产权出版社 2010 年版)为主。2. 需要说明的是,以下作品大多依据初版本,虽然有些作品发表时间

不在 1930 年代前后，但也有在此期间重译和收入译文集的情况。

1.〔日〕加藤武雄著，周作人译：《乡愁》，《小说月报》1921 年第 12 卷第 1 号。

2.〔日〕国木田独步著，稼夫译：《负骨还乡日记》，《小说世界》1924 年第 6 卷第 12 期。

3.〔日〕国木田独步著，颖父译：《入乡记》，《山雨》（半月刊）1928 年第 1 卷第 1 期。

4.〔日〕明石铁也著，春树译：《故乡》，《乐群》1929 年第 2 卷第 11 期。

5.〔日〕佐藤春夫著，谢六逸译：《田园之忧郁》（原名《呵呵，蔷薇你病了》），《大江》（月刊）1928 年第 11 号。

6.〔日〕藤森成吉著，张资平译：《马车》，《流沙》1928 第 5 期。

7.〔日〕佐藤春夫著，高明译：《阿绢兄妹》，《佐藤春夫集》，现代书局 1933 年版。

8.〔日〕石川啄木著，周作人译：《两条的血痕》，东方杂志社编：《近代日本小说集》，商务印书馆 1924 年版。

9. 朱云影编译：《农民小说集》，神州国光社 1932 年版。

10.〔波兰〕高米里克基著，王剑三译：《农夫》，《小说月报》1921 年第 12 卷第 1 号。

11.〔希腊〕A. Papadiomonty 著，行简译：《思乡》（一至二希腊故事），《小说世界》1923 年第 2 卷第 11 期。

12.〔保加利亚〕岳夫可夫著，叶灵凤译：《故乡》，《前锋月刊》1931 年第 1 卷第 5 期。

13.〔苏俄〕L. leonov 著,林如稷译:《哥比里夫的还乡》(上、下)(连载),《沉钟》1933 年第 23、24 期。

14.〔苏〕赛甫琳娜著,曹靖华译:《乡下佬的故事》,《未名》1928 年第 1 卷第 1 期。

15.〔苏〕高尔基著,林疑今译:《故乡》,《新时代》1932 年第 2 卷第 4、5 合刊。

16.〔丹〕凯儿·拉杉著,柔石译:《农人》,《语丝》1929 年第 5 卷 7 期。

17.〔英〕哈代著,顾仲彝译:《同乡朋友》,《东方杂志》1929 年第 26 卷第 13、14 号。

18.〔英〕哈代著,张谷若译、叶维之校:《还乡》,商务印书馆 1936 年版。

19.〔英〕哈代著,顾仲彝译:《苔丝姑娘》(第一卷),《文艺月刊》1932 年第 3 卷第 1—12 期。

20.〔苏〕A. 葛达尔著,靖华、佩秋合译:《远方》,《译文》1936 年新 1 卷第 1 期。

21.〔日〕永井荷风著,方光焘译:《旧恨》,《东方杂志》1931 第 28 卷第 6 号。

22.〔日〕永井荷风著,方光焘译:《牧场道上》,《文学》(上海)1933 年第 1 卷第 5 期。

23.〔希腊〕帕拉玛兹著,沈馀译:《一个人的死》,商务印书馆 1933 年版。

24.〔俄〕托尔斯泰著,王谷君译:《乡间的韵事》,启智书局 1929 年版。

25.〔日〕佐藤春夫著，李漱泉译:《田园之忧郁》，中华书局1934年版。

26.〔匈牙利〕拉兹古著，蒋怀青译:《重回故乡》，复兴书局1936年版。

27.〔希腊〕帕拉玛兹著，沈馀译:《一个人的死》，《小说月报》1928第19卷第6号。

28.〔匈牙利〕卡罗莱·稽斯法吕提著，虚白译:《看不见的伤痕》，《真美善》1928年第1卷第8期。

29.〔日〕吉田弦二郎著，唐小圃译:《喜熊》，《南风月刊》（上海）1931年第1卷第2期。

30.〔匈牙利〕密克柴斯著，德明译:《青蝇》，《明灯》1934年第201期。

31.〔美〕Lewis, S著，白华译:《大街》，《国闻周报》1931年第8卷第27—50期；Lewis, S著，白华译:《大街》，《国闻周报》1932年第9卷第1—14期。

32.〔苏〕丹青科著，茅盾译:《文凭》，现代书局1932年版。

33.〔新希腊〕A.蔼夫达利哇谛斯著，芬君译:《安琪吕珈》，《译文》1934年第1卷第4期。

34.〔土耳其〕Resik Halid著，连琐译:《桃园》，《文学》1934年第2卷第5号。

35.〔克罗地〕X.桑陀·药里斯基著，茅盾译:《娜耶》，《桃园》，文化生活出版社1935年版。

36.〔新犹太〕潘莱士著，沈雁冰译:《禁食节》，《小说月报》1921年第12卷第7号。

37.〔克罗西亚〕森陀·卡尔斯基著,沈雁冰译:《茄具客》,《小说月报》1921 年第 12 卷第 10 号。

38.〔罗马尼亚〕M. 萨杜浮奴著,茅盾译:《春》,《桃园》,文化生活出版社 1935 年版。

39.〔阿美尼亚〕阿哈洛垠著,沈雁冰重译:《却绮》,《小说月报》1922 年第 13 卷第 9 号。

40.〔苏〕谢廖也夫著,蒋光慈译:《都霞》,《新流月报》1929 年第 1 期。

41.〔德〕Fr. 查斯戴客著,达夫译:《盖默尔斯呵护村》(Germleshausen),《奔流》1928 年第 1 卷第 6 期。

42.〔法〕莫泊桑著:《脂球》(续),李劼人译:《西蜀评论》1932 年第 1 卷第 2—7 期。

43.〔法〕莫泊桑著,李青崖译:《一个女子的漂流史》,《蝇子姑娘集》,北新书局 1931 年版。

44.〔法〕莫泊桑著,李青崖译:《真的故事》,《蝇子姑娘集》,北新书局 1931 年版。

45.〔法〕莫泊桑著,李青崖译:《一个村姑的故事》,《蝇子姑娘集》,北新书局 1931 年版。

46.〔法〕莫泊桑著,李青崖译:《乡村的法庭》,《蝇子姑娘集》,北新书局 1931 年版。

47.〔法〕莫泊桑著,张秀中译:《魔鬼的追随》,海音书局 1927 年版。

48.〔脑威〕包以尔著,冬芬译:《卡利奥森在天上》,《小说月报》1922 年 13 卷第 4 号。

49.〔保加利亚〕潘林著,沈雁冰重译:《老牛》,《文学周报》1926年第234期。

50.〔斯罗伐尼〕Zofka Kveder 著,牟尼译:《门的内哥罗之寡妇》,《文学》(上海)1934年第2卷第5号。

51.〔希腊〕拉兹古著,茅盾译:《复归故乡》,《雪人》,文化生活出版社1935年版。

52.〔匈牙利〕密克萨斯著,茅盾译:《旅行到别一世界》,《桃园》,文化生活出版社1935年版。

53.〔克罗地〕M.奥格列曹维支著,芬君译:《两个教堂》,《译文》1935年第1卷第5期。

54.〔芬兰〕爱罗·考内斯著,王抗夫重译:《到城里去》,《到城里去》,南强书局1929年版。

55.〔芬兰〕爱罗·考内斯著,王抗夫重译:《英琪儿》,《到城里去》,南强书局1929年版。

56.〔保加利亚〕跋佐夫著,雁冰译:《他来了么》,《妇女杂志》1923年第9卷第2期。

57.〔法〕莫伯桑著,顾希圣译:《田家女》,《田家女》,大光书局1935年版。

58.〔英〕Thomas Hardy(哈代)著,方光焘译:《姐姐的日记》,《一般》1926年第1卷第4期;1927年第2卷第1、2、3期。

59.〔日〕佐藤春夫著,查士元译:《一夜之宿》,《东方杂志》1931年第28卷第10期。

60.〔新犹太〕拉比诺维奇著,沈雁冰译:《贝诺思亥尔思来的人》,《小说月报》1921年第12卷第10期。

61.〔芬兰〕爱罗·考内斯著,王抗夫译:《白舟》,《海燕》1930年第 4、5 期。

62.〔法〕Gide, A.(纪德)著,黎烈文译:《田园交响乐》,《文学》1934 年第 2 卷第 3 期。

63.〔俄〕果戈里著,孟斯根译:《五月之夜》,《黄钟》1933 年第 29 期。

后 记

2015年我立项国家社科基金项目——"域外乡愁小说在1930年代前后的译介与中国现代文学乡土意念的发生研究",本书即是该研究的最终成果。从硕士阶段研究当代"乡下人进城"小说,到博士阶段关注中国现代乡愁小说,再到国家社科基金项目对域外乡愁小说译介的跨文化研究,可以说我的研究一直聚焦在中国现当代文学的城乡叙事方面。要说是兴趣使然,其实也未必,唯心点儿说,应该是命运的安排吧。如果不是当年徐德明师引领我走进"乡下人进城"的文学叙事研究,恐怕我与城乡文学研究的缘分也不会这么深。不过人家的研究都是不断走向学术前沿热点,而我倒像是在"开倒车"。读硕士时研究的还是学术前沿热点,可博士阶段的研究就退到了1949年之前,而参加工作后,干脆就一下子回到了乡土文学的起点。现在可以说是退无可退了。

然而,后退也许并不代表着落后,要想跳得更远,还真需要后退几步。从当下的"乡下人进城"的文学叙事研究回到域外乡愁小说的译介,正是这很有必要"后退的几步"。因为在长达15年的城乡叙事研究中,一直有一个问题困扰着我,那就是,到底啥是"乡土文学"?研究越深入,这个问题就越突出。我发现,好像大家都在说"乡土文学"，可大家谈的"乡土文学"又都不是一回事儿，奇怪的是，也没有人会板着面孔严肃地追问到底啥是"乡土文学"。面对这个研究领域内最基础的概念，我越来越糊涂，自己无法给出答案，同时也无法说服自己去接受别人关于"乡土文学"的说辞，我感到自己的研究包括其他人的研究似乎都是在一个不能确定的概念之上的自说自话。拙著《雅努斯的面孔：中国现代"乡愁小说"论》（中国社会科学出版社 2019 年版）提出有别于"乡土小说"的"乡愁小说"概念，就是对这一问题的追问。可是现在看来，这同样是隔靴搔痒，并没触及问题的本质。不过，这本 2019 年的著作末尾提出的域外乡愁小说的译介问题，倒是启发了我对中国文学乡土意念发生研究的兴趣，最终这也成为本书的缘起。

将中国现代文学乡土意念的发生置于跨文化的研究领域，是大胆而充满风险的。一方面，译介研究大多是影响研究，要想把所谓的"影响"做实可不是简单的事。因为文学本身即是情感的艺术形式，人类的情感本身就是十分主观化的、变化莫测的，更何况是想象的情感，而且还是中外不同的情感想象。因此，在整个研究中，我一面仔细捕捉着译本的"微表情"；一面又像小报记者，不断"捕风捉影"本地译者的种种言行，其行为不可谓不"猥琐"。即便如此，仍不免被质问："你不懂外语，咋研究译介！"即便我以"译本研究"狡辩，仍显得相当无力。另一方面，作为文化认同、民族志的乡土本身即是一个带有强烈意识形态的概念，那么，注目于传统乡土对域外情感资源的借镜似有不够"文化自信"之嫌，争议甚至批判自然也是难免的了。

但是即便如此，如果我们对中国文学乡土意念发生的域外影响视而不见，不仅是不诚实的，而且也无益于我们追溯中国文学现代乡土意念的发生情貌。不能从源头、从发生学的意义上阐析中国传统乡土观念的嬗递及其流变情形，就无法突破当下学界乡土文学研究的瓶颈。而更重要的是，对乡土的跨文化研究所引发的农民文学的问题更为重要，农民文学不仅是现代乡土文学发生的重要前提，是传统乡土观念现代转型的转捩点，而且直接关涉中国文学的现代发生。农民文学对阶级、革命及民间的重识，对中国文学的理性精神、阶级革命及其民族风格的形成，都有着重要的价值和意义。这也将会是我今后继续探讨的问题。因此这项吃力不讨好的研究实则是极其必要与重要的。

袁国兴师在项目研究过程中的指导、点拨，徐德明师对本书以个案研究搭建整体论述框架的高见，使我不至淹没于卷帙浩繁的域外乡愁小说中，以致"只见树木不见森林"，这些都令我心生感佩！书稿的完成当然也离不开众多师友的学术支持，在此一并致谢！同时还要感谢国家社科基金对本书出版的资助，感谢安徽师范大学文学院的大力支持，感谢商务印书馆的关杰编辑，他为这本小书付出了辛苦的劳动！

时值初秋，我也入职安徽师范大学。十五年前我走进安徽师范大学文学院攻读硕士，如今再次归来已不再是少年。一路走来，不易！这些年一直过着"两岸三地"的分居生活，妻子独立支撑家庭很不容易，这次总算离家近了……

是为记！

冯　波

2022 年 9 月 14 日于芜湖